아무도
문밖에서
기다리지
않았다

Midnight at the
Bright Ideas
Bookstore

아무도
문밖에서
기다리지
않았다

매슈 설리번 장편소설 ─ 유소영 옮김

나무옆의자

리비에게

모든 말은 가면이다.
아름다운 말일수록 더 많은 것을 감추기 마련이다.
—스티븐 밀하우저, 「아우구스트 에셴부르크」 중에서

늘 그렇듯 우리는 멈춘 곳에서 다시 시작한다.
그곳이 결국 내가 속한 곳이다.
—워커 퍼시, 『영화광』 중에서

1장

첫 번째 책이 선반에서 떨어졌을 때, 리디아는 멀리서 종잇장이 펄럭이는 소리를 들었다. 그녀는 계산대에서 흘깃 올려다보고 고개를 갸우뚱하고는, 참새 한 마리가 열린 창문으로 다시 날아 들어와 천장이 높은 가게 위층을 맴돌며 나갈 곳을 찾는 모양이라고 짐작했다.

바로 잠시 후, 다른 책이 바닥에 떨어졌다. 이번에는 펄럭인다기보다 쿵 하는 소리였다. 새가 내는 소리는 확실히 아니었다.

자정을 막 지난 시각, 서점은 문 닫을 준비를 하고, 마지막 고객들은 책값을 지불하고 있었다. 리디아는, 볼에 얽은 자국이 있고 입술이 부르튼 10대 여자애가 구매하는 문고판 육아서 한 무더기를 스캐닝하며 혼자 계산대에 있었다. 여자애는 현금을 지불했고, 리디아는 미소를 짓긴 했지만 아무 말도 하지 않았다. 금요일 밤

이리 늦은 시각에 왜 혼자 서점에 왔는지도, 출산 예정일이 언제인지도 묻지 않았다. 거스름돈을 받은 여자애는 한순간 리디아와 눈을 마주치고는, 북마크도 챙기지 않은 채 서둘러 나갔다.

또다시 책이 떨어졌다. 분명히 위층 어딘가에서 나는 소리였다.

머펫 인형처럼 걸어다니면서도 언제나 침울해 보이는, 머리가 벗어지기 시작한 동료 어니스트가 정문 옆에 서서 마지막 밤 고객들을 로어 다운타운으로 내보내고 있었다.

"들었어?" 리디아는 가게를 가로질러 말했지만 목소리가 너무 작았고, 어니스트도 다른 용무 중이었다. 그가 방금 잠갔던 문을 다시 열어, 클럽에서 나온 만취한 듯한 커플을 들여보내는 것이 보였다.

"화장실이 급하대." 어니스트가 리디아를 향해 어깨를 으쓱하며 말했다.

밖에서는 몇몇 꾀죄죄한 책개구리들(BookFrogs)이 서점 앞 보도에 남아 배낭과 더플백을 주섬주섬 챙기며 화장실에서 병에 채워 온 물을 마시고 있었다. 한 사람은 뒷주머니에 허접한 문고판 범죄소설을 구겨 넣은 차림이었다. 또 한 사람은 벨트 고리에 묶은 끈에 연필 한 자루를 매달고 있었다. 다들 같이 서 있었지만 아무 말이 없었고, 그러다 한 사람씩 따로따로 시내를 향해 멀어져갔다. 캐피톨힐의 황량한 지하층이나 유니언스테이션의 벤치에서, 또는 덴버 뒷골목의 한데에서 잠을 청하려는 것이다.

희미하게 펄럭이는 소리가 다시 들렸다. 의심의 여지 없이 책 떨어지는 소리였다. 똑같은 소리가 빠르게 몇 번 더 이어졌다. 펄럭. 펄럭. 펄럭. 그 소리만 제외하면 가게는 고요했다.

"위층은 비었지?" 그녀는 어니스트에게 물었다.

"조이만 남았어." 어니스트가 말했다. 그러나 시선은 방금 취한 커플이 들어간 화장실 옆의 잡지와 소책자 코너에 고정되어 있었다. "저 사람들 안에서 딴짓하는 것 같지 않아?"

"그 친구, 서점 문 닫는 거 알지?"

"조이? 조이가 뭘 아는지 누가 알겠어. 그건 그렇고, 조이가 아까 당신에 대해 묻던데. 아마 우리가 그간 나눈 대화 중에 최고로 길었을 거야. '리디아 봤어요?' 그러더라고. 감동했다니까."

리디아는 거의 매일 조이가 가게 어디에 박혀 있든—커피숍 구석 테이블이든, 영성 섹션에 놓인 오래된 신도석 자리든, '아동' 섹션의 '이야기 나무' 아래든—눈으로 쫓으며 무슨 책을 읽고 있는지, 기분이 어떤지, 무슨 일거리라도 생겼는지 확인하곤 했다. 그녀는 조이에게 유난히 너그러웠다. 하지만 오늘 밤은 저녁식사 시간 뒤에 손님들이 몰려 경황이 없어서 그가 어디에 있는지 한 번도 확인하지 못했다.

"라일이 같이 있지?" 리디아가 물었다. 몇십 년 나이차에도 불구하고, 조이와 라일은 마치 영리하고 다루기 힘든 한 마리 야수의 두 반쪽처럼 떼려야 뗄 수 없는 단짝이었다.

"라일은 안 왔어. 오늘 밤엔. 내가 마지막으로 봤을 때 조이는 역사 섹션에 혼자 있었어. 손가락에 테이프를 붙이고 있던데."

"손가락에?"

"베였거나 덴 것 같더라. 휴지와 테이프로 붕대를 만들었더라고." 그는 시계를 보았다. "혹시 그 친구 코카인 중독은 아니지? 그런 사람들은 늘 손가락을 태우잖아."

리디아는 다시 책 펄럭이는 소리를 들었다. 서점은 세 개의 층이 뚫려 있는 구조여서 이렇게 조용할 때면 소리가 아트리움에서 처럼 이 층에서 저 층으로 돌아다닌다. 조이가 위에서 무슨 서적점이나 주역 동전점 치듯 혼자서 책들을 허공에 던지는 모습이 떠올랐다. 그녀는 늦게까지 남아 그 책들을 다시 서가에 꽂아야 할 것이다.

"현금 정리 좀 해줄래?"

"망할 놈의 커플." 어니스트는 화장실에서 눈을 떼지 않은 채 계산대 쪽으로 왔다. "분명히 저 안에서 그 짓 하고 있는 거야."

리디아는 서점의 먼지 나는 층을 가로질러, 두꺼운 척추처럼 건물을 관통해 줄지은 넓은 계단을 오르기 시작했다. 어니스트가 이미 둘러보고 위층의 불을 대부분 끈 탓에 어둑어둑한 다락방에 기어오르는 기분이었다.

"조이?"

서가가 겹겹이 세워져 있는 2층은 조용했다. 그녀는 3층으로 올라갔다.

"조이?"

조이는 책개구리들 가운데 가장 젊었고, 그들 중 리디아가 제일 좋아하는 사람이었다. 리디아나 다른 서점 동료들이 폐점 직전 마지막으로 정돈을 마친 뒤에도, 실제로 존재하는지조차 알 수 없는 책을 찾는답시고 조이가 선반에서 책을 마구 떨어뜨리는 일은 예전에도 있었다. 그는 언제나 검은 진 바지에 칼라 안쪽으로 가슴 문신이 드러나는 검은 스웨터 차림이었고, 눈은 늘 번질번질한 머리카락에 덮여 있었다. 발 주변 나무 바닥에는 그의 생각이 미치는 온갖 잡다한 주제들에 관한 책들이 사방으로 잔뜩 흩어져 있곤 했다. 새스콰치 설인 목격담, 연방준비제도, 프리메이슨 집회, 카오스 이론. 산만한 청년이지, 리디아는 종종 생각했다. 뭔가에 홀린 듯하지만 남에게 해가 되진 않아, 서점 한구석에서 굴러다니는 먼지뭉치랄까.

그녀는 조이가 드나드는 것이 좋았다.

"조이?"

3층은 어둑하고 평화로웠다. 리디아는 높다란 나무 서고들의 익숙한 미로로 들어서, 이리저리 꺾어지고 복잡하게 엮인 통로를 따라갔다. 심리학·자기계발·여행·종교·역사 등 각 섹션마다 의자나 소파, 탁자나 벤치가 놓여 있었다.

어디선가 삐걱거리는 소리가 났다.

"문 닫을 시간이에요, 조이."

서양 역사 섹션에 들어서는 순간, 믿고 싶지 않은 광경이 눈앞에 펼쳐졌다. 조이의 몸이 허공에서 추처럼 흔들리고 있었다. 천장 기둥에 걸린 기다란 줄이 그의 목에 감겨 있었다. 리디아는 겁에 질려 반사적으로 움찔했지만, 도망치지 않고 그를 향해, 조이를 향해 후다닥 달려갔다. 길쭉한 다리를 끌어안고 그를 들어 올리려 했다. 누군가의 비명소리가 서점 안을 섬뜩하게 울렸다. 그 비명이 자신이 내는 소리임을 깨달았다.

리디아의 뺨은 조이의 허벅지를 누르고 있었다. 그의 바지는 오줌으로 뜨끈했다. 불룩 튀어나온 주머니에서 초콜릿 냄새가 났다. 커피숍 카운터 접시에서 집어온 키세스 초콜릿이 녹아내린 듯했다. 그의 손은 가만히 주먹을 쥐고 있었고 테이프 붕대가 손가락

끝 서너 군데에 감겨 있었다. 그러나 보라색으로 튀어나온 안구, 거품을 내며 턱으로 흘러내리는 침, 푸르스름하게 부풀어 오른 입술은 두 번 다시 올려다보고 싶지 않았다.

조이가 선반을 기어 올라갈 때 바닥에 떨어진 책들, 천장 기둥에 줄을 감기 위해 디딤대를 만드느라 한데 쌓은 책들, 숨이 끊어지는 순간 발버둥칠 때 발에 차인 책들이 공동묘지처럼 여기저기 흩어져 있었다. 리디아는 조이의 허벅지를 두 손으로 움켜쥐고 몸을 들어 올리려 안간힘을 썼지만, 운동화가 나무 바닥에서 자꾸 미끄러지는 바람에 그의 목을 감은 줄은 더욱 단단하게 당겨질 뿐이었다. 언제인지 모르게 비명소리는 멈춰버렸다. 별안간 거대한 정적이 모든 것을 집어삼켰다. 자기 얼굴 몇 센티미터 앞, 조이의 바지 앞주머니에서 비죽 튀어나온 사진 한 장이 그녀의 눈에 띈 것은 바로 그 순간이었다.

리디아의 사진이었다.

어린아이였을 적.

2장

"리디아?"

어니스트가 서둘러 계단을 올라오고 있었다.

"리디아? 어디야?"

리디아는 조이의 바지 주머니에서 사진을 꺼냈다. 사진 속의 그녀는 열 살, 부스스한 땋은 머리, 파란 코듀로이 조끼 차림으로 초콜릿 케이크에 꽂힌 촛불을 불어 끄고 있었다.

"맙소사!" 어니스트가 서가를 돌아 이쪽을 향하는 순간 소리쳤다. "아니, 아니, 조이, 이봐. 이보라고. 조이, 안 돼……."

어둑한 책방의 불빛 아래서, 조이의 죽음의 악취 속에서, 혼잡한 서가 사이에서, 리디아는 자기 뒷주머니에 사진을 집어넣고 그저 숨을 쉬어보려 애썼다. 방금 아래층에서 잔돈을 세면서 브라이트 아이디어 서점 화장실을 발정 난 남녀로부터 수호하던, 5년 전 페르시아 걸프전의 모래바람을 뚫고 살아남은 책임감 강한 어니스트가 의자를 끌어당겨 올라가 잽싸게 손을 놀리면서 구급차를 부르라고 소리쳤다. 리디아는 물러섰다. 만취 커플이 어느새 화장실에서 나와 그녀의 등 뒤에서 서로 부둥켜안은 채 상황을 지켜보고 있었다. 하이힐을 신은 여자의 발을 밟은 리디아가 '미안해요'라고 속삭이자 여자가 '괜찮아요'라고 답했다. 그리고 두 여자는 갑자기 울기 시작했다. 누군가 리디아의 어깨에 손을 얹었고 그녀는 그것을 떨쳐냈다.

"혹시 움직여요? 움직이는 거 보여요?"

조이가 훨씬 전에 수레나 카트에서 풀어냈을 기다란 나일론 줄에는 금속 톱니바퀴가 달려 있었다. 어니스트가 머리 위 높이에서 그것을 풀자, 줄이 덜덜거리며 내려왔고 조이가 바닥에 떨어졌다.

모두 조용했다. 누구도 그의 몸을 움직이려 하지 않았고, 전기충격이나 인공호흡을 시도하지도 않았다. 분명 숨이 끊어진 상태였다.

누군가 현관 앞 거리에서 경적을 울렸고, 유니언스테이션 표지판이 창문을 붉게 물들였다. 뱃속이 심하게 울렁거렸다. 슬픔이나 충격보다 훨씬 더 무시무시한 감각이었다. 리디아는 무릎을 꿇고, 조이가 발로 차 떨어뜨린 책들을 쓸어 모으기 시작했다. 책들을 한 자리에 일단 모으자, 책장에 꽂기 시작했다. 달리 무엇을 해야 할지 알 수 없었기에. 너무 뒤쪽으로 밀려난 책들을 앞쪽으로 가지런히 정돈하고, 너무 앞쪽으로 나온 책들은 뒤로 밀어 넣었다. 그때 서점에서 시간제로 일하는, 두꺼운 안경을 쓴 나이 지긋한 여자가 리디아의 팔꿈치를 잡고 자기계발 섹션의 소파로 데려갔다. 리디아는 조이의 몸이 보이지 않는 소파에 앉아 경찰을 기다렸다.

분실물 보관소에 걸려 있던 코트를 무릎에 덮고 녹차를 들이켜면서 출동한 경찰에게 상황을 설명한 뒤, 리디아는 바깥 보도로 나가 포대에 싸인 조이의 몸이 바퀴 침대에 실려 구급차 뒤쪽으로 들어가는 광경을 지켜보았다. 집까지 차로 태워주겠다는 몇몇 사람들의 제안을 거절하고, 그녀는 혼자서 조이의 사진을 보기 위해 콜팩스애비뉴로 느릿느릿 운행하는 버스에 올랐다.

한밤중의 도시가 차창 밖으로 스쳐 지나갔다. 가로등, 국수가게와 술집 위에서 빛나는 네온, 패스트푸드, 포르노 숍, 바실리카, 예배당, 가발가게, 살롱. 65센트 커피를 파는 식당을 지나 창가에 도자기 부처상이 놓인 세탁소도 지나쳤다. 후드를 뒤집어쓴 이들이 종이봉투로 싼 술을 마시고 있었고, 수녀 두 사람이 담요로 가득찬 식료품 카트를 밀고 있었다. 리디아는 덜컹거리는 콜팩스 버스와 사람 구경을 좋아했다.

버스 안이 한산해진 뒤, 리디아는 뒷주머니에서 사진을 꺼냈다. 손이 축축했고, 마치 빨대를 물고 숨을 쉬는 기분이었다.

마지막으로 어린 시절 사진을 본 것이 언제였는지 기억나지 않았다. 한 번도 본 적이 없는 사진이라는 건 확실했다. 어린 시절 사진은 워낙 침실 벽장 깊숙이 묻어두었기 때문에 아직도 그곳에 있는지조차 알 수 없었다. 조이가 이 사진을 손에 넣는다는 것은 그래서 더욱 불가능했다. 20년 전, 여기서 동쪽으로 겨우 이삼 킬로미터 떨어진 콜팩스의 작은 시골집에서 지냈던 어린 시절, 리디아의 유일한 진짜 생일파티 때 찍은 사진이었다. 누렇게 바랜 사진 가두리 안에서 열 살 난 소녀가 촛불로 얼굴을 환히 밝히며 생일 케이크 위로 몸을 기울이고 있었다. 아버지가 검은 고수머리를 이렇게 단단하게 땋을 줄 알았다는 것이 믿기지 않았고, 이 행복한 어린 소녀가 그녀 자신이란 사실은 더욱더 믿기 어려웠다. 그러나 의심할 여지 없이 그녀였다. 커다란 갈색 눈동자, 파란 코듀로이 조끼, 구부러진 노란 단추. 많은 일들이 아직 일어나지 않았던 시절.

리디아가 프레임의 대부분을 차지하고 있었지만, 그 안에는 4학년 시절 유일한 친구였던 아이 둘이 더 있었다. 은색 버클이 달린 연파랑 점프수트 차림의 라지 파텔이 오른쪽에 앉아 귀여운 미소를 띤 채, 생일 케이크도 카메라도 아닌 파티의 주인공 리디아를 바라보고 있었다. 캐럴 오툴도 왼쪽에 있었지만, 너무 산만해서 오렌지색 머리카락 윤곽만 부옇게 알아볼 수 있었다. 장식종이가 구겨진 채 사방으로 얽혀 있어 정신없는 구도였다. 캐럴이 케이크 크림에 손을 대면서 부산하게 돌아다니는 와중에, 아버지가 아이 셋을 모두 한 사진에 집어넣으려고 그렇게 한 것 같았다. 별로 잘 되진 않았지만.

속이 울렁거렸다. 4학년, 그녀와 아버지가 덴버를 떠난—도망친 해다. 이 사진을 찍고 바로 한두 달 뒤에 그들은 누구에게도 작별인사를 남기지 않고 병원에서 곧장 산으로 도망쳤다.

버스가 캐피톨힐 한복판 정류장에서 덜컹 멈췄다. 리디아는 버스에서 내려 집까지 걸어갔다.

2층 아파트에 올라가 보니 데이비드가 아직 깨어 있었다. 그는 부엌 탁자 앞에 앉아 헤드램프를 머리에 쓴 채 컴퓨터 마더보드를 고치는 중이었다. 손 근처 탁자 위에는 납땜 기구와 작은 전선 뭉치가 놓여 있었다. 그의 등 뒤 싱크대엔 지저분한 그릇과 도마, 마늘 껍질, 올리브 병, 강판, 잘라낸 아티초크 줄기가 여기저기 널려 있었다. 납땜 냄새와 익힌 닭고기 냄새가 방 안에 가득했고, 데이비드의 목에 걸린 헤드폰에서 커트 코베인의 절규가 희미하게 새어나왔다. 한밤중이었지만 데이비드는 마치 한낮인 것처럼 일하고 있었다. 무슨 프로젝트인지는 몰라도 탁자 위에 분해된 것들과 저녁 내내 씨름했을 것이다. 그녀가 들어서자 그는 고개를 약간 기울였지만, 시선은 여전히 탁자 위의 미세한 회로에 집중한 채였다.

"이것만 끝내고······."

리디아는 그의 관자놀이에 키스했다. 5년 전 그녀가 사랑에 빠졌던 남자, 텔레비전 앞에서 나초를 먹는 것보다 텔레비전을 해체하는 것을 더 좋아하는 남자. 데이비드는 완벽하지 않았다. 그녀도 알고 있었다. 때로 침실 선반에 쌓인 컴퓨터 전선과 낡은 하드드라이브, 지난 4년 동안 사용하지 않고 침대 밑에 바퀴와 축이 분해된 채 따로 상자에 들어 있는 스케이트보드, 샤워 수증기가 존 얼웨이의 셔츠에 구김을 만들까 봐 욕실 근처에는 걸지 못하는 브롱코스 사인 포스터('브롱코스'는 미국 콜로라도 주 덴버에 본거지를 둔 프로미식축구팀이고, '존 얼웨이'는 브롱코스의 주전 쿼터백으로 활약했던 미식축구 스타로 현재 팀의 단장이다—옮긴이) 따위가 짜증스러울 때도 있었다. 하지만 이런저런 소소한 짜증에도 불구하고 데이비드는 정말 순수한 마음의 소유자였고, 그저 죽을 때까지 리디아와 아침에 부리토를 나눠 먹고 싶어하는, 곱슬머리와 아름다운 눈매를 지닌 쾌활한 소년 같은 남자였다. 리디아는 그를 만난 것이 행복했다.

"난 아직 식사를 안 했지만, 먹을 건 있으니······."

데이비드는 고개를 들자마자 뭔가 잘못되었다는 것을 알아차린 듯했다. 그는 일어서서 그녀의 어깨를 붙잡았다.

"리디아, 무슨 일이야? 이런. 내가 데리러 가기로 했던가?"

"그것 때문에 그런 게 아니야."

"그럼 뭐야?"

속이 메슥거렸다. 그녀는 싱크대에 기대서서 데이비드에게 조이에 관한 모든 것을 털어놓았다. 사진과 관련된 이야기만 빼고. 그녀는 데이비드와 거의 모든 것을 공유했다. 그녀의 괴상한 공상과학 꿈, 미래에 대한 두려움, 돌아가며 엄습하는 각종 공포증과 불안증까지. 그러나 어린 시절 기억의 잔해만은 예외였다. 아무리 사랑하는 남자라 해도 어떤 것들은 출입제한구역이었다.

"세상에, 난 퇴근 후에 술 한잔 하러 간 줄 알았지. 짐작도 못 했어. 내가 차를 끌고 갔어야 했는데."

데이비드는 음식이 사람의 마음을 달래준다고 굳게 믿는 사람이었다. 늦은 시간에도 아랑곳없이, 리디아에게 배고프냐고 묻지도 않고, 그는 아티초크 닭요리 접시를 냉동실에서 꺼내 시간과 세기(강도 4에서 3분 5초)를 정확히 맞춰 전자레인지에 데웠다. 리디아는 이때를 틈타 살짝 침실로 들어가 생일파티 사진을 양말 서랍 깊숙이 숨겼다. 마침내 손에서 초콜릿과 오줌 냄새를 씻어낸 순간 전자레인지에서 삐 소리가 났다.

브라이트아이디어 서점 뒷문 현관에서 골목을 후진해 다가오는 트럭의 리드미컬한 경고음이 들려왔다. 데이비드가 간밤에 일주일 휴가를 내라고 했지만, 지금 리디아는 서점 뒤쪽에서 비둘기와

서성거리고 있었다. 서점에서 멀리 떠날 수도, 안으로 들어갈 수도 없었다.

근처 공사장에서 들려오는 드릴의 굉음은 그녀의 신경 안정에 도움이 되지 않았지만, 요즘 이 근처 도처를 뒤덮은 공사장 차벽이나 펄럭거리는 비닐처럼 일상적인 것이 되어버렸다. 벽돌로 건설된 이 일대는 수십 년간 온통 철도 네트워크와 콘크리트 교량, 싸구려 선술집, 철물이 널린 공터로 가득 찼고, 유일한 주거지는 '마실 거리', '선술집', '술 마실 곳' 같은 이름이 붙은 싸구려 술집 위층이었다. 로어 다운타운이라는 명칭조차 도시의 배설물이 집결하는 '하류'를 일컫는다는 점에서 걸맞게 느껴지는 이름이었다. 무료급식소와 쉼터를 찾는 사람들, 폐기용 차량과 창고용 트럭, 차도에서 쓰레기를 싣고 배수구 구멍을 통해 플랫 강으로 철벅거리며 흘러들어가는 하수. 도시다운 공간이었다. 자신이 지나온 과거의 냄새를 풍기는 공간. 그러나 변화의 바람이 불어오고 있었다. 교량은 철거되었고, 자갈은 말끔하게 닦여 되살아났고, 수십 년 동안 버려져 있던 건물은 미술관과 아파트로 개조되고 있었다. 양조장과 커피숍 두 개, 리디아가 일하는 서점이 최초로 이 동네에 이주한 상점이었고, 한때 전구 공장이었던 건물의 아래 세 층에는 지난 몇 년간 서서히 상점들이 들어오기 시작했다(브라이트아이디어라는 서점 이름도 그 공장에서 유래했으며, 서점 현관과 북마크에도 구식 전구가 그려져 있다). 서점은 차츰 분주해지기 시작했고, 인근에는 심지어 야구장이 — 야구장이라니! — 한창 지어지는 중이었다. 리디아는 이따금 생각하곤 했다. 개척자와 부랑자들의 숨은 사연이 가득한 도시의 이 변두리가 다른 곳과 마찬가지로 따분한 분위기를 풍기기 시작하면 그때 나는 뭘 하게 될까?

가게를 그만둘 수는 없었다. 리디아는 6년 전 플란넬스커트와 헐렁한 블라우스 차림으로 땀에 젖어 얼룩진 이력서를 손에 쥐고 면접을 보러 브라이트아이디어 서점에 처음 발을 들였다. 그날 서점 지배인은 회색 턱수염을 짧게 기른, 직업을 전환한 방사선학자이자 아마추어 컨트리 음악가였다. 그가 철학 섹션의 의자로 안내하자 리디아의 긴장이 진정되기 시작했다. 그가 이력서를 접어 그녀 발치에 내려놓으며 이곳은 '다른 곳보다 조금 덜 형식적'이라고 말하자, 리디아는 안도의 한숨을 내쉬고 양 손끝을 마주대고는 자신의 무전여행 경험(동유럽·동남아시아)과 대학 시절 좋아했던 강의(국제 종교·르네상스 문학), 다양한 단기 일자리 경험(과수원·농장 매대·호텔·애완동물숍)에 대해 말하기 시작했다. 낯선 사람에게 마음을 열고 대화하면서도 정면으로 공격해오는 상어를 향해 헤엄치는 기분이 들지 않은 것은 아주 오랜만이었다. 그녀 인생의 가장 결정적인 순간이었던 그 면접의 마지막에, 지배인은 의자에 등을 기대고 물러앉으며 짧게 말했다. "나한테 책 한 권만 추천해주세요." 그녀가 선택한 책은 의미심장한 것이었다. 『백년 동안의 고독』. 그녀 자신의 오랜 고독이 종말을 맞이하던 순간이기도 했기에. 그러나 훨씬 더 의미심장한 것은, 이후에 거대한 서점을 탐험하며 책들을 서고에 정리하고 새 동료들을 파악하면서 그녀가 느낀 평온함이었다.

그날 리디아는 늘 그렇듯 잔잔한 미소를 띤 채 시선이 마주치는 것을 피했지만, 처음부터 브라이트아이디어 서점이야말로 자기가 평생 찾아 헤매던 안식처임을 깨달았다. 동료 직원 구성은 인구학적으로 다양했다. 대담한 포르노 취향을 지닌 68세 전직 수녀부터, 왼쪽 눈 위에 처칠풍 외눈안경 문신을 박았으면서 지난 시즌 '제퍼디!' 프로그램 10대 특집에서 2등을 차지한 17세 고등학교 중퇴자에 이르기까지. 드레드헤어스타일과 아프로헤어스타일도 있었고, 허리까지 머리칼을 기른 이도 있었으며, 말끔하게 면도한 이도 있었다. 나이 지긋한 좌파 몇몇은 1974년 시어스 카탈로그 모델 같은 인상이었고, 끈 넥타이와 대담한 드레스, 파리풍이라고밖에 설명할 수 없는 모자 차림도 있었다. 첫날부터 리디아는 이 직원들이 보통 사람들보다 행복하다는 것을 —적어도 진정한 행복이 무엇인지 더 제대로 이해하고 있음을 —알 수 있었다. 여기에서 일할 이유는 그것으로 충분했다.

리디아는 뒷문 현관에서 모퉁이를 돌아 가게 뒤쪽 골목으로 들어섰다. 건물 안에 들어갈 용기를 끌어 모으며 오늘 근무를 무사히 마칠 전략을 찾고 있는데, 등 뒤에서 발소리가 들렸다.

"당신 잘못이 아니라는 것 알지?"

돌아보니 헐렁한 검은 옷을 입은 플라스가 희뿌연 담배 연기를 주위에 내뿜으며 다가오고 있었다.

"그걸 아냐고요? 아마도."

"어쨌거나 그는 죽었을 거야. 이건 정말 당신 잘못이 아니야."

이제 쉰을 바라보는 플라스는 브라이트아이디어 서점이 처음 문을 열 때부터 함께한 직원이었고, 그전에도 여러 독립서점과 도서관에서 일한 경험이 있었다. 그녀는 서늘한 미모를 지닌 자상한 괴짜였다. 머리통에 바싹 붙도록 짧게 깎은 은발, 커다란 녹색 눈동자, 날씬한 팔. 화장을 하지 않았고, 주름살을 자랑스럽게 내놓고 다녔다. 때로 리디아를 위한 선물을 들고 출근하기도 했다. 머리카락 없는 오싹한 인형이나 고기 맛 나는 일본 사탕 같은 놀라운 물건들이었다. 리디아가 확인한 바는 없었지만, 그녀는 독신 같았다. 사랑에 속아 넘어가기에는 너무 완고했고, 감전 위험 때문에 더욱 효과적이었다는 도금시대(Gilded Age, 19세기 후반 미국의 경제 성장기를 가리키는 말로 마크 트웨인의 동명 소설에서 유래했다—옮긴이) 바이브레이터 경험담을 들으면 대부분의 남자는 기가 죽어 축 늘어질 것 같았다. 이따금 리디아는 언젠가 자신도 플라스 같은 여자가 되기를 바랐다. 배려심 있고, 창조적이고, 스스로에게 만족하는 사람. 그러나 대부분의 인간에게는 감히 범접할 수 없는 사람.

"그는 어떻게든 방법을 찾았을 거야." 플라스는 말했다. "당신이 있었든 없었든. 자살충동은 그 정도로 집요해."

"난 그냥, 이해할 수가 없어요."

"당신은 조이에게 잘해줬어." 플라스는 말했다. "당신에게 이런 짓을 하다니 화가 나."

리디아는 너무 공허한 나머지 할 말을 찾을 수가 없었다.

"서점도 마찬가지야. 우린 그에게 제2의 집이었어."

리디아는 말없이 곱슬머리 한 가닥을 잡아당겼다.

"난 그 친구를 좋아했어. 진심으로. 한데 도대체 뭐란 말이야, 조이? 이제 버뮤다 삼각지대 이야기를 나눌 사람이 없어져버렸어."

"다른 말동무가 생길 거예요." 리디아는 말했다.

"왜 이렇게 극적인 방법을 택했는지 이해할 수 없어." 플라스는 담뱃불을 끄며 말했다. "역사 서가에서 목을 매달아? 당신이 인사만 해도 얼굴을 붉히던 친구 아니었냐고? 당신한테만 그랬어. 사랑스러운 리디아한테만." 그녀는 손을 뻗어 리디아의 어깨를 짚었다. "정말이야. 그 친구는 당신을 좋아했어. 당신은 정말 그 애한테 잘해줬어."

"좋은 친구였어요."

"알아." 플라스는 말했다. "하지만 자살할 마음이 들거든 차라리 겨울에 속옷 바람으로 배낭여행을 떠나든가. 카누를 타고 세척제를 들이마시든가. 무슨 짓을 하든 당신이 없는 데서 할 수도 있었잖아."

플라스의 정처 없는 상념에 귀를 기울이던 리디아는 순간 명백한 사실 한 가지를 깨달았다. 조이는 그녀가 자신을 발견하기를 원했다. 다른 사람이 아닌 리디아가.

"유서도 남기지 않고?" 플라스가 물었다.

"없었어요."

"유감이야." 플라스는 고개를 저었다. "하지만 이게 무슨 웨이터에게 팁도 안 주는 짓거리냐고."

유서가 없었다, 리디아는 생각했다. 그저 내 생일파티 사진 한 장뿐.

"내가 혹시라도 자살할 마음이 든다면, 마지막 복수를 하기 위해서라도 유서를 남길 거야. 날 졸업무도회에 데려간 남자를 모욕해야지. 부모한테도 마지막으로 죄의식을 안겨주고. 전남편 물건 크기도 까발리고. 뭐든 결정적인 복수 말이야. 더 이상 잃을 것도 없잖아." 플라스는 입을 다물고 리디아의 팔을 잡은 손에 힘을 주었다. "괜찮아?"

"네……."

그러나 괜찮지 않았다. 리디아의 안에서 무언가 일어나고 있었다. 단단한 오랜 매듭 하나가 풀리기 시작하고 있었다.

"정말 괜찮아?"

털북숭이 손목이 흰 라텍스 장갑을 꼈다. 흰 라텍스 장갑이 망치를 쥐고 있다. 망치가 소녀의 머리카락을 헤집었다. 그리고 피. 언제나…….

리디아는 올 풀린 낡은 스웨터 자락으로 눈가를 닦고, 잠시 심호흡을 하고, 영상이 사라지기를 기다렸다. 심리상담가를 찾지 않아도 조이의 자살이 오랫동안 닫혀 있던 문을 열어젖혔음을 알 수 있었다.

"데이비드는 뭐래?" 플라스가 물었다.

"데이비드야 늘 하는 소리죠."

"옳은 말씀을 하셨겠지. 배 아플 정도로 괜찮은 남자야. 집에 가서 좀 쉬어, 리디아. 이번 주는 데이비드 옆에서 책이나 읽으면서 지내라고."

"데이비드는 보통, 독서보다는 뭔가 일을 하죠."

"그럼 일주일 동안 같이 침대에서 뒹굴든가."

"데이비드도 읽어요." 리디아는 미소 지으며 말했다. "그저 독서광이 아닐 뿐이지. 대부분 스포츠 면이나 십자말풀이, 작업에 관련된 책 같은 거. 작년 생일에는 『C plus plus』라는 프로그래밍 책을 사달라고 하더라고요. 난 무슨 말인지도 모르겠지만."

"세상에, 리디아. 당신 얘기 중에 가장 슬픈 얘기야."

"이제 기분이 좀 나아졌어요."

플라스는 입술을 깨물고 자기 손을 쳐다봤지만 담배는 이미 없었다.

"리디아, 힘든 상황이라는 것도 알고, 진심으로 당신한테 혼란을 더하고 싶지 않아. 그런데……."

"뭐죠?"

"조간신문에 났어. 이번 일. 사건. 기사가 실린 건 아닌데, 현장 사진 아래 설명에." 플라스는 얼굴을 찌푸렸다. "당신이 실렸어."

"내가요? 사진에요?"

"사진하고 설명 문구에. 당신이 주목받는 걸 즐기는 사람이 아닌 게 유감이야. 그렇다면 절호의 기회일 텐데."

플라스는 검은 가방을 뒤져 구겨진 신문을 꺼냈다. 깅리치가 등 뒤에서 뭐라 중얼거리고 클린턴이 연단에서 엄지를 세우는 사진 이 눈에 들어왔다. 플라스는 페이지를 넘겼다. "보이지? 현관에서 두 손으로 입을 가리고 있는 게 당신이야. 멋진 머리카락 좀 보라고. 어쩌다 이렇게 헝클어졌담."

"맙소사." 리디아는 자신의 외모 이야기가 나올 때마다 늘 그렇듯 얼굴을 붉혔다. 항상 뭔가에 놀란 듯한 커다란 갈색 눈. 약간 처져서 구부정하니 피곤해 보이는 어깨. 얼마 전에 겨우 서른이 되었음에도 듬성듬성 희끗거리는 머리카락이 눈에 띄었고, 입가를 따라 새 주름이 생겨 긴장을 풀 때마다 찡그린 토끼 같은 인상을 주었다. 수십만 명이 모닝 커피를 마시며 이 신문을 읽었으리라 생각하니 거의 숨이 막힐 지경이었다. 누가 이 사진을 보았을까? 누가 날 알아보았을까?

"여기 구급차가 있고." 플라스가 페이지를 가리켰다. "이건 들것, 불쌍한 조이는 여기 시체 포대 안에. 한데 왜 시체에 굳이 검은 포대를 써야 할까? 사람들이 죽음을 두려워하는 것도 당연하지. 청록색도 좋잖아? 아, 사진 설명에 조이를 어떻게 언급했는지 봤어? '신원미상의 남자'."

리디아는 한숨을 쉬고 골목 끝 보도를 바라보았다. 남자 둘이 쇼핑 카트를 가로등에 고정시키고 있었다.

"조이가 이렇게 묘사되다니 어찌나 서글픈지." 플라스는 말을 이었다. "신원미상의 남자라니."

"다들 그렇잖아요." 리디아는 서점 벽돌 뒷벽에 난 넓은 빨간 창틀 유리로 다가갔다. 정오도 되지 않았지만 가게는 이미 가득 차 있었다. 신원미상의 인간들. 책개구리들이었다.

브라이트아이디어에서 처음 일하기 시작했을 때, 리디아는 모든 손님들이 다 실제 손님은 아님을 깨닫고 정처 없는 이들 무리를 머릿속에서 따로 분류해두었다. 그들은 대체로 무직이었고, 대체로 혼자였으며, 조이가 그랬듯 서점 직원 못지않은 시간을 서고 사이 복도에서 지냈다. 안락의자에서 낮잠을 자고, 서고 사이 움푹한 공간에서 소곤거렸으며, 커피숍에서 혼자 체스를 두었다. 늘 책을 읽지 않는 사람들도, 무지한 종족의 침략에 대항하는 성채처럼 발치에 책을 쌓아두었다. 수도자 같고 연약한 모습으로 몇 시간씩 한 구석에 웅크리고 앉은 이들을 보면, 종종 긴 다리를 공중에 죽 뻗고 신문을 읽는 모습으로 그려지는 베아트릭스 포터(Beatrix Potter, 『피터 래빗』을 그린 영국의 동화 작가이자 그림 작가─옮긴이)의 멋쟁이 개구리 제레미 피셔가 생각났다. 그들은 마치 서점 벤치 여기저기 흩어져 시와 크래커를 양분으로 섭취하는 통통하고 아름다운 개구리 같았다.

"우리가 뭘 해줘야 할까?" 플라스는 리디아의 몸에 부드럽게 팔을 두르며 말했다.

리디아는 그녀에게 몸을 기댔다. "나도 알고 싶어요."

많은 책개구리들이 한때 교수이거나 소설가였지만, 이제 그들은 하루 종일 치약에 적힌 바코드나 J.D. 샐린저 음모론에 집착하는 것으로 소일하고 있었다. 매일 아침 일찍 가게 문이 열리면, 언제나 책개구리 한 무리가 비척비척 밀려들어와 하루 지난 페이스트리를 집어 들고 커피숍 카운터에 구비된 우유를 각자의 패스트푸드 컵에 따르곤 했다. 익숙하지 않은 사람들에게 많은 책개구리들은 부랑자나 노숙자로 보였지만, 경험 많은 사람이라면 그들이 세상을 벗어던지고 옷가지와 법칙도 거부한 대신 종이와 단어를 선택했다는 사실을 금방 알아볼 수 있었다. 리디아는 거의 어수룩할 정도로 다정하게 그들에게, 특히 그중에서도 흥미로운 대화를 이어갈 수 있는 말주변 좋은 몇몇 사람들에게 이끌렸다(사실 리디아에게는 늘 그랬지만, 아주 일방적인 대화였다). 책개구리 가운데 어떤 이들은 너무나 박식해 문학 이야기를 늘어놓기 시작하면, 몇 년 전 리디아가 샌프란시스코에서 영문학 학위를 따던 시절의 지도교수 못지않게 통찰력 있게 들렸다. 어떤 사람들은 몇 달씩 출입금지를 당하기도 했지만—변기 플런저를 머리에 쓰고 화장실 칸에서 뛰쳐나오곤 하던 남자가 있었다—대부분은 조용하고 선량했으며, 책을 읽고 응시할 수 있는 공간, 무엇보다 문간을 들어서면서 고독을 벗어버릴 공간이 있다는 것을 감사하게 여겼다.

리디아는 가끔, 저들이 없었다면 내가 과연 이 서점에 붙어 있었을까 생각하기도 했다.

"오늘 라일 아직 못 봤어?" 플라스는 두 손을 오므리고 창밖을 응시했다. "충격이 클 텐데. 간밤에는 어땠지?"

리디아는 플라스의 팔 밑에서 신문을 끌어당겨 사진을 더 자세히 들여다보았다. 지퍼로 봉한 검은 포대 안에서 들것에 실려 구경꾼과 경찰들에게 둘러싸인 채 가게를 나서는 조이의 몸. 리디아 자신과 동료들 몇몇도 보였지만, 라일은 눈에 띄지 않았다.

"라일은 없었어요."

"늘 서점에 있잖아."

"간밤에는 없었어요."

라일과 조이, 조이와 라일. 두 책개구리는 한 쌍의 마트료시카 인형처럼 서로 가까웠다. 라일은 거의 예순 정도로 보이는 나이였지만, 몇 년 전 일종의 책개구리 자선사업가이자 돈 많은 후원자로 조이를 거두어 독서 편력을 지원해주었고, 이후 진정한 친구 사이가 되었다. 조이가 매일 식사를 제대로 하는지, 위탁가정에서 맡은 책임을 완수했는지, 소변검사와 가석방심사에 참석했는지 확인한 것도 라일이었지만, 무엇보다 라일은 소년이 내면을 풍성하게 가꿀 수 있도록 조이의 작가 순례를 이끌어주었다. 두 사람은 묘한 한 쌍이었다. 조이는 침울하고 겁먹은 강아지처럼 안절부절못하고 상처받은 소년이었다. 라일은 매사에 무심한 영국 학생처럼 키 크고 점잔 빼는 이였다. 두 사람이 매일같이 구부정하게 가게 안을 돌아다니는 모습을 보면서, 리디아는 어니와 버트, 로렐과 하디, 스타인벡의 조지와 레니 같은 단짝들을 종종 떠올리곤 했다(어니와 버트는 1969년에 처음 방송된 미국 어린이 텔레비전 프로그램 〈세서미 스트리트〉에 룸메이트로 나오는 캐릭터들이고, 로렐과 하디는 1920~30년대 무성영화의 전

30

설적인 코미디 듀오이다. 조지와 레니는 존 스타인벡의 1937년작 『생쥐와 인간』에서 우정을 나누는 인물들이다―옮긴이). 그들이 서로의 눈앞에 책을 펼치고 팔꿈치를 스치며 책장을 넘기고 식어가는 찻잔 앞에서 진지하게 고개를 끄덕이는 모습을 보고 있노라면, 성인 남성들에게서 보기 드문 애착관계가 형성되는 것을 볼 수 있었다. 리디아가 아는 한, 라일은 조이가 마음을 연―어쩌면 리디아를 제외하고―아마도 그가 사랑한 유일한 사람이었다. 이제 조이가 없으니, 라일은 무너질지도 모른다, 리디아는 그제야 생각했다.

플라스는 담배를 커피 깡통 안에 뭉개 넣고, 민트를 입안에 집어넣었다.

"그만해."

"뭘 그만해요?" 리디아가 물었다.

"라일 때문에 노심초사하는 것 말이야. 그가 없는 건 당신이 걱정할 문제가 아니야."

"알아요."

"리디아, 난 안에 들어가봐야 해. 하지만 오늘은 제발 슬픈 남자들을 멀리하겠다고 약속해. 이번 한 번만이라도. 슬픈 남자들 말이야. 그저 멀리 떨어져 있으라고."

"약속할게요."

플라스는 연기 밴 손으로 리디아의 머리카락을 쓸어주고, 귀 뒤에 펜을 꽂고 서점을 바삐 오가는 10여 명의 점원들 속에 합류했다. 리디아는 그들이 벨을 울리는 전화기와 컴퓨터 단말기 사이를 돌아다니는 모습을 지켜보면서, 신원미상의 남자 유령을 머릿속에서 몰아내려고 애써봤지만 소용없었다.

3장

근무시간이 끝난 뒤 리디아는 브라이트아이디어 휴게실에서 외투와 가방을 집어 들고 물건 보관함 안에 손을 집어넣었다. 후줄근한 봉투에 든 후줄근한 월급 수표 옆에 물결치는 파이크스 피크 우편엽서가 놓여 있었다. 거대한 회색 산맥 위 빨간 배너에 '색채 찬란한 콜로라도에서 인사를!'이라는 문구가 찍혀 있었고, 산맥 아래에는 '북미 최고의 방문객을 자랑하는 산!'이라는 설명이 적혀 있었다.

엽서의 수신인은 그녀였고—성 없이 '리디아, 브라이트아이디어 서점'이라고만 되어 있었다—굵은 검정 볼펜 글씨였다.

모버그요.

혹시 당신이 원하는 게 더 있다면.

그뿐이었다. 국기가 그려진 우표가 붙어 있었고, 빨간 잉크 소인은 번져 있었지만 발신처를 알아볼 수 있었다. 콜로라도 주 머피에서 보낸 엽서였다. 모버그 본인이 직접 그녀에게 보낸 우편이었다. 해리 모버그. 은퇴한 강력반 형사.

그는 지난주 신문에 난 사진에서 그녀를 알아본 모양이었고, 그것은 그녀에게 최악의 공포가 현실로 닥쳤다는 뜻이었다. 허락 없이 게재된 사진이 그녀의 과거에서 온 여행자들에게 문을 열어주었다. 리디아는 보관함에 팔을 기대었다. 그녀는 아직 그들을 들일 준비가 되지 않았다.

엽서가 도착한 것은 무시무시한 무언가를 전했다. 이것은 모버그 형사가 여전히 살아 있고, 20년 전 마지막으로 그녀가 찾아갔을 때 살던 눈 덮인 오두막에 여전히 은둔하고 있다는 증거였다. 아마도 그는 여전히 망치남을 추적하고 있을 것이다.

—우린 그를 찾아내야 한다. 하지만 네 도움이 필요해. 알겠니? 그러니 네가 들은 걸 다시 정확히 말해봐. 그 싱크대 밑에 기어들어간 순간부터 네 아버지가 마침내 도착한 순간까지, 기억나는 소리라면 뭐든지 하나도 빼놓지 말고. 리디아, 해볼 수 있겠니? 생각해보렴. 싱크대 아래.

혹시 당신이 원하는 게 더 있다면.

그녀는 가방을 열고 우편엽서를 안에 구겨 넣었다.

그날 밤에 대해서는 더 이상 원하는 게 없었다. 그녀는 훨씬 더 적은 것을 원했다.

퇴근 후 캐피톨힐 아파트에 들어섰을 때, 커튼은 닫혀 있었고 불빛이라곤 거실 구석 작은 책상에 나란히 놓인 두 대의 모니터에서 흘러나오는 것이 전부였다. 커피 탁자는 옆으로 밀려나 있었고, 데이비드는 잠옷 차림으로 카펫 위에서 등을 구부리고 있었다. 요가 자세를 설명하는 스프링제본 책이 바닥에 펼쳐져 있었다. 그가 그녀를 향해 미소 지었다.

"왔어?" 이렇게 말하고 몸을 카펫 쪽으로 젖히는 순간, 실오라기가 입술에 묻자 그는 실을 뱉어냈다.

리디아는 데이비드를 보아 좋았고, 그가 뭔가에 몰두해 있는 것을 보아 더 좋았다.

몇 년간 시시한 편의점 점원과 전화 교환원으로 일하던 데이비드는, 지난겨울 교육자재 개발 회사에 IT 전문가로 취직했고, 지금은 창문 없는 사무실에서 여러 프로그래머와 게이머들—그가 '방콕족'이라 부르는 이들에 둘러싸여 일하고 있었다. 처음에는 주당 50시간 동안 스크린만 들여다보며 책상 앞에서 일하다 보면 눈이 시뻘건 폐인이 되지 않을까 걱정했지만, 문제를 해결하고 돈을 받는 일은 그의 땜장이 성향과 완벽하게 어울렸다. 과자와 청량음료로 끼니를 때우는 동료 프로그래머들에 반기를 드는 의미에서, 그는 매일 운동하는 것을 습관으로 삼고 있었다. 오늘 저녁의 요가도 그 때문이었다.

"잠깐만, 조금만 더 하고."

"천천히 해." 그녀는 식료품 가방을 부엌 바닥에 놓고 침실로 들어갔다. 빛이 쏟아지는 사각형 유리창 밖에 푸른 잎이 무성한 가문비나무 두 그루가 서 있어 마치 나무 위 오두막 같은 분위기를 풍졌다. 아파트는 포스퀘어 건물을 개조한 곳 2층이었고, 이런 소소한 매력 때문에 —물론 3백 달러라는 집세는 말할 것도 없고— 굳이 이 동네를 떠나 셔틀과 풀장이 딸린 공동주택으로 옮길 생각은 들지 않았다.

리디아는 서랍장 앞에 서서 양말 서랍을 열었다. 여름 양말과 따끔거려 입지 않는 테디 속옷 안쪽 깊숙이 우편엽서를 집어넣으면서, 그녀의 손가락이 생일파티 사진을 가볍게 스쳤다.

5년 전 데이비드가 한 브로드웨이 바에서 그녀 옆에 줄곧 서성거리며 어깨 너머로 냅킨과 이쑤시개, 올리브를 주문한 뒤에 마침내 그녀에게 당구 한 판 하자고 말을 건넬 용기를 냈을 때, 리디아는 놀랐다. 그가 그녀에게 관심을 갖는다는 게 이해되지 않았다. 데이비드는 아마도 그 바에서 가장 잘생긴 청년—날렵한 몸매와 와 장밋빛 뺨, 입가의 미소를 지닌—이었던 데 반해, 리디아는 찢어진 청바지와 샌들, 검은 비키니 킬 티셔츠 차림이어서 평소보다 약간 편안하다 할 수 있는 모습이었고, 싸구려 진토닉에 약간 취해 플라스의 어깨에 기댄 채, 방금 건초 트럭에서 굴러 떨어진 기분으로 그날 벌써 서른 개비째 담배를 피우고 있었다. 처음에는 술집에서 장난으로 하는 내기일지 모른다는 생각에 소극적으로 응대했고 의심스러운 기분을 뿌리칠 수 없었지만, 등 뒤에서 따라가며 살펴보니 그는 걸음걸이가 약간 어색했고 운동화 한 짝의 낡은 회색 끈이 풀려 바닥에 질질 끌리고 있었다. 그가 당구대 녹색 펠트에 몸을 기댈 때 손가락 몇 개가 없어 비틀어진 오른손이 눈에 들어온 순간, 리디아는 따뜻한 전율을 느끼며 의심이 한층 옅어졌다. 엄지는 제자리에 있었고 검지도 대체로 멀쩡했지만, 나머지 세 손가락은 땅딸막한 토막만 남아 있었다.

몇 시간 뒤 날이 밝았고, 그녀는 해장 오믈렛을 먹으며 데이비드의 고등학교 시절 얼치기 짓 이야기를 들었다. 파티에서 잔뜩 취한 어느 날, 그는 실수로 술잔을 쓰레기통에 떨어뜨렸다. 잔을 꺼내려고 손을 쓰레기 분해 칼날이 달린 바닥까지 깊숙이 집어넣은 뒤 안쪽을 잘 들여다보려고 싱크대 위의 전등 스위치를 켰다. 한데 그것은 전등 스위치가 아니었다.

—우리 엄마는 그 덕분에 내가 재수 없는 놈이 안 됐대, 그가 말했다.

—그럼 스위치를 제대로 누른 거네, 리디아가 말했다.

처음 데이트를 시작하던 몇 달 동안, 리디아는 40세 이하 여자들 대부분이 침대의 아침식사 바라보듯 데이비드를 눈여겨본다는 것을 의식했다. 이 모든 구경꾼들에게 리디아는 아마도 누나나 술친구나 트림 경쟁에서 데이비드를 이겨 먹는 여자애로 보였겠지만, 그들의 시선이 절반밖에 남지 않은 그의 손에 우연히 닿으면 그들이 무슨 생각을 하는지 훤히 알 수 있었다. '뭘 들고 있나? 생닭가슴살? 밀가루 반죽?' 두 사람이 최악이었던 순간에 그 손이야말로 그들의 주된 중매쟁이였던가, 리디아는 생각하지 않을 수 없었다.

하지만 그건 초반에나 들었던 생각일 뿐, 그들을 함께하게 한 것이 오로지 그 손이었다면 관계는 진작 끝났을 것이다. 플라스가 말한 대로, "손가락 세 개의 부재가 5년의 세월을 만들어주지는 않는다." 리디아는 동의했다. 그녀와 데이비드 사이에는 뭔가 특별한 것이 있었다. 그저 그것이 무엇인지, 자신이 그것을 감당할 수 있을지 알 수 없을 뿐이었다.

　남자친구와 협상하는 일은 리디아에게 한 번도 수월한 적이 없었다. 10대 시절 리오비스타의 산골 오두막에서 아버지와 살 때 남자아이들이 춤이나 드라이브 여행을 청하면, 리디아는 보통 움츠러들어 아버지가 손찌검을 할 정도로 억압적이라고 대꾸했다. 기껏해야 절반만 사실이었지만―억압적인 건 사실이나, 손찌검은 사실이 아니었다―그럴 때면 남자애들은 언제나 천천히 물러나, 자기네들 농담을 다 들어주고 교회에서 부모님들까지 아는 사이인 동네 토박이 여자애들에게 돌아가곤 했다. 리디아에겐 상관없었다. 약에 취해 야외용 간이탁자 위에서 헤비메탈 팬이었던 남자아이에게 처녀성을 잃은 하룻밤을 제외하면, 범접할 수 없는 여자애라는 입소문이 고등학교 시절 내내 그녀를 지켜주었다. 리오비스타를 떠나 샌프란시스코로 이사한 뒤―아버지에게서 최대한 멀리 떨어지겠다고 맹세하고―한동안 그녀는 정반대로 급선회해서, 처음 만나는 낯선 남자들과 닥치는 대로 잠자리를 하다가 한 달 이상 지속되지 않는 남자친구 여럿을 띄엄띄엄 거쳤다. 리디아는 진심으로 이 짧은 남성편력 시기를 즐겼지만, 어떤 남자를 만나도 문제는 똑같다. 식료품점이나 빅토리아시대 문학수업, 타코 가게에서 그녀를 만난 남자친구들은 아무리 저돌적으로 덤벼도 결국 그녀가 감추고 있는 갑옷을 도무지 뚫고 들어갈 수 없다는 사실을 깨닫곤 했다. 그들 모두 각자 다른 방식으로 그녀만의 공간을 공유하고 싶어했지만, 그것은 불가능했다. 거기에 들어갈 수 있는 사람은 그녀뿐이었다.

그러나 시작부터 데이비드는 달랐다. 그의 아파트에서 처음 밤을 보낸 뒤 침대에서 혼자 눈을 뜬 그녀는 다른 방에서 뭔가 요리하는(타는?) 냄새를 맡았다. 달걀 요리나 프렌치토스트를 만드는 가 보다 했지만, 바닥에 뒹구는 티셔츠를 주워 입고 부엌으로 나가보니 그는 요리를 하는 게 아니라 낡은 다리미를 이용해 작업대 위에 길게 놓인 스키에 왁스를 바르고 있었다. 몇 분 뒤 옷을 갈아입으려고 침실에 돌아간 그녀는 분해된 VCR—투박한 버튼이 달리고 모조 나무외장을 댄 거대한 물건—에 걸려 넘어질 뻔했다. VCR에 연결되어 있던 군용 확성기, 선물용 점멸등, 낡은 흑백텔레비전 브라운관도 보였다. 비디오 플레이어 근처에는 VHS 비디오테이프 한 무더기(〈로키 산맥 야생동물: 산악구조요원을 위한 야생입문서〉)가 쌓여 있었다. 무슨 레이브파티나 기이한 전자 비디오 프로젝트 같은 것과 관련되었으리라 생각했지만, 데이비드에게 뭐냐고 물어보니 그도 모른다고 했다.

—그냥 소일거리야.

—기능하는 데가 있어?

—아니, 아직. 어쩌면 영영. 뭐, 모르지.

뭐, 모르지. 그녀는 미소 지었다. 다시는 그 기계를 볼 기회가 없었지만, 되돌아보면 그 기계야말로 두 사람의 관계가 순조롭게 진행되게 기능해준 어떤 산만함의 상징이었다. 그녀의 아파트 세면대 유리병에는 곧 그의 칫솔이 꽂혔고, 그의 셀러리 봉지와 코티지 치즈 상자가 그녀의 포도젤리와 체리요거트 옆에 자리잡았다. 데이비드는 리디아의 숨겨진 내면을 캐내기보다 더 중요한 일들이 많은 것 같았다.

부엌에서 리디아는 물 한 잔을 마시고 차 끓일 물주전자를 불에 올린 뒤 식료품을 정리하기 시작했다.

이어 웃통을 벗은 데이비드가 맨발로 들어왔다. 갈비뼈 바로 아래에는 고등학생 때 멕시코 여행에서 새긴 바보 같은 돼지갈빗살 문신이 아직 남아 있었다. 그가 등 뒤에서 키스했을 때 리디아는 도마를 꺼내놓고 양파 껍질을 벗기는 중이었다.

"기분 좋아 보이네." 그녀가 말했다.

"프로그램 안에 콜론이 있어야 할 자리에 세미콜론이 들어 있는 걸 발견했어."

"그게 좋은 거야?"

"아주 좋은 거야. 프로그램 수천 줄 속에서 발견했어. 상사가 어설프게 하이파이브를 해주더군. 끝내줬어."

혹시 비꼬는 게 아닌가 싶어 표정을 살폈지만, 그렇지는 않았다.

"우리 부서가 일주일 골머리를 썩어야 할 수고를 내가 덜어준 거라고." 그는 과일 바구니를 뒤지며 덧붙였다. "당신은? 서점은 좀 나아졌어?"

조이 사건이 있고 지난 일주일간 데이비드는 매일 같은 질문이었다. 조이가 왜 그런 짓을 했는지, 리디아는 여전히 납득할 수 없었다. 며칠 전 계산대 쓰레기통을 비우는데, 풀어진 카세트다발처럼 쓰레기통에 아무렇게나 밀어 넣어 구겨진 노란색 경찰서용 출입금지 테이프가 나왔다. 곡선을 그리는 그 테이프가 마치 조이가—젊고, 영리하고, 어딘가 모자란 조이가—선반 위에 올라가 노끈을 걸고 목을 매단 이유를 설명해주기라도 하듯, 리디아는 눈을 떼지 못하고 한참 쳐다보았다. 죽기 전 몇 주 동안 그가 읽던 책들—프랙털기하학, 미생물 아트, 페트라르카의 소네트—을 떠올려봤지만, 그녀가 아는 한 당시 조이가 읽던 책들은 그가 탐닉하던 주제가 언제나 그랬듯 방대한 동시에 좁았다. 해답을 찾기 위해 리디아는 오늘 3층까지 올라가 서구 역사 섹션 한가운데 서서, 조이가 바로 여기서 이 책들에 둘러싸여 자살하기로 결심한 데는 뭔가 더 깊은 이유가 있지 않았을까 생각해보았다.

부질없는 상념을 포기하고 카운터 업무를 도우러 아래층으로 내려가려던 순간, 리디아는 조이가 마지막 순간을 보낸 구석의 꽃무늬 의자가 벽에서 너무 멀리 밀쳐져 있는 것을 알아차렸다. 허리를 굽혀 의자 위치를 조정하고 쿠션을 들어 올려 반듯하게 매만지는데, 쿠션 뒤 솔기에서 새끼손톱만큼 작고 흰 물체가 눈에 띄었다. 리디아는 동전 하나와 크래커 조각 몇 개를 헤집어 물체를 끄집어냈다. 종잇조각. 작고 완벽한 사각형이었다. 처음에는 혹시 조이가 그날 밤 LSD를 했거나 종이인형을 오리고 있었던가 했지만, 손바닥 위에 올려놓고 보니 분명히 책에서 오려낸 조각이었다. 혹시 이게 조이가 그녀에게 남긴 유서가 아닐까? 리디아는 조이의 죽음에 대한 단서가 될 만한 단어—미안하다, 혹은 희망이 없다, 혹은 살인이다—하나라도 있을까 싶어 종이를 전등 가까이 가져갔지만, 종이에 인쇄된 알파벳은 완전한 형태가 아니어서 해독하는 게 불가능했다. 아마도 'e' 한 개, 아마도 'j' 한 개, 아마도 'l' 한 개, 아마도 'm' 한 개, 기타 몇몇 글자들. 검사 결과로 나온 것은 아무것도 뜻하지 않았다.

리디아의 손은 양파와 칼을 움켜쥐었지만 움직이지 않고 있었다. 그녀는 작업대 구석의 은제 토스터를 멍하니 응시하고 있었다.

"일은 괜찮았어." 그녀는 데이비드에게 말했다. "나도 조금씩 나아지고 있는 것 같아."

그는 손바닥으로 사과를 굴리며 고개를 끄덕였다.

"들어봐." 그리고 마침내 그가 입을 열었다. "이 이야기를 꺼내기에 별로 좋지 않은 때일 수도 있는데, 느닷없는 소리라는 것도 알아. 그런데 당신 아버지와 당신 사이는 어떻게 된 거야?"

리디아는 온몸의 피가 뜨거워졌고, 피부는 차갑게 식었다. 데이비드는 사과 한 입을 베어 물고, 껍질에 붙은 스티커를 싱크대에 뱉어냈다.

"당신 말이 맞아." 그녀는 서둘러 양파를 썰어 다지기에 몰두했다. "지금은 정말 좋은 때가 아니야."

"이름이 토마스 맞지?" 데이비드가 물었다.

아버지의 이름을 듣는 순간, 리디아는 관 뚜껑을 들어 올리는 어린아이가 된 기분이었다. 안을 들여다보기만 하면 된다.

"오늘 아침에 전화를 받았어." 그가 덧붙였다. "당신이 출근한 직후에."

리디아는 얼굴이 달아올랐다. 얼른 손 씻는 시늉을 했다. 물비누를 짜고, 수도꼭지를 돌려 뜨거운 물을 틀었다.

"아버지는 나를 그냥 내버려둬야 해. 데이비드, 아버지와 얘기했어?"

"조금."

리디아는 싱크대에서 고개를 들고 데이비드를 응시했다. 아버지가 무슨 말을 했을까? 내가 진짜 어떤 사람인지 데이비드가 알아냈을까? 어린 리디아. 피 묻은 얼굴로 싱크대 밑에 숨어 있던 소녀, 저녁 뉴스를 탔던 생존자. 지금 그녀가 알고 지내는 사람들은 아무도 몰랐다. 알 길이 없었다.

"다시 전화하면 그냥 끊어버려."

"10대 시절에는 모든 부모가 마음에 안 들기 마련이야, 리디아." 데이비드는 짜증스러울 정도로 침착하게 말했다. "그냥 관계를 회복하고 싶으신 거겠지."

"이건 달라." 리디아는 말했다. 목구멍 안에서 아플 정도로 부풀어 오르는 거품을 느꼈다. "아버지는 날 낯선 곳으로 데려다놓고 그냥 가버렸어. 난 열 살 때부터 알아서 자라야 했다고."

"알았어."

"그러니까 아버지가 다시 전화하면 끊어. 부탁할게."

"알았어."

데이비드는 그녀를 향해 손을 뻗으려다가 마지막 순간 돌아섰고, 대신 작업대의 빵부스러기를 닦아냈다.

4장

 뿔테안경을 쓴 도서관 사서였던 리디아의 아버지, 토마스는 딸이 세상에 태어난 순간부터 당황해 어쩔 줄을 몰랐다. 리디아가 첫 숨을 내뱉기 직전, 그는 세인트 조 병원 대기실을 서성이며 복도 저쪽에서 한창 산고를 겪고 있던 아내, 책벌레 로즈 걱정을 하고 있었다. 지나치게 친절한 자원봉사 간호조무사가 딸을 맞이할 준비가 되었느냐고 묻자, 토마스는 수술마스크로 입을 가리지도 않고 무작정 분만실로 달려 들어갔다. 알고 보니 복도 한참 저쪽에 뒤처져 있던 간호조무사의 실수로 보호자를 착각해 토마스에게 말을 건 것이었고, 그가 서늘한 분만실에 들어갔을 때 로즈는 한창 제왕절개 수술 중이었다. 경험 많은 간호사 한 사람이 그에게 뛰어와 복도로 내보내려 했지만, 그는 죽어가는 아내의 자궁에서 의사들이 어린 딸을 끄집어내는 광경을 보고 말았다.

그는 간호사의 재촉으로 돌아서서 문을 향했지만 분만실을 나가기를 거부했다. 등 뒤에서 마취과 의사가, 손가락이 부어올라 잘라내야 할 상태가 되기 전에 환자의 결혼반지를 빼라고 속삭였고, 토마스는 아내의 손가락을 자른다는 것인지 반지를 자른다는 것인지 어리둥절했다. 그가 전시를 기다리는 마네킹처럼 우뚝 서 있는 동안, 다른 의사가 반지를 사각형 거즈에 붙여 그의 외투 주머니에 넣어주었다. 은으로 된 앙증맞은 장미에 루비 꽃잎이 달린 반지였고, 안쪽 면에는 글씨가 새겨져 있었다. '나의 로즈를 위한 장미.'

멍한 안개 속에서 토마스는 한 간호사가 아내의 몸 위에 시트를 덮은 뒤 이동식 침대를 지하로 밀고 가는 광경을 지켜보았다. 침대를 따라가고 싶었지만, 의사는 갓 태어난 아기를 그의 팔에 안겨주며 지금 그의 딸에게 아버지가 필요하다고 조용한 목소리로 말했다. 토마스는 이불 속에서 꼼지락거리는 움직임을 느끼고 이해하기 시작했다. 그는 아기를 단단히 끌어안았다. 검은 기름처럼 매끄러운 아이의 눈이 그의 세상을 열어주었다.

그로부터 몇 달간 밤마다 따뜻한 음식을 들고 찾아와 위로하는 손님들이 끊이지 않았지만, 식기를 돌려주고 서랍 안에 위문 카드를 차곡차곡 던져 넣다 보니 선물이 가져다주던 사소한 위로도 차츰 사그라들기 시작했다. 육아에 대한 무지를 드러내는 것이 수치스러워 토마스는 아무에게도 도움을 청하지 않았고, 로즈의 침대 머리맡에 있던 육아서 한 권에만 의지했다. 유아식을 너무 끓여 리디아의 혀를 데이게 하고, 머리를 제대로 세우기도 전에 곡물 시리얼을 우물거리게도 했다. 한밤중에 숨소리가 불규칙하면 아기 포대기를 내려다보며 귀를 기울였지만, 얼어 죽을 지경인지 구토 때문에 목구멍이 막힌 건지 아니면 그저 아버지처럼 피곤한 건지 알 길이 없었다.

지역 도서관에 복귀하게 되자 인근의 온갖 보육센터에 아이를 맡겨봤지만, 이삼 일 이상 가는 곳이 없었다. 어떤 곳은 운동장에 녹슨 그네가 있었고 울타리가 너무 낮았다. 어떤 곳은 책장에 책이 거의 없었다. 어떤 곳은 직원이 험악하게 생겼다. 어디 하나 마음에 차는 곳이 없었기에 그는 내심 하고 싶어했던 일을 실행에 옮겼다. 리디아를 직장에 데려간 것이다. 거기라면 안전했다.

다행히 그가 근무하는 덴버 공립도서관의 작은 분관은 워낙 오래되고 신경 쓰는 사람이 없어서 드나드는 주민들도 융통성 있는 규칙에 익숙했다. 워낙 기대수준이 낮아 불평하지 않는 데 익숙했기에, 아이가 항상 도서관에 있음에도 누구 하나 뭐라 하는 사람이 없었다. 자원봉사자들은 때로 낭독행사나 책 정리를 도왔지만, 토마스는 대부분의 시간을 안내데스크 뒤에 혼자 앉아 한 눈으로는 도서관을, 한 눈으로는 딸을 지켜보았다.

몇 년 동안 리디아는 책상 뒤에서 꾸물거리거나, 카트 아래 칸에 올라타 서고 사이를 누비거나, 도서목록을 작성하는 아버지 무릎 위에서 졸곤 했다. 나이 지긋한 손님들은 리디아와 더 긴 시간을 같이 있어주었고, 수많은 사람들이 책을 읽어주었다. 유치원에 갈 시기쯤 학습능력은 일취월장했고, 토마스는 그녀를 리틀플라워 초등학교에 보냈다. 도서관과 집에서 가까운 작은 가톨릭초등학교였기에 자동차 없이 걸어다닐 수 있었다. 대부분의 사립학교

보다 거친 편이긴 했지만, 노란 비옷을 뒤집어쓴 리디아가 안전한 철조망 안에서 키다리 수녀들의 무릎께에 붙어 있는 모습을 보면 토마스의 근심도 누그러들었다.

리디아가 자라면서 토마스는 머리 땋는 법, 신발 광내는 법, 체크무늬 치마와 스웨터 입히는 법을 익혔다. 몇몇 예외—대개 '미운 세 살' 무렵이었고, 네 살이 되고서 몇 달 더 이어졌던—를 제외하면 그는 아이를 도서관에 두기로 한 결정에 흡족해했다. 리디아는 학교에서 돌아오면 레코드와 필름조각을 만지작대거나, 콩주머니로 성채를 쌓거나, 공작실에서 사탕 막대기와 솜뭉치를 갖고 노느라 바빴다. 토마스는 언제나 고독의 가치를 믿었지만—자신을 고독의 외로운 대변인이라 여기며—오후에 아이를 데리러 리틀플라워 학교에 가면 리디아가 주변에 친구 한 명 없이 손끝으로 철조망을 쓸면서 늘 혼자라는 사실을 알아차렸다. 다른 아이들은 운동장에 개미떼처럼 바글거렸고 수녀들조차 삼삼오오 계단에서 담배를 피우며 웃고 있었지만, 리디아는 항상 혼자였다. 딸이 외톨이라는 것이 걱정되기 시작했고, 자신의 책임이 아닐까 하는 생각이 들었다.

그런 까닭에, 1학년 겨울 어느 오후 길가에 눈 쌓인 보도를 따라 집으로 가던 중 리디아가 콜팩스애비뉴 하늘 높이 솟은 네온 도넛을 가리키며 저기에 들르자고 한 것은 일대 사건이었다. 길모퉁이의 분주한 주유소 겸 도넛 가게인 '가스 앤 도넛'이었다.

—도넛 먹으려고?

—친구 만나려고.

—무슨 친구?

—그 애가 날 기다리고 있어. 도넛을 가지고.

토마스는 매일같이 걷던 거리가 뒤집히기라도 한 듯 주위를 둘러보았다.

덴버라는 신발 안에 곧은 면도날처럼 박힌 콜팩스애비뉴는 미국에서 가장 긴 도로이자 시내에서 가장 위험한 길이었다. 진공청소기를 고치거나, 외국요리를 먹거나, 중고 바지 또는 자전거펌프를 살 때 가는 곳이었지만, 덴버에서 무기상과 창녀·스트립 클럽·마약상·술집·싸구려 모텔이 가장 밀집한 곳이기도 했다. 벙어리장갑을 낀 리디아의 손을 잡고 거리를 걷는 동안, 칵테일라운지·중고차 가게·네일숍·전당포·원단 가게·자동차 부품상·누드 젤로 레슬링을 광고하는 나이트클럽이 토마스의 눈에 차례로 들어왔다. 이어 도넛 가게 겸 주유소도.

—그 애가 날 기다리고 있어.

—도넛을 갖고 있을 거라고 했지.

딸을 보호해야 한다는 생각으로 신경이 곤두서 있었기에, 가스 앤 도넛에 들어서서 니트 스카프와 노란 사리, 흰 앞치마 차림으로 미소 짓는 여자를 보니 마음이 놓였다. 그녀는 턱수염 아버지와 왕눈이 딸이 겨울 코트를 입은 채 손을 붙잡고서 발을 구르며 눈터는 모습을 재미있어하는 듯했다. 한 칸막이자리 안에 붉은 거위털 조끼에 니트 모자를 쓴 통통한 소년이, 상어가 배 주변을 맴도는 표지그림의 모험소설을 읽고 있었다. 부녀가 가게에 들어서도 소년은 꼼짝하지 않았고, 카운터의 재떨이와 신문 위에 고개를 숙이고 있는 손님들 역시 마찬가지였다. 늦은 시각이었고, 진열대 안 쟁반은 거의 비어 있었다. 왁스페이퍼 위에는 설탕가루가 흩어져

있었다. 토마스가 남은 과자 중에 뭘 먹고 싶은지 묻기 위해 돌아
봤을 때, 리디아는 그의 옆을 떠나 소년이 책 읽는 자리로 가고 있
었다. 토마스는 회전의자에 앉아, 딸이 벙어리장갑을 벗고 목청을
가다듬고는 소년의 책 표지를 두드리는 것을 바라보았다. 소년은
책을 내리고 반쯤 뜬 눈으로 책장 너머를 확인하더니, 책을 탁자
위에 엎어놓았다.

　―집에 아무도 없어, 소년이 짐짓 통명스럽게 내뱉더니 킬킬대
기 시작했다.

　리디아의 얼굴에 미소가 퍼졌다. 그녀는 소년 옆에 앉았다. 그녀
가 예측한 대로 초콜릿 도넛이 탁자 위 접시에서 그녀를 기다리고
있었다.

　토마스는 카운터 뒤의 여자에게 커피를 주문했다. 사리의 꽃무
늬 때문인지 울 스카프 자락 때문인지 몰라도, 쟁반을 옮기고 커
피 가루를 버리는 그녀의 동작이 물 흐르듯 유연해서 토마스는 눈
을 감고 알록달록한 바닥 위에서 그녀 홀로 춤추는 모습을 떠올렸
다. 어쩐지 부끄러운 상상이었지만, 동그랗게 틀어 올려 색연필 같
은 비녀로 찌른 머리카락을 뜯어보고 있으려니 그 연필을 자신의
이빨로 뽑아내고 등 뒤로 숱 많은 검은 머리채가 흘러내리는 모습
이 어른거리는 것을 어쩔 수 없었다. 찬장에 쌓인 커피주전자 너머
회전문 안 주방에서 금속 부딪히는 소리가 그를 살짝 놀라게 했다.
안에서 남자 기침 소리가 들렸다.

　당연히 결혼했겠지. 그는 중얼거렸다. 제기랄, 저 모습을 보라고.

　―따님 이름이? 여자는 토마스의 머그컵에 커피를 따르면서,
구석 칸막이자리를 턱짓으로 가리키고 물었다.

토마스는 당황해하며 턱수염을 문질렀다. 외국인의 억양을 예상했지만, 여자의 목소리는 부드럽고 침착하다는 점만 빼면 서부 산간지대 여느 주민과 다를 것이 없었다.

―리디아예요, 그가 말했다. 아드님은?

―라지예요, 그녀가 말했다.

―리틀플라워에 다니나요?

―리틀플라워에 다녀요.

유리창의 성에가 녹아 물방울이 뚝뚝 떨어졌다.

라지 파텔은 사발 같은 더벅머리에 버클 달린 폴리에스테르 운동복을 입은 우울해 보이는 아이였다. 그때부터 라지의 차림은 토마스에게 항상 동물원사육사 제복을 떠오르게 했다. 이윽고 토마스는 아이의 부모 마야와 로한 파텔이 인도계 미국인 2세로 10년 이상 가스 앤 도넛을 운영해왔음을 알게 되었다. 10대 시절 남부 캘리포니아에서 처음 만난 두 사람은 양가 부모의 신중한 계획을 거쳐 마침내 결혼했다. 양가는 '계획 결혼'이라는 말을 피해야 한다는 것을 알 만큼 미국에 오래 살았지만, 모든 관련자들은 이 결혼이 바로 계획 결혼임을 정확히 알고 있었다. 그리고 우습게도, 이 결혼에 양가가 합의해 투자한 돈 덕분에 젊은 부부는 가족의 영향력이 닿지 않는 덴버로 이주해서 이 주유소를 사고, 수리 코너가 있던 자리에 소박한 도넛 가게를 차릴 수 있었다. 그녀의 따뜻한 태도에도 불구하고 토마스는 그들이 만난 초반부터 마야의 시선을 마주치는 것이 보통 아주 잠깐이고, 여러 일거리들 사이를 돌아다니는 와중에 일어날 뿐이라는 사실을 알아차렸다. 그리고 남편 로한을 만났을 때 그 이유를 이해했다. 숱 많은 머리가 머리망 밑에 비죽 튀어나오고 얼룩진 흰 앞치마 밑으로 배를 불룩 내민 로한이 주방에서 나올 때마다, 카운터 너머 손님들은 자리를 고쳐 앉았고 토마스는 스스로 움찔하는 것을 느꼈다. 로한이 옆집 꽃가게에 새벽 도둑이 들었을 때 직접 쫓아냈다는 이야기, 이전 주유소 주인이 창고 벽장에 남긴 낡은 몽고메리 워드 22구경 라이플—골목에서 쥐 죽이는 데 좋았지만 그 외에는 별 소용이 없었던—로 로한이 거리 저쪽 신호등에 멈춘 자동차도둑을 물리치려다 몇 바늘 꿰매고 동네의 성질 더러운 수호천사로 등극했다는 이야기를 들은 뒤, 토마스는 리디아가 도넛 가게에서 시간을 보내는 것에 마음을 놓을 수 있었다.

처음부터 리디아와 라지는 날마다 방과 후 리틀플라워에서 가스 앤 도넛까지 같이 걸어오는 일과를 통해 끈끈한 동지애를 갖게 되었다. 아이들은 가게에서 직접 도넛에 설탕가루를 뿌린 뒤, 구석 칸막이자리에 앉아 게임을 하거나, 마커펜으로 그림을 그리거나, 탁자 밑에서 발을 구르며 책을 읽었다. 한 시간쯤 지나면, 작은 병에 든 오렌지주스를 유쾌하게 '건배!'를 외치며 비우고는, 여덟 블록 정도 걸어 도서관에 가서 숙제를 하고, 부모님이 일을 마칠 때까지 서고를 탐색하는 것으로 하루 일과의 삼각형을 마무리하곤 했다. 처음에는 부모 중 한 사람이 동행했지만—보통 마야가 아이들의 손을 잡고 같이 걸었는데 그녀는 엄마 없는 리디아가 자신에게서 얼마나 크나큰 모성애를 느끼는지 알지 못했다—3학년으로 올라갈 때쯤 아이들은 늘 같이 붙어 다니고 방금 떠나온 부모에게 전화하는 조건으로 자기들끼리 걸어도 좋다는 허락을 받았다. 안 그래도 리디아의 도시락과 각종 예방접종, 학교 행사를 일일이 기억하는 것이 고역이었던 토마스는 이 안전하고 효율적인 조처를 대단히 환영했다. 때로 도서관 창문을 통해 두 아이가 팔짱을 끼고 걷는 모습을 보면, 감사하는 마음이 물밀듯 밀려왔다. 독신이고 쓸쓸한 데다 머리칼은 나날이 희어졌지만, 평생 이런 충만감을 느껴본 적이 없었다.

그의 딸은 행복했다. 딸은 그의 인생 전부였다.

그러던 중, 가스 앤 도넛 아래 곰팡이 핀 흙과 단단한 콘크리트 토대 사이 거미줄 쳐진 좁은 지하 깊은 공간에 복잡하게 얽힌 배수관이, 오랜 세월 마모되어 물이 한 방울씩 흘러나오다 차츰 줄줄 새기 시작했고, 어느새 흙냄새 풍기는 좁은 지하 공간이 물로 철벅거리게 되었다. 가게 아래 침수된 땅은 최악의 경우 건물을 완전히 삼킬 수 있을 정도로 깊어 보였다.

리디아와 라지는 어느 날 오후, 열린 주방에서 파텔 씨가 피부 아래 작은 뱀이 기어다니는 듯 목에 핏대를 세우고 욕설을 하며 나왔을 때 지하 침수 상태에 대해 듣게 되었다. 빌어먹을 밸브를 잠그느라 빌어먹을 지하실을 샅샅이 뒤지는 바람에, 그의 바지와 티셔츠는 온통 진흙투성이였다. 휘발유 펌프를 살피던 파텔 부인은 라지와 리디아를 슬픈 눈으로 바라보더니 행주에 손을 닦았다. 그리고 얼마 전에 짧게 자른 머리카락을 그녀답지 않은 거친 손길로 문질렀다. 파텔 씨가 주방으로 사라졌고, 부인도 한숨을 쉬더니 남편 뒤를 따랐다. 리디아는 탁자 너머로 라지를 바라보았고, 라지는 노란 운동복 칼라 사이로 사라져버리고 싶은 듯 목을 움츠렸다. 그가 도서관에 가서 숙제를 계속하자고 했다.

—잠깐 여기서 상황을 좀 지켜봐야 하지 않을까? 그녀가 말했

다. 네 엄마아빠가 지금…….

—벽 뒤에서 서로 죽이고 있다고?

리디아가 살짝 웃었다. 라지도 웃어보려 했지만 뜻대로 되지 않았다. 그때 파텔 부인이 주방에서 손전등을 들고 뛰쳐나오더니 계산대를 잠그고, 휘발유 펌프를 닫고, 폐점 표지판을 걸고, 현관문을 잠그고, 빈 커피 깡통 두 개를 들고 다시 주방으로 뛰어 들어갔다. 발밑 어딘가에서 파텔 씨가 욕하는 소리가 들렸다.

리디아는 아버지도 자신에게 화를 낸 적이 여러 번 있었기에 기본적인 집안 갈등에는 익숙했지만, 파텔 부부가 싸우는 주변에 있는 것은 전혀 다른, 두렵기도 하고 신기하기도 한 경험이었다. 그들의 싸움은 마치 날씨처럼, 주방 회전문 뒤에 숨어 있던 구름이 천장에서 뭉게뭉게 솟아나는 것 같았다. 그러나 폭풍우는 누군가 도넛 가게 문의 유리를 두드리는 소리 뒤로 사라졌다. 라지가 문을 열러 뛰어갔고, 키 크고 마른 금발 콧수염 남자가 청바지와 청재킷을 입은 채 커다란 붉은 도구상자를 옆구리에 끼고 천천히 가게로 들어왔다. 그는 이쑤시개를 집어 들고 가게를 둘러보았고, 리디아는 방 건너편이었음에도 그의 밝은 잿빛 눈동자를 알아볼 수 있었다.

—물이 어디 있지? 남자는 범죄 현장에 나타나 시체의 위치를 묻는 형사처럼 느긋한 목소리로 물었다.

배관공을 따라 한 소녀가 들어왔는데, 팔을 뒤로 죽 뻗고 턱은 앞으로 내민 채 사납고 결연하게 걷는 모양이 플라자호텔 홀을 누비는 여배우 엘로이즈를 연상시켰다. 강렬한 빨간 머리, 창백한 주근깨 얼굴의 소녀는 리디아처럼 빨강색과 파랑색 체크무늬 교복을 입고 있었다.

캐럴 오툴이 그녀의 이름이었다. 배관공의 딸이었다.

―온통 다 젖어 있을 줄 알았는데, 소녀는 실망한 기색이 역력했다.

오툴 씨는 카운터 앞 의자를 가리키고는, 도구함을 들고 주방의 폭풍우 안으로 사라졌다. 캐럴은 도넛 진열대와 커피주전자, 작은 접시 무더기를 마주하고 앉았다.

라지가 문을 잠그고 맞은편에 돌아와 앉자마자 리디아는 탁자 밑에서 그를 발로 찼다. '캐럴 오툴이야, 캐럴 오툴!' 그들은 부석거리는 빨간 머리를 바라보았다. 캐럴은 동급생들이 있다는 것에 전혀 개의치 않고, 몸을 앞으로 숙여 식탁도구함에서 포크를 꺼내 손톱 밑을 청소하기 시작했다.

캐럴은 리틀플라워 4학년 다른 학급에 있었고, 그녀의 무용담은 학교의 전설이었다. 리디아가 라지에게 군이 환기시킬 필요도 없었다. 지난봄 과학박람회에서는 캐럴이 사과 네 개를 변기에 넣고 물을 내리는 바람에 화장실과 복도 일부가 물에 잠겼고, 그녀는 배짱 좋게 자신의 가설을 증명했다고 주장했다. 그 몇 달 전 할로윈 파티에서는 가슴에 칼을 꽂은 빨간 드레스 차림으로 나타나 자신이 칼에 찔린 '애니'라고 선언했다. 겨우 몇 주 전 교리문답 수업 시간에는 한 친절한 수녀가 캐럴을 칭찬했는데, 하느님이 아예 발표한 적이 없다는 듯 십계명을 날마다 깨뜨리고 다니니 그녀의 죄악이 너무나 독창적이라는 이유였다. 말할 것도 없이 리디아는 감탄했다.

―너 리틀플라워 4학년 다른 반이지? 캐럴이 포크로 리디아를

가리키며 말했다.

—맞아.

—너도, 이번엔 라지를 가리켰다.

—응.

캐럴은 포마이카 식탁과 벽이 만나는 자리, 냅킨 옆 설탕과 대용 크리머가 담긴 유리통을 가리켰다.

—크리머를 챙겨, 그녀가 말했다.

어른들이 주방 뒤쪽에서 좁은 지하에 손전등을 비추며 배관공 사 비용에 한숨짓는 동안, 라지와 리디아는 캐럴을 따라 옆문을 통해 가게 뒷골목으로 나갔다. 캐럴은 잠시 주위를 둘러보더니 라지에게 크리머 통을 들고 골목 건너편 모텔 뒷벽에 설치된 비상 사다리로 올라가라고 했다. 리디아도 라지도 사다리를 올라가보라고 서로 채근한 적이 있었지만, 언제나 둘 다 용기가 없었다. 하지만 오늘은 아니었다. 눈을 가늘게 뜨고 지시하는 캐럴의 권위 앞에서 겁먹는다는 것은 있을 수 없는 일이었다. 라지는 벨트를 단단히 죄고 크리머 통을 쥔 뒤 사다리를 올랐다.

—3미터쯤 올라가, 캐럴이 말했다.

그는 사다리를 끌어안고 망설였다.

—차라리 내려오든가. 내가 올라가게. 넌 낮잠이나 자야지.

라지는 사다리를 올랐다. 그가 거의 꼭대기에 다다르자, 캐럴이 사다리 밑으로 옮겨 서더니 크리머 뚜껑을 열고 가루를 불꽃에 부으라고 명령했다.

—무슨 불꽃?

—이 불꽃, 그녀는 주머니에서 성냥갑을 꺼내더니 성냥개비에

불을 긋고 손끝으로 쥔 성냥갑 전체가 활활 타들어갈 때까지 손목을 구부렸다.

—자, 해! 어서!

라지는 겁에 질려 얼굴을 찡그린 채 위에서 크리머를 어설프게 쏟아붓기 시작했다. 하얀 커튼이 아이들을 세상과 격리시킬 태세로 쏟아져 내리는 것 같았다. 가루가 성냥에 닿자 공중에서 거대한 불꽃으로 피어올랐고, 불은 크리머 커튼에 옮겨 붙더니 라지가 쥔 병을 향해 타오르기 시작했다. 캐럴은 불꽃이 얼굴과 손에 튀자 얼른 뒤로 물러섰다. 리디아도 쳐다보지 않고 펄쩍 뒤로 물러서다 웅덩이에 발을 헛디뎠다. 몇 초 사이 불꽃은 크리머를 거의 다 태웠고 끈적끈적한 검정 재만 공중에 남긴 채 사그라들었다. 캐럴은 성냥을 땅에 던졌고, 겁에 질린 라지는 사다리 위에서 크리머 병을 떨어뜨렸다. 병은 아스팔트 위에서 산산이 부서졌다.

세 사람은 서로 마주보았다. 불에 탄 머리카락 냄새가 자욱하게 코를 찔렀다.

—이야, 캐럴이 말했다.

그녀는 미소 지었고 리디아도 따라 웃었지만, 라지는 돛대에 매달린 선원처럼 사다리 위에서 겁먹은 표정이었다. 그때 도넛 가게 뒷문이 열리더니 치렁치렁한 분홍색 사리 차림의 파텔 부인이 노란 주방용 장갑을 낀 채 들통을 비우러 나왔다. 부인은 골목 맞은편 사다리 위의 라지와 그 아래 산산조각 난 크리머 병 조각을 보더니, 혹시 남편이 보는지 조용히 도넛 가게 안을 돌아보았다.

—네 아버지가 나와서 보기 전에 유리를 주워라, 그녀는 엄하고 나직하게 말했다. 몽땅 주워서 버리고 도서관에 가. 당장.

리디아와 라지는 유리조각을 주워 쓰레기통에 갖다 버렸다. 캐럴은 돕는 척했지만 사실 웃음을 참으며 유리조각 옆에 그냥 쭈그리고 앉아 있었다. 웅덩이를 디딘 리디아의 왼쪽 운동화는 흠뻑 젖어 회색이 되었고, 라지는 머리카락과 눈썹을 더듬으며 얼마나 탔는지 확인했다. 라지와 함께 바삐 골목을 나서 도로로 향하던 리디아는 동급생 캐럴에게 작별인사를 하러 돌아보았지만, 캐럴은 이미 자리를 뜬 뒤였다.

5장

리디아가 나뭇결이 벗겨진 가게 1층 기둥 사이를 응시하며 생일 파티 사진을 생각하고 있는데, 한 여자가 숲에서 길 잃은 사람처럼 입구에 서 있는 것이 눈에 띄었다. 키가 작고 뚱뚱하며, 빨간 면바지와 '스케이트 시티!' 티셔츠를 입었고, 테니스공으로 바닥을 댄 지팡이를 짚고 있었다. 그녀는 리디아가 계산대 앞에 서 있는 것을 보고는 요란하게 콧바람을 내뿜으며 다가오기 시작했다.

그녀는 구슬장식이 달린 담배케이스를 카운터에 내려놓고 목줄 달린 안경을 들어 올리더니 브래지어 안에서 노란 포스트잇을 꺼냈다. 여자가 메모를 들여다보는 동안, 희끗거리는 머리카락 중간의 가르마가 눈에 띄었다. 2센티미터 이상 되는 폭이었다. 두피는 서글픈 활주로처럼 서점 불빛을 받아 빛나고 있었다.

"뭘 찾으세요?" 리디아는 자기가 낼 수 있는 가장 친절한 목소리로 물었다.

"아마도……." 여자는 숨찬 목소리로 답했다. "당신을 찾고 있는 것 같은데."

"뭐라고요?"

"여기 적힌 게 리디아 맞나?" 여자가 물었다.

리디아는 메모를 주시했다. 굵은 연필로 '리디아'라고 적혀 있었다.

"맞네요."

"당신이 리디아지?"

리디아는 여자를 쳐다보며 거짓말을 할까 고민했다.

"읽을 책을 추천해드릴까요?"

"당신이 리디아 맞아요, 아니에요?"

"맞아요."

여자는 잠시 말을 멈추고 실망스러운 듯 그녀를 뜯어보았다. "저 머리카락 좀 봐. 버스표 있어요?"

"버스표요? 아뇨, 손님. 저는 정기권을 써요."

"좋아. 그게 싸지. 콜팩스애비뉴에서 15번 버스를 타요. 어디다 적는 게 좋을 거예요. 난 다시 안 올 거니까. 콜팩스애비뉴에서 15번 버스를 타요. 스마일리 세탁소를 지나서 제임스 딘 벽화에서 내려요. 걸어서 13번 가를 건너면 길모퉁이에 큰 벽돌집이 있어요. 잡초가 많고, 울타리는 망가지고. 1층이 내 집이야." 여자는 이상하다는 듯 눈을 가늘게 뜨더니 덧붙였다. "조이가 이렇게 까탈스러운 여자라는 말은 안 했는데."

"조이요?"

"어쨌거나." 그녀는 말했다. "조이는 말이 별로 없었지. 안 그래요? 일 끝나고 봅시다." 여자는 담배를 집어 들고 지팡이를 짚더니, 둘러보지도 않고 밖으로 나갔다.

리디아 앞의 문은 붉은 페인트가 칠해져 있었고 온통 흠집투성이였다. 입구 옆 우편함과 현관에 둥글게 놓인 의자들—한가운데 높게 쌓인 전화번호부 위에 재떨이가 놓여 있었다—을 보니, 앤 여왕 시대 양식으로 지어진 이 낡고 누추한 주택은 10여 개의 작은 아파트로 나뉘어 개조되었음을 알 수 있었다. 조이가 여기에 살았으리라.

리디아와 데이비드의 아파트는 여기서 6~8블록 떨어져 있었다. 조이도 캐피톨힐에서 살았다는 사실이 리디아에게는 어쩐지 의미심장했다. 이 일대는 멋진 가로수가 늘어선 비좁은 도로에 온갖 건축양식과 시대와 사람들이 몰려 있는, 다운타운 인근의 잡탕이었다. 약간 거칠었고, 특히 주말 저녁이면 리디아의 취향보다 좀 더 부산스러웠지만, 한 블록만 더 걸어가도 조용한 가정집과 1960년대 고층건물, 단순한 벽돌 아파트 건물, 앤 여왕 시대 양식의 이런 모조저택, 부유층과 저소득층, 동성애자와 이성애자, 흑인과 백인과 갈색 피부가 섞인 덴버의 단면을 볼 수 있어 좋았다. 리디아가 지금까지 살았던 곳 가운데 우뚝 서 있어도 움직이는 느낌이 드는 몇 안 되는 동네 중 하나였다. 조이도 비슷한 기분을 느꼈을지 궁금했다.

미처 노크를 하기도 전에 문이 열렸고, 잠시 후 가게에 나타났던 머리숱 적은 여자가 눈도 마주치지 않고 앞장서서 계단을 올랐다.

"올라가자고." 여자가 말했다.

"어디로 가나요?"

"위층."

계단은 낡은 저택 한가운데로 이어졌다. 여자는 여전히 빨간 면
바지 차림이었지만 지팡이를 짚지 않은 채 갈라진 손으로 리디아
의 팔꿈치를 잡고 계단을 올랐다. 집 안 어디선가 문 여닫는 소리,
변기 물 내리는 소리, 남자 기침 소리가 들렸다. 아직도 리디아는
자신이 왜 여기 왔는지—조이 때문에?—몰랐지만, 여자의 뚜렷
한 목적의식 때문에 감히 물어볼 엄두가 나지 않았다.

계단을 다 오르자, 여자는 멈춰 서서 두 손으로 무릎을 짚고 몸
을 앞으로 굽혔다.

"잠시 쉽시다." 그녀는 숨을 고르려고 애쓰며 말했다.

"저한테 얘기하실 게 있으면." 리디아는 붙임성 있는 어투로 말
을 걸었다. "가게에 전화하지 그러셨어요. 전 거의 언제나 서점에
있어요. 굳이 안 오셔도 됐는데."

"우선 당신을 직접 보고 싶었어. 어떤 사람인지. 믿어도 될 것 같
으면 집에 들일 생각이었지. 잘난 척하는 사람 같으면 죄다 쓰레기
통에 내다 버리고."

"뭘 내다 버려요?"

"물건. 조이 아파트에 있던 거. 누가 그 아파트에 들어오기로 일
정이 잡혀서, 금요일에. 오늘은 물건 치워야 하는 날이야. 원하는
건 당신이 가져요. 나머지는 내가 버릴 테니까."

"혹시 다른 리디아를 찾아오신 건 아닌가요?"

"여기 다 있어." 그녀는 노란 포스트잇을 브래지어에서 다시 꺼

냈다. "리디아. 서점에서 일하는. 조이가 리디아는 한 명뿐이라고 했어. 아닌가?"

"제가 맞아요." 리디아는 눈가의 피부가 달아오르고 당겨오는 느낌이었다. "여기가 조이가 살던 곳인가요?"

"당신이 왜 여기 왔는지 정말 모르는군?" 여자는 눈을 깜빡였다. 아래 눈꺼풀의 속눈썹이 눈알을 찌르는 모양이었다. "한데 왜 나한테 당신 이름을 줬을까? 혹시 친척이나 누나라도 되나? 애인이라기엔 나이가 너무 많고."

"전 그냥 조이가 다니던 서점 직원이에요."

"어쨌든. 당신이 누구든, 조이는 그걸 전부 당신에게 주고 싶어 했어. 유산이라고 해도 되겠지. 솔직히 많지는 않지만. 멍청이가 절반은 다 태워버린 것 같아."

"태워요?"

"직접 보시라고." 여자는 말했다. 그녀는 남은 계단을 올라 흐릿한 불이 켜진 3층 복도로 리디아를 안내했다. 리디아는 카펫의 회색 얼룩을 비켜 걸었다. 건포도 자국 같았다.

"조이가 언제 이렇게 해달라고 했나요?"

"정말 그게 궁금하다면, 죽기 훨씬 전에. 하지만 당신이 정말 알고 싶은 건 언제가 아니라 왜 이렇게 해달라고 했는지겠지. 혹시 포키로 돌아가게 되면 소지품을 어떻게 할까 모든 소년들한테 물어보는 게 내 업무 중 일부요. 조이는 리디아, 라고 했어. 서점에서 일하는 리디아."

"포키요? 그게 어떤 곳인데요?"

"예전에는 갱생시설이라고 불렀는데, 요즘은 '사회 재통합' 뭐라

나. 어쨌든 성인이 된 불량배들이 지내는 곳이야."

"범법자들이 지내는 곳이군요."

"한때 범법자. 이제 당신도 짐작하겠지. 여기 사는 동안 다시 들어가게 되면 내가 그 애들 물건을 모두 떠안아야 해. 그래서 내가 당신 정보를 갖고 있는 거요." 여자는 손잡이에 손을 뻗다가 문득 멈췄다. "냄새 아직도 나?"

냄새가 났다. 뭔가 타들어가는 독한 냄새, 눅눅한 냄새. 빗속에서 타는 모닥불 냄새 같았다.

"뭐죠?" 리디아가 물었다.

"조이가 어찌나 똑똑하셨는지 부엌에서 모닥불을 지폈지 뭐야. 쓰레기통 안에서 태웠는데, 그래도 마찬가지지. 화재경보기가 울렸어. 조이는 사라졌고. 정말 사라졌어. 다시는 이 아파트에 발을 들이지 않았어."

"그게 그날이었나요?"

"그날. 내가 만능열쇠와 소화기를 갖고 있었기 망정이지, 안 그랬으면 지금 우린 그을린 벽돌더미 위에 서 있을 거요. 수리공이 악취를 없애보겠다고 했는데, 당신을 기다리고 있어. 물건을 내간 다음에 하려고. 그러니 오늘이 좋겠지. 물건 내가기에."

"조이가 왜 그랬는지 짚이는 데가 있나요?"

"죽은 뒤에까지 성가시기 짝이 없는 녀석이니까." 여자는 리디아를 지나치며 말했다. 그녀는 얼굴을 우그리며 셔츠에 손을 넣었다. 어딘가에서 열쇠 꾸러미를 단 목걸이가 짤랑거리며 나타났다. 찰칵 소리와 함께 조이의 방문이 열렸다.

"조이는 대체로 얌전해 보였어." 여자는 말을 이었다. "어디 차인 강아지처럼 사람을 믿지 않았지. 당신이 뭘 해준 게 틀림없어."

리디아는 얼굴을 붉혔다.

여자는 미소 지었다. "다들 그래요. 정신 차리고 새 생활을 시작할 수 있는 친구다 싶으면 느닷없이 주류상을 털지 않나, 가구상에서 섹스를 하지 않나, 서점에서 목을 매달지 않나. 난 진심으로 조이는 다를 줄 알았어."

리디아는 조이의 아파트를 들여다보았다. 여자는 그녀의 팔꿈치를 놓아주었다.

"모두 당신 거야." 여자는 난간을 붙잡고 계단을 내려가기 시작했다. "좋든 싫든, 그 애는 서점의 리디아, 당신을 선택했어."

조이의 아파트 안에 가구가 별로 없다는 사실―등받이 없는 의자 하나가 딸린 아일랜드 주방, 단순한 나무 책상과 그 앞에 놓인 단순한 접이식 나무 의자―은 놀랍지 않았지만, 리디아는 집에 아무 특징이 없다는 데 놀랐다. 벽은 그냥 맨 벽이었다. 냉장고나 책상에는 사진 한 장 없었고, 침실에는 바구니 하나 없었다. 20대 초반 남자의 집치고는 아주 작았다. 서랍과 찬장을 들여다보았지만, 개어놓은 천과 기본적인 향신료, 청소도구 외에는 아무것도 없었다. 침실 옷장 안에 걸린 유일한 물건은 드라이클리닝 포장 안에 든 검은 울 정장 한 벌과 다림질한 흰 셔츠, 빨간 넥타이뿐이었다. 조이에게 정장이 필요할 때라면 재판 말고는 상상할 수 없었지만, 옷은 새것이었다. 리디아는 중고 옷가게에 넘기거나 서점 손님에게 줄 요량으로 정장을 꺼내 현관문 앞에 걸었다.

문 옆에는 노끈으로 묶은 작은 신문지 더미가 재활용 처분을 기다리고 있었고, 신문 위에는 파란 표지에 금박 활자가 찍힌 얇은 스프링제본 책 한 권이 놓여 있었다. 싸구려 제본과 골치 아픈 제목—『새와 부리: 생물학 교실 40년』—을 보니, 자비로 출판한 교육용 자서전임을 알 수 있었다. 조이가 재활용 쓰레기로 분류한 것도 그 때문일 것이다. 리디아는 가져가야겠다고 생각하고 무거운 마음으로 책을 정장 아래 바닥에 던졌다.

욕실에서는 배 모양을 한 조이의 비누 냄새가 났다. 리디아는 까칠한 목욕수건을 만져보며 눈에 띄는 게 있는지 둘러보았다. 욕실 문 뒤 벽에는 액자에 끼운 '우리 자신을 바로 세우자'라는 프로그램 수료증이 걸려 있었다. 리디아는 야무진 서명에 놀랐다. '조지프 에드워드 몰리나.' 입구를 묶은 쓰레기봉투 몇 개가 부엌에 쌓여 있었다. 고여 썩은 연못에 고개를 들이미는 기분으로 그중 하나를 풀어 안을 들여다보니, 먹다 만 라이프 시리얼 상자, 찌그러진 토마토 수프 깡통, 벌레가 꾸물대는 밀가루 봉투, 치즈 한 토막, 일회용 커피와 케첩 용기, 레몬주스, 침전된 초콜릿 우유—모든 쓰레기가 내다 버리기 쉽게 정리된 것을 보니, 조이가 얼마나 철저하게 죽음을 준비했는지 알 수 있었다—가 들어 있었다.

조이의 집 주인은 아파트를 환기시킬 생각으로 창문을 열어놓았지만, 아직도 사방에 눅눅한 바비큐 냄새가 배어 있었다. 비상계단에는 타다 남은 재 조각이 든 작은 철제 쓰레기통이 놓여 있었다. 이게 조이가 태웠다는 종이구나, 리디아는 생각했다. 아마 책들이겠지. 그녀는 버터칼로 바삭거리는 재를 뒤져보았지만, 읽을 수 있는 것이라고는 불에 그을린 마닐라봉투 한 귀퉁이의 로고 하나뿐이었다. 그것은 변색되어 희미했지만 온전한 상태였다. 콜로라도 차량 번호판에 찍힌 주 문장과 비슷한 눈 덮인 삼각형 녹색 산 그림, 그리고 CODVR이라는 희미한 글자. 더 자세히 들여다보려고 쓰레기통에 손을 넣었지만, 리디아가 집은 순간 종이는 손끝에 회색 얼룩만 남긴 채 그대로 분해되어버렸다.

여기서 뭘 태웠는지는 몰라도, 조이는 분명 그것을 없애고 싶어 했다.

리디아는 배낭 깊숙한 곳에서 표지에 해바라기가 그려진 수첩을 꺼냈다. 리디아의 침대 탁자에 제목·저자명·페이지·인용구가 적힌 종잇조각들이 굴러다니는 데 질린 데이비드가 작년 생일에 사준 선물이었다. 리디아는 빈 페이지에 알파벳을 적고 커다랗게 의문부호를 찍었다. 'CODVR?'

아파트를 돌아다니는 동안, 리디아는 조이가 좋아하던 작가 외에 그에 대해 아는 것이 사실상 전무함을 깨달았다. 게다가 조이는 욕실 문 벽에 남긴 수료증 외에는 자신에 대한 정보를 전혀 남기지 않았다. 지구상의 어느 나라, 어느 도시, 어느 호텔방을 수색하는 것과 다를 바가 없었다.

조이―젊고, 눈에 띄지 않았던, 독특한 청년―는 자신을 세상에서 완전히 지워버렸다.

그런데 책들은, 그녀는 생각했다. 그것들은 뭐지?

아파트에 처음 들어섰을 때 리디아는 거대한 개인 도서관을 기대했지만, 실제로 조이가 소장한 책은 책상 위의 우유 운반함에 든 여남은 권이 전부였다. 대부분은 조이와 어울리는 듯했지만(성모 마리아 목격담 한 권, 새스콰치 목격담 한 권, 하시디즘 역사 한 권, 펭귄클래식 세 권, 빅토리아 시대 『어린이동화 입문』, 보니것의 소

설 몇 권, J.D. 샐린저 전기와 저지 코진스키 전기), 미심쩍은 파스
텔 시집 한 권, 비즈니스 기본 심리서, 오스몬드 가족 일대기 등은
그녀를 잠시 멈칫하게 만들었다. 리디아의 추천으로 산 책들―헨
리 제임스의 각주 개정판 『나사의 회전』, 앨리스 먼로의 『공공연
한 비밀』, 데니스 존슨의 『목매단 남자의 부활』, 캐서린 던의 『어느
유랑극단 이야기』, 폴 오스터의 『뉴욕 이야기 3부작』―도 보였다.
추천한 책이 눈에 띌 때마다 그녀는 한숨을 내쉬었다.

　책을 거의 다 훑어봤을 때쯤, 또 다른 책―그녀는 조이가 산 것
을 기억하고 있었다―이 눈에 띄었다. 오로지 이 책만 상자 안에
들어가지 않고, 책상 뒤 벽에 기대어져 있었다. 책상용 전등 목이
벽을 향해 휘어져 있었는데, 그녀가 스위치를 켜자 마치 그가 일부
러 전시해놓은 듯 불빛이 정확히 책을 비췄다.

　『책 파괴의 세계사』.

　몇 달 전 조이가 바로 이 책을 손에 들고 유난히 병약한 모습으
로 서점 카운터에 비척거리며 다가오던 모습이 떠올랐다. 검은 윈
드브레이커와 정강이에서 잘라낸 검은 정장 바지를 입었고, 니트
모자 안에서 삐져나온 검은 머리칼 몇 가닥이 누런 뺨 위에 달라붙
어 있었다.

　―질문해도 돼요? 조이가 물었다.

　조이의 목소리는 자주 들을 수 없었고, 어쩌다 말할 때엔 목소리
를 낮춰 거의 약에 취한 말투였으며, 스스로도 자기가 말하는 것을
듣는 게 놀라운 듯 종종 캐묻는 듯한 억양으로 문장을 맺었다.

　―물론이지, 그녀가 말했다.

　조이는 팔꿈치에 끼고 있던 작은 양장본을 꺼내 카운터에 놓았

다.『책 파괴의 세계사』. 조이가 사는 책이 대부분 그랬지만 할인 코너 깊숙한 곳에 박혀 있던 책이었다.

　—이건 어느 정도 가치가 있을까요? 이런 책은?

　리디아는 능숙하게 손 안에서 책을 돌려 뒷면의 바코드를 확인 했다. 새 책이었음에도 가격이 여러 번 내려가, 지금은 고작 48센트에 팔리고 있었다. 슬픈 현실이었다.

　—상당히 좋은 가격 같은데, 그녀가 말했다.

　조이는 나무 카운터에 손바닥을 평평하게 펼쳤다. 그의 손은 길고 말랐으며 관절에 흉터가 있었지만 부드러웠다.

　—내 말은, '가치'요. 가격 말고.

　리디아는 그의 의도를 파악하기 위해 얼굴을 쳐다봤다. 그녀는 한 걸음 작게 뒤로 물러났다.

　—그냥 너무 적게 지불하는 게 신경 쓰여서요. 그가 덧붙였다. 아시겠지만, 책 한 권이 총알 하나보다, 아니면 콜라 한 병보다 쌀 땐 뭔가 수상한 법이잖아요. 가치로 보자면.

　리디아는 동의의 한숨을 쉬었다. 조이는 그들 사이에 있는 책을 부드럽게 손가락으로 두드렸다.

　—책은 내 인생을 구해줬어요. 그는 거의 속삭이듯 말했다. 그건 작은 일이 아니에요.

　—너만 그런 게 아니야.

　—아니, 다들 그렇게 말하긴 하는데, 내 경우는 정말 그랬다고요. 조이는 모자를 벗어 행주처럼 손으로 쥐어짰다. 황갈색 피부와 검은 눈썹에 대비되어 눈동자가 비취를 깎아낸 듯 선명한 녹색으로 타오르는 것 같았다. 아름다운 소년이었다.

―독서가 없었다면 뭘 했을지 모르겠어요. 평생 그랬지만, 특히 감옥에서. 내가 교도소에 있었다는 거 아시죠?

―들었어.

조이는 좌우를 돌아보더니 검은 셔츠 앞자락을 부드럽게 잡아당겼다. 복부 한복판에 이파리 없는 앙상한 나무 윤곽이 검게 새겨져 있었다.

―감옥, 거기 사람들이 무기로 쓰는 게 뭔지 아세요? 캔디예요. 정말로요. 졸리 랜처스 캔디를 깎아서 칼을 만들어요. 캐러멜과 초콜릿이 섞인 초코바를 데우면 말 그대로 사람 얼굴을 태울 수 있어요. 그렇게 들었어요.

리디아는 조심스레 고개를 끄덕였지만 아무 말도 하지 않았다. 정확히 불편한 기분은 아니었지만 이 대화가 얼마나 기묘한 상황인지는 의식하고 있었다. 무엇보다 책개구리들 사이에서는 자신의 과거에 대해 얘기하지 않는다는 암묵적인 약속이 있기 때문이었다. 누가 이름을 붙여준 적도 따로 선출한 적도 없고, 내색도 하지 않았지만 리디아가 그들의 완벽한 대변인이었던 것도 그 때문이었다. 리디아야말로 과거에 대해 침묵했다.

―얼마나 있었지? 그녀가 물었다.

―실제 교도소요? 열일곱 살부터 열아홉 살까지, 2년쯤요.

―열일곱 살 때부터?

―판결을 기다리던 시기까지 치면 열여섯 살 때부터요. 내가 잡혀간 날, 높은 사람이 뭐라고 했는지 아세요? '성인 자격으로 재판하고 성인 자격으로 취급한다.' 겁주려고 했던 것 같아요. 효과가 있었죠.

─열일곱 살 때.

─그래도 마땅한 짓을 했어요. 정말이에요. 하지만 견디기 힘든 건 마찬가지였죠. 그게 사람을 변하게 해요, 리디아. 의외의 행동을 하게 하죠.

─독서를 시작했군.

─네, 독서를 시작했죠.

조이는 모자에서 풀린 올을 만지작거렸고, 리디아는 잠시 더 이야기를 나누어야겠다고 생각했다. 뭔가 이유가 있어 그가 이 모든 걸 털어놓고 있다는 생각이 들었다.

─무슨 짓을 했는지 나한테 말해줄래? 리디아가 말했다. 말하지 않아도 괜찮고.

조이는 조용했다. 뭔가 말하려는 기색이 스친 순간, 블레이저 주머니 밖으로 넥타이가 비죽 나온 통통한 사업가가 서점에 들어와 일간지를 사고는 리디아에게 윙크했다. 조이가 옆으로 물러섰고, 늘 산만하게 사방으로 향하던 눈길은 남자가 떠날 때까지 조금도 움직이지 않았다. 뺨 아래로 분홍빛이 돌며 얼굴이 달아오르는 것이 보였다. 그는 모자를 다시 쓰지 않았고, 머리를 뒤통수에서 하나로 묶고 있었다. 머리카락에 작은 나뭇잎과 종잇조각이 달라붙어 있는 것이 그제야 리디아의 눈에 띄었다.

─그건 내가 아니었어요, 조이는 말했다. 아니, 내가 한 짓이죠. 물론 내 책임이지만 난 10대였으니, 사실 내가 아니었어요.

조이는 카운터에 몸을 기대고 속삭이는 목소리로 말하기 시작했다. 리디아의 등 뒤에 있는 귀신과 대화하듯, 눈을 마주치지 않고 몸은 왼쪽으로 약간 기울인 채였다.

─중요한 일이 아니라고 나 자신을 계속 다잡으려고 노력해요, 그는 말을 이었다. 난 어렸으니까요.

─그랬구나.

열다섯 살 나던 해 조이는 10여 명의 다른 소년들과 함께 노스 덴버의 직업훈련 가정에 배치되었다. 소년들은 공동생활을 하며 집안일을 하고 목공·기계·공간지각·직업기초훈련 수업을 들었다. 그들은 세척제를 마시고, 수정액과 컴퓨터 먼지떨이 냄새를 맡고, 육두구와 정향을 흡입했다. 대부분 식료품 가게에서 훔친 것들로, 보통 메슥거림 외에 다른 상태를 이끌어내는 데는 별 효과가 없었다. 몇몇 아이들은 여러 날 동안 잠을 자지 않으면─침대에 누워 졸음이 몰려올 때마다 바늘로 몸을 찌르거나 머리카락을 뽑거나 뺨을 때려─피로를 이겨낼 수 있어, 이삼 일 뒤에는 조이가 말하는 '피로의 벽' 너머 환각의 세계로 갈 수 있다는 사실을 발견하기도 했다.

5월의 어느 날, 그들 중 네 사람은 스물네 시간, 서른여섯 시간, 마흔여덟 시간 눈을 깜빡이지 않기로 했다. 하루 일과를 계속하면서 밤에는 과학소설을 읽거나 비디오게임을 하거나 각자 자격증으로 할 수 있는 일을 하는 식이었다. 하지만 하나 둘씩 잠에 빠져들었다. 조이만 제외하고. 거의 나흘 동안 낮잠 한 번 없이 버티다보니, 북실북실 털이 달린 거대한 코스튬을 뒤집어쓰고 상상 속의 놀이공원에서 동물 흉내를 내고 있는 것 같았다. 너무나 피곤해서 더 이상 아무것도, 피곤하다는 상태조차 느낄 수 없었다. 목공 시간이 한창이던 어느 오후, 그는 별안간 걷잡을 수 없이 웃음을 터뜨리더니 비상구를 통해 밖으로 나가버렸다. 아무도 그를 붙잡지 않았다.

도시는 현실에 없는 것들로 살아 움직였다. 나무에는 눈이 있었고, 자동차는 미소 지었으며, 보도는 재의 강물이었다. 조이는 그저 집에 가고 있는 것이라 여겼지만, 그에게는 집이 없었기에 해질 때까지 거리를 종일 쏘다니며 게임의 다음 단계를 찾아 헤맨 것이 다였다. 꽃가게 뒤에 허술한 옹벽과 바로 그 아래 콘크리트 덩이들이 쌓인 화물 운반대를 본 순간, 그는 다음 일을 찾아냈다.

그는 콘크리트 덩이를 한 번에 두 개씩 들고 몇 블록 떨어진 고속도로 위 고가도로로 향했다. 그는 고가도로 가장자리에 눈덩이를 쌓는 어린아이처럼 콘크리트를 쌓아 올리기 시작했다. 고가에 올라갈 때마다 자동차들이 경적을 울리며 휭 지나치는 소리가 들려왔다.

— 무슨 이유에서인지 난 미니밴을 싫어했어요, 조이가 말했다. 미니밴이 사냥감이 됐죠.

— 미니밴이라니?

— 설명할 순 없어요. 어릴 때는 밴이 많았는데, 어느 순간 다 미니밴으로 바뀌었더라고요. 모르겠어요. 난 밴 색깔에 따라 등급을 매겼어요. 며칠 동안 잠을 안 잔 상태라고 말씀드렸죠.

조이는 고속도로에서 5미터 높이의 난간에 올라가 발아래 자동차가 시속 90에서 100킬로미터로 빠르게 스쳐 지나가는 소리에 귀를 기울였다. 그러다 자동차를 향해 콘크리트를 떨어뜨리기 시작했다.

— 하지만 미니밴만 골라서 던졌어요, 무슨 논리라도 있다는 듯한 말투였다.

그는 반대방향에서 오는 차를 볼 수 있도록 최대한 발돋움을 해서 높이 서 있다가 차가 고가 바로 밑으로 사라지면 얼른 돌아서서 콘크리트 떨어뜨릴 시간을 계산했다. 밴의 철제 지붕 한가운데에 맞도록.

—아니면 앞 유리창에요. 사람을 죽일 생각은 없었어요. 당연히.

5분 동안 조이는 콘크리트로 밴 두 대를 맞혔다. 둘 다 지붕에 곧장 쿵 하고 떨어졌다. 묵직한 덩어리를 고가 높이 대롱대롱 들고 있다가 손을 놓아 콘크리트 무게를 중력에 내맡기는 데는 어딘가 특별한 재미가 있었다. 거대한 콘크리트가 밴 지붕을 두드리는 소리. 바로 발밑에서 엽총을 쏘는 듯한 어마어마한 소리였다. 밝은 녹색과 파란색 불빛이 반짝인다는 점이 다를 뿐. 두 번째 덩이에 옆 유리창이 박살났다. 두 대 모두 도로에서 미끄러졌지만, 곧장 중심을 잡고 계속 달렸다. 고가 위에서 내려다보니 마치 패배를 인정하고 기어 도망치는 것 같았다. 아마 운전자는 돌아볼 수조차 없을 정도로 겁을 먹었을 것이다. 분명히 곧장 경찰서에 달려갔을 것이다. 조이는 알 길이 없었다. 왜냐하면…….

—세 번째 차, 그가 말했다. 세 번째 미니밴. 나는 콘크리트를 들고 난간 위로 몸을 숙인 뒤 손을 놓았어요. 밴 지붕을 뚫고 곧장 사라지더군요. 완벽한 명중이었어요. 한데 이번에는 아무 소리도 들리지 않는 거예요. 불빛도. 아무것도. 처음에는 그냥 이상했죠. 마치 모든 것이 내 머릿속의 상상인 것 같기도 하고, 환각 같기도 하고. 유령 밴. 웜홀 밴. 그러다 난 콘크리트가 미니밴 지붕의 열린 선루프를 통해 곧장 차 안으로 들어갔다는 걸 깨달았어요. 슝 하고.

밴 안에는 한 살 난 여자 아기가 비닐봉지에 든 치리오스를 먹으며 선루프 바로 뒤 유아용 의자에 앉아 있었다. 조이가 떨어뜨린 콘크리트는 느닷없이 아이의 눈앞에 나타나 왼쪽 무릎을 강타한 뒤 튀어 올라 기저귀가방을 납작하게 찌부러뜨렸다. 밴은 중심을 잃고 가드레일을 들이받았고, 에어백이 터져 아기 엄마의 코를 부러뜨렸다. 무릎뼈에 금이 가고, 몇 군데 상처와 멍 자국이 남았으나 아기는 무사했다. 적어도 육체적으로는.

—다들 살았어요, 조이는 말했다. 나도 살았어요. 그럴 자격이 없었지만.

조이는 고속도로 한복판에서 체포됐다. 수면 부족으로 인한 일시적 정신이상에 해당한다는 의견도 있었지만, 워낙 범행이 무모하고 소년범 전과가 화려했기에 조이는 성인범으로 기소되었다. 1급상해 및 손괴죄로 재판을 받은 그는 결국 주 성인교도소 40개월 형을 선고받았다. 교도소에서 하루 종일 책만 읽었고, 게다가 모범적인 복역 태도로 티끌만 한 말썽도 피했기 때문에, 조이는 2년 남짓 복역한 뒤 석방되었다.

—난 아기를 죽일 뻔했어요. 그걸 어떻게 없었던 일로 할 수 있을까요?

리디아는 침을 삼키려 했지만 넘어가지 않았다. 눈이 건조해졌다. 눈썹을 깜빡이자 어둠 속에서 망치를 들고 머리 위에 어른거리는 남자의 윤곽이 보였다. 피 맛이 났다.

—못 해, 리디아가 마침내 말했다.

—우스운 게 뭔지 아세요? 잠이 그렇게 부족해서 들어갔는데, 교도소에 있는 내내 밤에 잠을 못 잤어요. 그래도 싸죠.

—그래서 책을 읽었구나.

두 사람 사이의 공기가 갑자기 차갑게 느껴졌다. 리디아는 방금 조이처럼 자신도 과거의 끔찍한 사연을 털어놓는다면 어떤 일이 벌어질까 궁금했다.

조이도 리디아의 불편한 기색을 느꼈는지, 1달러를 카운터 위에 놓더니 지폐의 구김을 눌러 폈다.

ㅡ이 책 구입할게요, 조이는 애써 사무적인 어조로 말하며 돈을 리디아 앞으로 밀어놓았다.

조이가 이렇게 편하게 속을 내보인 것은 처음이었다. 리디아는 책값을 계산하고 안에 북마크를 끼운 뒤, 아마도 신경이 곤두서서였겠지만, 책개구리 앞에서 한 번도 하지 않던 행동을 했다. 몸을 앞으로 내밀어 조이의 머리카락을 손으로 한번 만져준 것이다. 조이는 눈을 커다랗게 뜨고 그 자리에 얼어붙었다. 그리고 책을 쥐더니 비척거리며 멀어졌다. 카운터 옆을 돌아가자마자 걸음걸이가 빨라졌지만, 기분이 좋아서인지 당황해서인지는 알 수 없었다.

리디아의 손가락에서 고양이 먹이 냄새가 났다. 그녀는 멍하니 아버지를 떠올렸다.

파괴의 세계사…….

조이의.

조이의 책상 위로 몸을 굽히자 오래된 연기 냄새가 코를 간질였다. 다른 책은 전부 다 우유 운반함 안에 집어넣었으면서, 왜 이 책만 전시하듯 여기에 올려두었는지 의아했다. 책상 옆 쓰레기통 안에도 타다 남은 재가 들었으리라 짐작했지만, 그 대신 10여 개의 휴지뭉치가 발견되었다. 코피를 흘렸거나 면도하다 베였는지, 모두 작고 검붉은 핏자국이 묻어 있었다. 조이가 죽은 날 밤, 손끝 서너 마디에 감겨 있던 테이프가 떠올랐다. 리디아는 그 상처가 바로 여기서, 이 책상에서 생겼음을 알아차렸다. 그녀는 쓰레기통을 들고 휴지를 옆으로 치워보았다. 쓰레기통 밑바닥에 요전 날 조이가 목을 매단 공간에 있던 것과 똑같은, 자그마한 흰 종잇조각들이 남아 있었다. 한 조각은 쓰레기통 바닥의 분홍색 풍선껌에 붙어 있었지만, 나머지는 그냥 흩어져 있었다. 손가락으로 집어 들어 불빛에 비춰보니, 종이에는 아무 단어도 적혀 있지 않았다. 이번에도 분해되고 조각나서 의미를 파악할 수 없는 단어와 알파벳 조각뿐이었다. 리디아는 조각을 쓰레기통에 다시 털어 넣고 조용히 책상 앞에 앉았다.

『책 파괴의 세계사』.

리디아는 책을 펼치고 책장을 넘겼다. 곧 찾던 페이지가 정확히 나타났다. 여기저기 아무렇게나 오려낸 작은 구멍들. 작은 부분들. 리디아는 읽기 시작했다.

경악스럽고 받아들일 수 없는 사█████ 스페인 침략이 강력한 문화를 잿더미로 만들었다는 █████ 오늘날 백만 명의 아즈텍 후손들이 사용하는 나후아틀 언어에서 '진실'을 가리키는 단어는 '기초█████████을 지닌 넬틸즈틀리(neltilztli)이며, 자세히 들여다보면 정복자들이 절멸시키려 했던 것은 역사적 기초였다는 사실을 알 수 있다. 스페인 사람들은 틀라마█████(tlamatinime), 즉 현자가 남긴 천문학 · 역사 · 종교 · 문학에 관한 그림을 용의주도하게 파괴했다. 칼메악(calméac), 즉 █████████에서는 소위 고문집을 낭송했다. "여기서는 말 잘하는 법을 배우고, 찬

송가를 가르쳤다." 다른 시에도 이런 사고가 드러난다.

나는 책의 그림을 노래하네. ▇▇▇
나는 책을 펼▇▇.
나는 알록달록한 앵무새.
고문집이 말하게 하세.
그림의 집 ▇▇▇.

                              ▇▇▇

종이에 작은 사각형과 정사각형 모양의 구멍이 아홉 개쯤 나 있었기에, 책을 불빛 아래 펼쳐들면 페이지는 마치 아이가 가위로 오려 만든 마천루처럼 보였다. 구멍의 크기와 모양 때문에, 처음에는 조이가 자기만 아는 목적으로 알파벳을 잘라 붙여 문장을 만들기 위해 글자를 잘라냈으리라 생각했다. 이를테면―설마, 그럴 리는 없겠지―유괴범의 몸값 요구 편지라든지, 매혹의 시구 콜라주라든지, 아니면 유서라든지. 그러나 구멍을 더 찬찬히 바라보니, 단어가 통째로 잘려 나간 경우는 없었다. 흰 여백이든 글자가 적힌 부분이든 상관없이 의미에 개의치 않고 마구 잘라낸 상태였다.

그리고 리디아는 그 페이지에서 또 다른 것을 발견했다. 잉크였다. 녹슨 빛깔의 붉은 잉크가 구멍 가장자리에 묻어 있었다. 한데 책을 불빛 아래 기울여 다시 보니 잉크가 아니었다. 피였다. 조이의 손가락에서 흘러나온.

리디아는 충격 같은 것에 사로잡혀 『책 파괴의 세계사』를 옆으로 밀어놓고 우유 운반함에서 잡히는 대로 다른 한 권을 꺼냈다.

역시 작은 창문이 잔뜩 오려져 있었다. 다음 책도, 다음 책도.

　작은 창문들. 리디아는 조이의 전등을 끄고 우유 운반함을 문 밖으로 끌고 나왔다. 조이가 그 작은 창문으로 올라오라고 손짓하고 있었다.

6장

　캐럴의 아버지인 '오툴 배관공사' 주인, 바트 오툴이 가스 앤 도 넛 지하실에 오후마다 기어들어가 침수 원인인 부식된 밸브와 파 이프를 교체하는 데는 며칠이 걸렸다. 그동안 캐럴은 아버지를 따 라 도넛 가게에 찾아왔고, 그가 일하는 동안 리디아와 라지의 자리 쪽으로 하루에 의자 하나만큼 서서히 다가와 앉았다. 결국 세 사람 은 매일 도서관까지 함께 걷는 사이가 되었다.

　처음에 토마스는 캐럴이 딸의 친구가 된 것을 기뻐했다. 누구든 리디아에게 관심을 가져준다면 아예 친구가 없는 것보다 좋은 일 이라고 생각했기 때문이었다. 하지만 캐럴은 역시 캐럴—리디아 가 리틀플라워에 다니기 시작했을 무렵 들었던 무시무시한 일화 의 주인공—이라는 사실을, 사랑하는 도서관이 이제 캐럴의 새 영 역이 되었다는 사실을 깨닫는 데는 그리 오랜 시간이 걸리지 않왔다. 어느 날 오후, 그는 복사기 옆 바닥에서 짓눌린 소녀 엉덩이를 복사한 종이를 발견한 데 이어 콜라 자판기 현금 투입구 안에서 5달러 지폐 복사본을 잔뜩 발견했다. 어느 날은 캐럴이 하루 종일 연달아 포크 앨범을 녹음기에 넣고 거꾸로 돌리기도 하고, 책장을 살짝 건드리기만 해도 책 무더기가 쏟아져 내리도록 덫을 설치하기도 하고, 1950년대 잡지에서 쿠폰을 오려내기도 했다('케이크 믹스를 싸게 살 수 있어!'라고 캐럴이 외치는 소리를 그는 들었다). 그러나 가장 불안했던 점은 캐럴이 합류한 뒤로 라지가 리디아와 그전처럼 잘 어울리지 않는 것 같다는 점이었다. 토마스는 라지가 지하에서 음울하고 부스스한 얼굴로 혼자 책 읽는 모습을 여러 번 보았고, 무슨 일이 벌어지고 있는지 눈치채지 않을 수가 없었다. 소년은 다른 친구에게 밀려난 것이었다.

몇 주 동안 토마스는 리디아의 악명 높은 친구에 관해 낙관적으로 보려고 노력했지만, 어느 가을 아침 이 희망 섞인 바람은 수포로 돌아갔다. 그는 부엌 식탁에서 토스트를 먹으며 신문을 읽고 있었다. 그날 아침 유난히 조용하던 리디아는 건포도 시리얼 상자 뒤에 웅크려 멍하니 시리얼을 후룩거리고 있었다.

—학교 갈 준비 됐니?

요란하게 부딪히고 첨벙이던 리디아의 숟가락이 갑자기 멈췄다.

—아빠 서명이 필요해요.

토마스가 신문을 접고 리디아를 쳐다보았다. 그는 눈을 깜빡이며 뿔테안경을 고쳐 쓰고 턱수염을 긁었다.

—내 서명? 무슨 뜻이지?

리디아는 고개를 숙인 채 탁자에서 일어서더니 배낭이 걸려 있는 현관 옆으로 달려갔다. 잠시 후 돌아온 그녀는 토마스에게 분홍색 종이를 건넸다. 여전히 고개를 숙인 채였다.

—이건 뭐니?

—읽어보세요.

무엇인지는 알고 있었다. 단지 자기 딸이 이 종이를 받아 왔다는 사실을 믿을 수 없을 따름이었다. 맨 위에는 '학생선도지침'이라는 제목이 적혀 있고, 그 아래에 4학년 2반 리디아 글래드웰이 규율 위반과 태도 불량으로 처벌을 받았다는 내용이 적혀 있었다. 비고란에는 앙투아네트 수녀가 '점심시간에 부적절한 놀이, 마지막 경고'라고 간단히 적어놓았다.

토마스는 헛기침을 하고 턱을 들어 올렸다.

—어제 놀이를 하다가 문제가 생겼어요.

—너랑 캐럴이랑?

—라지도요.

—하지만 캐럴이 하자고 한 놀이였지?

리디아의 목이 어깨 사이로 찌그러졌다.

—캐럴이 하자고…….

—네.

캐럴이 하자고 한 놀이. 토마스는 차를 한 모금 마시고 마음의 준비를 했다. 리디아는 '침 안 삼키기'라는 놀이를 했다고 설명했다. 규칙은 단순했다. 입을 다물고 투명한 생명의 액체를 마시고 있다 가정하고 절대 침을 삼키지 않는다. 그녀와 라지, 캐럴이 점심시간 식당에서 이 놀이를 하느라 코로 숨을 들이마시며 입안에 침을 출렁이도록 머금은 채 서로 마주보고 얼굴을 찡그리고 있는데, 앙투아네트 수녀가 그들에게 다가왔다. 라지와 캐럴은 늙은 수녀가 도착하기 전에 벌떡 일어나 식판을 치웠지만, 리디아는 식탁에서 꼼짝할 수 없었다. 앙투아네트 수녀가 사람들이 식사하는 공간에서 왜 그렇게 흉한 표정을 짓고 있냐고 다그치자, 리디아는 더 이상 침을 머금고 있을 수가 없었다. 입이 벌어졌다. 물풍선 터뜨리는 소리가 났다. 침이 두 손과 교복, 식탁에 온통 튀었다. 앙투아네트 수녀는 리디아를 남게 해서, 걸레와 식초 냄새 나는 갈색 물로 식탁들을 전부 닦으라고 시켰다. 리디아는 아침식사 식탁에서 아버지에게 그 갈색 물이 입안에 가득 머금은 침보다 훨씬 고약했다고 투덜거렸다.

토마스는 신문을 내려놓고 팔꿈치를 탁자에 괴었다. 질척해진 시리얼을 스푼으로 젓고 있는 리디아는 창백해 보였다. 음식이 가득 든 우유가 그릇에서 철벅거리며 튀었다.

―캐럴과 같이 못 놀게 해야 하니?

―라지도 같이 있었어요.

―서명은 해주마. 하지만 캐럴이 하자는 놀이는 다시는 하면 안 된다. 알겠지?

리디아는 머리카락 한 가닥을 질경거리며 고개를 끄덕였지만, 토마스는 그것이 진심이 아니라는 것을 알았다.

식탁에 마주 앉은 어린 딸은 그에게서 차츰 멀어지고 있었다. 딸을 다시 자기 곁으로 끌어오고픈 마음이 간절했다. 토마스의 시선이 부엌을 둘러보았다. 노란 냉장고는 이미 리디아의 그림으로 온통 뒤덮여 최근에 부엌 벽에도 붙이기 시작했다. 이제 그것은 강박처럼 보였다. 심지어 천박해 보이기까지 했다. 그림들 아래 어딘가에 리디아의 엄마인 로즈의 오래된 사진이 있을 것이다. 턱이 아파 올 정도로 그녀가 그리웠다.

—따라오너라, 그가 말했다.

그는 리디아를 데리고 자기 방으로 갔다. 옷장 맨 위 칸에서 철제 상자를 꺼내 그와 로즈가 밸런타인데이와 결혼기념일에 주고받았던 편지와 카드를 처음으로 리디아에게 보여주었다. 리디아는 얇은 연필로 쓴 편지와 두껍고 알록달록한 카드를 일일이 읽어 내렸다. 리디아의 집중력에 고무된 토마스는 옷장 깊숙한 곳에 넣어놨던 신혼여행 사진첩을 꺼냈다. 심지어 넥타이핀과 골동품 동전을 모아놓은 오래된 양철 쿠키상자에서, 아직도 병원 붕대 뭉치에 테이프로 붙어 있는 로즈의 루비 반지까지 꺼냈다. 붕대를 풀어 반지를 딸의 손바닥 위에 놓아주면서, 그는 리디아의 미래의 약혼자가(철테안경에 공부 잘하고 착실하지만 필요하면 주먹도 쓸 줄 아는 남자) 그 작은 손을 넘겨받는 장면을 상상했다.

—내가 가져도 돼요? 리디아가 물었다.

—그럼, 네가 결혼할 때. 서른다섯 살에.

—약속한 거예요!

리디아는 미소 짓고 조심스럽게 붕대를 다시 감았다. 그리고 욕실로 달려가더니 새 테이프를 뜯어와 반지가 떨어지지 않도록 붕대에 붙이기까지 했다. 토마스는 이토록 경건한 리디아의 모습을 본 적이 없었다.

—다 좋아질 거야, 그는 자신에게 중얼거렸다.

그러나 캐럴이 주위를 어슬렁거리는 이상 아무것도 좋아지지 않는다는 것을 토마스는 깨닫기 시작했다. 리디아의 새로운 우정이 장기적으로 어떤 영향을 미칠지도 고민이 끊이지 않았다. 리디아가 친해질 만한 아이들은 그렇게 많은데, 왜 그게 하필 두드러기가 날 정도로 싫은 아이여야 하는지 도무지 알 수 없었다. 전혀 맞지 않는⋯⋯.

같은 주, 며칠 뒤에 캐럴의 어머니인 도티 오툴을 만난 토마스는 세상의 완벽한 대칭을 발견했다.

물론, 그 화요일 오후 도티가 도서관에 들어오기 전에도 안면은 있었지만, 그녀가 캐럴의 어머니라는 것은 미처 몰랐다. 그전까지만 해도 그녀는 그저 멀리서 빛나는 별 같은 존재였다. 학교 체육관에 엉덩이를 흔들며 들어오는 하얀 피부의 빨강머리, 행동거지 하나하나가 주변 사람들의 무장해제를 의도한 듯한 여자. 도티는 구불거리는 단발머리에, 긴 속눈썹을 붙이고, 눈가에는 날개처럼 일렁이는 파란 아이섀도를 칠한 30대 초반의 여자였다. 학교 행사에서 볼 때마다 그녀는 소파에나 쓸 만한 색깔―호박색 오렌지, 아콰 그린―과 패턴을 지닌 짧은 소매 스웨터 차림이었고, 가슴을 삼각형으로 드러내며 깊이 팬 목선은 지퍼를 열어젖힌 텐트를 연상시켰다.

지금 도티가 피냐 콜라다 향수 냄새가 느껴질 정도로 토마스 가까이 서 있었다. 그녀는 책상 너머로 손을 뻗으며 자신을 소개했다.

토마스는 로즈가 죽은 뒤 데이트를 해본 적도 없고 소위 신호를 읽는 데도 둔했지만, 도티가 그의 손을 적절한 의례 이상 오래 붙잡고 있다고 확신했다. 잔뜩 당황한 그는 어질러진 도서관을 안내해주겠다고 도티에게 제안했다. 그녀는 자연스럽게 토마스의 팔을 두 손으로―놀랍게도―붙잡더니 한심한 프랑스 억양으로 대꾸했다. '앞장서세요, 무슈 사서님.' 껌이라도 요란하게 씹을 듯한 말투였다.

당황스럽게도 도서관 지하에는 캐럴과 리디아가 카펫 위에 앉아 놀고 있었다. 얼굴을 서로 바싹 마주대고 있었고, 주변에는 여성잡지가 어지럽게 널려 있었다. 그렇게 널브러져 있으니 마치 양육 소홀을 상징하는 것 같았고, 게다가 체취를 감추려고 화장실 방향제를 잔뜩 뿌린 듯한 남자가 불편할 정도로 가까운 곳에서 책 읽는 것을 보니 더욱 찜찜했다. 남자의 운동화가 맨발 옆에 굴러다니고 있었다. 토마스와 도티가 들어서자, 그가 아시모프의 문고판 너머로 뜻한 눈길을 보냈다.

—아이들이 방해되십니까? 토마스가 그에게 물었다.

—아이들요? 그가 말했다. 괜찮습니다.

—정말 괜찮으세요?

—괜찮아요.

—얘들아, 잡지 갖다놓고 위층으로 먼저 가거라.

아이들이 순순히 말을 듣는 것을 보고 토마스는 마음을 놓았다.

—정말 여기 이렇게 둘만 둬도 괜찮을까요? 도티가 물었다.

—그럼요. 시끄럽게 굴지 않고 얌전하게 놀고 잘 치우면 됩니다.

—아뇨, 그녀는 말했다. 책 읽고 있는 저 서글픈 남자들 말예요. 무슨 독신남 클럽 같아요.

토마스는 긴장하기도 하고 우습기도 해서 고개를 삐딱하게 기울이고 돌아보았지만, 그녀는 이미 이 화제는 끝났다는 듯 매니큐어를 칠한 손톱 밑을 뜯고 있었다. 다른 때였다면 토마스는 아마도 저 독서 중인 서글픈 남자들에게 도서관을 내 집처럼 생각하고 드나들라고 개인적으로 격려했다고 답했을 것이다. 최근 도서관 뒷문에서 즉흥적으로 연 무료급식 행사를 시 공무원이 발견하고 질책한 적도 있다고 말했을지도 모른다. 도서관은 깨끗하고 생산적인 사람들만이 아닌, 모든 이들의 쉼터다, 이렇게 말했을지도 모른다. 그러나 그의 설명은 캐럴과 리디아가 등 뒤에서 계단을 올라가는 소동에 묻혀 들어갔다. 다음에 설명할 기회가 있을 것이다.

이 첫 만남이 있고 며칠이 지난 어느 축축한 오후, 리틀플라워 체육관에 리디아를 데리러 간 토마스는 도티가 황갈색 벽에 기대서 담배 피우고 있는 것을 보았다. 안으로 들어가려고 문을 연 그를 그녀가 불러 세웠다.

─사서님은 오늘 안녕하신가요?

두 사람은 브롱코스의 인기와 곧 돌아올 스키 시즌에 대해 잡담을 나누었다. 도티는, 토마스가 자기가 건넨 껌을 봉투에 편지 넣듯 세 번 접어 입안에 넣는 것을 보고는 깔깔댔다.

─남편분이, 배관공이시죠?

도티는 한쪽 눈썹을 치켜떴다.

─트럭을 봤습니다, 그가 덧붙였다.

─도서관에서 봤어요?

─그냥 동네에서요. 일이 많으시더군요.

─집에 들어오질 않아요, 도티는 말했다. 그래도 일하러 갈 때 가끔 캐럴을 데려가주죠. 하고 싶은 대로 하라고 내버려두면 4학년을 중퇴하고 사업을 이어받겠다고 나설 거예요.

토마스는 히죽 웃었다. 도티가 그의 눈을 똑바로 쳐다보고 있는지, 얼룩 묻은 뿔테안경 렌즈를 관찰하고 있는지 알 수 없었다. 어느 쪽이든 초조했다.

—그래도 배관공은 돈이 되잖습니까.

—대단한 돈은 아니에요.

토마스는 슬며시 웃으며 껌을 씹었다. 리디아를 찾으러 안에 들어가기 전에, 그는 혀끝으로 입술을 가만히 누르고 있는 도티를 경외감 어린 눈으로 돌아보았다.

7장

리디아는 부엌에서 꿀 바른 토스트 껍질을 씹으며 낡은 커피메이커에서 부글거리는 소리가 그치기를 조바심 내며 기다리고 있었다. 문득 고개를 들어보니 샤워를 막 마치고 온몸이 붉게 달아오른 데이비드가 수건을 두른 채 멘톨 면도크림 냄새를 풍기며 서 있었다. 그는 아침 식탁 한가운데 놓인 조이의 우유 운반함을 들여다보았다. 리디아가 간밤에 그곳에 놔두었던.

"또 책이야?" 그는 먼지 쌓인 빅토리아 시대 동화책을 집어 들고 뒤집어보았다.

"책은 아무리 많아도 좋아." 그녀는 가볍게 말했다.

"맞아. 난 당신이 책을 쌓아놓는 게 좋아. 책 주위에 있기만 해도 똑똑해지는 것 같거든."

"이제 읽기만 한다면 더 바랄 게 없을 텐데."

"그럴 필요 없어. 방마다 공짜 IQ 점수가 쌓여 있는 것 같아. 가능한 모든 공간에."

"도움이 된다니 기뻐."

"당신을 수집증 환자라고 할 사람도 있겠지만, 난 아니야. 난 당신이 수집가라고 생각해."

"그래야지."

리디아는 데이비드의 팔을 따라 시선을 옮겼다. 촉촉하고 깨끗한 털, 샤워를 막 마친 빛나는 피부, 그의 손에 자기 손을 얹고 싶은 욕망이 일었다.

"조이 집에서 가져온 거야." 그녀는 탁자 위의 우유 운반함을 턱으로 가리켰다. "책들 말이야."

커피메이커에서 휘파람 소리가 났다. 데이비드는 커피 한 잔을 따랐다. 그녀는 짐짓 태평한 듯 콧노래를 부르며 감사하는 마음으로 커피를 마셨다. 데이비드는 운반함을 한쪽으로 기울여 안에서 무너져 내리는 책을 한 권씩 확인했다.

"책개구리 조이?" 그는 옆자리에 앉으며 물었다.

"누구겠어."

"그의 친구는 아직 안 보이고?"

"라일? 아직."

"수상해?"

"수상해." 그녀는 운반함 모서리를 두드렸다. "그리고 이 책, 조이의 아파트에서 가져왔어. 내게 남긴 유산인가 봐."

"그가 마지막으로 좋은 일을 했군." 데이비드는 고개를 끄덕였다. "고맙잖아. 누가 이 책들을 알아봐줄지 알고 있었던 거야."

"그렇게 볼 수도 있겠지."

"아파트는 천국 같은 곳은 아니었겠지?"

"지옥 같았어. 아, 데이비드, 출근해야 한다는 건 알지만……."

리디아는 간밤에 조이의 아파트에 찾아갔던 일과 그녀에게 유산으로 남긴 책들, 거기에 나 있는 이상한 구멍들에 대해 이야기했다.

"구멍?"

"작은 창문들 같아."

"왜 그런 짓을 했을까?" 그는 업무 중 코딩 문제를 해결하거나 자동차 엔진이 어느 센서 때문에 오작동했는지 알아낼 때 쓰는 학구적인 말투로 중얼거렸다. "내 말뜻은, 책을 다 잘라냈다면 왜 그 책을 당신에게 준 거야?"

"그게 의문이야."

"뭔가 있는 게 틀림없어." 그는 『나사의 회전』을 손가락으로 두드리며 말했다. "단어를 잘라냈다면 무슨 몸값을 요구하는 유괴범 편지 같은 거잖아."

"정확히 말해 잘라낸 게 단어는 아니야. 그냥 무작위 사각형 모양이야. 알파벳 중간을 마구 잘라낸 걸로 봐서, 유괴 편지라든가 유서라든가 그런 건……."

"밸런타인 구애 편지라든가?"

"그런 게 아니었어." 그녀가 대꾸했다. 그의 말이 질투에서 나온 건지, 농담인지 알 수 없었다.

"구멍이 무작위인 건 확실해? 어쩌면 무슨 패턴 같은 게 있을 수 있어. 암호라든가."

데이비드의 목소리가 차츰 잦아들며 꼬리가 늘어지는 것을 보니, 중간에 다른 생각으로 빠져버린 모양이었다. 아마 에니그마 장치나 포트란 펀치카드, 피아노 롤, 기타 등등 인코딩이 필요한 온갖 물건을 머릿속에서 조용히 스크롤하고 있을 것이다.

"한번 봐." 그녀는 데이비드에게 페이지에 구멍이 뚫린 『책 파괴의 세계사』를 건넸다.

"우와."

"그렇다니까."

"다른 책에도 있어?"

"잘린 거?" 리디아가 운반함을 손으로 짚었다. "전부 그래."

"전부 다?"

"응, 어떤 건 더 많이 잘려 나갔지만 전부 다 구멍이 뚫렸어. 사각형으로."

데이비드는 의자를 뒤로 밀고 일어서 싱크대로 다가가 물 한 잔을 마신 뒤에 다시 앉았다. 이제 준비가 된 것 같았다.

"재미있군." 그는 곧장 본론으로 들어갔다. "한데 왜 이걸 전부 당신에게 남긴 거지?"

"바로 그거야. 무슨 메시지가 들어 있을지도 모르지. 난 모르겠어."

데이비드는 운반함에 몸을 숙여 책 몇 권을 뒤적였다.

"이걸 봐." 리디아가 그에게 자비 출판한 스프링제본 책 『새와 부리』를 건넸다. 운반함 안에 든 다른 책과 달리 이 책은 완전히 구멍으로 뒤덮여 있어 낱장이 분해되기 직전이었다. 종이 눈가루를 한데 묶어놓은 듯 나름의 아름다움을 지니고 있었다. "이 책은 분명 뭔가 달라. 무슨 질서를 찾기엔 구멍이 너무 많아."

"다른 책보다 허름해 보이는데." 데이비드는 몇 분간 구멍을 관찰한 뒤 탁자 빈자리에 책을 다시 내려놓고 의미를 빨아들이려는 듯 그 위에 잠시 손을 올렸다. "이 책은 어떻게 이해해야 할지 모르겠어. 다른 책들은……." 그는 개집 안의 갓 태어난 새끼 다루듯 책들을 조심스럽게 밀어내며 운반함 안을 뒤졌다. 책 한 권을 꺼내 펼치고 손가락으로 구멍을 만져보기도 했다. 리디아는 그가 책이 아닌 데이터 카드 뒤지듯 패턴을 찾고 있다는 사실을 깨달았다. "병가를 내야겠어." 데이비드는 말했다. "이게 일보다 훨씬 재미있는걸."

리디아가 부탁한다면 데이비드는 기꺼이 회사를 하루 쉬고 그녀와 나란히 앉아 이 책 더미를 살펴보기 시작할 것이다. 어떤 면에서 이것이야말로 데이비드가 꿈꾸는 완벽한 데이트였다. 노란 낙서장과 전자연필, 그리고 평생 퍼즐 놀이를 하며 영감 얻기.

데이비드는 몇 분 동안 책들을 분류하면서 오믈렛 팬이나 자전거 크랭크를 관찰하듯 온갖 각도에서 객관적으로 책들을 바라보았다. 책등·표지·뒤표지에 박힌 자그마한 '브라이트아이디어' 서점 라벨 그 모두가 데이비드의 수사 대상이었다.

한번은 책에서 고개를 들고는, 리디아가 여전히 그곳에 있다는 것에 놀란 표정을 지었다. "이게 다 서점에서 나온 거야?"

"대부분. 내 기억으로 새 책은 분명히 모두 내가 계산대를 지키고 있을 때 나한테서 산 거야." 리디아는 운반함에서 누렇게 바래고 닳은 구식 표지의 책 몇 권을 꺼냈다. 『오스먼드 가족 일대기』, 빅토리아 시대 동화 입문, 파스텔 시 선집. "이것들은 할인점이나 창고 처분, 중고 가게에서 산 거고. 어쨌든 분명 중고야. 우리 가게에서 판 건 아니야. 우린 새 책만 팔아." 데이비드는 그 책들을 받아 들고 손 안에서 이리저리 뒤집어보았다.

"이게 중고라면 왜 브라이트아이디어 서점 라벨이 붙어 있지?"

"아냐."

"붙어 있어."

"그럴 리가."

"붙어 있다니까." 그는 책을 한 권씩 뒤집어 보았다. "전부 다 붙 어 있어."

"보여줘봐." 그녀는 믿기지 않아 말했다.

데이비드 말이 맞았다. 뒤표지 하단에 브라이트아이디어 서 점 라벨이 붙어 있었고, 라벨을 자세히 들여다보니―제목·바코 드·ISBN·코너명·입고일·가격―전혀 다른 책의 정보가 미세 한 활자로 찍혀 있었다.

리디아는 한숨을 쉬며 이마를 짚었다.

"뭐야?" 데이비드가 물었다.

"라벨은 몽땅 다른 것들이야." 그녀는 『책 파괴의 세계사』를 들 고 뒤표지의 라벨을 두드렸다. 『오줌싸개 연감』이었다. "아예 다른 책에 붙었어야 할 라벨이야."

"전부 다?"

"전부 다. 새 책도 오래된 책도 라벨은 전부 다 잘못됐어."

리디아는 눈을 감았다. 한 권쯤 브라이트아이디어 라벨이 잘못 붙어 있다면 충분히 납득할 만하지만―그녀도 동료들도 박봉에 업무는 과다했다―전부 다 엉뚱한 라벨을 붙인다는 건 불가능했 다. 라벨만 일부러 바꿔 붙이는 것도 이해할 수 없는 일이었다. 조이가, 10대들이 팬티 한 장 값에 졸업파티 드레스를 살 속셈으로 백화점 탈의실에서 옷 가격표를 바꿔 붙이듯 멍청한 짓을 한 게 아니라면. 그러나 무엇보다도 확실한 것은 바로 이 책들 대부분을 조이에게 판매한 이가 바로 리디아 자신이라는 사실이었다. 조이가 카운터에 이 책들을 가져왔을 때는 정확한 라벨이 붙어 있었다. 도서데이터베이스와 대조할 때 손에 든 책과 스크린에 뜬 정보가 달랐다면 진작 알아보았겠지. 즉 멍청한 짓을 넘어서는 다른 무언가가 여기에 있다는 뜻이었다.

"조이가 책을 왜 잘라냈는지 알고 싶다고 했지?" 데이비드가 말했다. "여기 해답이 있어."

"무슨 뜻이야?"

데이비드는 잘못 붙은 라벨을 두드렸다. "이건 우연이 아니야. 당신에게 이 책을 가리켜 보인 거야. 조이가."

"왜 그랬을까?"

"모르지." 데이비드는 어깨를 으쓱했다. "하지만 해답이 존재한다면, 아마도 그 답은 원래 이 라벨이 붙어 있었던 책에 있을 거야."

"그러니까, 라벨을 추적하라고?"

"라벨을 추적해. 이 라벨이 붙어 있어야 할 책을 찾아내라고." 그가 시계를 올려다보았다.

"집에 있을까? 난 있고 싶어. 있으라고 해줘".

"당신은 회사 가야 해."

"젠장." 그는 말하며 미소 지었다. "알았어."

그는 침실로 달려가 출근 준비를 마치고 식탁으로 돌아와 그녀에게 키스했다. 랩톱과 재킷을 챙기고 아파트를 떠나려던 데이비드는 조이의 책에 마술이라도 걸듯, 자신의 다친 손을 우유 운반함을 향해 빙글빙글 돌렸다. "당신에게 이런 짓을 하다니 정말 미친 놈이야. 물론 흥미롭기도 하지만……."

"교묘하게 에둘러가지. 알아."

"당신까지 같이 미쳐버리지 않도록 조심하는 게 좋겠어."

"너무 늦었어." 리디아는 마치 농담이라도 하고 있었다는 듯 미소 지었지만, 일단 문이 닫히고 데이비드가 사라진 집 안에 정적이 감돌자 책으로 둘러싸인 세계가 죄어들기 시작했다. 리디아는 조이의 미친 운반함으로 완전히 빠져들었다.

8장

　토마스는 그림책 한 무더기를 어깨로 기어오르는 아기를 품에 안은 젊은 엄마에게 대출해주는 중에, 갑자기 대출대의 전화가 울려 깜짝 놀랐다. 그는 반납일이 적힌 도장을 자기 엄지손톱에 찍어버렸다.

　―이런. 죄송합니다.

　전화를 건 것은 시 공무원이었고, 용건은 오늘 아침 브레켄리지의 스키 마을에서 시작된 연례행사인 겨울 축제에 관한 것이었다. 예정대로라면 토마스는 지금 무지개 빛깔의 이동도서관을 주요도로에 주차해놓고, 코코아를 대접하며 덴버 공립도서관을 대표하여 도서관 북마크를 나누어주고 있어야 했다. 몇 달 전 본관 홍보팀에서 독서인구 증진을 위해 계획한 행사였고, 이 일정에 대해 워낙 자주 들어, 책상 달력과 휴대용 달력은 물론이고 리디아가 만들자 해서 냉장고에 붙여놓은 크리스마스 판지 달력에까지 모조리 빨간 대문자로 표시해놓았을 정도였다…….

그런데 그 일정을 까맣게 잊고 있었다. 이번 주에 워낙 정신이 없었던 것이다.

—어쩌다 보니 잊었습니다, 그는 전화에 대고 말했다.

—어떤 일이 있어도 그걸 기억하라고 월급을 받는 거 아닙니까.

고맙게도 공무원은 잔뜩 비꼬는 목소리로, 겨울 축제는 주말 내내 계속될 것이고, 마을은 차로 최소 두 시간 산속으로 들어가야 하며, 현재 덴버에는 눈이 펑펑 내리고 있고 시시각각 어두워지고 있으니, 이동도서관의 타이어에 체인을 감고 오늘 밤중에 마을로 달려가야만 이 문제가 해결되리라고 설명했다. 그렇다, 오늘 밤. 그렇다, 눈을 뚫고. 운이 좋으면 브레켄리지 도서관 직원이 이동도 서관 열쇠만 받아들고 토마스에게 귀가하라고 할 수도 있고, 운이 정말 좋다면 축제 관계자 중 누군가 집까지 차로 데려다줄지도 모른다. 그런 것이 아니라면 호텔에 묵거나, 스키 여행객을 태워 왕복하는 야간버스를 타야 한다. 그의 돈으로.

—정말 오늘 밤에 차를 몰고 가라는 겁니까?

—계속 거기서 일하고 싶다면, 가십시오.

토마스는 창밖 도로를 지나치는 전조등과 미등을 바라보았다. 가슴이 무거워졌다. 눈발은 시시각각 굵어지며 보도를 하얗게 뒤덮고 나뭇가지에 묵직하게 쌓여 회색 황혼을 부옇게 물들이고 있었다. 바깥에서 기다리고 있는 장시간 운전도 두려웠지만, 이제 곧 리디아에게 이 소식을 알려야 한다는 것에 훨씬 더 깊은 두려움을 느꼈다. 오늘 밤 밤샘파티를 못 하게 되었다는 소식 말이다.

오늘 밤 밤샘파티는 이번 주 내내 리디아와 캐럴의 중요한 화제였다. 함께할 수많은 다채로운 계획이 있었다. 참치 깡통에 녹인 크레용으로 양초 만들기, 마시멜로 팝콘 튀기기, 해 진 뒤에 손전등만 켜고 귀신얘기 하기. 그러나 이 모든 계획들이 산산이 부서질 것이다. 캐럴은 오늘 밤 리디아의 집에서 잘 수 없다. 토마스가 이동도서관 차량을 끌고 눈 내리는 로키 산맥 깊숙이 들어가야 한다면.

이보다 나쁜 오후는 상상할 수 없다고 생각하면서 성에 낀 도서관 창밖을 내다보는데, 철창에 선반이 가득 달린 바트 오툴의 노란 픽업트럭이 덜컹거리며 주차장으로 들어서더니 도서 반납구를 정확히 막아서면서 멈췄다. 토마스의 심장이 두근거리기 시작했다. 도서관을 둘러보니 온통 빈 의자와 빈 책상뿐이었다. 대부분의 고객들이 폭설이 내리기 전에 집에 돌아간 모양이었다. 그는 환자의 임종을 확인하는 의사처럼 시계를 응시했다. 4시 17분, 숫자는 깜빡였다. 4시 17분.

기억하고 있던 것보다 더 날렵하고, 후줄근하고, 덩치 좋은 오툴은 도서관 계단을 한 번에 두 단씩 뛰어 올라왔다. 안에 들어오면서 문을 너무 세게 밀었는지, 문이 열리자마자 차가운 바람이 도서관을 휩쓸면서 신문이 펄럭이고 히터가 강하게 돌아가기 시작했다. 토마스는 움찔했다.

—안녕하시오, 오툴이 말했다.

토마스는 책상 옆으로 돌아 나와 어색하게 인사를 건넸지만, 미처 다른 할 말을 생각하기도 전에 청바지와 줄무늬 스웨터 차림에 캔 뚜껑으로 만든 목걸이를 건 두 소녀가 도서관 지하에서 킬킬거리며 흥분한 채 올라왔다. 아이들은 토마스 옆을 휙 지나쳐 책들이 늘어선 현관을 들어서는 오툴의 바지 다리를 붙잡았다.

—무슨 일이 있었는지 알아? 이 이야기를 하고 싶어 몇 시간을 기다렸다는 듯, 캐럴이 아빠한테 다짜고짜 말했다. 남자애가 오늘 학교에서 울었어. 그냥 징징 울었다니까!

오툴은 두 무릎에 손을 짚고 상체를 낮추며 캐럴의 학교 잡담이 대단히 흥미롭다는 듯 장단을 맞춰주었다.

—오늘 우리 집에서 같이 외박하고 싶어서 울었다니까요, 리디아가 말했다.

—그 애 탓은 아니지, 캐럴이 오페라의 디바처럼 눈동자를 굴렸다. 나라도 울었겠다.

아이들이 킬킬거렸다. 토마스는 아이들이 아마도 라지에 대해 말하고 있으리라는 사실을 알아채고는 불편한 마음으로 목을 긁었다. 전에는 리디아의 이런 모습—친구를 잔인하게 따돌리며 즐거워하는 모습—을 본 적이 없었다. 그럼에도 그는 참견하지 않고 오툴에게 계속 집중하며 찾아온 이유가 무엇인지 알아내려 했다. 오툴은 방금 부츠를 매트에 닦아내고 어깨에서 눈을 털어낸 뒤 일어서서 청모자를 바로잡았다.

—하루 종일 여기서 일하십니까? 그는 토마스에게 물었다. 나라면 좀이 쑤셔서 못 견딜 겁니다.

—제가 좀 바빠서요. 그건 그렇고, 이렇게 만나뵈어 반갑습니다.

두 사람은 악수를 나누었다. 오툴의 손은 그 손의 주인과 마찬가지로 힘세면서도 부드러웠다. 오툴은 다른 손으로 분홍색 더플백을 집어 들었다.

─캐럴이 외박할 때 필요한 물건을 가져왔습니다.

캐럴은 가방을 낚아채더니 지퍼를 열고 안을 뒤지기 시작했다. 리디아도 옆에 딱 붙어 앉아 그 안을 들여다보았다. 잠옷, 하트 무늬 스티커가 잔뜩 붙은 카세트테이프, 고무밴드 봉투가 떨어졌다.

─괜찮으십니까? 오툴이 미소 지으며 토마스의 시선을 붙잡았다. 흙 씹은 표정이십니다.

─죄송합니다, 토마스가 말했다. 오늘 밤에 할 일이 생겨서요. 업무 때문에.

─오늘 밤에 업무를? 당신도 배관공이오?

토마스는 바지에 손바닥을 닦고 이동도서관 사태에 대해 설명했다. 곧 브레켄리지로 출발해야 한다, 자정 이전에 돌아올 수 없다, 어쩌면 폭설 때문에 더 늦어질지도 모른다.

─그래서 요점은, 토마스는 설명했다. 외박은 취소다, 다음에 하자꾸나, 정말 미안하다, 얘들아, 얼마나 고대했는지 알고 있지만……

아이들이 바닥에서 벌떡 일어나 사정하기 시작했다.

─이럴 수는 없어요!

─약속했잖아요!

─아니, 오툴이 말했다. 우리 집에 데려가면 됩니다.

─아닙니다, 토마스가 말했다.

─정말입니다. 도티와 나는 오늘 할 일이 없어요. 당신은 산으로 일하러 가시고, 리디아는 우리 집에서 같이 자면 됩니다. 팝콘과 코코아도 만들고 재미있게 놀다가 내일 아침에 내가 여기로 데려다주죠. 몇 시가 좋으십니까?

리디아는 집 밖에서 자본 적이 없었기에 처음으로 캐럴의 집에서 잘 수 있는 가능성이 생기니 어찌 달랠 도리가 없었다.

—안 될 것 같은데요, 토마스는 손목시계만 들여다보았다. 마치 긁힌 시계 유리 뒤에 그래선 안 되는 이유가 들어 있기라도 하듯.

—당신이 결정하시죠, 오툴이 말했다. 하지만 도티와 나한테는 대단한 일이 아닙니다. 캐럴한테 여분의 잠옷도 있을 거고 칫솔도 빌려줄 수 있어요.

—제발요, 아이들이 입을 모았다.

토마스는 그럴싸한 대답을 생각해내려고 머리를 짜냈지만, 아이들이 눈알을 굴리고 오툴이 불손하다고 주의를 주는 앞에서 그러고 있으려니 자기가 생각해도 말이 안 되는 핑계처럼 들릴 따름이었다. 공기 중에는 눈 냄새가 가득했고, 헤드라이트가 바깥 어둠을 가르기 시작했다. 토마스는 물러섰다. 리디아가 캐럴의 집에서 외박해도 된다고.

—아침에 여기로 와서 낭송회를 도와다오. 어때?

—좋아요!

리디아는 아버지를 껴안는 둥 마는 둥 하고 캐럴과 오툴을 따라 도서관 문을 나섰다. 토마스는 창가에 서서 아이들이 눈 덮인 주차장을 가로질러 이미 매연을 내뿜고 있는 오툴의 노란 트럭에 올라타는 것을 지켜보았다. 차츰 짙어지는 어둠 속으로 미등이 사라지자 토마스는 도티가 이 추운 밤 그의 딸에게 이불을 덮어주고 이마에 키스하는 모습을 떠올리며, 공허한 마음으로 이동도서관 열쇠를 찾아 나섰다. 그날 밤 어떤 일이 벌어질지 상상도 못 한 채.

그날 저녁식사 시간, 리디아는 캐럴의 가족에게서 눈을 뗄 수가 없었다. 오툴 부인이 마카로니핫도그 찜을 내놓는 동안, 오툴 씨는 아이들에게 처음으로 맥주를 맛보게 해주고—식탁에 놓인 그의 맥주 캔에서 곧장 따라주었다—차가운 마시멜로도 식사에 곁들이게 해주었다. 오툴 부인이 집 안 곳곳에 널린 배관 공구를 두고 잔소리를 하자, 오툴 씨는 툴툴거리며 공구함을 부엌 카운터에서 끌어내려 집 뒤쪽에 내놓고 마당에서 가져온 차디찬 눈을 아이들 머리에 뿌리고는 실없이 웃어댔다. 남의 집 식탁에 이렇게 앉아 있는 것이 리디아에게는 불편하기도 했지만—오툴 씨는 연거푸 맥주 트림을 해대며 리디아와 캐럴을 향해 윙크했고 오툴 부인은 냅킨을 접었다 펴기를 반복했다—이 집에서는 한 가족의 균형, 가정으로서의 충만함을 느낄 수 있었다.

오툴 부인은 특히 매혹적이었다. 식사 시간 내내 캐럴이 오늘 밤 할 일에 대해 수다를 떠는 동안, 리디아는 도티에게서 눈을 뗄 수 없었다. 물결치는 오렌지색 머리카락, 약간 깨진 앞니, 손가락에서 습관적으로 빙빙 돌리는 반지. 어쩌면 엄마로서 도티가 어떤 사람일까 상상하지 않는 것이 불가능했기 때문일 것이다. 캐럴의 집은 어디를 보나 리디아의 집과 완전히 다른 세세한 것들로 가득 차 있었다. 선반에 놓인 반짝이는 솔방울 촛대, 벽지의 오렌지색 꽃과 싱크대의 오렌지색 무늬와 잘 어울리는 오렌지색 식탁보, 그리고 벽에 걸린 오렌지색 뜨개질 장식물까지. 그것은 엄마의 손길이었다.

저녁은 지저분한 접시와 텔레비전, 아이스크림으로 이어졌고, 잠자리에 들 시간이 다가왔지만 덴버의 폭설은 잦아들 기미를 보이지 않았다. 리디아는 오툴 부부에 대해 완전히 잊어버린 채, 캐럴과 함께 커피테이블과 가구를 옆으로 밀어놓고 거실 한가운데 소파 주변에 담요와 쿠션으로 성채를 쌓았다. 밤이 깊어지자 아이들은 성채 안에 침낭을 펼치고 베개를 놓았다. 손전등을 들고 캐럴의 부모님이 복도 끝 침실에서 두런거리다 차츰 잠에 빠져드는 소리에 귀를 기울였다. 눈 내리는 소리, 바람이 현관문과 거실 창문으로 불어오는 소리에 귀를 기울였다. 그리고 아이들은 서로의 이야기에 귀를 기울였다. 따뜻한 성채 안에서 리디아가 운동복 반바지 가랑이 밑으로 털 빠진 갈색 새끼오리처럼 삐져나온 라지의 물건을 본 이야기를 나누며 킬킬거렸고, 캐럴의 공포괴담 소설집을 읽었고, 그러다 자기가 지어낸 이야기를 하기 시작했다—아이들을 은으로 된 파이프로 빨아들여 은 맨홀과 은 구름, 은 집이 가득한 은의 도시로 보내버린다는 마법의 욕조와 배수관 이야기 같은.

그러나 뒷문이 활짝 열리고 부엌 벽에 쿵 부딪히는 소리가 나자, 이야기가 끊겼다. 뒷문은 언제나 그렇게 열린다 치더라도 자정이 지난 시각이었고, 다른 방에서도 퍼뜩 놀랄 정도로 문짝 부서지는 소리가 요란했다. 둘 다 그대로 얼어붙었다. 처음에 리디아는 오툴 씨가 짓궂은 장난을 치는 것으로 짐작했지만, 복도 저쪽에서 여전히 코 고는 소리가 들려오고 있으니 오툴 씨는 아니었다. 성채 안에서 캐럴은 손전등을 들고 불을 껐다.

—쉿! 그녀가 급히 속삭였다.

정체를 알 수 없는 누군가 뒷문을 닫고 부엌을 가로지르는 소리에, 리디아와 캐럴은 담요 밑에서 납작 얼어붙었다. 정체불명의 침입자는 거실로 들어섰다. 오툴 부인은 리디아가 필요할 때 화장실을 찾을 수 있도록 복도 전등을 켜두었다. 그러나 침입자는 스위치를 거칠게 눌러 그 유일한 불빛을 꺼버렸다. 깊은 어둠이 내려앉았지만, 이미 리디아는 성채에 난 구멍을 통해 보았다.

털북숭이 남자는 손에 꽉 맞는 흰 라텍스 장갑을 끼고 있었다. 장갑 낀 손에 쥔 망치.

남자가 망치를 쥐고 있었음에도, 망치가 존재했던 공간 자체가 기억에서 완전히 소거되었기 때문에, 리디아가 그 장면을 완전히 다시 기억해낸 것은 시간이 한참 지난 후였다. 나무 손잡이가 달린 망치, 공업용으로 검게 칠한 대가리와 노루발. 망치는 남자 손에 완벽히 들어맞았다.

나머지 일들은 천천히 일어났다. 망치남은 복도로 들어서서 오툴 부부의 침실로 향했다. 성채 안에 있던 캐럴이, 몇 시간처럼 길게 느껴지도록 리디아의 손목을 꽉 붙잡고 있다가 순간 갑자기 놓아버렸다. 리디아가 팔을 내밀어 끌어당기려 했지만, 담요 자락만 펄럭일 뿐 캐럴은 이미 거기 없었다. 아무것도 볼 수 없는 담요 아래에서 청각만이 머릿속을 시각 이미지로 가득 채웠다. 캐럴의 무릎이 카펫 위를 기어가며 복도로 나가는 소리가 들렸고, 이어 '아빠! 아빠! 아빠!' 하고 외치는 소리가 들렸다. 망치남이 돌아서 순간적으로 중심을 잃었는지 벽에 등을 부딪혔다. 유리가 부서지고, 틀에 끼운 가족사진이 떨어져 카펫 위에서 산산조각 났다.

아주 잠깐, 집 안에는 완벽한 정적이 흘렀다. 그러다 캐럴이 다시 비명을 질렀다. 숨쉬려고 몸부림치는 소리, 복도를 돌며 도망치려고 정신없이 뛰어가는 소리. 망치남이 얼른 중심을 잡았고, 뒤이은 소리는 리디아의 기억에 영원히 남았다. 남자의 두꺼운 부츠가 캐럴을 따라가는 소리, 그리고 캐럴의 비명소리. 그 비명소리는 곧

꺼졌다.

달걀 한 알이 떨어졌다. 다시 한 알. 또다시 한 알.

거의 동시에 오툴 씨의 침실 문이 삐걱 열렸다. 오툴 씨가 혼란스럽다는 듯 끙 소리를 내는 것이 들렸고, 누군가의 등이 있는 힘껏 옷장과 문, 손잡이에 부딪히는 소리가 들렸다. 선반에서 자질구레한 물건들이 떨어지는 소리, 석고판 무너지는 소리가 들렸고, 달걀이 한 번에 한 알씩 침실 카펫 위에 떨어지는 소리와 함께 남자의 비명소리가 들렸다.

이불 성채를 어깨에 뒤집어쓴 리디아는 어둠 속에서 흐느끼는 소리를 들었다. 처음에는 자기가 내는 소리인 줄 알았다가, 문득 복도 저쪽에서 나는 비명과 자신의 울음이 한데 섞인 소리임을 깨달았다. 오툴 부인이 흐느끼다가, 애원하다가, 비명을 지르고 있었다. 누군가 매트리스 위로 뛰어들면서 스프링이 삐걱거리는 소리가 들렸다. 매트리스가 한숨을 쉬며 무너지는 소리, 다시 그 위에서 연거푸 달걀 떨어지는 소리가 들렸다.

그 순간 리디아의 안에서 드문 일이 벌어졌다. 그녀는 알기로부터 자기 자신을 차단시켰다. 알지 않기를 선택했고, 그랬기 때문에 몸을 움직일 수 있었다. 복도 저쪽에서는 아무 일도 벌어지지 않았다. 왜, 이 담요 아래를 빠져나가 카펫 위를 지나 부엌으로 들어가서 다시 뒷문을 통해 눈 내리는 밤거리로 나가면 안 되지? 리디아는 손과 무릎으로 바닥을 짚었다. 담요가 등에서 미끄러져 내렸다. 전속력으로 앞을 향해 기어가는 동안, 리디아는 어둠 저편 뒷문 유리창 너머에서 오렌지색으로 빛나는 눈을 바라보았다. 카펫에 무릎이 쓸려 뜨거울 정도로 빠르게, 한 번 무릎을 움직일 때마다 더 속력을 내서 거실을 가로질렀다. 별안간 이마를 커피테이블 모서리에 정면으로 부딪혔다. 어둠 속에서 아픔이 불꽃처럼 퍼져나갔다. 얼굴이 피로 축축했고 입안에서도 피 맛이 났지만, 리디아는 계속 기었다. 눈도 축축했다. 코와 입술, 턱도 축축했다. 카펫이 끝나자 차가운 부엌 장판바닥과 시리얼 조각이 손바닥 아래에 느껴졌고, 이어 다른 손바닥이 망치남의 부츠가 남긴 질척한 눈 자국을 짚었다. 뒷문은 겨우 1미터쯤 떨어져 있었고, 바깥의 눈이 몽환적인 가로등 불빛에 둥둥 떠오르는 것 같았다. 망치남의 묵직한 발소리가 점점 가까이 들려왔다. 리디아는 아무 생각 없이, 날카롭게 왼쪽으로 꺾어 수납장 손잡이를 잡고 부엌 싱크대 안으로 들어가 바구니와 세척제 옆을 비집고 자리잡은 뒤 문을 닫고 차가운 은 파이프에 뺨을 눌렀다.

싱크대 아래는 고요했다. 밖에서는 아무 일도 벌어지지 않았지만, 망치남은 아마도 그녀를 보았을 것이다. 들었을 것이다. 리디아는 움직이지 않았고, 숨도 쉬지 않았다. 정적 속에서 뭔가 쏟아지는 소리가 들리는 것 같았다. 마치 아빠가 만들어준 생일 케이크 반죽처럼, 복도 카펫 위에 커다란 우유 통이 '꿀럭꿀럭' 쏟아지며 깨진 달걀과 섞이는 소리였다.

몇 분이 흐르고, 어둠이 얼굴에 더욱 축축하고 무겁게 내려앉았다. 리디아는 발밑에서 말라비틀어진 스펀지를 찾아내서 이마에 대고 눌렀다. 스펀지가 피부에 찰싹 달라붙었다. 그녀는 무릎을 움켜잡고 팔꿈치를 양동이 가장자리에 괴었다. 두꺼운 분홍색 양말 한 짝이 없어졌다. 거실 바닥에 있을 것이다. 이불 성채 안에 있으리라. 이 싱크대 문 바로 밖에 있을까. 어쩌면 영영 알 수 없을지도.

부츠 발소리가 들려오더니 싱크대 문짝 사이 틈으로 불빛이 새어 들어왔다. 손전등, 희미한 둥근 불빛이 주변의 세상을 지워버렸다. 망치남의 발소리가 싱크대로 다가와 멈추었고, 그의 그림자가 모든 것을 다시 어둠 속에 빠뜨렸다. 그의 숨소리가 들려왔다. 근육이 경직됐고, 어깨 위의 쓰레기 분쇄기가 돌처럼 단단하게 느껴졌다. 겨우 몇 센티미터 너머에서 그의 무릎이 싱크대 문짝을 누르고 있는 것을 느낄 수 있었다.

'끼익'. 그러나 문이 열리지 않았다. 그것은 열리지 않았다.

대신 망치남은 망치를 싱크대에 던졌다. 귀 바로 옆에서 쇠와 쇠가 부딪히는 소리가 들렸다. 그는 손전등도 던지더니 데일 정도로 뜨거운 수돗물을 틀었다. 리디아의 뺨과 맞닿은 배수관이 따뜻해졌다. 파이프가 금세 뜨거워졌어도 리디아는 뺨을 떼지 않았다. 곰팡이 냄새가 갑자기 밀려와 코를 간질였다. 망치남은 손을 씻고 손가락도 문질렀다. 쓰레기 분쇄기에 스파게티를 집어넣을 때처럼 손끝에서 물 튀는 소리가 요란하게 들렸다. 순간 그가 분쇄기를 켰다. 맹렬하게 칼날 돌아가는 진동에 이가 맞부딪혔다. 이 순간이야말로―머릿속에서 소용돌이치는 피와 머리카락, 부서진 뼈―리디아의 인생에 있어 유일한 순간이었다.

이것이야말로, 그녀의 인생을 결정지은 순간이라고 말할 수 있을 것이다.

그날 밤 덴버는 눈으로 빛나고 있었다. 제설차가 출동했다. 사람들은 집 안에서 고요하게 잠들어 있었다.

오전 늦게, 토마스도 그의 인생의 결정적인 순간을 맞았다. 리디아와 캐럴은 토요일 아침 낭독회 준비를 돕기 위해 도서관에 나타나지 않았다. 계획대로.

그는 장갑을 입에 물고 있는 어린아이들에게『괴물들이 사는 나라』를 읽어주었고, 아이들이 외투를 뒤집어쓰고 떠나자 오툴의 집에 전화를 걸었다. 아무도 받지 않았다. 어제 라디오에서 미국 최대의 축산 축제에 때맞춰 예년처럼 콜로라도 주에 1월 한파가 몰려올 예정이니 다시 폭설을 대비해야 한다는 예보는 들었지만, 이런 바람은 예상하지 못했다. 이것은 완전히 다른 폭설이었다. 마침내 눈은 조금 잦아들었지만, 얼음장 같은 바람은 사정없이 눈밭을 할퀴고 있었다. 도로에는 차가 없었다. 도서관에는 그뿐이었다. 텅 비고 얼어붙은 아침이었고, 토마스는 기진맥진해 있었다. 요즘 그는 제정신이 아니었고, 간밤의 외로운 산악 여행 때문에 상태는 더욱 좋지 않았다. 브레켄리지에서 마지막 스키 버스를 탄 뒤 거의 자정이 다 된 시간에 시내에 내렸고, 폭설 때문에 택시를 잡아 집까지 오는 데도 한참 걸렸다. 지금 그는 세 잔째 커피를 마시고 있었지만 눈을 뜨고 있는 것조차 힘들었다. 다시 창밖을 내다보았다. 바람에 흩날리는 눈은 그가 생각했던 것보다 많이 쌓여 이미 30센티미터를 넘어섰다. 이 정도 깊이면 일을 끝내도 되겠지.

그는 감사한 마음으로 현관에 안내판을 걸고 도서관 문을 잠근 뒤 오툴의 집으로 걸어갔다. 열 블록밖에 안 되는 거리가 눈을 가르며 힘들게 걷다 보니 스무 블록은 되는 것 같았다.

용감한 몇몇 이웃집 아이들이 눈밭 위에 천사 모양을 만들어놓거나 눈사람을 만들려고 눈을 굴린 흔적이 보였지만, 그리 오래가는 것은 없었다. 마침내 오툴의 단층집에 도착했다. 집 앞에 아무도 보이지 않았고 발자국도 없었다. 이상할 건 없었다. 토요일 아침이고 캐럴은 틀림없이 만화나 보고 있을 것이다. 토마스는 바트 오툴이 진작 나와 삽으로 눈을 치워 길을 만들어놓지 않은 것을 의아하게 생각하며, 씩씩거리면서 눈 덮인 진입로를 올라갔다.

토마스는 현관 계단을 조심스레 올라가, 작은 뒷문 유리창으로 집 안을 들여다보았다. 눈앞이 흐릿해지고 숨이 멎는 듯했다. 복도 흰 벽의 플라스틱 스위치 바로 아래쪽에서 핏자국이 눈에 들어온 순간.

현관문은 잠겨 있었지만, 토마스는 집을 달려 돌아가 약간 열려 있는 뒷문을 찾아냈다. 부엌 바닥에 바람에 불려 들어간 눈이 쌓여 있었다. 부엌을 가로질러 복도로 나간 그는 캐럴과 바트, 도티 오툴이 침실 문간 바로 안쪽 축축한 카펫 위에 엉켜 있는 광경을 발견했다. 평생 그렇게 많은 피를 본 적이 없다고 표현한다면 전에도 피를 본 적이 있다는 뜻이겠지만, 사실 토마스는 이런 식의 피를 본 적이 결코 없었다. 구역질이 올라왔다. 시체는 속을 모조리 토해낸 것 같았다. 엉망진창이었다. 토마스는 미친 듯이 딸을 찾아 시체의 어깨를 끌어당기고 팔다리를 잡아당겼다. 무슨 짓이라도 할 수 있었다…….

리디아는 거기 없었다. 그는 부엌으로 들어가 싱크대에 침을 뱉고, 쓰레기 분쇄기에서 부러진 뼈처럼 불쑥 튀어나온 끈적이는 피투성이 망치를 보지 않으려 했다. 그리고 무의식적으로, 싱크대 옆에 개어놓은 축축한 걸레를 집어 들고 입술을 닦은 뒤 내려놓았다. 리디아의 이름을 외치고 싶었지만, 바깥 눈밭 위에 발자국이 없었다는 것이 기억났다. 얼마 동안 이 집을 나간 사람이 없다는 뜻이고, 이 짓을 저지른 사람이 아직 집 안에 있을 수 있다는 뜻이었다. 그래서 그는 망치를 집어 들고 복도로 뛰어나가 시체를 뛰어넘어 방 안으로 들어갔다. 변기에는 소변이 있었고, 물 내리는 것을 잊은 듯 작은 휴지뭉치가 둥둥 떠 있었다. 속이 메슥거렸다. 그는 부엌으로 뛰어 들어가 공사를 끝내지 않은 지하실로 내려갔다. 문이 쿵쿵 닫혔다. 이리저리 돌아보았다. 마침내 고함을 질렀다.

─리디아!

아무도 대답하지 않았다.

부엌으로 돌아온 그는 911에 전화했다. 망치 노루발 V자 부분에 빨강머리 몇 가닥이 걸려 있는 것이 눈에 띄었다. 침착하라고 다독이는 교환수의 어른스러운 말투가 거슬려 분노가 치밀었다. 망치를 유리창 밖으로 던져버리려는 순간, 그는 자신의 피 묻은 부츠 자국이 악마가 춤춘 흔적처럼 바닥에 어지럽게 찍힌 것을 보았다. 여기저기 핏방울, 핏자국도 눈에 띄었다. 그는 움직임을 잠시 멈췄다. 교환수는 늦어도 10분 안에 경찰이 도착한다고 말하면서, 안전을 위해 주변을 확인하라고 권했다. 그러나 도로에 쌓인 눈을 볼 때 20분 안에 도착하면 다행일 듯싶었다.

그는 교환수가 말하는 도중임에도 수화기를 거칠게 내려놓은 뒤, 입에 손을 갖다 대고 복도를 다시 내다보았다. 시체 무더기에서 뻣뻣하고 검게 굳은 도티의 팔이 비죽 튀어나와 있었다. 손가락은 새 발톱처럼 끝이 굽어 있었다. 그는 얼른 부엌으로 돌아가서 아무 이유 없이 바로 냉장고 문을 열었다. 핫도그 쪔과 끈적끈적한 케첩, 표면이 굳은 버터밀크가 눈에 띄었다. 하느님, 저것이 리디아가 먹다 남은 마지막 식사인가요?

그때 싱크대에서 무슨 소리가 들렸다.

냉장고 문을 열어둔 채 휙 돌아서는 바람에 안에 든 병과 단지가 교회 종소리처럼 달그락거렸다. 토마스는 조용히 하라는 듯 손가락을 입술에 갖다 댔다. 새소리. 지극히 희미한 흐느낌. 토마스는 코가 바닥에 닿을 정도로 최대한 몸을 접고 동화 속 주인공이 빵조각을 추적하듯 흐느낌 소리를 따라갔다. 소리는 싱크대 아래에서 멈췄고, 팔을 뻗어 수납장 문을 열어젖히려는데 문이 저절로 열렸다. 반사적으로 망치를 들어 올렸다. 그때 리디아가 나타났다. 밤새도록 입에 물고 있던 셔츠 앞자락은 축축했고, 이마는 피로 뒤덮여 있었다. 그녀는 토마스의 가슴에 뛰어들어, 그를 필사적으로 껴안았다.

9장

리디아는 고개를 숙인 채 브라이트아이디어 서점 아동서 섹션을 향해 걸음을 옮기며 이마에 남은 희미한 흉터를 긁었다. 낡은 가죽가방을 어깨에 메고, 조이의 『책 파괴의 세계사』를 겨드랑이에 끼고 있었다. 리디아는 오늘 비번임에도 문 열리기 20분 전에 가게에 도착했다. 그녀는 이른 시각, 이렇게 서점이 텅 비어 있을 때 서가 사이를 돌아다니며 손님을 기다리는 이 모든 책들의 고요한 희망을 느끼는 것을 좋아했다. 그러나 오늘은 다른 임무가 있었다. 조이였다.

아동서 섹션에 도착하자, 입심 좋고 마음씨 따뜻한 80세의 동료 윌마가 늘 입는 군청색 바지와 코바늘 터틀넥에, 진주광택 나는 안경을 끼고 그림책 서고 한가운데 서 있었다. 서고는 아직 간밤의 칵테일 손님 흔적으로 어지러웠고, 윌마는 그 소동의 중심에 서서

60센티미터나 되는 그림책 한 권을 들고 있었다. 동글동글한 구슬 눈과 털북숭이 팔, 조명, 버저, 벨, 스프링장난감처럼 신발을 향해 튀어 오르는 고무 더듬이까지 달린.

"월마?"

"이건 도대체 무슨 책이야?" 그녀는 마치 혓바닥에 고양이 털이라도 묻은 듯 입을 오므렸다. "이걸 애들에게 어떻게 읽어준다는 거지?"

"그 책은 스스로 자기를 읽을 것 같은데요." 리디아가 대꾸했다.

"인간성 실종이야." 월마는 봉제인형 선반으로 돌아서서 양말 원숭이를 한 대 쥐어박았다.

"이거 혹시 아는 거 있으세요?" 리디아는 월마에게 『책 파괴의 세계사』를 건네며 뒤표지의 라벨을 가리켰다.

월마는 안경을 들어 올리고 라벨을 천천히 훑은 뒤 책을 돌려 앞표지를 확인했다.

"라벨이 잘못 붙었네. 무슨 일 있어?" 월마는 서점 점원으로 일하기 전 수십 년간 초등학교 사서로 일했다. 목소리를 낮추고 고개를 돌리는 그녀의 몸짓을 보고 있노라면 리디아는 왠지 모르게 상처받은 어린아이의 느낌을 받았다.

"솔직히 말해, 모르겠어요." 리디아가 답했다.

월마가 고개를 끄덕이고 리디아의 팔을 잡은 채 육아서 섹션으로 향했다. 그리고 표지에 흐트러진 침대 사진이 들어간 책을 꺼냈다. 진지한 서체로 제목이 적혀 있었다. 『오줌싸개 연감: 세계 각지의 전설·속설·치료법』. 이 책에는 라벨이 없었지만, 페이지는 잘려나간 구멍 없이 멀쩡했다. 사실, 서체가 다른 책보다 약간 크다는 것을 제외하고는 특별한 점이 없었다.

"당신 남자친구 혹시 침대에서 오줌 싸?" 월마는 책을 가리키며
말했다.

"취했을 때만."

월마는 미소 짓고서 곧 심각해졌다. "조이 때문에 그러지?"

리디아가 고개를 끄덕였다. 월마는 그녀를 팝업북 근처의 안락
의자로 데려갔다. 조이가 가장 좋아하던 자리였다.

"그 조이라는 친구, 난 처음에는 마음에 들지 않았어." 월마는 비
쩍 마른 손가락으로 옆에 있는 동화책 선반을 쓸었다. "엄마들이
서서 아기를 돌보는데, 옆에서 안락의자를 차지하고 앉아 있는 게
머저리 같고 나쁘다고 생각했지. 여기를 지나가면서 그 친구가 바
로 저 자리에 앉아 의자를 앞뒤로 흔들면서 책 너머로 아이들 쳐다
보는 모습을 본 게 몇 번인지 셀 수도 없어. 징그럽지 않아?"

"조이는 사실 징그러운 쪽이라기보다는……."

"그러다 뭔가 깨달았어." 월마는 손가락을 살짝 들어 올리며 리
디아의 말을 끊었다. "저 의자에 앉으면 뭐가 보이는지 알아? 전부
다 보여. 최소한 아동서 섹션은 전부 다. 조이가 언제 제일 자주 저
기에 앉아 있었는지 알아? 토요일 아침이었어. 토요일 아침에 이
곳이 어떤지 알지?"

"동물원이죠."

"주중 가장 바쁜 때지." 월마가 리디아의 무릎에 놓인 책 두 권을
가리켰다. "실제로 독서를 하기엔 안 좋은 때야."

"무슨 말인지 모르겠어요."

"조이는 아이들을 보려고 여기 앉아 있었던 게 아니야, 리디아.

독서를 하려고 했던 것도 아니고. 조이는 가족들을 보려고 여기 앉아 있었던 거야. 무슨 이유에선지 그 친구는 엄마와 아빠, 아이들이 서로 소통하는 모습을 바라보는 걸 좋아했어. 아름다운 풍경이지. 보기만 해도 마음이 젊어지는 것 같아. 대부분의 사람들은 나처럼 나이 들기 전에는 그걸 이해하지 못하지."

"조이답군요."

"그 점을 깨닫고 나니 그 친구를 잘못 판단했던 게 미안해지더군. 가슴에 커다란 구멍이 있는 친구였어. 그는 바로 저기 앉아 그 구멍을 메우고 있었던 거야."

리디아는 침을 삼켰다. 그녀가 일어서자 의자가 앞으로 삐걱거리며 무릎 뒤쪽을 두드렸다.

"라일 못 봤어요?" 그녀가 물었다.

"그러고 보니 못 봤네. 조이가 죽은 뒤로."

"라일이 나타나면 저한테 알려주시겠어요?" 리디아는 이렇게 말하고는 오줌싸개 책을 집어 들었다. "이 책 고마워요. 며칠 뒤에 반납할게요."

"천천히 봐." 윌마가 걸음을 옮기기 시작했다. "인기 있는 책도 아니니까."

리디아는 육아서 코너에 서서 두 책을 나란히 놓고 천천히 읽으며, 조이가 왜 이 책의 라벨을 다른 책에 붙였는지 알아내려 시도했다. 그녀가 볼 때 두 권의 책은 한때 조이의 손을 거쳤다는 사실 외에 아무런 공통점이 없었다. 리디아는 몸서리치며 포기했다. 겨드랑이에 두 권의 책을 끼고 아동서 섹션을 나서려는데, 윌마가 쿠션 위에 무릎을 꿇고 앉아 혼자 그림책을 읽으면서 휴지로 콧물을 닦고 있었다.

'가슴에 커다란 구멍이 있는 친구였어.' 그녀가 그렇게 말했다. 그 깊이를 헤아릴 수 있는 사람—우물에 조약돌을 던져 첨벙 하는 소리에 귀를 기울일 수 있는 사람—이 있다면, 그것은 다름 아닌 월마였다.

브라이트아이디어 서점에서 몇 블록 떨어진 산책로에서, 리디아는 보행자 도로변 의자에 혼자 앉았다. 추운 아침이었지만 햇빛이 찬란했고, 16번가의 날카로운 그림자가 도로에 드리워져 있었다. 그녀는 옆에 커피와 두 권의 책을 내려놓고 재킷 주머니에서 작은 건포도 상자를 꺼냈다. 물새처럼 섬세하게 작은 상자에 손가락을 집어넣어 한 알씩 입으로 가져가 씹었다. 그녀는 건포도를 먹으며, 지나치는 자동차 소리가 사라질 때까지 붉은 상자를 관찰했다. 건포도 상자에 인쇄된 여자의 모습은 변함없었다. 붉은 후드 차림으로 거대한 노란 태양을 배경으로 포도를 한아름 안은 젊고 건강한 여자. 리디아는 건포도를 집어 들어 씹어 삼키면서 다시 어린아이가 된 기분을 느꼈다. 건포도! 어쩌다가 건포도를 잊고 지냈을까? 미세한 씨앗이 이빨 사이에 박히는 감각. 손가락이 작았던 시절 느꼈던 대로…….

그림자가 그녀의 눈꺼풀 위를 스쳤다. 배달 트럭이 웅웅대며 지나갔다. 한 남자가 의자 옆에 서 있었다.

"정말 너 맞아?" 남자가 말했다. 그의 뒤로 해가 밝게 비치고 있어 얼굴을 알아보기 어려웠다.

"뭐라고요?"

"리디아 맞지? 정말 맞구나. 세상에. 오랜만이야."

그가 한 걸음 다가왔다. 리디아는 자기도 모르게 움찔했다. 남자가 손에 뭔가 들고 있는 듯했지만, 다시 보니 그냥 손이었다.

"누구시라고요?" 하지만 리디아는 입안에 아직 건포도를 물고 있었고, 언제나 그렇듯 불쾌해하기보다 사과하는 말투였다.

"이상하게 느껴지는 게 당연하겠지." 그가 뒤로 물러섰다. "이렇게 아무 경고 없이 느닷없이 나타났으니."

리디아의 시야가 햇빛 속의 윤곽에 익숙해졌고, 얼굴도 곧 또렷해졌다. 짙은 색 피부는 매끄러웠고, 깨끗한 검은 머리칼은 헝클어져 있었으며, 갈색 눈동자는 너무나 선명한 갈색, 흰자위는 너무나 선명한 흰색이어서 마치 네거티브필름을 보고 있는 것 같았다. 그는 스웨이드 스포츠 재킷에 거친 청바지와 자수 벨트 차림이었다. 약간 통통했고, 건장했으며, 자신감이 넘쳐 보였다―리디아는 그 점이 거슬렸다.

"리디아? 정말 나 못 알아보겠어? 리틀플라워?"

이제야 리디아는 그를 알아보았다.

"세상에." 벨트 달린 점프수트를 입은 채 동경하던 눈으로 그녀를 바라보던 이 남자의 소년 시절을 떠올리는 순간, 리디아는 심장이 덜컥 내려앉았다. "라지?"

그는 팔을 벌렸고, 리디아는 잠시 주춤하다 일어서서 포옹했다.

"세상에." 그는 말했다. "우리 둘 다 살아 있구나."

리디아는 한 걸음 물러서서 목 뒤쪽을 문질렀다. 서툰 발이 허락하는 한 최대한 빨리 보도를 달려 도망치고 싶다는 충동이 일었다―하지만 가슴속 어디선가 작고 환한 불빛 같은 것이 밝아오더니, 어린아이였던 두 사람이 아버지의 도서관 카펫 위에서 책들로 둘러싸인 채 서로 등을 마주대고 앉아 있는 단순한 영상이 떠올랐다.

리디아는 보일 듯 말 듯 미소 지었다. "네가 여기 있다는 걸 믿을 수가 없어, 라지. 워낙 오래전이라…….."

"20년 전이지."

"이야, 20년? 세상에." 그녀는 차가운 공기 속에서 고개를 끄덕이고 커피잔을 들어 올린 뒤 책을 무릎 위에 얹었다. "여기 앉아. 그래, 어서 앉아."

두 사람 모두 벤치 판석 위에 앉았다. 비둘기가 펄럭거리며 거리를 날아갔다.

"네 사진을 신문에서 봤어." 라지가 말했다.

"너만 본 게 아니야. 그게 벌써 이 주 전이구나."

"솔직히 말해 여기까지 올 용기를 내는 데 시간이 걸렸어." 그는 서쪽으로 몇 블록 떨어진 서점을 향해 고갯짓을 했다. "길에서 이렇게 널 만날 줄은 몰랐는데."

"난 여기 자주 앉곤 해."

"다행이군." 그의 치아는 어린아이 때처럼 여전히 빛났고, 머리카락은 여전히 부석부석했고, 피부는 여전히 붉게 상기되어 있었다. "네가 날 다시 보고 싶어할지 어떨지 몰랐어. 그랬다면 진작…….."

"그랬다면 내가 여기로 돌아오자마자 널 찾았을 거라고? 내가 의도한 게 전혀 아니었어, 라지."

"설명할 필요 없어, 리디아. 우리만큼 사연이 많기도 힘들지."

"맞아." 리디아는 미소 지었다. "힘들지."

"우린 무거운 과거를 짊어지고 있어. 특히 너." 그는 부드럽게 눈을 감았다. "미안해. 이 말은 안 하는 게 좋았을 텐데."

"사실이니까." 리디아는 그의 팔을 가볍게 두드렸다.

"난 다시 20년은 더 흘러야 널 볼 수 있을 줄 알았어."

두 사람 모두 이제 억누를 수 없는 미소를 짓고 있었다. 자기도 모르게 라지의 손을 잡으면서 리디아는 놀랐다. 그녀는 아무 말도 하지 않았고 라지 역시 마찬가지였지만, 잠시 후 라지는 손을 놓고 의자에 가만히 앉았다.

"그래, 언제 돌아왔어?"

"덴버? 아, 6년 전쯤?"

"난 네가 어디 산속에 숨어 살고 있다고 생각했어. 남들이 모르는 곳에."

"오랫동안 그랬어."

"어느 날 갑자기 너희 집 정원에 '급매' 간판이 내걸리고, 그걸로 내 친구 리디아와 영영 작별이었지."

"계속 연락할 생각이었어. 그런데, 알잖아."

"알아."

"노력했어."

"알아."

사실이었다. 아버지와 함께 4학년 중간에 덴버를 떠나 콜로라도의 작은 마을 리오비스타로 향했을 때, 리디아는 자신이 안전하게 살아 있고 라지와의 우정을 그리워한다는 사실만이라도 알려주고 싶어 편지를 쓰기 위해 최선을 다했다. 우울한 일상 이야기보다 편지 끝에 꽃과 숲속 동물 그림을 그려 넣는 데 더 많은 시간을 썼다. 아버지는 언제나 그녀의 편지를 읽고 글을 꼼꼼하게 고쳐준 뒤, 멀리 떨어진 시내—살리다, 거니슨, 리드빌—에 나가 발신주소 없이 우편으로 부쳤다. 그들이 어디에 정착했는지 아는 사람이 없었기 때문에 라지는 답장을 쓸 수 없었다.

결국, 당연하게도, 편지는 끊겼다.

리디아는 다운타운에 깔린 매끄러운 마름모꼴 포장을 닮은, 회색과 분홍색 화강암 콘크리트를 물끄러미 내려다보았다. 두 사람 사이에 정적이 흘렀다. 그녀는 의자 너머로 손을 내밀어 그의 손목을 잡고 가볍게 흔들었다.

"다시 만나서 반가워. 진심이야."

"하필 이런 때 묻게 돼서 미안한데. 네 이름은 어떻게 된 건지 정말 궁금해. 신문에는 리디아라는 이름은 바로 적었던데, 리디아 스미스는 뭐야? 글래드웰은 어떻게 된 거야? 결혼했어? 손 다시 보여줘. 반지는 못 본 것 같은데."

"이사할 때 아버지가 이름을 바꿨어. 아무도 모르게 하겠다고."

"그럼 결혼한 건 아니군."

"음. 아냐."

"좀 놀랐어." 그는 다리를 겹쳐 꼬고 청바지 자락에서 풀린 실을 잡아당겼다.

"애인은 있어." 리디아는 이렇게 말하면서도, 자기가 한 말이 마치 질문처럼 들린다고 느꼈다.

라지는 자세를 고쳐 앉았다.

"범인은 결국 못 잡았지?"

리디아는 길 건너 가게 유리창 안에 전시된, 아가일 무늬 옷을 입힌 마네킹과 무지개 연을 바라보았다. 머리를 박박 민 젊은 여자가 어쿠스틱기타를 어깨에 메고 보도를 걷고 있었다.

"라지, 그 이야기는 하지 말자."

"어쨌거나 오래된 이야기지."

뭔가 말해야 한다는 생각이 들었지만, 갑작스레 목구멍이 꽉 막히는 느낌이었다. 어린 시절을 회상할 때면 거의 언제나 경험하는 불편한 기분이 척추를 따라 흘렀다. 리디아는 자기 과거에 대해 아무에게도 말하지 말라고 부탁할까 하다가, 그의 눈을 바라보고서—해초처럼 부드러운, 늘 그렇듯 친절하고 조심스러운 갈색 눈동자—자신의 과거가 안전하다는 것을 알아차렸다.

그녀는 숨을 깊이 들이쉬었다. "라지, 넌 요즘 어떻게 지내?"

그는 어깨를 으쓱하고는 유니언스테이션 쪽을 가리켰다. "나는 바로 저기 바 위층에 살아. 한창 공사 중인 곳? 복사점에서 점원으로 일하는데, 그래픽 디자이너가 되려고 노력 중이야." 그는 지갑을 열고 명함 한 장을 꺼내 그녀에게 건넸다. "이게 내 회사라고나 할까. 사실은 복사점 계산대에서 돈 되는 일이라면 뭐든지 구하고 있지만."

리디아는 명함을 읽었다.

"아버지는 어떠셔?" 라지가 덧붙여 물었다. "아버지는……?"

"미쳤냐고? 아, 맞아."

"나이가 들면 다들 정신이 나가는 것 같지 않아?"

"우리 아버지는 그래. 확실히."

"우리 부모님도 마찬가지야, 두 분 다. 잘 알아."

"우린 서로 얘기 안 해." 리디아가 말했다. "아버지와 나, 우린 글 쎄…… 뭐라고 해야 할까? 끝났어."

"정말이야? 네 아버지는 아주……."

"미안해. 방금 깨달았어." 그녀는 충동적으로 일어나 커피잔을 집은 뒤, 조이의 책 두 권을 심각한 업무라도 되는 양 들어 올렸다. "지금 한창 일하는 중이라. 업무야."

라지도 일어서서 두 손을 주머니에 찔러 넣었다. 순간 그는 다시 소년처럼 말쑥해 보였고, 제대로 된 각도에서 빛을 받으니 데이비드 못지않게 잘생긴 얼굴이었다.

"다음에 다시 얘기할까?" 리디아가 덧붙였다.

"물론이야. 네가 커피를 좋아하는 것 같으니. 언제 만나서 커피 한잔 하자."

"그래, 그러자. 곧."

2미터쯤 걸어갔을까, 라지가 외치는 소리가 들렸다. "내 전화번호는 명함에 적혀 있어!"

리디아는 돌아서서 손을 높이 들어 엄지손가락을 추켜세웠다. 밝은 스키 파카를 입고 밝은 색 립스틱을 바른 여자 둘이 지나가다 주정뱅이 바라보듯 리디아를 쳐다보았다.

서점에 들어갈 생각이었다기보다 라지에게서 도망치고 싶었을 뿐이었지만, 이제 서점을 향해 걷고 있으니 의외로 머리가 맑아지고 한편으로 불편한 기분이 섞여 들었다. 조이 일은 그만두어야 한다, 그녀는 결정했다. 그의 죽음에서 손을 씻자. 『오줌싸개 연감』은 육아 섹션의 빈 칸에 도로 꽂아두고 우유 운반함에 든 조이의 책은 중고서점에 기부하는 게 좋겠다. 브라이트아이디어 서점을 향하면서 리디아의 걸음걸이는 차츰 확고해졌다. 그녀는 배낭을 다시 어깨에 둘러메고 조이의 책들을 한 손에 모아 쥐었다.

『오줌싸개 연감』.『책 파괴의 세계사』.

워낙 긴 시간 동안 책을 들고 서점 계단을 오르내렸기 때문에, 이 두 권의 책이 손 안에 기분 좋게 잡힌다는 사실이 맘에 들었다. 그것들은 딱 편안했고, 갖고 다니기 쉬웠으며, 미끄러지지도 않았다. 거의 레고블록처럼…….

보도 한가운데에서 리디아는 우뚝 멈췄다. 머리를 뒤로 묶은 남자가 유모차를 밀면서 조깅하다, 놀라 숨을 몰아쉬며 그녀를 피해 갔다. 리디아는 사과의 말을 중얼거리면서도, 이미 주의는 손에 쥔 책을 향하고 있었다.

그녀는 책 옆면을, 책등을, 뒤표지를 차례로 살펴보았다.

『책 파괴의 세계사』.『오줌싸개 연감』.

그녀는 책을 겹쳐놓고 눌러보았다. 두 책은 그냥 크기가 비슷한 정도가 아니라 정확히 동일한 크기였다. 남는 부분도 튀어나온 부분도 없었고, 단어 외에는 모든 것이 같았다.

좋아, 조이. 단어들.

마지막 단어들?

없어진 단어들?

단어들. 단어들. 단어들…….

'고문집이 말하게 하세.'

리디아는 보도에 선 채 『책 파괴의 세계사』의 구멍 뚫린 페이지—128쪽이었다—를 펼친 뒤,『오줌싸개 연감』의 멀쩡한 128쪽을 펼쳤다. 잘려나간 책에 힘이 가해지지 않게 조심스레 펼치는 것

122

은 까다로운 일이었지만, 두 권의 128쪽이 완벽하게 들어맞도록 겹쳐놓으니 연감의 멀쩡한 단어와 알파벳이, 잘려나간 작은 구멍들을 채운다는 사실이 드러났다. 완벽하게 들어맞는 한 쌍이었다. 자물쇠가 열쇠를 찾은 것이다. 무덤에서 보내온 메시지였다.

you

. Fo

und

mea

gain

ly,

di

. A

, j

10장

리디아는 서점 직원으로서 자신의 기술은 대체로 귀를 기울이
는 능력에 있다고 믿고 있었다. 책에 대한 어마어마한 열정과 재
정적 요구도 물론 도움이 되었겠지만, 타인에게 친절하게 귀를
열 줄 안다는 것이 실제로 그녀의 직업적 운명을 결정지었다. 버
스 정류장, 파티, 서점, 어디에서나 리디아는 좋은 청중의 모범이
었다. 낯선 사람도, 지인들도, 때로 친구들도 몇 시간이고—술을
마시면 5분에 한 번꼴로—그녀에게 속을 털어놓았고, 리디아가
하는 말이라고는 응, 흠, 잘했네, 맙소사, 세상에, 저런, 이야, 정도
가 전부였다.

지금 리디아에게 속을 털어놓고 있는 사람은 빨간 멜빵과 흰
운동화 차림의 부드러운 중년 책개구리 페드로였다. 말할 때 몸
을 가만두지 못하는 탓에 그는 20분 전 장르소설 섹션에 놓인 화

분 옆에서 리디아를 붙잡아 세운 뒤 손으로 나뭇잎을 정리하면서, 요점을 강조하듯 한 번에 한 장씩 나무 바닥에 떨어뜨리고 있었다. 그는 좋아하는 과학소설 작가들이 창조한 세상에 대해 우주선 설계도를 그릴 수 있을 정도로 자세하게 설명했고, 리디아는 그 상상 속의 세상보다 페드로가 그 세상을 타인과 공유하지 않을 수 없을 정도로 홀딱 빠졌다는 사실을 더 명확히 인지하면서 그저 정중하게—때때로 네, 흠, 멋지군요, 저런, 세상에, 맙소사, 이야 등으로 거들면서—귀를 기울이며 고개를 끄덕였다. 상세한 묘사에 대한 페드로의 집착이 경이로웠고, 그가 그녀에게 추근대지 않는 것이 좋았고, 어쩌면 무엇보다도 어제 조이의 책에서 발견한 메시지—**나를 다시 발견했군요, 리디아**(You found me again, Lydia)—와 오늘 아침 출근 전에 해독해낸 또 다른 한 쌍의 메시지 외에 뭔가 집중할 다른 것이 생겨 다행스러웠다.

조이가 남긴 메시지에 혼이 나갈 정도로 겁을 먹은 터라, 페드로의 장광설은 때맞춰 마음을 진정시키는 효과가 있었다. 또 다른 과학소설의 세계에 귀를 기울이며 가게 저편으로 시선을 주던 리디아는 라일이 종이컵에 따른 차를 마시면서 계단을 내려오는 것을 발견했다.

"잠깐 기다려요!" 그녀는 페드로에게 말했다. "라일!"

리디아가 따라잡았을 때, 라일은 이미 커피숍의 기우뚱한 탁자에서 『선데이타임스』를 넘기고 있었다. 리디아는 맞은편 나무 의자에 앉았다. 라일은 안경을 콧등에 대고 눌렀다.

"리디아." 그가 침착하게 입을 열었다. '릿-이-아' 하고 의식적으로 교양 있는 말투를 구사하면서. "어서 오세요."

6년 전 처음 라일을 만났을 때, 리디아는 그가 예술가이거나 뉴욕 출신이라고 생각했다. 옷차림이 완벽하게 들어맞았다. 사방으로 흐트러진 회색 머리, 반달 모양 안경, 검정 피코트, 발목이 드러나는 치노 바지, 목까지 단추를 채운 체크무늬 셔츠, 황갈색과 흰색 새들 슈즈. 60대가 훌쩍 넘어 보이는 라일은 대부분의 책개구리보다 나이가 많았으며, 리디아는 그가 보통 사람들과 다를 바 없는 생활을 한 적도 있으리라고 상상했다. 브라이트아이디어 서점 소식통—물론 아주 믿을 만하진 않지만—을 통해, 그가 자수성가한 사람이며 책개구리 생활을 하기 전에 10년 정도 아스펜 근처의 요양원 생활을 했다는 소문도 들었다. 플라스는 그곳을 '어찌 보면 정신병자 수용소, 어찌 보면 스키산장'이라고 묘사했다.

라일과 조이가 함께 지낸 시간을 생각해볼 때, 조이가 목을 매달던 날 밤 그가 같이 있지 않았다는 사실은 매우 기묘했고 통계적으로도 이례적인 사건이었다. 다른 어느 책개구리보다 브라이트아이디어 서점에서 오랜 시간을 보내던 라일이 조이가 죽은 날을 전후해 서점을 떠나 줄곧 돌아오지 않았다는 사실도 마찬가지로 이상했다. 2주 동안 리디아는 다른 사람들이 서점에 드나든다는 사실보다 그가 서점에 나타나지 않는다는 사실에 줄곧 신경이 쓰였다. 서점 구석구석, 복도 하나하나, 소파 하나하나, 모두가 라일의 부재를 떠올리게 했다.

"라일, 대체 어디 있었던 거예요?" 리디아는 다급한 말투로 말을 걸었다. "무슨 일 있었어요?"

라일은 콧등 위의 안경 너머로 그녀를 처다보았다. 어리둥절해하는 것 같기도 하고 화난 것 같기도 한 얼굴로.

"무슨 일 있었느냐고요? 내 가장 친한 친구가 위층에서 자살했습니다. 그 일이 있었어요. 내가 그 친구를 화장했어요. 조이를 내 손으로 화장했다고요. 누가 그 일을 떠맡았을 거라고 생각합니까? 로터리 사교모임? 도시 근교에 사는 그 친구 부모와 질질 짜는 형제자매들? 조이한테는 아무도 없었어요, 리디아. 내가 했습니다."

"그랬겠군요. 미안해요."

"당신은 미안해해야 합니다."

미안했다. 요사이 리디아의 머릿속은 온갖 생각들로 분주했지만, 조이의 유골에 대한 궁금증만은 유독 떠오른 적이 없었다. 당연히 그것을 처리하는 문제는 수월치 않았을 것이다. 게다가 서점에 다시 온다는 것이 라일에게 대단히 고통스러울 거라는 생각도 한 적이 없었다.

"정말 아무도 없었나요?"

"내가 있었고, 당신이 있었어요. 그 외에는 세상천지에 아무도 없었습니다." 라일은 다리를 꼬고 앉아 의자에 등을 기댔다. "혹시 조이에게 마지막 인사를 하고 싶다면, 동물원에 가봐요."

"동물원? 동물원이라뇨?"

"조이는 여가시간에 동물원을 거니는 걸 좋아했어요. 거기 말고 어디 안치해야 할지 모르겠더군요. 서점 위층 서가 어디, 플래너리 오코너, 존 판테, 랭보와 나란히 모실까 생각도 해봤어요. 하지만 서점 안에 유골을 안치하는 건 위법일 테죠."

"그렇겠지요."

"그래서 난 유골을 더플백에 넣고 바닥에 작은 구멍을 뚫은 뒤 동물원을 걸어 다녔습니다. 한데 구멍을 너무 작게 뚫어서 가방 안에 미세한 조각들이 남아 있더군요. 흔들어서 잔디 위에 뿌렸어요. 그랬더니 거위들이 빵가루인 줄 알고 나한테 덤벼들기 시작하더라고요. 무서웠어요, 리디아. 그놈들이 조이를 쪼아 먹는 모습이. 광적이더군요. 조이는 자기한테 그런 관심이 쏟아지는 데 몸서리쳤을 겁니다."

"그랬군요."

"혹시 독수리 떼가 있나 싶어 하늘을 올려다봤죠." 라일은 머리 위 나뭇결이 까칠한 대들보를 연극배우처럼 올려다보았다. "사방에 어린아이들이었어요. 풍선에 그려진 동물들, 뜨거운 코코아. 난 조이를 내다버리고 있었어요. 조이를. 그 엄마들이 알았더라면."

"그날 밤 왜 조이와 같이 안 계셨어요?" 리디아는 말이 입에서 떨어지자마자 자기 목소리가 얼마나 우울하고 절망적으로 들리는지 깨달았다. "늘 같이 계셨잖아요, 라일. 왜 그때는 같이 안 계셨어요?"

라일은 입을 다물고 그녀를 응시했다. 그는 부끄러움 없이 혀에 알약을 올려놓더니 녹차 한 모금으로 넘겼다. 그리고 우려낸 티백을 냅킨에 싸서, 나중에 다시 사용하기 위해 피코트 주머니 단추에 달았다. 그러고서 손수건으로 손끝을 닦고 셔츠 주머니에 손수건을 접어 넣었다.

"여기서 사람들을 정말로 관찰해본 적 있습니까? 사람들이 책을 훑어보는 모습을 보면 마치 성전이나 교회에 들어서는 것 같습니다. 중고처분 가게에서 옷걸이를 넘겨가며 고르거나, 카트에 소고기 통조림을 던져 넣는 것과는 다르죠. 여기서는 훑어보지요. 심지어 단어 자체도 나른하게 들리지 않습니까. 훑어본다는 말. 심장

박동이 느려지죠. 시간이 사라져요. 진지한 사람들은 다시 몽상가가 되고. 바닥에 석상처럼 얼어붙은 채 손가락을 씹어가며 팝업북 페이지를 넘긴답니다."

"왜 그런 이야기를 하세요, 라일?"

"조이는 이곳을 좋아했어요. 사랑했지요. 이 장소는 그에게 뭔가 성스러움을 췄어요. 가슴속에 뭔가 고요함을 췄죠. 서점은 그의 추수감사절 식탁이었습니다. 소파와 쿠션으로 쌓아 올린 성채. 세상 그 어느 곳에서보다 더 마음 놓고 길을 잃고 헤맬 수 있었어요. 내가 이런 말을 하는 건 리디아, 조이는 이전에 그 어떤 곳에서도 그런 기분을, 적어도 지속적으로는 느껴본 적이 없었기 때문이에요. 과장 없이 이 서점은 조이에게 평생 그 어떤 곳보다 자기 집과 가장 가까운 곳이었어요."

"정말 아무도 없었나요?"

"말했다시피 조이에게는 내가, 그리고 당신이 있었습니다. 그런 어린애가 어쩌다 그런 끔찍한 진공 속에 던져졌는지 상상하기란 힘들지만, 어쨌든 사실이 그랬어요. 조이는 국가의 보호 밖으로 벗어나본 적 없는 영리하고 문제 많은 소년이었죠. 본인이 자세히 알았는진 모르겠지만 아기였을 때부터 북쪽 어디 연방에서 지원금을 받는 낙후한 보호시설 생활을 했고, 다양한 나이와 배경을 지닌 형제 예닐곱 명과 같이 자랐습니다. 형제가 전부 다 한 번도 자기 아이를 길러본 적 없는 나이 많은 부부에게 입양됐지요. 과테말라 사람이던가, 엘살바도르 사람이던가? 이름은 몰리나 부부."

조이의 욕실에 무슨 증명서가 걸려 있던 기억이 났다. 그의 성을 본 것은 그때가 처음이었다. 조지프 에드워드 몰리나.

"조이는 당시 워낙 어렸기 때문에 그 부부에 대해 거의 기억하는 게 없었지만, 밖에서 식사를 많이 했다, 형제자매와 함께 소파에 끼어 앉아 아버지가 트럼펫을 불고 성경을 읽어주는 걸 들었다고 했어요. 어렸을 때는 행복했다는 기억이 있지만, 오래가지 않았다고 했죠. 조이가 서너 살 정도 되었을 때 아버지가 갑자기 돌아가셨고, 조이는 사연도 몰랐지만 아버지 없이 어머니 혼자서 아이들을 전부 다 챙기기는 불가능해졌어요. 추측건대 경제적인 문제였겠지요. 그래서 전부 뿔뿔이 흩어져 시설로 돌아갔고, 그게 가족과 함께한 조이의 유일한 경험이었어요. 그 뒤 위탁가정에서 집단가정으로, 소년원에서 소년원으로 옮겼죠. 왜 아무도 조이를 데려가겠다고 나서지 않았는지 몰라요. 어쩌면 다루기 힘든 아이였거나, 슬프지만 그저 입양시장에서 인기 있는 백합처럼 희디흰 백인 신생아가 아니어서였거나. 무슨 이유에선지 그 몇 년 이후에는 그냥 구덩이로 떨어졌어요. 가족과의 마지막 끈이, 가정이라고 부를 수 있는 유일한 기억이 겨우 초등학교 이전 몇 년밖에 되지 않는 인생을 상상해보세요. 비극이죠."

리디아는, 몇 년 더 기다렸다가 아이를 갖기로 결정했을 때 데이비드가 선물한 모노폴리 개 모양의 은 목걸이를 걸고 있었다. 라일이 말하는 동안 그녀는 초조하게 그 체인을 아래위로 쏠었다. 라일이 말을 이었다.

"내가 조이를 만났을 때는 온갖 고생을 다 겪은 뒤였지요. 8년도 넘었나, 조이가 열두 살쯤 됐을 때 콜팩스 가의 바실리카 근처에 있던 퀴퀴한 오래된 서점에서 가끔 마주치곤 했습니다. 인사하려고 해도 날 무시했죠. 아주 사교성이 좋은 10대라고는 할 수 없었지만, 책 읽는 건 천성적으로 좋아했어요. 공립 도서관보다 작은 서점을 더 좋아했는데, 아마 선생들을 피할 수 있어서 그랬거나 그냥 분위기가 더 좋아서였을 겁니다. 일주일에 몇 번 마주쳤는데, 그때마다 떠나기 전에 자기가 읽던 책을 선반에 도로 꽂아두고 주머니에서 검은 유성펜을 꺼내 손등에 뭔가 작게 적더군요. 몇 번 그 모습을 본 뒤에 뭘 적었냐고 물었죠. 내 얼굴이 낯익었는지 손을 들어 보여주더군요. 거기 손등 피부에 검은 숫자가 여러 개 적혀 있었어요. 열 개, 스무 개, 대부분은 빛이 바랬지만 몇 개는 검고 선명했지요. 맨 위에 알파벳 한두 개가 적혀 있고 숫자는 그 아래 네다섯 줄로 나뉘어 있었어요. 복권, 숫자점, 피보나치 수열 같은 건가 생각했는데—나중에 조이의 독특한 기벽을 보고 수학천재가 아닐까 생각하기도 했지만—그보다는 세속적이고 더 서글픈 의미가 있었지요. 다음에 가게에 왔을 때 어디까지 읽었는지 기억할 수 있도록 펜으로 쪽수를 기록했던 거예요. 알파벳은 찾아갔던 서점이나 책 제목을 뜻했고요. 어쩌면 둘 다였는지도 모르죠. 정확하게 기억은 안 나요. 또렷이 기억하는 건 조이에게 책을, 중고책을 살 돈조차 없었다는 겁니다. 1달러? 2달러? 4달러? 한 푼도 없었어요."

리디아는 테이블 양쪽으로 튀어나온, 벽돌이 노출된 벽을 응시했다.

"그래서, 시작하셨나요?"

"돕기 시작했냐고? 그래, 아마 그랬을 거예요. 조이는 그날 가게를 떠났고, 난 그가 읽던 책을—아마도 『죄와 벌』이었을 겁니다—사서 건네려고 얼른 보도를 뒤따라갔지요. 조이는 두 손을 검

은 추리닝 주머니에 푹 찔러 넣고 책을 받아들기를 거부한 채, 후
드 안에서 그 광기 어린 녹색 눈으로 날 아주 오랫동안 쳐다봤어
요. 마치 책에 자기 목을 조를 끈이라도 달려 있다는 듯. 물론 끈 같
은 건 없었지만, 분명히 날 믿지 못하고 있었지요. 그래서 난 보도
위, 그의 발치에 책을 놓고 떠났어요. 며칠 뒤에 다시 만났을 때 그
는 다른 책—『변신』이었을 거예요—을 읽고 있었고, 내게 고맙다
고 인사하지는 않았지만 날 보고 미소 짓더군요. 치아가 한두 개쯤
드러나는 미소. 그때부터 난 그를 시내 도처에서 보기 시작했습니
다. 어딘가 학교에 다니고 있으리라 생각했지만, 증거는 없었지요.
한번은 도서관에서 나이 때문인지 주소 때문인지 하여간 공식적
인 신분증이 없어서 회원증 발급에 어려움을 겪고 있을 때 내가 도
와주기도 했습니다. 어느 봄에는 시티 파크 연못 옆에서 담배를 피
우고 있는 걸 보기도 했고, 내가 책을 사주기도 했고, 그가 술이나
약에 취해 있지 않으면 점심 사먹으라고 손에 5달러 지폐를 한 장
찔러주기도 했고, 그냥 필요한 게 없느냐고 물어보기도 했어요. 그
때는 주로 그가 읽는 책에 대한 이야기도 조금씩 나누었지만, 대체
로 우린 그냥 말없이 나란히 서 있거나 아무 목적 없이 거리를 걷
거나 했어요. 아이스크림콘이나 칠리 한 접시, 겨울 양말 한 켤레.
거의 말울음 같은 끙끙대는 소리를 하도 자주 내서, 한동안 난 조
이에게 투렛 신드롬이나 그 비슷한 비자발적인 경련증 같은 게 있
나 했어요. 처음에는 무시하기도 하고, 지역 보건소에 가서 검사
를 받아보라고 권유하기도 하고, 혹시 의사 처방이 있는데 돈을 못
구하나 물어보기도 했는데, 그러다 어느 날 난 그가 그 소리를 낼
때 실은 울고 있는 거라는 사실을 깨달았습니다. 그런 식으로 콧소

리를 내거나 코 막힌 기침 소리로 숨겼지만 그게 울음이었던 거예요."

"나도 그 소리 알아요." 리디아는 의자에 파묻혀 얼굴을 책에 묻고 있는 조이 곁을 지나칠 때 들었던 소리를 떠올렸다.

"어쨌든 우리는 40년이라는 나이 차이에도 불구하고 더 오랜 시간을 같이 보내기 시작했어요. 그는 자주 다른 위탁가정을 전전하는지, 갑자기 시내 다른 지역으로 버스를 타거나 걸어가곤 했어요. 때로 일이 주 전혀 못 보다가 갑자기 나타나서 곧장 내게 다가와 최근 발견한 책 이야기를 꺼내곤 했죠. 그 친구는 술을 너무 많이 마셨어요. 조이가 가끔 이런저런 한탕 할 계획을 세우고 있다는 것도 알았지만, 그는 날 존중하는 마음에서 그런 이야기는 내게 하지 않았어요. 그러다 어느 날 갑자기 사라졌습니다. 그가 자주 나타나던 곳을 죄다 둘러보았지만 흔적조차 없었죠. 소식을 물어볼 사람이 전혀 없었어요. 사는 곳도 몰랐고, 학교에 다니는지, 감독관은 누구인지 아는 게 없었으니. 그러다 난 내가 그에 대해 이렇게까지 아는 게 없으니 그가 내게서 사라진다면 이 세상에 전혀 존재하지 않는다는 걸 깨달았어요. 가슴이 너무나 아팠어요, 리디아. 플랫 강에 빠졌는지, 파이브 포인츠 앨리에서 뒹굴고 있는지 누가 알고 상관이나 하겠어요. 다시 그를 본다면 더 잘 돌봐야겠다고 마음먹었죠. 자존감을 심어주어야겠다고. 어쨌든 난 조이를 아주, 아주 오랫동안 못 봤습니다."

"2년 정도였겠지요." 리디아는 말했다.

라일은 고개를 끄덕였다. "그보다 약간 더. 조이가 교도소에 대해 당신에게 말했나 보군요."

"네."

"폭력적인 친구는 아니었어요." 라일은 약간 방어적으로 말했다.

"알아요."

"실수를 저질렀죠." 그는 눈썹을 추켜올렸다. "그리고 그 실수에서 많이 배웠고."

"알아요, 라일."

라일은 주먹을 꽉 쥐었다. 그는 한참 지나서야 마음을 진정한 듯했다.

"출소한 지 일주일 뒤에 날 찾아왔더군요. 특유의 쭈뼛거리는 태도로 제일 먼저 부탁한 게 정장을 사달라는 거였어요. 정장! 난 생각했죠. 그거 좋다! 면접이나 가석방 심사 같은 것 때문에 필요하겠거니 했지만, 실제로 조이가 정장을 입은 건 못 봤어요. 어디 쓰레기장에서 죽어 나자빠지지 않은 게 너무나 반가워서, 난 거리를 충분히 유지하면서도 늘 곁에 있어주었죠. 조이는 교도소 생활에 대해 내게 털어놓지는 않았지만, 좋아하는 작가들이 새롭게 잔뜩 생겼더군요. 조금 더 성장한 것 같았어요. 분명히 보다 희망에 차 있었죠. 그 어느 때보다도 내게 말을 많이 했고, 그런 모습을 보니 교도소에서 혼자 지낸 시간이, 조용한 자기 보호의 세월이 조이에게는 한 껍질 벗는 계기가 되었다는 생각이 들더군요. 매일 내 산책에도 동행하기 시작했고. 브라이트아이디어 서점을 소개해주면 좋겠다 생각했지만, 자기가 알아서 벌써 찾아냈더군요. 책을 사주면 뭔가 집중할 것이 생겨서 엉뚱한 생각 따위는 덜 하지 않을까 싶었죠. 기침약 한 병을 통째로 마시거나, 고속도로에서 콘크리트 토막을 떨어뜨리거나, 아니면……."

"알아요, 라일."

"아니면 목을 맬 생각 같은 것."

"알아요."

리디아는 라일이 말을 잇기를 기다렸지만, 그는 '목을 매다'라는 두 마디를 머릿속에서 떨쳐내려는 듯 차를 한 모금 마시고 신문을 고쳐 들었다.

"그날 밤 무슨 일이 있었어요, 라일?"

라일은 피코트 주머니를 뒤져 물건들을 탁자에 내려놓았다. 이쑤시개에 감긴 미국 깃발, 반쯤 피운 담배, 누드 카드 한 장, 포장지에 달라붙은 목캔디. 그는 목캔디 포장지를 벗겨 입에 넣고 마침내 리디아를 바라봤다.

"그가 죽은 건 당신 잘못이 아니에요." 리디아는 말했다. "그렇게 생각하지 않으셨으면 좋겠어요."

"조이는 내게 끔찍한 짓을 했어요." 라일은 말했다.

"그날에요?"

"정말 잔인하게 굴었죠. 초등학교를 졸업한 뒤로 그보다 더한 짓을 당한 적이 없었어요. 동성애자라고 공원에서 내 귀걸이를 잡아뜯고 귓불을 찢어놓은 새끼보다 더했죠. 조이는 전에 그런 적이 없었습니다. 조이를 그 일로 기억하고 싶지 않군요."

"얘기해주세요."

라일의 목구멍에서 기침이 새어나왔다. "몇 주 동안 그는 우울했습니다. 조이가 화날 만한 짓을 내가 한 적이 있나 계속 생각했죠. 이야기를 해보려고 했지만, 시간을 내주지 않았어요. 그러다 그날 아침이 됐죠."

"무슨 일이 있었는데요?"

"안 좋았어요. 그가 날 대하는 태도에 지쳐서 제대로 이야기해볼 생각으로 마음을 단단히 먹고 그가 지내는 공동생활가정으로 갔어요. 조이가 나와서 시내를 향해 걷기 시작했고 난 그의 옆에 붙어서 같이 걸었죠. 그가 날 밀쳐냈지만 난 물러나지 않았어요. 조이는 대체로 조용하고 몽상적인 친구고 그런 건 괜찮았지만, 그날 그는 지나가는 사람들과 자동차를 향해 투덜거리고 계속 뭐라 중얼거리며 몸짓도 해보였는데. 무슨 뜻인지는 알아들을 수가 없었지요. 그래, 그것도 괜찮다. 기분이 안 좋은 시기인 모양인데, 누구나 그럴 때가 있지 않나. 난 그의 친구다, 그럴 때야말로 곁에 있어줘야 한다. 친구란 그런 거다. 한데 여기 서점에 도착했을 때, 브라이트아이디어에 도착했을 때, 난 정말 당신에게 이 이야기를 하고 싶지 않아요."

"전 목을 맨 걸 봤어요, 라일."

"여기 도착했을 때 조이는 늘 입는 평퍼짐한 검정 추리닝 차림이었는데, 그 셔츠 자락을 들어 올리더니 허리춤에서 책을 꺼내기 시작했어요. 최소한 대여섯 권. 난 생각했죠. 리디아, 난 조이가 책을 훔치고 있다고 생각했어요. 한데 그는 서점에 되돌려놓는 것처럼 반대로 책을 옷 안에서 꺼내 소파에, 서고에 늘어놓고 있었죠. 마치 몰래 갖다놓는 것처럼. 무슨 수작인지 알 수는 없었지만, 너무나 많은 면에서 화가 났어요. 책을 돌려놓는 거라면, 언젠가 훔쳤다는 뜻 아닌가? 우리가 사랑해 마지않는 이 서점을 배신했다는 뜻이에요. 동시에 나까지 배신한 거고. 내가 책을 사주리라는 걸 잘 알면서, 부탁하기만 하면 된다는 걸 알고도 그랬으니까. 게

다가 그런 멍청한 짓으로 다시 감옥에 들어갈 위험도 있잖아요. 난 아주 화가 났어요, 리디아. 정말 많이. 난 조이를 가게 뒷골목으로 데리고 나가 전부 다 이야기했어요. 넌 영리하다, 넌 아름답다, 창창한 인생이 기다리고 있다. 내가 무슨 말을 했는지 당신도 상상할 수 있을 거예요. 난 조이의 어깨를 잡고 약간 흔들면서 사정했어요. 수표를 써주겠다고 했죠, 아버지처럼. 공동생활가정에서 나오고 싶다면 내가 작은 아파트를 구해서 새 출발을 하게 해주겠다고. 상담사도 구해주고, 대학 학비도 내주고, 다른 도시로 옮기게도 해주겠다, 그저 조금 더 영리해져라, 위험한 짓, 자신을 해치는 짓만은 하지 마라, 내가 힘닿는 한 뭐든 해주겠다, 하지만 네가 먼저 내게 마음을 열어야 한다. 네가 먼저 열지 않으면 내가 무슨 수로? 조이는 그냥 그 자리에 서 있었어요, 리디아. 난 너무 속상해서 문자 그대로 그를 끌어안으려고 했죠. 무슨 일이 있는지 말해달라고 빌었어요, 리디아. 정말 굴욕적이었어요, 그건……."

리디아는 눈물을 애써 참았다. 라일은 허리를 세워 자세를 억지로 고쳐 앉았다.

"하지만 최악이었던 게 뭔지 알아요, 리디아? 그가 내게 뭐라고 했는지 아세요? 그는 날 늙은 변태, 게이새끼라고 했습니다. 그냥 내 물건을 빨고 싶은 거 아니냐, 젊은 물건이니까, 오로지 그 맛을 조금이라도 볼까 싶어 내게 잘해준 거 아니냐. 리디아, 거기서 난 완전히 참을성을 잃었어요. 조이는 날 모욕했습니다. 그가 말한 게 사실이 아니었기 때문만이 아니라—절대 사실이 아니었습니다—인정하기 부끄럽지만, 내가 걱정했던 것도 바로 그런 부분이었기 때문에요. 그도 내가 그 점을 걱정한다는 걸 알고 있었어요.

사람들이 우리 둘을 어떻게 바라보는지 알고 있었으니까. 돈푼깨나 있는 노처녀 같은 늙은이와 갈아입을 옷가지도 없는 가난한 거리의 소년. 사람들이 내가 조이를 조종한다고 생각하는 걸 알고 있었으니까. 하지만 우린 전혀 그런 관계가 아니었어요."

"알고 있어요."

"어쨌든, 난 그 골목에서 조이에게 아주 심한 말을 했는데, 어쩌면 들어 마땅한 소리였겠지. 난 그 녀석을 거리의 쓰레기라고 했어요. 널 사랑하는 사람들을 대하는 태도가 그 따위니 네가 외톨이인 것도 당연하다고 했어요. 너무나 아름다운 소년이었지만, 그날 그 녀석이 지었던 표정은, 너무나 추했어요."

"제 정신이 아니었을 거예요, 라일."

"압니다. 내가 한 짓은 바로 그 때문에 더 추했어요. 난 다 자란 성인입니다. 내가 좀 더 참았어야 했는데, 그러지 못했어요. 가장 비루한 길을 택했죠. 난 조이를 혼자 그 골목에 남겨두고 그가 원하던 대로 그 자리를 떠났어요."

"그게 바로 그날 밤……."

"그날 밤 그는 목숨을 끊었죠. 리디아, 내가 가게에 오지 않은 건 그 때문이에요."

라일은 거칠게 숨을 몰아쉬며 탁자에 남은 오래된 커피 자국을 바라보고 있었다. 리디아는 그의 주먹에 손을 얹었다.

"조이는 책을 훔치지 않았어요. 페이지를 잘라냈더군요."

"아니, 그런 짓을 할 녀석이 아니에요."

"사실이에요. 잘라냈어요. 이쪽으로 와보세요."

휴게실에서 배낭을 찾아 들고 지배인에게 이른 점심을 먹으러 간다고 알리는 데는 몇 분밖에 걸리지 않았다. 리디아는 교육용 도서가 꽂힌 조용한 코너에서 기다리는 라일에게 돌아왔다. 두 사람은 오랫동안 서점을 지켜온, 수천의 잊혀진 독자들의 유령 같은 흔적이 남아 있는, 나뭇잎과 딸기가 수놓인 소파에 앉았다.

"조이가 책을 잘라냈다는 건 무슨 뜻입니까?" 라일은 조용하고 조심스러운 목소리로 물었다.

"자기 책을 훼손했지만, 가게에서 다른 책도 빌렸어요. 라벨을 뜯어냈죠. 그걸 일종의 안내서로 사용한 것 같아요."

"왜? 무슨 안내서로?"

"저를 위한 안내서로." 리디아는 목 뒷덜미에서 털이 비죽 솟는 것 같았다. "저를 위해서 그렇게 했어요. 조이가 제게 메시지를 남겼어요."

"정말로?" 라일은 소파에서 몸을 앞으로 내밀고 머릿속에서 곰곰 생각하다 납득하는 듯했다. "궁금하군요. 계속 듣고 싶습니다."

리디아는 배낭에서 데니스 존슨의 느와르소설 『목매단 소년의 부활』 양장본을 꺼내 라일의 무릎으로 넘겼다.

"조이의 아파트에 있던 책이에요. 그가 죽으면서 내게 전한 책 중 하나죠."

"하느님 맙소사." 라일은 손 안에서 책을 굴렸다. "이 책 제목은 조금 섬뜩하군. 의도적이었을까요?"

"그랬겠죠."

"이게 당신이 말한 메시지인가요? '목매단 소년의 부활'?"

"아니에요. 계속 보세요."

라일은 안경을 새로 고쳐 쓰고 손가락을 핥았다. 그는 손바닥으로 책등을 부드럽게 쓸었다—자동차광이 타이어를 발로 차듯 책 개구리는 책을 쓰다듬는다. 라일은 도입부를 읽고 감탄의 한숨을 내쉰 뒤 페이지를 넘겨, 집파리 크기만 한 작은 사각형 구멍이 여러 페이지에 걸쳐 뚫린 부분을 찾아냈다.

"이 구멍은 뭔가요?"

"일종의 암호예요."

소파에 앉은 채 라일은 페이지에 뚫린 구멍에 넋을 잃고 다시 소설을 훑어보았다. 리디아는 그가 더 회의적인 반응을 보이리라 짐작했지만, 그렇지 않았다. "조이답군요. '신세계 질서'와 일루미나티 전단 이야기를 늘 했죠. 혹시 당신이 그 녀석에게 연방준비은행에 대해 물어보는 실수는 한 적이 없길 바랍니다. 아니면 벌거벗은 뒤쥐 이야기 같은 것. 뭔가 음산하군. 계속 해봐요."

"처음에는 퍼즐 같은 거라고 생각했어요. 단어를 잘라서 콜라주처럼 다시 붙이는 퍼즐."

라일이 손을 벌리고 웃었다. "조이가 다다이즘을? 그거야말로 음침한데." 그러나 그는 갑자기 허리를 폈다. 웃음이 주름살 안으로 쭈그러들었다. "손가락에 있던 상처. 혹시 이것 때문이었을까요?"

"제가 아는 한에선요. 뒤표지 라벨을 보세요."

라일은 표지를 넘겨 소리 내어 읽었다. "이상한 나라의 앨리스? 잘못 붙었군. 이해할 수가 없어."

리디아가 오늘 아침 픽션 서고에서 찾아낸 『이상한 나라의 앨리스』 주석판을 배낭에서 꺼내자 라일의 얼굴에서 표정이 사라졌다.

"이 두 권은 같은 크기예요." 리디아는 두 책을 포개서 라일이 볼 수 있도록 들어 올렸다. 아까 혼자 해보았던 것처럼 그녀는 두 책의 34쪽을 각각 펼친 뒤, 데니스 존슨 소설 표지를 뒤로 젖히고 루이스 캐럴의 고전과 반듯하게 겹쳐보았다. 이번에도 작은 유리창은 단어로 가득 찼다.

"구멍을 채운 글자를 읽어보세요, 라일. 단어가 보이는 부분들."

라일은 헛기침으로 가래를 넘기고 소리 내어 읽어보았다.

noon

                                    ewa

. It   ed

            out

            side   The

                                    , ga

tesi

was

rel

ease　　　. D

fr

ee

"아무도 문밖에서 기다리지 않았다(No one waited outside the gates)……. 나는 풀려났다(I was released)……. 자유(free)……. 이게 맞나? 잠깐……. 이게 정말인가?"

"정말이에요."

"그런데 이게 메시지라는 건 어떻게 알죠? 뭔가 다른 것일 수도 있지 않나요? 조이에 대한 이야기가 아니라든가."

리디아는 그녀가 아는 한 조이는, 두 번째 책의 활자가 더 커서 구멍을 통해 읽기 쉽기에 이 책을 골랐으리라고 설명했다. 그리고 어제 보도에서 해독해낸 두 권의 책—책 파괴와 오줌싸개에 관한—에 대해서 얘기했다.

"조이는 저를 이름으로 언급했어요. '나를 다시 발견했군요, 리디아.' J라고 서명도 했고요. 그리고 제가 두 권의 책 중 한 권을 먼저 발견하고 나중에 다른 한 권을 발견하도록 따로 배치해뒀어요."

"그런데 그건 도대체 무슨 뜻일까, '나를 다시 발견했군요'라니요?"

"목을 매달았을 때 제가 그를 발견했고, 메시지를 해독해낼 때 다시 발견했다는 거죠. 제가 그의 목소리를 찾은 거라는 뜻일 거예요."

"유언을 찾은 거로군." 라일은 말했다.

리디아는 엄숙한 기분이 들어 손을 내려다보았다. "전 이런 걸 원하지 않았어요."

"알아요. 어쨌든 그가 마지막 며칠 동안 무엇을 하고 있었는지는 알아낸 셈이군. 다른 책에는 뭐라고 적혀 있나요?"

"아직은 겨우 두 개 더 해독했어요. 이 한 쌍." 리디아는 라일이 들고 있는 책을 가리킨 뒤 배낭을 두드렸다. "여기 한 쌍. 계속 해보죠. 다음 페이지를 맞춰보세요."

라일은 『부활』의 89쪽을 펼쳤고, 리디아는 그 페이지가 위로 솟아오르도록 책을 평평하게 펼친 뒤 『앨리스』의 89쪽 위에 갖다 대도록 도왔다. 두 권이 완벽하게 겹쳐지자 라일은 그 쪽과 그다음 쪽에 있는 작은 창 안의 글자를 읽었다.

and

, J

us.

tas

Al

one

as

Al   way

son

ly

mo

reg

row

nup

mores

c are

Dan

daw

. Are d

that

Li

few

ould

," Al

way

be

Noon

eo

uts,

I'd

et.

He g

ate

. S

리디아는 아침의 추리 결과를 적어놓은 해바라기 수첩을 꺼냈다. "여기서 조이는 교도소에 대해 말하고 있는 것 같아요. **아무도 문밖에서 기다리지 않았다**⋯⋯. **나는 풀려났다**⋯⋯. **자유**⋯⋯. **언제나처럼 혼자다**(and just as alone as always)⋯⋯. **단지 좀 더 자랐고**(only more grown up)⋯⋯. **인생이 언제나 그러하리라는 것을 보다 잘 알기에 보다 두려울 뿐이었다**(more scared and awared that life would always be)⋯⋯. **아무도 문밖에서 기다리지 않을 것이라는 사실을**(no one outside the gates)."

"분명 감옥 이야기야." 라일의 표정이 허물어졌다. "하지만 정말 암울하군. 마침내 교도소에서 나왔는데, 아무도 맞이해주는 사람이 없다니. 끔찍해요, 리디아. 이 얼마나 고통스러운 일인지. 이제야 이걸 보는 내 마음이 아플 정도로."

"희망이 없다, 자신의 인생이 영원히 그럴 거라고 생각한 거죠."

"내게 부탁만 하면 됐는데." 라일은 말했다. "내가 언제나 곁에 있었을 텐데."

리디아는 배낭을 뒤졌다. "이건 지금까지 제가 알아낸 또 다른 메시지예요." 그녀는 조이의 아파트에서 찾아낸 커다란 『하시디즘 분파의 역사』와 스포츠 섹션 서고에서 찾아낸, 플라이낚시를 다룬 똑같은 대형판 『이머저스』를 꺼냈다. 그녀는 라일이 구멍을 통해 읽을 수 있도록 몸을 앞으로 내밀어 페이지를 넘겼다.

ids

. W

allows

P

I'd

---

ers

ch

ew g

Las

s. Y

an k

. M   ynai

lst   ee

Th

. J

us two

be p

ART.

"나는 거미를 삼키고, 유리를 씹고, 손톱과 이빨도 뽑을 수 있어(I'd swallow spiders, chew glass, yank my nails and teeth)……. **일부가 될 수 있다면**(just to be part)." 라일은 읽었다. "음, 다정한 말이긴 한데. 나머지는 어디 있지? 무엇의 일부가 될 수 있다고? 보이스카우트? 〈엑스파일〉 출연자? 예수 그리스도 후기성도 교회? 미안해요. 모욕당한 기분을 억누를 수가 없군요. 난 그 소년에게 줄 수 있는 모든 걸 다 줬어요."

"어쩌면 이게 당신이 줄 수 없었던 것인지도 몰라요. 그가 교도소에서 나왔을 때처럼, 여기에는 패턴이 있어요. 누군가 자신을 원한다는 감정을 느끼고 싶다는 욕구. 외톨이가 아니라고 느끼고 싶은 욕구. 뭔가의 일부가 되고 싶다는 욕구."

"하지만 그는 일부였어요. 이 서점의 일부였다고. 그는 우리 중의 하나였어요."

라일은 책장을 넘기고 어깨를 떨었다.

"왜 조이가 언제라도 우리 등 뒤에서 나타날 것 같다는 느낌이 드는 거죠?"

"무슨 뜻인지 알아요. 이 일 자체가 제게도 으스스해요."

"바로 여기, 우리 둘 사이의 공간에 있는 것 같군요. 뭔가 말하고 싶어서."

두 사람 모두 그들 사이에 놓인 빈 쿠션을 바라보다가 얼른 바닥으로 시선을 돌렸다. 리디아는 어깨를 돌리고 조이의 책과 잘못 붙인 라벨, 해독한 메시지를 기록한 수첩을 펼쳐 넘기기 시작했다. 그녀는 조이의 아파트에서 요전날 밤 기록했던 페이지를 펼쳤다. 'CODVR?' 라일은 몸을 앞으로 내밀었다.

"Codur? 그것도 조이의 메시지인가?"

리디아가 수첩을 라일 쪽으로 들어 보였다. "C-O-D-V-R." 그 녀가 말했다. "메시지가 아니에요. 어느 봉투에 인쇄돼 있던 문구 예요."

"그냥 오래된 봉투?"

"조이가 아파트에서 불태웠던 봉투요."

"당연히 우편물을 불태웠겠지. 『미지와의 조우』 잡지에서 주문 한 특별 우편 소각기가 있었을 테니까."

"이게 무슨 약자일지 짐작이 가세요?"

라일이 고개를 젓더니 점점 진지해졌다. "C-O-D……. 콜로라 도 무슨 부서(Colorado Division)일 거예요. 과(Department)이거나. 주 에서 지원하는 무슨 업무. 조이의 가석방, 복역 전과, 위탁가정, 공 동생활가정, 재활프로그램, 무엇이든 가능해요." 라일은 가까운 곳 에 놓인 책상을 가리켰다. "전화번호부 있나요?"

리디아는 몇 초 안에 책상 앞에 앉아 전화번호부의 정부 관련 항 목 파란 페이지를 넘겼다. 라일은 그녀 뒤에 뒷짐을 지고 서서 코 로 요란스럽게 숨을 쉬었다. 오래된 로션 냄새가 풍겼다. 찾던 항 목을 발견하는 데 1분밖에 걸리지 않았다.

"콜로라도 주민기본인적사항기록부(Colorado Department of Vital Records). 뭘 하는 데인지 아세요?"

"아주 기본적인 사항을 기록하는 곳이겠지요." 라일은 어깨를 으쓱하며 대답했다. "없어서는 안 되는 것들. 책이나 위스키, 와플. 느와르 필름."

기본인적사항기록부 주소를 작은 수첩에 베껴 적는데, 라일이 책상에서 멀어져 서점 깊숙이 들어가는 소리가 들렸다.

"아이스크림." 그는 혼잣말처럼 중얼거렸다. "트롬본. 피터 포크."

그는 자신만의 기본사항 목록을 계속 중얼거렸다…….

"콘 너츠, 핫 라바. 히치콕."

……조이는 더 이상 그의 곁에 없는데도.

11장

콜로라도 주민기본인적사항기록부의 카운터 직원은 숱 많은 눈썹에 황제 콧수염을 기른 40대 후반의 대머리 남성이었다. 〈스타트렉〉 액션 피겨 몇 개가 모니터 위에 놓여 있었다. 쿠시볼과 '내 서커스 아님, 내 원숭이 아님'이라고 적힌 스티커도 보였다. 키보드 옆에는 먹다 남은 전자레인지용 맥앤치즈 쟁반이 놓여 있었다.

"혹시 특정인이 어떤 기록을 요청했는지 알 수 있을까요?" 리디아는 카운터를 손가락으로 다급히 두드렸다.

남자는 쟁반에서 고개를 들고 코웃음을 쳤다. 그는 두 손을 배 위에 포개고 회전의자에서 몸을 흔들었다.

"농담하시죠?"

"아주 좋은 친구였어요."

"아, 그러시군요."

"자살했습니다. 난 그 이유를 찾고 있어요."

"그래요?"

"이 사무실에서 받은 우편물이 있더군요. 죽기 전에 불에 태웠어요."

"알겠습니다. 농담은 아니군요." 그는 다음 민원인으로 넘어갈 태세를 하고 자판의 버튼 쪽으로 몸을 기울였다.

"잠깐." 리디아는 말했다. "제 친구 이름을 말씀드리면, 그에 대해 갖고 있는 기록을 모두 주시는 걸로 하면 어떨까요? 무엇이든요. 그렇게 해주실 수 있나요?"

"뭐든지?"

"네, 뭐든지."

"들어보세요. 제가 할 수 있는 일을 말씀드리죠. 브로드웨이로 나가서 몇 블록 남쪽으로 걷다 보면 덴버 공공도서관이 보일 겁니다. 이 빌어먹을 도시의 모든 것이 다 그렇지만 개축 중이니까 놓칠 리는 없을 겁니다. 도서관에 들어가서 안내원에게 헌법이 어디 있는지 물어보시죠. 미국연방 헌법. 거기서부터 시작하시는 게 좋을 겁니다."

리디아는 카운터를 손바닥으로 쳤다. "난 권리장전 티셔츠를 갖고 있어요!"

남자는 콧수염을 꼬았다. "나중에 한잔할까요?"

리디아는 씩씩거리며 자리를 떴다. 그러나 문 옆의 안내판에 다다랐을 때 남자의 목소리가 그녀를 불러 세웠다.

"당신이 특별한 관계의 사람이어야 합니다." 그가 말했다. 리디아는 돌아서서 두 손을 양 옆에 붙인 채 카운터로 돌아갔다. "법적으로요. 친척이나 배우자, 변호사, 어쨌든 특별한 관계의 사람. 그냥 아무나 와서 정보를 달라고 하면 안 돼요." 그는 중얼거렸다. "아무리 예뻐도 말입니다."

"마지막으로 뭐라고 하셨죠?" 리디아는 눈을 커다랗게 뜨고 몸을 앞으로 내밀었다.

"아무것도 아닙니다." 그는 등 뒤 천장에 매달려 걸린 안내판을 가리켰다. 작은 플라스틱 숫자와 알파벳으로 CODVR 사무실에서 발급하는 서류 목록이 햄버거 가게의 밀크셰이크 종류처럼 나열되어 있었다. "원하는 게 뭔지 말씀하시면, 그걸 발급받기 위해 필요한 서류를 말씀드릴 수 있습니다. 우리는 요람에서 무덤까지 모든 종류의 증명서를 갖고 있어요. 출생·사망·입양·결혼·이혼·법적 무효·몇몇 예방접종·혈통. 기타 다른 것도 있습니다만, 아주 예외적입니다."

"제 친구가 자살하면서 자기 유품을 모두 제게 남겼어요."

"음, 그러면 출생과 사망 증명서부터 시작하는 게 좋겠군요." 그는 고개를 끄덕였다. "그게 있어야 여러 가지를 할 수 있습니다. 서류를 가져오세요. 당신이 그의 기록에 대한 권리가 있다는 것을 증명하는 유언이나 신탁 증명서 사본. 공증된 원본이 있으면 시간이 절약됩니다." 그가 턱수염을 물어뜯으며 말을 멈췄다. "절 쳐다보는 눈빛을 보니 그런 건 안 갖고 계신 것 같고."

"연필로 내 이름을 적은 포스트잇 쪽지가 다예요. 집 주인이 브래지어에서 꺼내줬어요."

"좋습니다." 직원이 입술을 깨물었다. "그걸로는 안 되겠지요." 그는 조이의 출생증명서나 사망증명서를 신청하고 왜 필요한지 사유를 적을 수는 있다, 필요한 서류나 법적 자격이 없다 해도 아주 드물게 공무원 중 누군가가 연락해서 정보를 얻을 수 있는 다른 방법을 제시해줄지도 모른다, 혹시 예외인정 신청을 하라고 할지도 모른다고 설명했다.

"하지만 예외인정을 받으려면 정말 특별한 사유가 있어야 합니다. 구체적으로 원하는 것이 무엇인지 정리하셔야 할 겁니다. 그리고 아까는 미안했어요."

"무례하게 말한 것 말인가요? 다른 관청으로 보내려던 것 말인가요? 어느 쪽이에요?"

"한잔만 합시다."

"생각 없습니다." 리디아는 휙 돌아서서 싸늘한 덴버의 황혼으로 나섰다. 하지만 그 직원이 한 가지는 옳았다. 내가 원하는 것이 무엇인지 구체적으로 알아야 한다.

리디아가 텅 빈 아파트에 들어섰을 때, 처음 눈에 띈 것은 목 없는 남자처럼 침실 문짝 옷걸이에 걸려 있는 조이의 검은 정장이었다. 흠칫 놀라 하마터면 열쇠를 떨어뜨릴 뻔했다. 그러나 일단 정신을 차리자, 새롭게 환기된 눈으로 정장을 응시하면서 이 존재를 다른 관점으로 생각하기 시작했다.

라일은 조이를 위해 이 옷을 사주었다고 했지만, 그가 아는 한 조이는 이 옷을 입은 적이 없었다. 리디아 역시 입은 것을 본 적이 없었을 뿐만 아니라, 그의 아파트에서 제대로 살펴보지도 않고 여기 가져왔음을 깨달았다. 불안에 사로잡혀 고개를 옆으로 돌린 채, 드라이클리닝 포장비닐 안에 조심스레 손을 집어넣어 마치 병원

가운이라도 다루듯 주머니를 더듬기 시작했다. 브라이트아이디어 라벨이나 책장을 잘라낸 작은 종잇조각 또는 유서 같은 것이 나오지 않을까 기대했지만, 파란 초콜릿 포장지 한 장이 나왔을 뿐이었다. 아마도 죽을 때 입고 있던 바지 주머니 안에서 녹았던 바로 그 초콜릿일 것이다. 다른 것은 없었다. 포장지를 내다버린 뒤에도 속이 메슥거려왔다.

정장을 옷장 안에 집어넣은 뒤, 리디아는 손을 박박 씻고 데이비드의 브롱코스 추리닝과 찢어진 스래셔 후드티를 뒤집어썼다. 쌀과 콩조림을 전자레인지에 다 데우기도 전에, 타바스코 병과 물잔을 탁자에 내려놓기도 전에, 저녁식사를 동행해줄 소설을 골라 들기─리디아에게 혼자서 책 읽으며 식사하는 것은 데이비드와의 섹스 바로 다음 순위를 차지하는 쾌락이자, 추운 겨울밤 뜨끈한 중국음식 배달보다 한 순위 높은 쾌락이었다─도 전에, 이러한 저녁 의식 중 그 어떤 것도 시작되기 이전에 리디아는 식탁 앞에 앉아 배낭을 끄르고 아까 서점에서 빌려온 새 책 두 권을 꺼내놓았다. 조이가 바꿔 붙인 라벨이 맞다면, 이 책 안에서 그의 토막 난 목소리 조각을 들을 수 있을 것이다.

리디아가 죽은 사람과 춤추는 며칠 동안, 데이비드는 홈스쿨링 학회 부스 관리로 콜로라도 스프링스에 가 있었다. 1년 이상 정보통신 업계의 밑바닥에서 일한 그는 최근에 미국 각지의 교육 분야 학회에서 시험 차 회사를 대표하는 일을 지시받았다. '그 밑바닥에서 살아남은 사람은 아무도 없다', 데이비드는 때로 이렇게 말하곤 했다. 그러니 일개 코딩 담당 프로그래머가 잠재 고객들을 직접 상대하는 업무를 맡게 된 것은 데이비드의 동료들 사이에서 큰 사건이었다. 리디아는 데이비드야말로 그 업무의 적임자라고 며칠간 격려해주었지만, 오늘 밤 혼자서 아파트를 쓸 수 있다 생각하니 미안하게도 마음이 편안해지는 것을 어쩔 수 없었다.

리디아는 전자레인지에서 저녁식사를 꺼내고, 조이의 우유 운반함을 뒤져 서점에서 가져온 책과 짝이 맞는 구멍 뚫린 책을 찾기 시작했다. 아까 서점 서고에서 라벨이 잘못 붙은 책을 찾아내는 것은 생각보다 힘들었다. 그녀는 해바라기 수첩에 조이의 책 뒤표지에 붙은 라벨의 모든 책들을 목록으로 만들어두었지만, 정작 찾아보니 그 가운데 많은 책들이 책장에 없다는 사실을 발견했다. 이미 팔렸거나 분실 혹은 주문 중이거나 창고 어딘가에 숨어 있는 상태였다. 짝이 맞는 책이 없다면 메시지도 있을 수 없었다. 그럼에도 아직 찾아볼 페이지는 충분했다. 최소한 오늘 저녁 분량은.

리디아는 운반함에서 잘려나간 책 한 권―자신이 조이에게 판매한 캐서린 던의 『어느 유랑극단 이야기』 염가 문고판―을 집어 들고, 조이의 뒤표지 라벨과 짝이 맞는지 재차 확인했다. 예전에 서점에서 빌린 책들 중에 워커 퍼시의 소설 『마지막 신사』와 한 쌍이었다. 두 권을 아래위로 포개놓으니 예상대로 정확히 같은 크기였다. 조이의 『어느 유랑극단 이야기』 한가운데에 작은 구멍이 뚫린 페이지가 네 쪽―34, 89, 144, 233쪽― 있었고, 리디아는 한 번에 한 장씩 『마지막 신사』의 같은 페이지와 겹쳐놓고 구멍에 나타나는 단어를 읽기 시작했다.

My D

add

wast

, he st

. At

emy

mo

mm the

Fo

ood!" B an

ks

and the

"Me?"

talc

ots   and the

L.A.

under

O'Ma

at

sand

then

came

my

on

ly,

. He

r.

리디아는 혹시 놓친 구멍이 없는지 페이지를 다시 넘겨본 뒤, 아무것도 빠뜨리지 않았음을 확인하고 단어들을 읽었다. **아빠는 주**(my daddy was the state)……. **엄마는 급식소와 간이침대와 세탁소**(my momm the food banks and the metal cots and the Laundromats)……. **그리고 나의 유일한 그녀**(and then came my only Her)……. 마지막 단어가 리디아의 시선을 붙잡았다. '**그녀**'.

리디아가 의자를 장판바닥에서 뒤로 밀어내자, 바닥 긁히는 소리가 척추를 퉁기는 손가락처럼 느껴졌다. 몰리나 가족과 지낸 어린 시절을 제외하고 조이가 주립보호소에서 살았다는 사실을 리디아도 알고 있었다. 그것이야말로 조이를 그토록 세상에서 혼자라고 느끼게 만든 커다란 이유였으리라. 그러나 이 마지막 단어들, '그리고 나의 유일한 그녀'는 주립보호소에서 나온 뒤의 삶을 암시했다.

'그녀'와의 삶. 이것은 새로운 것이었다. 이전의 삶으로부터 구제받고, 한 여자에 의해 구원받았다고 느끼는 조이.

리디아는 20대의 귀여운 여자—짧게 친 머리에 꽃무늬 핀을 꽂았을지 모를—뒤에 선 채 어느 어둑한 술집, 라이언스 레어나 7-사우스 같은 곳에서 록 밴드의 음악에 맞춰 고개를 끄덕거리는 조이의 모습을 상상해보았다. 혹은 덴버 자연사박물관 앞에서 회색 곰 청동상 앞발을 만져보는 두 사람의 모습. 혹은 수수께끼의 검은 정장 차림으로 법정 안내데스크 앞에 서서 주머니에 초콜릿을 넣은 채 결혼서약을 중얼거리는 조이. 아니, 어쩌면 시간이 흐른 뒤 두 사람의 관계가 끝나고 다시 방황이 시작될 때, 결혼증명서와 이혼서류를 불태우고 난 조이……

하지만 잠깐, 리디아는 생각했다. '그녀'에 대해.

조이가 죽일 뻔한 여자의 모습이 떠올랐다. 차 안에 앉아 치리오스를 입안 가득 씹고 있는데 갑자기 눈앞에 콘크리트 덩어리가 나타나 무릎 위에서 폭발하는 모습. 그때 피해자가 겨우 한 살이었으니, 지금쯤 아마도 유치원생일까? 1학년생일까? 교도소에서 나온 뒤 그 아이를 추적해서 용서를 빌고 오빠나 아저씨처럼 손을 잡고 동물원을 거닌다, 그런 일이 가능할까?

아니, 다시 잠깐만.

갑자기 불편한 생각이 뇌리를 가득 채웠다. 혹시 '그녀'가 리디아라면? 조이가 남몰래 리디아에 대한 사랑을 품고 있었다면, 이 모든 메시지와 사진(조이가 그 사진을 구하는 게 얼마나 힘들었을까?), 목을 매단 행위 전체가 혹시 자신의 사랑을 증명하려는 엇나간 시도였다면? 조이 나름대로 고흐가 귀를 자르는 것과 마찬가지

행위를 보여준 것이라면?

"아, 집어치워, 조이." 리디아는 빈 아파트에서 소리 내어 말했다. 그녀는 고개를 젓고 두 손바닥을 들어 올렸다. "이러지 말자, 조이. 제발 이러지 마……."

갑작스러운 노크 소리가 리디아를 벌떡 일어나게 했다. 두 번째 노크 소리에 그녀의 시선이 문간을 향했다. 본능적으로 책을 운반함 안에 던져 넣고 부엌 탁자 밑으로 밀었다. 별안간 데이비드가 곁에 없는 것이 뼈저리게 아쉬웠다.

다시 노크 소리, 이번에는 소리가 더 컸다.

등 뒤에 칼을 숨기고 문구멍을 내다본 리디아는 놀랍게도 라지의 얼굴을 발견했다. 그는 머리카락을 한쪽 눈 위로 늘어뜨린 채 복도 벽에 기대서 도넛 한 상자를 안고 있었다. 리디아는 잠시 망설이다가 체인을 건 상태로 문을 열었다. 보드카 냄새가 풍겨왔다.

"라지." 단호한 목소리를 내는 데 실패했다. "약속 없이 들르기에는 늦은 시간인데."

라지는 리디아의 눈을 뚫어지게 쳐다보면서 아무 말도 하지 않았다. 그는 얼마 전 보도에서 재회한 이래, 이웃에 살고 있고 오랜 친구 사이라는 사실을 제외하면 거의 스토킹 수준이라 할 정도로 여러 차례 서점에 나타났다.

"다음에 와." 리디아는 문을 닫으려 했다. "알겠지? 더 이른 시간에."

"보고 싶었어." 라지는 말했다. 그리고 문득 생각난 듯 덧붙였다. "보여줄 것도 있고." 그는 도넛 상자를 서툴게 다시 안아 쥐고 주머니를 뒤졌다. 쭈뼛대는 모습을 바라보고 있노라니, 리디아는 오래된 잉걸불에 불꽃이 일듯 마음속에서 작은 불빛이 일어남을 느꼈다.

"미안해." 리디아는 그에게 손을 내밀었다. "괜찮아, 들어와. 들어와." 라지라면 아무리 해 저문 뒤라도 찾아오지 못할 이유가 없지, 리디아는 자신에게 다짐했다. "데이비드가 출장 가서 그저 약간 불안했던 것뿐이야."

라지와 바람을 피울 생각은 전혀 없었지만, 그가 문지방을 넘어오면서 우연히 가슴을 스치고 지나가자 혹시 데이비드는 바람을 피운 적이 없을까 하는 의문이 들었다. 스트립클럽이나 마사지 시술소에서 급여를 낭비할지 모른다는 걱정은 할 필요가 없다는—그녀가 아는 한 데이비드는 그런 타입이 아니었다—걸 알고 있지만, 혹시나 리디아보다 더 건강하고 활기찬 여자, 취향에 보다 잘 맞는 여자를 만나면 무슨 일이 일어날지 가끔 의문스럽긴 했다. 어쩌면 지금 데이비드가 참석한 교육 학회 때문인지, 그가 로라 잉걸스 와일더 풍으로 차려입은 자상한 홈스쿨링 교사와 함께 쌀눈 머핀과 갓 짜낸 우유를 나눠 먹는 모습이 떠올랐다. 리디아는 여러 사람들과 섞여 있을 때 느끼는 불안, 종종 존재 깊숙한 곳을 갉아먹는 슬픔, 오후 섹스를 좋아하는 취향 등 어떤 남자에게 털어놓은 것보다 더 많은 이야기를 데이비드와 나누었지만 어느 누구에게도 절대 털어놓을 수 없는 한 가지가 있다는 것을 알고 있었다. 망치남의 악몽. 리디아는 자신이 데이비드를 밀어내는 것이 아니기만을 바랐다.

라지는 도넛 상자를 팔 아래 낀 채 작은 아파트를 서성거렸다. 청바지 단이 정강이까지 왔고, 추운 날씨에도 긴 양말과 검은 가죽 샌들을 신고 있었다. 예전에 그랬듯 약간 통통한 몸매인 것도 눈에 띄었지만, 여전히 매력적이었고 편안한 느낌을 발산했다. 그가 책 앞에 멈춰 서자—한 권 한 권이 그녀가 푹 빠져들어 쏟아부은 시간을 증명하는 오래된 타임캡슐이었다—리디아는 책을 이중 삼중으로 겹쳐 꽂은 낡은 중고 책장을 의식하면서 자기가 강박적이고 비사교적인 사람이라고 스스로 느꼈다. 그러나 라지가 도넛을 끼고 선 옆모습을 바라보노라니, 그 역시 그녀 못지않게 강박적이고 비사교적으로 보인다고 생각했다.

"독서 말고 다른 취미는 없니?" 라지는 물었다.

"별로."

"좋은데."

라지는 아파트를 이리저리 둘러보다, 문득 데이비드의 몇 안 되는 책들—두꺼운 프로그래밍 매뉴얼, 『일렉트릭 쿨에이드 애시드 테스트』, 『라스베이거스의 공포와 혐오』 같은 대학시절 필수도서 몇 권—이 꽂힌 책장 앞에 서서 병뚜껑으로 만든 작은 로봇을 집어 들었다. 어쩌면 라지도 침실에서 플라스틱 모델 자동차를 만들던 잃어버린 어린 시절을 회상하고 있는지 모른다.

"부모님은 어떻게 지내셔, 라지? 잘 지내셔?"

"그럴 거야." 그는 어깨를 으쓱했다. "가끔 엄마가 걱정돼. 쉬질 않으시니까. 얼마 전에 손을 데었는데, 이번에는 아주 심했어. 그런데 다음날 바로 손에 붕대를 둘둘 감고 일을 시작하시더라고. 하루도 안 쉬려고 해."

"예전하고 똑같구나." 리디아는 회상에 잠겨 미소 지었다.

"똑같아. 아버지는 빈대, 어머니는 비쩍 말라 웃고만 있지. 언제

한번 들러서 네가 직접 봐야 해. 정말이야. 네가 감당할 수만 있다면."

"지나친 적은 있었어." 그녀는 어깨를 으쓱했다. "들르진 않았지만."

사실이었다. 리디아는 콜팩스 버스, 혹은 데이비드가 운전하는 차 조수석에 앉아, 플라스와 함께 중고가게 순례를 하면서 가스 앤 도넛을 수없이 지나쳐왔다. 그러나 가게에 대한 향수는 과거와 마주치는 두려움을 이길 만큼 강하지 않았다. 벽 페인트는 벗겨졌지만, 둥근 평면 네온 간판과 치장 벽토, 출입구 양쪽에 덧댄 유리벽돌로 장식된 아르데코 건물 자체는 그대로 남아 있었다. 카운터 위 벽에 걸린, 담배 연기에 찌든 미국 국기 밑에서 어슬렁거리며 돌아다니는 파텔 씨의 모습도 도로변 유리창으로 본 적이 몇 번 있었다. 더 길게 자란 턱수염과 맥주병처럼 튀어나온 배에, 멀리서 봐도 늘어난 흰 티셔츠와 올 풀린 회색 머리망은 그대로임을 알 수 있었고, 거동하는 폼—세상을 한 대 차버리겠다는 듯한—도 리디아가 어렸을 때와 정확히 똑같았다. 파텔 부인은 지나치면서 딱 한 번 본 적이 있었다. 사리 위에 앞치마를 겹쳐 두르고 활짝 웃는 얼굴로, 도넛 상자와 마분지 커피트레이를 손에 든 손님을 위해 정중하게 문을 열어주고 있었다. 리디아가 어렸을 때 항상 그랬듯.

"차를 세우고 인사라도 드려야 했는데. 네 말이 맞아."

"널 보면 좋아하실 거야. 거기에 가면 시간여행을 하는 것 같다니까. 아무것도 변한 게 없어."

그녀는 서글픈 미소를 띤 채 라지를 바라보았다. "오해하지 않았으면 좋겠지만, 너도 마찬가지야. 변한 게 없어. 좋은 면에서."

"그래." 라지는 약간 즐거워진 표정으로 고개를 끄덕였다. "내 차례야. 오해하지 않았으면 좋겠지만, 난 네가 많이 달라졌을 거라고 생각했어. 그런데 전혀 망가진 것 같지 않네."

"우리 모두 망가졌어, 라지. 현대인은 다 그래."

"하지만 이 아파트를 봐. 아주 안정감이 느껴져. 싱크대에 설거지거리도 쌓여 있지 않고. 유리창에 립스틱 자국도 없고. 애완 거미 같은 것도 안 키우고. 넌 정말 제대로 살고 있어."

"난 서점에서 일해. 법률가 같은 직업은 아니지."

"난 네가 어딘가 쉼터 같은 데 처박혀 있을 거라고 생각했어. 사실 그러기를 바라기도 했고."

"네가 날 구해줄 수 있게?"

라지의 입가에 미소가 떠올랐다. "그래야 우리 사이에 공통점이 더 많아지니까."

라지는 유리창에 기대어 밖을 내다보았다. 한겨울 나뭇잎이 나무에서 떨어지는 계절에 각도를 잘 잡으면, 멀리서 반짝이는 국회의사당의 금빛 돔 지붕을 볼 수 있었다.

"한 가지 물어봐도 돼?" 그녀가 물었다. 미처 생각하기도 전에 튀어나온 말이었다. "내가 떠난 뒤에 넌 어땠니? 난 네게 편지를 많이 썼지만, 넌 답장을 보낼 수 없었잖아. 그래서 늘 궁금했어. 기억하는지 모르겠지만."

"어땠느냐고?" 그는 고개를 약간 돌렸지만 이쪽을 돌아보지는 않았다.

"넌 어땠느냐고."

"끔찍했어. 너만큼은 아니었겠지만, 그래도 끔찍했어."

"그럴 거라고 생각했어. 괜찮아. 말하지 않아도……."

"어디 보자. 살인 직후, 내게 최악이었던 건 네가 어떤 일을 겪었는지 알면서도 널 볼 수가 없다는 거였어. 난 병원에 가게 해달라고 사정했지만 네 아버지는 문병을 허락하지 않았고. 그래서 우리 엄마아빠랑 난 가게에 둘러앉아 시내 다른 사람들과 마찬가지로 뉴스를 보고 소문만 들었지. 어떤 소문이 돌았는지 넌 모를 거야. 망치남은 그렇게 무서울 수가 없었어. 밤이면 망치로 침실 유리창을, 마루 아래 파이프를 두드린다. 양팔에 새까만 망치 문신을 새긴 남자다. 살인 이후 캐럴의 집이 부동산 시장에 나왔는데, 동네 아이들이 몰래 그 집에 들어가서 싱크대 밑으로 기어들어가 망치남을 열 번씩 부르는 내기를 하기도 했어. 블러디 메리처럼? 다섯 번 이상 부른 아이는 아무도 없었지. 돈을 아무리 준다 해도. 모든 사람이 범인일 가능성이 있었어. 잡히지 않았으니까."

"들었어."

"네 이야기도 많이 나왔어. 뉴스에서처럼, 언제나 '어린 리디아'로 말이지. 학교에서는 널 위해 달력이나 요리책을 만들어 모금을 했지. 학교에 추모단도 생기고. 세상에. 정말 어마어마했어."

"어떻게 그게 생긴 거야?"

"사람들이 리틀플라워 밖에 자꾸 찾아와서 캐럴의 추모단이 임시로 생기게 된 거야. 낯선 사람들이 놓고 간 작은 선물들이 운동장 담장 밖에 쌓이고, 꽃과 풍선, 리본, 카드 같은 게 넘쳐나는 바람에 말이지. 수녀님들이 아이들에게 사건을 잊으라고 달랬지만, 하루 종일 교실 유리창으로 낯선 사람들이 선물 놓고 가는 게 보이잖아. 촛불, 사진, 곰인형. 서명을 남긴 포스터. 그러다 어느 날 눈이 내리기 시작해서 온통 웅덩이를 만들게 되니까, 노린 수녀님이 아이들한테 다들 운동장으로 빨리 나가 추모단을 안으로 들이라고 했어. 곰인형하고 크레용으로 적은 쪽지를 한 번에 하나씩 들고 오다 보니 어쩔 수가 없었어. 다들 울기 시작했어. 전부 다. 추모단은 체육관 관람석 위에 마련했지. 너무 강렬한 기억이라, 아이들 전부 눈물범벅이었고, 수녀님들까지 펑펑 울면서 선물을 들고 학교 안팎을 드나들고……."

별안간 라지는 입을 다물고 눈을 잠시 깜빡였다. 급작스레 터져 나온 기억의 방출에 리디아 못지않게 스스로도 놀란 것 같았다.

"뭐라고 해야 할지 모르겠어, 라지."

"너무 엄청나지?" 그는 한 손가락을 청바지 뒷주머니에 집어넣었다. "어쨌든, 네게 보여줄 게 있어서 가져왔어. 네가 봤는지 모르겠지만."

그는 주머니에서 접혀 있는 잡지면 한 장을 꺼내 리디아에게 건넸다. 접힌 부분이 오래되어 다 닳았고 가장자리도 너덜너덜했다. 한 면은 빛바랜 프렐 샴푸 광고였다. 그리고 다른 쪽 면에서 아주 오래된 『라이프』 과월호에 나온 망점사진이 시선을 집중시켰다. 담요로 몸을 감고 경찰에 둘러싸인 채 아버지에게 안겨 눈 덮인 계단을 내려가는 어린 생존자 리디아였다. 사진을 보자마자 온몸에 전율이 흘렀다. 리디아는 사진이 실린 면을 아래로 뒤집어 탁자 위에 그대로 내려놓았다.

"미안해." 라지가 말했다. "충격받을지도 모른다고 생각했지만…… 모르겠어."

"괜찮아. 그냥 보기가 힘들어."

"솔직히 나도 그래." 라지가 말했다. "네가 떠난 첫 몇 달이 아마 가장 힘들었을 거야. 네 편지를 받기 전에. 부모님 사이가 완전히 틀어져 있던 터라 더 그랬지. 네가 없으니 집과 주유소 바깥에는 내 삶이 아무것도 없었어. 집에서 나의 삶이란 이미 오래전부터 지옥이었고."

"기억나."

"이상적이라 할 만한 중매결혼은 아니었지. 엄밀히 말해 진짜 중매결혼도 아니었지만."

"머리 자른 것 가지고 또 싸우셨니?" 어떻게 되었든 화제가 바뀐 게 반가워, 리디아는 슬며시 미소 지으며 말했다. "머리 잘랐다고 싸우셨던 게 어렴풋이 기억나는데."

"아, 맙소사. 그건 최악이었지."

"네 엄마가 어느 날 머리를 싹둑 잘라버렸는데, 네 아버지가…… 어떻게 하셨더라? 펄펄 뛰셨지?"

"요약하자면, 그랬지." 라지는 민망해하면서도 재미있다는 얼굴로 고개를 끄덕였다. "〈로즈메리의 아기〉에서 미아 패로가 머리를 몽땅 잘랐던 장면 기억하지? 어느 날 나가서 그 귀여운 단발머리로 자르고 나타났지."

"비달 사순이 잘라줬잖아. 헤어스타일 역사상 중요한 순간이었지. 영화에서 카사베츠가 미아 패로의 남편이었어."

"맞아." 라지는 감탄하며 고개를 끄덕였다. "어느 날 로즈메리가 귀엽고 깜찍한 모습으로 잔뜩 들떠 짧은 머리를 남편한테 자랑하려고 헤어살롱에서 돌아왔는데, 남편이 로즈메리에게 뭐라고 했는지 기억나? '돈 주고 그 짓 한 건 아니겠지?' 맹세하지만 리디아,

우리 엄마가 반짝이는 짧은 머리칼을 흔들면서 집으로 돌아왔을 때 우리 아버지 반응이 바로 그거였어. 그 머리를 뭐라고 부르지? 보브컷도 아니고, 도러시 해밀 비슷한……."

"웨지컷?"

"웨지컷, 맞아. 우리 엄마는 잔뜩 들떠 있었는데, 아버지는 말 그 대로 '돈 주고 그 짓 한 건 아니겠지?' 이랬어. 정확히 그 문장은 아 니었을지 몰라도, 어쨌든 열 받았지. 대단한 변화도 아니잖아? 여 자 세 사람 중 한 사람이 그 머리를 하고 다녔는데. 부모님 두 분 다 캘리포니아에서 태어났으면서도 아버지는 여전히 엄마가 중세 시 골 여자처럼 하고 다니기를 원하셨으니. 한동안 엄마는 거실 소파 에서 주무셨을 거야. 어쨌든 네가 떠났을 때 우린 정말 힘들었어. 우리 엄마는 언제나 널 많이 사랑하셨어."

"나도 그랬어." 리디아가 말했다.

"엄마는 정말로 힘들어하셨어. 이웃에서 끔찍한 폭력이 발생했 다는 데 너무 충격을 받았고, 특히 너한테 그런 일이 생겨서 더욱 남의 일 같지 않았겠지. 내가 성장할 때 부모님 두 분 다 언제나 날 아기 다루듯 했어……."

"아기 다루듯 했다고? 넌 도넛 가게의 라지였잖아."

"정말이야." 라지가 미소 지으며 말했다. "네가 떠난 뒤에는 더 심해졌어. 부모님은 내 걱정을 정말 많이 하셨고, 엄마는 더 이상 미국에서 못 살겠다고까지 했어. 폭력이 너무 심하다고." 라지는 어머니의 부드럽고 억양 없이 모음을 길게 끄는 말투를 흉내 냈다. "여기 사람들은 다 미쳤어, 라지!' 어머니가 콜팩스에서 매일같이 겪었던 시비는 말할 것도 없고. 보도에서 늘 크고 작은 싸움이 붙었던 것 기억나? 버스 정류장에서 칼싸움이 난 적도 있었고, 아버지가 술 취한 사람을 문밖으로 끌어낸 적도 있고, 휘발유 훔치려는 놈 때문에 경찰을 부른 적도 있어. 어머니가 남부 캘리포니아에서 자랄 때 구자라트에서 찾아온 온갖 친척들이 인도 생활 이야기를 했다지. 정말 작은 마을과, 야생화와 폭포로 뒤덮인 확 트인 시골 풍경 얘기. 완전히 만화 같지? 인도 식당에 붙을 법한 포스터 같은 풍경이지. 한동안 엄마는 이사하는 얘기밖에 안 했는데, 물론 아버지는 말도 안 되는 소리라고 일축했지. 그래서 엄마는 나라도 데려가겠다, 이모와 외조부모님이 사는 마을에 적당한 가게 매물이 있는지 알아보겠다고 하셨어. 아버지가 못 하게 막았지. 내가 엄마를 따라갔다면 우린 영영 미국에 돌아오지 않았을 거야."

"그럼 엄마는 가셨니?"

"응, 가셨었지. 엄마한테는 현실 파악이 필요했던 것 같아. 오래지 않아 돌아오셨을 때는 머리도 다시 길렀고, 친척 아주머니들이 하던 헛소리는 더 이상 안 하시더라고. 아마 세상 모든 곳에 나름대로 문제가 있다는 걸 깨닫지 않았을까? 콜팩스가 그리 나쁜 곳이 아니라는 것도."

"우리 아버지도 사실 같은 반응이었어." 리디아는 고개를 끄덕이며, 마음을 가라앉히고는 말했다. "똑같은 행동을 하셨지. 방법이 생기자마자 마을을 떠나셨으니까. 리오비스타가 아버지한테 인도였던 셈이야. 우린 다시 돌아오지 않았지만."

"그런 식으로 전에 생각해본 적은 없지만, 정말로 이해가 돼." 라지는 말했다. "아이들을 걱정한 걸로 그분들을 탓할 수는 없지. 우릴 안전한 곳에서 키우고 싶다는 마음은."

"덴버에 있을 때가 훨씬 행복했어. 도서관도 있고, 도넛 가게도 있고, 모든 게 다 있었잖아. 적어도 한동안은. 훨씬 행복했어…….
그 뒤로 우린 행복하지 않았어."

리디아는 여전히 탁자 쪽으로 엎어져 있는 잡지 조각을 흘끗 보았다. 고개를 드니 라지가 그녀를 쳐다보고 있었다. 그녀는 잡지 조각을 집어 들고 손 안에서 뒤집어 돌렸다. '그게 전부 이것 때문이었지', 말할 필요도 없었다. 이제 라지 역시 사진을 보고 있었고, 리디아는 그가 무슨 생각을 하는지 정확히 말할 수 있었다. '그게 전부 이것 때문이었지.'

12장

그 사진은 서부 일간지 1면에 대대적으로 보도되었고, 심지어 『라이프』 '올해의 사진'에 피난민 행렬에서 멀어지는 미군 헬리콥터 사진과 나란히 실렸다. 덴버 경찰서의 지인에게서 정보를 얻은 프리랜서 사진작가는, 토마스와 리디아가 사건 현장에서 나와 도움을 기다리느라 들어갔던 오툴의 옆집 현관 계단에 모습을 드러내자마자 셔터를 눌렀다. 사진에는 두 사람이 구급요원과 경찰들 사이로 뛰어드는 장면이 담겨 있었고, 얼굴이 피투성이가 된 리디아는 아버지의 몸을 팔다리로 감은 채 공포로 커다랗게 질린 눈으로 카메라를 바라보고 있었다. 회색 담요가 뒤로 질질 끌리고 있었고, 경찰 한 사람이 담요 자락을 눈에서 들어 올리느라 손을 뻗고 있었다.

사진이 찍히고 며칠간 리디아가 입원한 병실은 꽃과 풍선, 털실이 매달린 격려 카드로 가득 찼다. 침대로 찾아오는 의사와 간호사들 외에도, 골초에다 녹음기 작동법도 잘 모르는 고압적인 두 경찰 앞에서 진술해야 했다. 가장 최악이었던 것은 경찰들이 계속해서 아버지를 리디아의 옆에서 끌어냈다는 점이었다. 아버지는 리디아에게 돌아올 때마다, 마치 경찰들이 그의 영혼 조각조각을 어딘가 항아리 같은 데 모으고 있기라도 한 듯 기진맥진해 보였다. 곧 경찰은 터틀넥 스웨터에 구슬목걸이를 건 교사처럼 보이는 여자 경찰로 교체되었다. 그들은 친절했고 리디아의 머리를 빗질해주었으며, 늘 컨디션이 어떤지 물었다. 리디아는 아버지를 쳐다보고는—아버지는 언제나 손바닥의 붕대를 만지작거리고 턱수염을 긁적였다—괜찮다고 대답하곤 했다. 악몽은 안 꾸니? 그녀는 미소 띤 얼굴로 거짓말했다. 기억나는 건 없어요. 슬프진 않니? 친구가 보고 싶어요, 그뿐이에요. 아픈 데는 없고? 이마 꿰맨 데가 슬슬 간지러워요. 한번은 아버지가 과자를 사러 나가자, 여경들이 리디아에게 혹시 아버지의 '특별한 친구들'에 대해 아는 게 있냐고 물었다. 하지만 리디아가 무슨 친구요? 라고 되묻자, 그들은 그저 베개를 두드리고는 잠을 좀 자라고 다독여주었다.

이윽고 리디아는 병원 로비를 걸어 다니며 간호사들과 악수를 나눈 뒤, 언젠가 낮잠을 잘 때 아버지가 사온 중고 스테이션왜건 뒷자리에 올라탔다. 아버지가 리디아더러 뒷자리에 있는 더플백과 담요 밑에 숨으라고 했고, 그것은 그녀 또래가 할 법한 가장 자연스러운 일로 여겨졌다.

—아무도 우릴 보면 안 돼, 아버지가 말했다. 그게 꼭 지켜야 할 약속이다.

지켜야 할 나머지 약속은 세 시간 뒤 리오비스타 북쪽 산자락에 위치한 침실 두 개짜리 오두막 안으로 가방을 질질 끌며 들어섰을 때 명확해졌다. 토마스는 커다란 작업장과 노간주나무 숲이 딸려 밖에서 안을 들여다볼 수 없는 이 오두막을 구입한 모양이었다. 오랫동안 사람이 살지 않은 곳이어서 돈은 거의 들지 않았지만, 이제부터 사람이 살 만한 곳으로 만들려면 로즈의 사망보험금 전부를 쏟아부어야 했다. 덴버 집이 팔릴 때까지 6개월이 걸렸고 그 기간에 재정적으로 골치를 썩었지만, 아버지는 단 한 번도 도시로 돌아가겠다고 말하지 않았다.

처음에 열 살 난 리디아는 리오비스타로 이사한 것이 이야기책에나 나올 법한 모험이라고 생각했다. 토마스는 식료품 카트에 즉석식품과 과자봉지를 가득 실었고, 콜로라도 스프링스의 오래된 J.C. 페니 쇼핑센터에서 홀리 호비 침실 가구 세트를 주문했다. 아버지는 리디아에게 내년 가을까지는―일곱 달 뒤였다―학교나 숙제, 친구 사귀기 따위를 생각할 필요가 없다고 했다. 이 새로운 생활의 모든 것, 특히 리오비스타라는 작은 마을은 꿈에서나 그려보던 공간이었다. 계곡에서 모닥불과 냉동실 성에 냄새가 났고, 대로를 달릴 때면 발밑에서 나무 포장이 달그락거렸다. 마을 뒤에는 아칸소 강이 우르릉거리며 남쪽으로 흘렀고, 돌투성이 강변에는 철로와 광산이 자리잡고 있었다. 강물에서 피어오르는 안개는 너무 으스스하고 산꼭대기는 너무 높아, 리디아는 종종 동화 속 장면으로 이사한 게 아닐까 생각하곤 했다…….

하지만 함께 있는 시간 내내 '그날 밤'에 대해 절대 이야기하지 않는 것이 리디아에게는 불안했다. 그것이 슬그머니 시간을 따라 쫓아와 그녀의 매일 밤을 차지하기 때문이었다. 가끔 리디아는 샤워실에서 아버지가 우는 소리를 듣기도 했고, 전화기를 낚아채어 부엌 옆방으로 들어가 어둠 속에서 속삭이는 소리를 듣기도 했다. 아버지가 바닥에 베개를 쌓아놓고 잠든 어느 날, 리디아는 읽던 책 너머로 아버지를 바라보며—덥수룩한 턱수염은 희끗희끗했고, 울 스웨터는 올이 풀려 있었고, 뿔테안경은 콧등에 삐딱하게 걸쳐져 있었다—속삭여보았다.

—아빠, 망치남. 망치남은 어디 있어?

아버지는 잠결에 목구멍에서 신음 소리를 냈다. 그녀는 아버지의 악몽도 자신의 것과 마찬가지로 괴로운 게 아닐까 생각했다.

토마스가 남은 목돈을 모조리 써버린 뒤 겨우 구해진 직장에 다니기로 결정했을 때, 리오비스타에서의 동화 같은 생활은 완전히 그 빛을 잃었다. 그는 마을 남쪽 경계에 있는 주립교도소에서 교정 직원으로 일하기로 한 것이다. 어느 날 저녁 토스트 와플을 먹으며 아버지가 이 소식을 전하자, 리디아는 불만을 토로했다. 아버지가 '자기 기준을 양보하는 일'—리디아는 아버지의 입에서 이 표현을 수없이 들었다—일 뿐 아니라 밤새도록 집을 비워야 했기 때문이었다.

—거기는 모두 다 밤에 일을 시작해.

—하지만 난 혼자잖아요.

—넌 괜찮은 줄 알았는데.

—난 괜찮아요.

—그런데 뭐가 문제야?

문제는 밤새도록 혼자 남게 되니 생각할 시간이 너무 많다는 점이었다. 끝이 다가오고 있는 7개월 동안의 방학에 대해서는 물론, 절대 생각해서는 안 되는 바로 그것, '그날 밤'에 대해서 역시.

토마스가 교도소 일을 시작할 무렵 리디아의 5학년이 시작되었고, 그 첫 주에 새틴 조깅복 차림에 짙은 화장을 한 풍만한 몸집의 체육교사 월 부인은 리디아에게 특별한 동정심을 보이며 방과 후 개인위생 훈련을 위해 따로 시간을 냈다. 산간 지방으로 이사 온 이래 리디아도 토마스도 헝클어진 머리카락 정돈에는 별 관심이 없었고, 게다가 이마에 흉터가 생기고 눈빛까지 불안하게 흔들리다 보니 리디아는 실제보다 더 왈가닥처럼 보였다(밤에 혼자 거울을 보면 리디아는 자신이 캐럴 오툴과 섬뜩할 정도로 닮았다고 느끼기도 했다). 그러나 외모를 다듬는 것은 리디아에게 전혀 걱정거리가 아니었다. 마을에 새로 온 학생이었기 때문에, 동급생들은 그녀의 행동 하나하나를 유심히 관찰하기도 하고 때로 시비를 걸기도 했다. 지저분한 산골 아이들을 라지나 캐럴처럼—아, 캐럴!—친구로 사귀어야 하는지 이해할 수 없었지만, 그런 호사스러운 질문을 스스로에게 던질 여유조차 없었다. 운동장 뒤 잡초가 무성한 공터에서 아이들이 그녀를 둘러싸고 이마의 흉터는 어디서 생겼냐고 질문 공세를 퍼부어도 리디아는 사실대로 말할 수 없었고, 오래 지나지 않아 자신과 다른 모든 사람들 사이에 커다란 풍선 같은 영원한 공간이 생긴 것처럼 느껴지기 시작했다.

—새로운 생활에 온 걸 환영해, 리디아는 혼잣말을 하곤 했다.

매일 리디아는 통학버스를 타고 무사히 집에 도착했고, 도착하자마자 커튼을 죄다 열고 아버지를 깨우곤 했다. 두 사람은 부엌 작업대에서 팬케이크나 달걀을 먹었고, 아버지는 벽에서 째깍거리는 닭 모양 시계를 엄숙하게 응시했다.

그런 뒤 아버지는 주에서 발급한 셔츠를 다림질을 하고 검은 앵클부츠에 광택을 내기 시작했다. 가끔씩 리디아는 아버지의 출근 준비 모습을 지켜보면서 그가 혹시 가짜 아빠가 아닐까 의심하곤 했다. 덴버를 떠난 이래로 그는 점점 더 아버지답지 않게 행동하고 있었다. 처음에는 작별 키스를 할 때 시선을 너무 빨리 돌려버린다거나, 뭔가 중요한 것을 물어봐도 제대로 듣지 못한다거나 하는 사소한 일들이었다. 외모도 달라 보이기 시작했다. 처음 교도소 일을 맡으면서 아버지는 뿔테안경을 커다란 철테 공군 안경으로 바꾸고 턱수염도 깨끗하게 밀었다. 규정으로 정해진 짧은 머리와 양옆으로 가른 콧수염을 하고 있으니 아버지라기보다는 교도소 간수('인정하자!')처럼 보였다.

리디아는 아버지의 변신을 이해하지 못했지만, 상황이 이렇게 나쁘지 않았다면 아버지가 이렇게 행동하지 않았으리라고 생각했다. 아버지가 집을 비우는 밤마다 자신에게 일어나기 시작한 일에 대해 입 밖에 내지 않은 것은 그 때문이었다.

—정말 괜찮겠니?

—괜찮을 거예요.

—내가 나가면 문에 체인을 걸어라.

자동차는 자갈을 튕겨내며 교도소로 향했고, 별안간 리디아는 오두막에 혼자 남았다. 정적이 초대장처럼 그녀를 감쌌다.

리디아가 처음으로 오두막 주방 싱크대 밑에서 잠을 깼을 때, 문틈에서 해가 뜨고 있었고 토마스는 문을 두드리며 그녀의 이름을 부르고 있었다.

—리디아!

리디아는 싱크대를 박차고 나가 복도로 달려 나갔다. 체인을 문에서 벗기기 전 그녀는 오두막을 둘러보고 자신 외에 아무도 없음을 확인했다. 물론 아무도 없었다.

토마스는 집에 들어오자마자 리디아의 헝클어진 머리카락을 쓰다듬으며 그녀를 내려다보았다. 그러다 뭔가 잘못됐음을 느꼈는지, 그녀의 턱을 붙잡고 멍든 눈이라도 살피듯 얼굴을 갸우뚱 돌려보았다.

—늦잠을 잤어요.

—학교에 늦었구나.

그리고 그는 부엌 바닥에서 개미 덫을 집어 들어 원래 자리인 싱크대 밑에 던져 넣었다.

시간이 흐르면서, 싱크대 밑에서 지내는 밤은 피할 수 없는 습관이 되어갔다. 일주일에 한 번, 두 번, 세 번, 토마스가 재소자들의 코 고는 소리를 들으며 교도소 복도를 순찰하는 동안, 리디아는 누군가 화장실 휴지를 갈아 끼우는 것과 같은 열의를 가지고 잠들기 전 밤마다 의식을 치렀다. 침대에 들면 그녀는 더 이상 눈을 뜨고 있을 수 없을 때까지 책을 읽거나 껌을 씹었다. 그러다 껌을 침대 머리맡 탁자에 붙이고 전등을 끈 뒤 곧장 잠에 빠져들었다. 종종 효과가 있었다. 그러나 가물가물 의식이 몸 밖으로 흘러나갈 때, 마룻바닥 밑에서 삐걱거리는 소리, 냉장고 안에서 뭔가 부딪히는 소리가 들려오는 경우가 있었다. 문 열리는 소리. 우유 쏟아지는 소리. 근육이 퍼뜩 긴장하고, 리디아는 침대에서 벌떡 일어나 복도로 뛰쳐나간 뒤 부엌 싱크대 안에 안전하게 몸을 숨기고 밤을 보내곤 했다.

싱크대 밑에 숨어 있을 때, 문짝 너머에서 망치남의 움직이는 소리가, 그의 부츠가 부엌 바닥의 눈 묻은 핏자국 위를 절벅거리며 걸어가는 소리가 정말로 들려오는 것 같기도 했다. 그러나 대체로 그녀가 느끼는 것은, 마치 어두운 술통 속에 밀봉된 채 폭포수 가장자리로 굴러 떨어지기 직전의 말괄량이 삐삐처럼 좁은 공간을 가득 채운 공포와 사건의 예감이었다.

그렇게 1년이 지나고, 2년이 지났다. 10월의 어느 토요일 아침, 리디아는 자물쇠를 돌리는 아버지의 열쇠 소리 대신 전화벨 소리에 잠에서 깼다. 싱크대 밑에서 뛰쳐나와 벽에 붙은 수화기를 집어 들었다.

―열두 시간 더 일해야겠구나.

―아빠?

―돈도 더 들어오잖니. 혼자 있어도 되지?

리디아는 닭 모양 시계를 쳐다보았다. 오전 5시.

―친구 집에 가 있어도 된다. 미술수업 시간에 사귄 여자애 있지 않니?

―여기 있을래요.

리디아는 신호음이 끊길 때까지 수화기를 그대로 들고 서 있었다. 덴버에서 같이 살았던 아버지는 완벽하지는 않았지만 이렇게 그녀를 혼자 오래 내버려두지는 않았다. 그때의 아버지를 생각할 때마다―방에 조용히 들어오던 몸짓, 다른 사람이 말할 때 고개를 기울이던 모습—마치 그날 밤, 다른 모든 것들과 함께 기억 속의 아버지도 함께 죽어버린 것 같아 슬픔이 밀려왔다.

태양은 동쪽에서 아련하게 비치는 꿈결 같았고, 리디아는 하루 종일 오두막에 혼자 있어야 했다. 양말 바람으로 방에서 방으로 돌아다니고 정적 속을 기웃거리고 있으니 밤의 공포와 고통이 차츰 물러가는 것이 느껴졌다. 아버지 방에 들어간 그녀는 매트리스 가장자리에 걸터앉아 그가 옷장 밑에 보관하는 철제 금고를 열었다. 안에 든 봉투와 사진을 훑어보던 그녀는 구겨진 갈색 휴지를 집어 들었다. 학교나 병원 화장실에서 자주 쓰는 종류의 휴지였다. 휴지를 펼쳐본 리디아는—요정의 이빨이나 아기 때 그녀의 머리카락 같은 것이 나올 줄 알았지만—어머니의 루비 반지가 공동묘지 흙 속에 피어난 꽃처럼 그 안에 든 것을 보고 깜짝 놀랐다. 아버지는 마침내 붕대를 버린 것이다.

반지를 다시 상자 안에 집어넣다가, 리디아는 문득 손을 멈추고 고개를 슬며시 돌려보았다. 복도에서 남자 발소리가 들린 듯했다. 문간 너머로 내다보니 아무도 없었지만, 심장이 쿵쿵 뛰고 있었다. 그녀는 현관문이 잠겨 있다는 것을 확인했다. 그러다 밝은 햇빛 속에서도 그 문이 해질 때까지 열리지 않으리라 상상하자 정적이 사방에서 죄어왔다. 몇 초가 흘러 천천히 진정되려는 순간, 오두막 뒤쪽 어딘가에서 마룻바닥에 달걀이 떨어져 깨지는 소리가 들렸다.

리디아는 등 뒤에서 싱크대 문짝을 딸깍 하고 닫았다.

열두 시간 뒤 좁은 싱크대 안 공간에 시계의 새 울음 너머로 마침내 진입로 자갈 위를 구르는 타이어 소리가 들려왔다. 자신을 둘러싼 공기에 틈이 생기기 시작하자, 그녀는 검은 상자 문을 열었다. 하체는 콘크리트에 묻힌 듯 감각이 없었다. 걸을 수 없었음에도 애써 몸을 일으켜 세워 싱크대 위 유리창 밖을 내다보았다.

바깥 진입로 꼭대기에 단추를 끄른 근무복 차림의 아버지가 스테이션왜건 뒷자리에서 묵직한 마분지 상자를 꺼내고 있었다. 아버지는 경사로를 곧장 내려가 작업실로 향했고, 리디아가 혼자 저녁식사를 마치고, 샤워를 하고, 침대에 들어—마침내, 감사하게도—책을 읽다가 잠에 빠져들 때까지도 오두막에 들어오지 않았다.

13장

잠에서 깨어 시야가 어둠에 적응되자 리디아는 자신이 코 고는 소리에 깨어났다는 사실을 깨달았다. 혼란스러운 머릿속에 데이비드는 코를 골지 않는다는 것이 가장 먼저 떠올랐다. 그녀는 베개 더미와 시트를 돌아보았지만, 침대는 이상하게도 비어 있었다. 코 고는 소리를 추적해보니, 라지가 침대 옆 바닥에서 데이비드의 침낭 안에 들어가 깊이 잠들어 있었다.

바닥에서, 리디아는 자신에게 말했다. 침대도 아니고. 맙소사.

이제 기억이 떠올랐다. 간밤에 늦게까지 수다를 떨다가 리디아가 라지에게 자고 가라고 했다. 그는 그녀의 제안을 받아들였다.

아침 공기가 차가워 리디아는 잠시 더 침대에 누워 있기로 했다. 그러나 부엌에서 전화벨이 울렸다. 그녀는 라지를 깨우는 대신 훌쩍 뛰어넘었다. 그녀는 데이비드의 스웨터와 후드티를 그대로 입은 채 요란하게 울리는 전화를 쳐다보았다. 혹시 데이비드가 섹스나 베이글이 생각나서 일찍 집에 도착한다는 전화가 아닐까?

옆방에서 라지가 아직도 코를 골고 있었다. 전화벨 소리가 끊겼다.

커피를 마실까 하는데, 탁자 밑에 있던 조이의 우유 운반함이 눈에 들어왔다. 그녀는 간밤에 해독하려다가 라지의 노크 소리로 내려놓았던 책 한 쌍을 꺼냈다. 한 권은 『악마의 여행』이라는 제목의 얇은 시집이었는데, 책장을 빠르게 넘겨보니 작은 구멍이 그다지 많이 뚫려 있지 않았다. 지금까지 검토한 책 중에서 메시지가 가장 짧은 책이었다. 뒤표지에는 물론 다른 책 라벨이 붙어 있었다. 어제 리디아가 서점에서 빌린 『술라』라는 빠른 호흡을 지닌 소설의 라벨이었다. 그녀는 시야가 약간 흐려지는 것을 느끼며 책을 집어들고 짝이 맞는 페이지를 찾아 구멍 뚫린 시 페이지 밑에 겹쳐놓았다. 페이지가 정확히 들어맞자 몇 개 되지 않는 단어들이 모습을 드러냈다.

my

1.

As

T

me. S

age

, f

In

D

her

...

'내 마지막 메시지(my last message)'. 하지만 해독해야 할 책은 운반함 안에 아직도 작은 무더기로 쌓여 있었다. 이것이 조이가 남긴 마지막 메시지인지는 몰라도 리디아가 해독해야 할 마지막 메시지는 아니다. 어쨌든 지시사항은 분명했다. '**그녀를 찾아**(Find her)……'.

다시 그 단어다. '그녀'.

리디아는 양옆으로 팔을 느슨하게 늘어뜨린 채 조이의 메시지에 등장하는 여자—무슨 의미이건 간에 리디아가 찾아야 하는 여자—가 아마도 자신이 아니리라는 사실에 안도했다. 첫 메시지에서 조이는 리디아를, 그녀의 이름을 사용해서 직접 불렀으니 아마도 '그녀'는 전혀 다른 사람일 가능성이 높다. 하지만 누구란 말인가?

아파트는 조용했지만, 콜팩스 가를 지나치는 새벽 자동차 소리와 벽을 스치는 가문비나무 가지 사이에서 지저귀는 새소리가 들려오기 시작했다. 침실 쪽을 바라보자 라지가 데이비드의 침낭에서 기어 나와 샌들을 신고 있는 모습이 보였다. 머리카락은 잔뜩 헝클어져 있었다.

리디아는 책을 덮어 우유 운반함 안에 집어넣었다.

"그건 다 뭐야?" 라지가 부엌으로 들어오며 물었다.

"유품. 누군가 서점에서 목을 맸는데, 나한테 선물을 남겨야겠다고 생각했나 봐."

"저런." 라지는 운반함을 내려다보았다. "내가 봐도 돼?"

"보지 않는 게 좋겠어."

그는 어깨를 으쓱했다.

"전화벨 소리를 들은 것 같은데."

"오늘 데이비드가 집에 돌아와."

"그럼 난 가야겠네."

"그래야겠지."

라지가 침낭을 말아놓고 욕실을 사용하는 동안, 리디아는—우유 운반함을 들여다보지 말라고 한 데 죄책감을 느끼며—양말 서랍을 열고 조이가 목을 맬 때 갖고 있었던 생일파티 사진을 꺼냈다. 라지도 사진 안에 있었으니 뭔가 기억할지도 모른다. 라지가 젖은 머리카락을 한쪽으로 젖힌 채 욕실에서 나왔다. 그의 숨결에서 치약 냄새가 풍겨왔다. 리디아는 그가 손가락으로 칫솔질을 했는지, 자신의 칫솔을 사용했는지 문득 궁금했다. 맙소사, 설마 데이비드의 칫솔을 썼을까? 사진을 받아든 라지는 눈을 커다랗게 뜨고 찬찬히 바라보았다. 촛불을 불어 끄는 리디아, 그녀를 쳐다보는 라지, 사진 가장자리에서 희미하게 번져 있는 캐럴.

"알아보겠어?"

라지는 응시만 할 뿐 아무 말도 없었다.

"우리야." 리디아는 라지의 주의를 돌리기 위해 다시 말했다. "바로 그 시절."

"나도 그 생각을 하고 있었어." 그의 목소리는 들릴락 말락 했다. "바로 그 시절이군."

"왜 그래? 왜 그렇게 쳐다봐?"

"내가 너한테 홀딱 반해 있었구나 싶어서."

리디아는 대답하기가 곤란해 부엌으로 가서 주전자를 집어 들고 스펀지를 빨면서 괜히 바쁘게 움직이기 시작했다.

"그런데 이 사진은 어디서 얻었니?" 라지가 물었다.

"조이에게서. 목을 매단 남자."

"정말이야?" 라지는 다시 사진을 들여다보았다. "섬뜩하네. 어떻게 이 사진을 구했을까? 넌 이 사진을 가게나 아니면 그 근처에서 받은 거니?"

"그렇게 운 좋을 리가 없지. 그가 죽던 날 밤 이전에는 한 번도 못 봤던 사진이야. 어쨌든 내가 기억하는 한."

사실 리디아는 조이가 이 사진을 어떻게 구했는지, 왜 이 사진을 원했을지 전혀 짐작하지 못했다. 어떤 시나리오도 말이 안 되었다. 어쩌면 사립탐정이나 음모이론가, 기자 같은 사람이 어린 리디아의 현재 신원을 밝혀내기 위해 조이를 탐문했을지도 모른다. 그게 그녀가 상상할 수 있는 전부였다.

"사진 배경은 예전 너희 집 부엌이군. 그렇다면 아마 네 아버지가 찍은 사진이겠지."

"그랬을 거야."

"그렇다면 조이는 네 아버지에게서 사진을 얻었을 거고."

"아버지한테서? 언제 만났을지 설명이 안 되는데. 어떻게 만났는지도."

라지가 기억을 더듬으며 사진을 계속 바라보는 동안, 전혀 다른 생각이 리디아의 머릿속에 떠올랐다. 아버지가 서먹해진 딸과 다시 가까워지기 위해 조이더러 도와달라고 한 게 아닐까? 아니면 조이에게 리디아를 지켜봐달라고 부탁했던가?

으스스했다. '그녀를 찾아'라고 조이의 메시지는 말했다. 어린 리디아를 찾으라고? 어쩌면 자신은 '그녀'가 아니리라 짐작한 게 너무 성급한 결론이었던가…….

"괜찮아?" 라지는 리디아의 추리닝에서 풀린 올을 부드럽게 잡아당기며 물었다.

"응." 그녀는 정신을 차렸다. "미안해."

"조이가 리오비스타나 그 근방 출신이야?"

"내가 아는 한 조이에게 출신 같은 건 없어."

"넌 아직도 아버지를 안 만나고? 그냥 여쭤보면 될 텐데."

"전화는 계속 하시는데, 내가 전화를 안 해."

라지는 사진을 흔들었다. "어쩌면 이것 때문인지도."

리디아는 사진을 받아들었다. 라지는 양말을 끌어올리고 샌들 끈을 맸다.

"이제 가야 할 것 같아." 그가 말했다.

라지는 현관으로 가서 문을 열고 난 뒤, 손잡이를 잡은 채 우뚝

섰다. "그런데……." 그는 텅 빈 복도를 바라보며 말했다. "너와 아버지가 마을을 떠난 뒤 경찰이 나를 찾아왔어. 4학년 시절에."

"그랬겠지."

"형사 둘. 간부 한 사람과 부하 한 사람이었어. 네가 떠나고 한두 달 뒤, 어쩌면 훨씬 뒤에. 방과 후 도넛 가게 안에서 이야기했어. 아주 중요한 문제 같더라고. 아버지는 방해하는 사람이 없도록 가게 문을 일찍 닫았어."

"왜 그 이야기를 나한테 하는 거야, 라지?"

"나는 경찰들이 캐럴에 대해 물어보기 위해 왔다고 생각하고 캐럴 이야기와 캐럴 소문을 잔뜩 준비했는데, 캐럴에 대해서는 전혀 관심이 없더라고. 경찰이 관심을 가졌던 건 네 아버지였어. 네 아버지에 대해서 모든 걸 알고 싶어하더라고. 전부 다."

리디아는 무늬가 새겨진 벽에 손바닥을 대고 눌렀다.

"아버지에 대해서?"

"경찰이 나한테 했던 질문은 내가 알고 있는 사람에 대한 질문 같지가 않았어, 리디아. 전혀 다른 사람에 대한 질문 같았어."

"딱 아버지 얘기네." 그녀는 천천히 문을 닫으며 라지에게 작별 인사를 했다.

14장

리디아는 서점의 넓은 계단 아래에서 건물의 잔뜩 긁힌 나무 기둥에 탐정처럼 기대선 플라스를 발견했다. 처음에는 담배를 피우고 있나 했지만, 다시 보니 투시팝 사탕을 우물거리고 있었다. 그 외에는 아무 하는 일이 없어 보였다.

"서점 직원답네요." 리디아가 사탕을 가리키며 말했다. 플라스가 미소 지었다. 갈색 침이 턱을 따라 흘러내렸다. 지나가던 고객이 손으로 입을 가리고 웃었다.

"뭐 하는 거예요?" 리디아가 물었다.

"사탕 먹고 있지." 플라스는 손가락으로 책등 하나를 쓸어내리더니 한숨을 쉬었다. "이곳을 그만둬서는 안 된다는 생각이 다시 들었어."

"근무 중에 사탕을 먹을 수 있어서?"

"리디아, 우리와 스트리퍼의 공통점이 그거야. 하지만 아니, 난 그저 여기 있는 게 좋아. 그뿐이야."

"그래요?"

"그래."

플라스를 만나 반가웠다. 플라스는 언제나 리디아를 행복하게 해주었고, 오늘이야말로 그 행복감이 필요한 날이었다. 라지가 아파트를 떠난 뒤, 리디아는 20년 만에 처음으로 모버그 형사를 만나봐야겠다고 확신했다. 우편엽서에 적힌 '혹시 당신이 원하는 게 더 있다면'이라는 메시지가 무엇을 뜻하는지 궁금하기도 했지만, 열 살 난 라지에게 왜 아버지에 대해 꼬치꼬치 물어봤는지, 그 외에 정보를 얻기 위해 누구에게 접근했는지 묻고 싶었다. 이 궁금증은 양말 서랍 안에 숨겨놓기에는 너무 거대했다.

"차 좀 빌려도 될까요?" 리디아가 물었다. "산에 가봐야 하는데……."

"설명할 것 없어." 플라스는 사탕을 입에 물고 뒷주머니에서 열쇠 꾸러미를 꺼내 그중 하나를 고리에서 떼어냈다. 그녀는 얼마 전에 희끗거리는 머리를 아주 짧게 자르고, 착시를 유도하며 짤랑거리는 커다란 은 귀걸이를 달았다. "동행 필요해?"

"오늘은 아뇨."

"정말이야? 기댈 수 있는 어깨는?"

"괜찮아요."

"술 한잔은?"

"열두 시간쯤 있다가 마시면 모를까."

플라스는 파이프처럼 둘둘 만 종이 뭉치를 들고 있었다. 근처에 책 카트가 세워져 있었다.

"반납 목록이에요?"

"정복해야 할 산이 있지 않았어? 가봐."

"제가 보죠."

"가보라니까."

리디아가 동료와 함께 처리하는 업무 중에는 정기적으로 재고를 확인해서 반납 보고서를 작성한 뒤 몇 달간 팔리지 않는 책을 회수해 출판사에 반송하는 일이 있었다. 재고에 부담 되는 책을 줄이려는 목적이었지만, 리디아는 이 잔인한 정책에 참여하고 싶지 않았다. 이렇게 반납될 운명에 처한 책의 명예를 회복하려는 시도가 몇 차례 수포로 돌아간 뒤 그녀는 반납 업무를 금지 당했다. 매번 참여할 때마다 의도적으로 반납 목록 몇 페이지를 누락시키거나 좋아하는 책을 형장에서 구출하기 위해 엉뚱한 서고에 꽂아두었던 것이다. 개인적인 감정이 생기는 것을 어쩔 수 없었다. 좋아하는 책을 출판사로 돌려보내는 것은 안락사 당할 것을 알면서도 건강하고 예쁜 강아지를 동물보호소에 보내는 것과 마찬가지라고 느껴졌다.

"이건 사업이야." 플라스는 축 늘어진 흰 종이 막대로 리디아를 가리켰다. "도서관이 아니라고. 이따금 우리는 손에 피를 묻혀야 해."

서점 바닥이 염화나트륨 조각과 부츠 자국으로 지저분했음에도, 리디아는 카트 옆에 무릎을 꿇고 책등을 읽는 자세로 고개를 숙였다. 그녀는 머리카락 몇 가닥을 입에 문 채 그레이스 페일리 단편집을 뽑아 들었다.

"다시 꽂아둬." 플라스가 말했다.

"그레이스 페일리 한 권 때문에 파산하진 않잖아요."

"파산? 빌어먹을 은행은 오래전에 우릴 포기했어. 하지만 은행은 잊어, 서점도 잊어. 우리가 망한다면 당신의 책개구리가 어디로 갈지 생각해봐."

"내 책개구리라고요?"

"언제나 그랬잖아."

리디아는 입속으로 툴툴거리며 카트를 계속 훑어보았다.

"그런데 뭘 찾는 거야?" 플라스가 물었다.

리디아는 잠시 망설이다가 뒷주머니에서 조이의 책 목록을 적은 해바라기 수첩을 꺼냈다.

"이거요."

지난 며칠 동안 리디아는 예닐곱 권의 책을 찾아내서 짝이 맞는 메시지를 해독했지만, 아직 찾지 못한 책들이 남아 있었다. 리디아는 목록에 있는 대부분의 책들이 아직 데이터베이스에 있을 것이고, 그녀가 찾아본 결과 서가에는 꽂혀 있지 않았다고 설명했다.

"그 책에는 라벨이 없을지도 몰라요." 리디아는 덧붙였다. "거기 그 책."

플라스는 리디아를 쏘아보았다. "무슨 짓을 꾸미는 거야, 이 악동."

리디아는 잠깐 동안, 플라스에게 조이가 남긴 구멍 뚫린 책에 대해 설명할까 했지만, 오늘 오후에 산에 있는 모버그의 오두막에 갔다가 해 지기 전에 덴버에 돌아오고 싶었다. 리디아는 엄지손톱을 너덜거릴 때까지 깨물다가 청바지 주머니에 찔러넣었다. 다시 고개를 드니 플라스가 그녀를 쳐다보고 있었다. "알고 싶지도 않아."

"한 가지 물어봐도 돼요?" 리디아는 말했다. "조이가 결혼했다고 말한 적 없죠? 혹시 여자가 있었는지 알고 싶어요. 그의 인생에. 그의 과거에."

"당신 말고?"

"난 진지해요."

"이봐, 조이는 결혼하지 않았어." 플라스는 말했다. "물론 잡아먹고 싶을 정도로 귀여웠지만 결혼반지는 끼고 있지 않았고, 그 외로운 늑대 같은 표정을 보면 여자 같은 건 없다는 게 뻔히 보였다고."

"음, 누군가 그의 마음을 아프게 했나 보군요."

플라스는 리디아가 손에 든 수첩을 가리켰다. "뒷방에서 찾아봐. 라벨이 없다면 아마 처리하려고 창고에 갔다뒀을 가능성이 높아. 그리고 오늘 여행 잘 갔다 와. 이 격언 알지? 해답은 산에 있다."

"이 질문에 대한 해답은 아닐지도 모르죠." 리디아는 수첩을 흔들며 서점 뒷방으로 이어지는 회전문 쪽으로 향했다.

공식적으로 서점 뒷방으로 불리는 회전문 너머 공간은 완전히 다른 세계였다. 나무 탁자와 마분지 상자, 사방에 나뒹구는 책 무더기로 혼잡한 동굴이었다. 브라이트아이디어 서점에서 처음 일하게 됐을 때, 리디아는 이곳에 발을 들이는 순간 지능과 우울함이 증폭된다는 것을 일찌감치 배웠다. 많은 뒷방 동료들은 인간이라는 것에 너무도 실망하여 최대한 타인과의 교류를 피하는 독서광이었다. 미소 짓는 데 지친 나머지 손님에게 화장실 위치 가르쳐주는 책임조차 감당할 수 없어 교대시간마다 뒷방으로 사라지는 동료들도 있었다. 비행기 타는 데 지친 스튜어디스 같기도 했고, 에세이 점수 매기기를 너무 많이 한 국어 선생 같기도 했다. 리디아는 언젠가 자신도 뒷방으로 일을 옮기게 되지 않을까 생각했다.

이리저리 돌아다니던 리디아는 어니스트가 탁자 근처에서 상자에 테이프를 붙이고 있는 것을 발견했다. 조이가 목을 매단 날 밤, 그가 의자 위에 서서 조이의 목을 감은 끈을 풀어낸 뒤로 지나가다 잠시 한 번 봤을 뿐이었다. 그는 작업복 차림에 금반지를 끼고 있었고, 리디아의 아버지가 근무하던 도서관 손님들이 음반 재생기에 꽂던 동그랗고 커다란 이어폰을 끼고 있었다. 리디아를 본 순간, 그는 헤드폰을 벗어던지고 주변에 사람이 없는지 둘러보더니 곧장 그녀를 끌어안았다. 예상치 않은 동시에 무뚝뚝한 포옹이었다.

뒤로 물러난 어니스트는 쑥스러워하고 당황스러워하는 듯했다.

"잠은 좀 잤어?" 그가 어색하게 물었다. "그러니까, 조이 일 이후로 말이야. 난 잠을 잘 수가 없어."

"나도 마찬가지였어. 다른 일을 만들어보려고 노력했어."

"난 저기 갈 수도 없어." 그는 서점을 가리켰다. "빌어먹을 조이. 고맙다, 자식아. 내가 너한테 무슨 짓을 했다고."

리디아는 그의 어깨를 가만히 잡았다.

"내가 도울 일 있어, 리디아?"

"라벨이 없는 책을 찾고 있어." 리디아는 회의적인 반응이나 질문 공세를 기대했지만, 어니스트는 고개만 끄덕였다.

"그런 책이 계속 쌓였어." 그는 커다란 나무 탁자를 돌아 그 옆에 있는 선반에서 책 한 무더기를 꺼냈다. "새 라벨을 계속 인쇄해야 했어. 이런 책이 한 번에 한 권씩 계속 눈에 띄더군. 비행기 사고에서 흩어진 잔해처럼."

"평균보다 더 많이?"

"난 더 이상 평균이란 게 뭘 의미하는지도 모르겠어."

"내가 봐도 될까?"

어니스트가 옆으로 비켜서자, 리디아는 책등을 관찰했다. 책 무더기 가운데 리디아의 목록에 든 책 네 권이 보였다. 조이의 잘려 나간 페이지를 채울 네 짝이었다.

"이 책들은 내가 가져갈게." 리디아는 어니스트가 책등을 확인할 수 있도록 책을 옆으로 들어 보였다. "내일 도로 가져올게." 책을 배낭 안에 넣으며, 그녀는 어니스트를 돌아보았다. "조이가 당신에게 해를 끼치려던 건 아닐 거야."

"알아. 하지만 그렇다고 해서 이 기분이 없어지지는 않아." 그는 이어폰을 다시 꽂고 얼굴을 아래로 한 채, 이 공간에 대한 소유권을 주장하듯 탁자에 머리를 파묻었다. 다른 곳에는 가지 않겠다는 듯한 몸짓이었다.

리디아는 지금, 오늘 오전 플라스에게서 빌린 덜컹거리는 볼보를 타고 대륙분수령의 눈 덮인 꼭대기를 향해 덴버 남서쪽으로 백 킬로미터쯤 떨어진 지점을 달리고 있었지만, 산으로 향할 때 언제나 느껴지던 충만감은 없었다. 어쩌면 디프로스터 벤트에 꽂힌 파이크스 피크 우편엽서에 신경이 온통 집중되어 있기 때문인지도 몰랐다. '혹시 당신이 원하는 게 더 있다면'. 엽서에는 이렇게 적혀 있었다.

한 시간 동안 리디아는 오른쪽 차선에서 트럭과 함께 느릿느릿 달리며, 10대 20대 시절 책과 바나나, 옷가지로 가득 찬 배낭 하나 메고 여행의 전율을 즐기기 위해 버스에 올라탔던 시절을 그리워했다. 그 시절 리디아의 여행은 언제나 뒤돌아보지 않는 헤어짐이었고, 자신의 환경은 변해야만 하며, 이 방종에는 본질과 자유가 있다는 자각이 있었다. 그러나 오늘 여행은 그녀가 언제나 도피하고자 했던 바로 그것들로 곧장 향하는 길이었다. 여행의 즐거움도 넘쳐나는 재떨이와 긴장감 속에 대부분 사라졌다. 모버그의 오두막에 도착해서 뭘 어떻게 해야 할지 확신할 순 없었지만, 한 가지만은 분명했다. 최근 그녀를 괴롭힌 수많은 일 중에서도 모버그가 아버지에 대한 정보를 얻기 위해 도넛 가게를 찾아가 라지에게 캐물었다는 사실이야말로 가장 이해할 수 없었다. 아버지가 망치남 수사와 무슨 관계가 있지? 특히 자신들이 리오비스타로 떠나고 몇 달이 지난 뒤에? 말이 되지 않았다.

바위와 통나무 사이를 소용돌이치며 흐르는 플랫 강의 급류를 바라보며 달리고 있노라니, 20년 이상 모버그 형사를 직접 만난 적이 없다는 사실이 떠올랐다. 당시 아버지는 한창 진행 중이던 망치남 수사에 적극적으로 협력하기 위해 형사와 약속을 잡곤 했다. 단 어린 리디아가 덴버에 더 이상 가지 않아도 된다면. 아버지는 그녀에게 더 이상 정신적 상처를 주는 것을 원하지 않았던 것이다. 다행히 모버그는 덴버와 리오비스타 사이의 작은 마을 머피에 만남의 장소로 적합한 주말 산장을 갖고 있었다. 그녀와 아버지는 모버그의 산장에 딱 한 번 찾아갔다. 그녀가 망치남의 얼굴을 본 적이 없다고 거듭 주장했음에도 경찰서 범인식별용 사진들을 다시 봐야 한다는 이유로 소환되었던 것이다. 얼굴에 수염이 가득하고 이빨이 빠진 삐딱한 얼굴들 중에 낯익은 사람은 없었다. 그날 그녀를 돌려보내던 모버그의 얼굴은 낙심한 듯 보였다.

마을을 지나 눈 쌓인 국도를 오르기 시작하자, 핸들을 잡은 손에 힘이 들어갔다. 머피 경찰서에 우편엽서를 보여주며 모버그의 오두막에 가는 길을 알려달라고, 근무 중인 경찰과 20분간 실랑이를 한 참이었다. 차는 마침내 잡초가 가득한 진입로에 들어섰다. 리디아는 꿈에서나 본 듯 어둑한 빛이 감도는 오두막을 바로 알아볼 수 있었다. 혼자서는 절대 찾아낼 수 없었을 것이다.

수레용 바퀴. 나무 닭. 눈 속에 파묻힌 녹슨 손수레.

크레오소트와 소나무로 지은 작은 오두막은 가파른 절벽 아래 서 있었다. 창문은 스티로폼으로 막았고, 가느다란 한 줄기 연기가 굴뚝에서 피어오르고 있었다.

검정 바지 차림에 셔츠를 입지 않은 모버그가 문을 열고 가늘게 뜬 눈으로 겨울 햇빛을 들여다보는 순간, 리디아는 자신이 이 낡은 오두막에 올 만한 합당한 이유가 있었음을 알았다. 그녀는 산간 버전 책개구리를 마주하고 있었다. 기억 속에 남아 있던 모버그는 코듀로이 정장을 입고 갈색 곱슬머리에 턱을 따라 구레나룻을 기른 190센티미터가 넘는 거구였다. 그러나 이제 그는 완전히 대머리였다. 눈썹도 속눈썹도 없고, 가슴이나 배에도 털이 없었다. 커츠를 연기하는 말론 브란도의 모습이 떠올랐다. 눈은 삶은 달걀처럼 튀어나와 있었다.

"전화를 드리려고 했는데, 전화번호부에서 찾을 수가 없더군요."

"그랬겠지. 원하는 게 뭐요?"

리디아는 우편엽서를 들어 올렸다. "더 많은 것."

모버그는 방충망의 찢어진 틈으로 밖을 내다보았다.

"신문에서 당신 사진을 봤어. 보내지 말걸 그랬군."

"하지만 보내셨어요. 들어가도 될까요?" 리디아는 애써 미소 지으며 물었다.

"당신에게 줄 건 없어."

"그래도 커피는 있으시죠?"

"커피." 그는 잠시 생각했다. "그건 있지."

모버그는 들어오라고 말하지도 않고, 돌아서서 단호한 걸음으로 복도를 지났다. 리디아는 이것을 들어오라는 초대로 받아들이고 방충망 문을 열었다. 바닥은 회색 카펫이 아니었나 싶을 정도로 묵은 때가 찌든 산업용 장판이었다. 나무판을 댄 복도 벽은 물이 새어 축 처져 있었다. 그가 가스 화덕을 켜고 찬장 문을 여는 소리가 들렸다. 리디아는 예의상 눈에 젖은 운동화를 문간에 벗어놓았다.

"그 안에서 기다리시오." 그는 벽 뒤에서 말했다.

그 안, 부엌 안쪽에 작은 탁자 하나와 나무 의자 두 개가 놓인 방이 있었다. 탁자 옆에는 나무 화덕이 자리 잡고 있었다. 빈 수조가 바닥에 놓여 있었다. 책들—주로 추리소설—이 네 면의 벽에 눈높이로 쌓여 있었다.

모버그는 낡은 스프링노트를 들고 나타났다.

"곧 커피가 다 될 거요."

그는 리디아의 머리 위쪽에 시선을 두고 슬며시 미소 지었다.

"당신 여기에 당신을 위해 오셨소?"

"그럴 거예요."

"예, 아니요, 둘 중 하나로 답하시오. 신문기사나 사건탐사 책을 쓰러 온 거 아니오? '망치남과 보낸 밤' 뭐 그런 책? 아니면 그냥 당신 자신을 위해 온 거요?"

"그냥 나 자신을 위해 왔어요."

"해결하러 온 건 아니길 바랄 뿐이오."

"해결한다고요?"

"형사 놀이 하러 온 거요, 아니면 그냥 머릿속을 정리하려고 온 거요?"

"무슨 차이가 있는지 모르겠어요."

"젠장." 그는 웃었다. 그리고 훨씬 더 큰 소리로 웃었다. "젠장!"

커피가 다 되자 모버그는 오렌지색 플라스틱 식판에 컵을 놓았다. 각설탕도 내놓았다.

"해답을 원하겠지. 하지만 내가 해답을 갖고 있었다면 사건은 20년 동안 미결로 남아 있지 않을 거요. 평생 형사로 일하면서 이렇게 오랜 시간이 지난 뒤에 해결된 사건은 아마 다섯 손가락으로 꼽을 수 있을 것 같은데. 시간은 흘러. 사람들은 잊지. 증거는 오염되고. 살인사건에서 단서가 일단 끊기고 나면 새로운 단서를 찾기란 불가능에 가까워. 가끔 과학이 따라잡을 때도 있지만 너무 믿지 말라고. 여기서도 DNA, 저기서도 DNA. 모두가 그걸 원하지. 신앙 요법보다도 더 나빠. 뱀 다루는 땅꾼보다 더해. 그런 건 기대하지 않았으면 좋겠소."

"난 내가 뭘 기대하는지도 모르겠어요."

"어쩌면 그저 마음의 평화겠지. 그걸 얻을 수는 없겠지만, 그렇다고 찾아 나설 가치가 없다는 건 아니야. 내가 가진 걸 다 드리지. 그걸 받고, 돌아가시오."

모버그는 그렇게 했다. 리디아는 모버그가 기억을 더듬어 풀어놓는 오툴 가족 살인사건 수사담에 귀를 기울였다. 차가운 말투였지만, 언어는 명료했다. 이야기가 아니라 사건이었다. 경험이 아니라 기록이었다. 그가 노트를 훑고 기록에 대해 코멘트를 다는 모습을 바라보는 것은 이전에 그녀가 겪어보지 않은 과정이었다. 그의 이성적 합리주의 덕에 리디아는 처음으로 그날 저녁을 객관적인 거리를 둔 채 바라볼 수 있었고, 그날 밤 그 집에 자신이 있었다는 사실을 스스로에게 이따금씩 일깨워야 했다. 이 모든 세부사항과 관계된 바로 그날 밤.

먼저 텔컴파우더가 그랬다. 오툴의 집 뒷문 손잡이와 전기 스위치, 부엌 싱크대에서 극미한 양의 텔컴파우더가 발견되었다. 라텍스 장갑이 포장지 안에서 서로 달라붙지 않도록 뿌려진 것이리라. 참고 될 만한 지문이 검출되지 않았으니, 범인은 사건 내내, 심지어 살인한 뒤 손을 씻을 때에도 장갑을 끼고 있었을 것이다. 아마도 집을 나간 뒤에도 벗지 않았을 것이다.

그리고 살인무기, 그것은 일반적인 20온스짜리 망치였다. 제조사는 인디애나 주 게리에 위치한 공장, 소유자는 피해자였던 바트 오툴. 오툴 씨 소유의 다른 공구들과 마찬가지로 둥근 손잡이 끝에 그의 이니셜이 새겨져 있었다. 'B E O'. 아마 범행 직전 집 뒤쪽 현관에 있던 철제 공구함이나 오툴의 배관공사 트럭, 혹은 문이 잠겨 있지 않았던 차고에서 꺼냈을 것이다.

마약도 있었다. 도티 오툴의 옷장 서랍에서 2그램의 저품질 마리화나와 씨앗이 든 필름통, 담배 파이프가 함께 발견되었다.

대형 휴대용 카세트가 사용하지 않는 냉장고 위에 놓여 있었다. 언뜻 볼 때 독특한 점은 없었지만, 자세히 살펴보니 안이 젖어 있었다. 옆으로 기울이니 물이 흘러나왔다. 아마도 눈이 쌓인 바깥에 있던 것을 안으로 들여놓았을 것이다.

시어스로벅 작업화 자국. 강철 앞굽, 묵직한 밑창 마찰력, 사이즈 10½, 일반 크기. 집 안 곳곳에 찍힌 발자국 중에 밑창이 다른 자국은 없었다. 수사관들은 범행 이전 6개월간 시내에서 해당 부츠의 해당 사이즈가 단 116켤레 팔렸다는 사실을 밝혀냈지만, 판매 점원들을 추적한 결과 거래 당시 이상한 점을 눈치챈 사람은 없었다.

코트. 바트 오툴의 후드 달린 다목적재킷이 범행 두 달 뒤 시내 북쪽 길가 도랑에서 발견되었다. 조깅을 하다 재킷을 발견한 행인은 주머니 안 영수증에서 오툴의 이름을 보고 경찰에 신고했다. 양가죽 안감에서 발견된 미량의 혈흔으로 미루어볼 때, 망치남은 자기 옷에 묻은 핏자국을 숨기기 위해 범행 현장을 떠나기 직전에 이 코트를 입은 것으로 보인다. 모든 핏자국은 살해당한 세 사람의 피였다.

손전등. 오랜 기간 사용한 에버레디 저가 모델 알루미늄 손전등이 부엌 바닥에서 발견되었다. 이니셜은 없었지만, 망치와 마찬가지로 공구함이나 배관공사 트럭, 차고에서 꺼낸 것으로 보인다. 생존자의 증언에 따르면("당신이겠지, 리디아"), 망치남은 범행을 시작하기 직전 집 안이 완전히 캄캄해지도록, 켜져 있던 전깃불을 껐다. 그가 범행 현장을 밝히기 위해 손전등을 사용했는지는 확실하지 않다.

복도 벽체의 구멍. 그렇게 특이한 점은 아님. 벽 아랫단 널 꼭대기를 따라 떨어진 석고 가루와 카펫 위 알갱이를 보면, 구멍은 범행 일주일 전쯤 생긴 것으로 보이며, 가루는 진공청소기로 거의 빨아들인 것으로 보인다. 누군가 구멍 위에 액자에 끼운 가족사진을 걸어놨는데, 그날 밤 액자가 떨어지면서 복도에 유리조각을 남겼다.

생존자, 특히 생존자의 피. 거실 카펫에서 부엌 바닥을 가로질러 생존자의 핏방울이 한 줄로 얼룩진 채 발견되었다. 피는 생존자가 몸을 숨기기 위해 바닥을 기어가다가 커피 탁자 모서리에 이마를 부딪혔을 때 생긴 상처에서 비롯되었다. 경찰이 도착했을 때 핏자국은 거의 남아 있지 않았지만, 그날 밤 피가 막 떨어지고 난 직후에 범인은 무슨 이유에서인지 이것을 보지 못한 것으로 보인다. 앞서 기술한 손전등을 소지하고 있었음에도…….

"잠깐요." 리디아가 끼어들었다. "정확히 뭐라고 하셨죠?"

모버그가 노트에서 고개를 들었다.

"머리를 심하게 다쳐 거실에서 부엌 싱크대까지 핏방울이 떨어져 있었다. 그런데 망치남은 그걸 못 봤다는 거요."

"그걸 봤다면 날 찾았을 테니까?"

"아마도. 집 안 다른 곳은 도살장이었소. 피 묻은 발자국이 사방에 찍혀 있었지. 그런 피 웅덩이와 피 튄 자국은 예전에 본 적이 없었을 정도로. 하지만 피해자 중에 부엌에서 살해당한 사람은 없었으니 당신이 숨어 있던 싱크대 아래까지 곧장 이어진 새 핏자국을 범인이 못 봤다는 건 좀 이상하다는 거지. 그게 다요."

모버그의 말이 무엇을 뜻하는지 곰곰이 생각해보던 리디아는 속이 울렁거렸다.

"계속 듣겠소?" 모버그는 이렇게 말하고서, 그녀가 미처 대답하기도 전에 다시 노트를 읽기 시작했다.

리디아는 모버그의 담담한 목소리를 경청했고 모든 것을 견뎌낼 수 있었다. 그가 캐럴에 대한 검안서를 읽기 직전까지는. '둔기로 전두골에 한 군데, 상악골에 두 군데, 왼쪽 안와에 비스듬히 한 군데, 왼쪽 관자놀이에 두 군데……'

리디아는 달걀 떨어지는 소리를 들었다. "그만. 충분해요."

캐럴 오툴. 캐럴. 머릿속을 채운 그날의 온갖 이미지 중에서도, 리디아는 이튿날 아버지가 그녀를 찾아내 부엌에서 데리고 나갈 때 언뜻 단 한 번 눈에 들어온 캐럴의 모습이 가장 고통스럽게 남았다.

─보지 마라. 아버지는 그녀를 가슴에 꼭 끌어안으며 말했다. 세상에, 보지 마라.

그러나 거실을 가로지르기 위해 모퉁이를 돌기 전에 리디아는 아버지의 어깨 너머로 보았다. 캐럴이 복도 저쪽 열린 문간에 자기 부모의 시체 사이에서 절반쯤 몸을 내민 채 쓰러져 있었다. 빨강머리와 창백한 피부는 피로 얼룩져 있었고 머리는 너무 심하게 손상되어 있었기에, 리디아는 오툴의 부엌 뒷문으로 나와서야 그것이 두개골이었음을 의식했다. 너무 추워 움직이기 힘들었고, 너무도 무서워 지워낼 수 없었다…….

"충분해요. 그만하세요."

모버그는 식당 메뉴판을 덮듯 아무 감정 없이 노트를 덮었다. 그는 커피를 마시고 이마를 찌푸렸다.

"당신이 정말 알고 싶어하는 건 이 노트에 없소." 그가 말했다.

"내가 정말 알고 싶어하는 것이라니요?"

"핵심은 당신이었어. 우린 그걸 결국 알아내지 못했지."

"제가 뭐라고요?"

"왜 당신은 아니었느냐, 그러니까 이를테면, 왜 그가 당신을 죽이지 않았을까."

"난 숨어 있었으니까요."

모버그는 그녀를 똑바로 쳐다보았다. 마치 이글거리는 조명 아래에라도 있듯 그녀가 뜨거운 기운을 느낄 때까지.

"아이들과 숨바꼭질 놀이를 해본 적 있소? 아이들하고 숨바꼭질을 하면 어른은 아이들이 어디 숨어 있는지 뻔히 알면서도 못 본 척하지."

"범인이 내가 거기 있다는 걸 알았다는 건가요?"

"당신이 담요 성채에서 빠져나와 부엌으로 기어가는 소리를, 커피 탁자에 부딪히는 소리를, 싱크대 문을 열고 청소도구를 밀어내고 안에 들어가는 소리를 망치남이 못 들었다고 가정해봅시다. 설사 그랬다 해도 숨어 있던 장소까지 핏자국이 뚝뚝 남아 있었어. 개가 밤에 짖지 않은 꼴이지."

"무슨 뜻이죠?"

"이 사건에서 확실한 건 단 한가지라는 뜻이오. 범인은 당신을 살려준 거요. 난 확신해."

"난 숨어 있었어요."

"언젠가 우울하지 않을 때 학살 증언록 같은 걸 읽어보시오." 그는 흔들림 없이 말을 이었다. "누군가 살아남는 경우는 일반적으로 그 사람이 영리해서가 아니라오. 총기난사범은 얼굴을 땅에 묻고 있는 여섯 사람의 머리를 쏘고 우연히 한 사람만 지나치지는 않아. 범인은 생존자를 선택하지. 의도적으로 놓치는 거요. 그런 사건에서 우연이란 거의 없소."

"무슨 말을 하는 거예요?"

"당신은 당신 어깨 위에 천사가 앉아 있었다고 생각하고 싶겠지만, 사실 그날 피투성이 범인은 피가 뚝뚝 떨어지는 망치를 들고 부엌으로 들어와서 당신 목숨을 살려준 거요. 심지어 당신이 숨어 있던 장소에 빛이 조금이라도 들어갈 수 있도록 부엌 바닥에 손전등까지 남겨뒀지. 진실을 알고 싶어서 왔다고? 이게 진실에 가장 가까울 거요."

리디아는 뒷목에 뭔가 기어가는 기분이 들어 두 손으로 목을 붙잡았지만, 아무것도 잡히지 않았다. 기억이 새로 짜 맞춰지는 기분이었다.

"좋든 싫든, 리디아. 그는 당신이 숨어 있도록 도왔소."

싱크대 아래 삼켜지는 것을 상상만 해도 퀴퀴한 냄새가 몰려왔고 어둑어둑한 기억 한구석에서 커다란 쓰레기 분쇄기와 먼지로 뒤덮인 파이프, 거미줄 쳐진 밸브 한 쌍이 느껴졌다. 오툴 가족이 죽어가던 소리가 들려왔다. 숨소리가 목구멍에서 꿀럭거리는 소리로 바뀌고, 몸이 축 늘어지면서 이어진 정적. 뼈 내려앉던 소리.

우지직.

"알다시피, 난 노력했소." 형사는 말했다. 그가 무슨 말을 하고 있는지 알 수 없었다. 형사는 그녀의 시선을 피했고, 목소리는 말할 수 없는 비밀 얘기라도 하듯 속삭임으로 변했다. "위에서는 추적하지 못하게 했소. 하지만 난 노력했어."

"누가요? 추적이라니요?"

"그게 힘 있는 사람들 방식이지. 주 정부 맨 윗선. 만일 내 추론이 틀리면 경찰 이미지에 단단히 먹칠하는 거라고 생각했소. 다들 내가 틀렸다고 생각했어. 물론 내가 옳았다고 말하려는 건 아니오. 단지 그에겐 누구보다 숨길 게 많았어."

"그게 누군데요?"

"당신 아버지."

"가봐야겠어요." 리디아는 일어섰지만, 시야가 부옇게 흐려 앞이 보이지 않았다. 그녀는 주저앉고 말았다.

"의심도 해본 적이 없단 말이오? 그 늙고 말수 적은 사서가 숨길 게 뭐가 있었을까? 많았어. 그런데 위에서 내려오는 압력 때문에 아무 단서도 추적할 수가 없었지. 협박당했다는 편이 옳을 거요. 듣고 싶지 않으면 가보시오. 말할 것도 없어."

"아버지였다면 내가 알았을 거예요."

"혹은, 아니라고 자기 자신을 설득했을 수도 있지." 그가 말했다. "당신이 살아남았다는 단순한 진실을 명심하시오. 생각해봐. 어머니와 아버지, 열 살 난 소녀 일가족을 살해하는 데 아무 양심의 가책도 못 느끼는 어느 미치광이가, 옆에서 자고 있는 어린 친구 앞에서 느닷없이 천사가 됐을까?"

"아버지는 아니었어요." 리디아는 바닥에 묻은 회색 얼룩을 뚫어지게 쳐다보았다. "그런 짓을 할 분이 아니었어요. 게다가 그 범인, 망치남? 캐럴이 복도로 달려가니 그가 너무 놀라서 말 그대로 천장에 닿을 정도로 펄쩍 뛰었다고요. 다 들었어요. 캐럴 때문에 놀란 그가 벽에 부딪히는 바람에 가족사진 액자가 부서져서 떨어졌다고요. 캐럴을 예상하지 못했기 때문에. 어쩌면 그는 그 집에 아이들이 있다는 건 아예 몰랐을 수도 있어요. 하지만 아버지는 캐럴과 내가 거기 있다는 걸 알고 있었어요. 그러니까 아버지는 아니에요. 아시겠어요?"

모버그가 탁자에서 펜을 들고 노트에 몸을 숙이더니 뭔가를 적었다. 그러고는 펜을 내려놓고 말을 이었다.

"그럴듯하군. 하지만 들어봐. 살인은 깔끔하지 못한 업무요. 예상치 못한 일도 생기고, 실수도 하고, 공격도 당하지. 그가 벽에 부딪혔다면, 아마도 당신의 어린 친구를 죽일 작정으로 아드레날린이 솟구쳤기 때문일 거요. 최악의 흥분상태지. 캐럴이 숨을 거라 생각하고 죽일 마음이 없었는지도 모르지. 원래 계획에는 없었을지도. 어쩌면 캐럴이 소리 지르며 갑자기 달려와서 그 순간 계획을 바꿔야 했는지도 몰라."

리디아는 자신의 숨소리를 들었다.

"당신은 틀렸어요."

"전에도 그 말은 들어봤어. 한 번 더 말해보시오. 망치남의 얼굴을 봤나? 그날 밤?"

"불은 꺼져 있었어요. 그가 부엌으로 들어왔을 때 내가 본 건 문틈 사이 손전등 불빛뿐이었어요. 하지만 아버지였다면 내가 알아봤을 거예요."

"하지만 그 남자를 보지는 못했잖소. 누구라도 될 수 있어. 당신 아버지에게 알리바이가 없었던 건 아시오? 도서관 손님 외에 사회

208

적 교류가 전혀 없었던 홀아비라면 납득할 만도 하지만, 그래도 알리바이가 없다는 건 좋은 출발지점이지."

"물론 알리바이는 없었어요. 눈보라 속으로 이동도서관 차량을 몰고 산속에서 열린 축제에 참석해야 했다고요. 안 그랬으면 직장을 잃을 위기였어요. 밤새 걸렸다고요."

모버그는 노트를 펼치고 손가락으로 페이지를 쓸어내렸다.

"그는 이동도서관 차량을 브레켄리지에 세워놓고 시내로 향하는 마지막 스키버스를 탄 뒤 택시를 잡아타고, 눈이 내렸음에도 자정께 집에 도착했소. 여기까지 걸어올 시간은 충분했지. 시간대도 들어맞아. 하지만 다음날 아침 그가 오툴 가족의 시체를 발견했을 때부터 진짜 말이 안 맞기 시작하지. 덴버 역사상 최악의 살인사건 현장을 발견하고 그가 어떻게 했을까? 시체를 옆으로 밀어냈어. 한쪽으로 겹쳐 쌓고 당신을 찾고 있었다고 주장했지. 피해자의 피가 옷에, 얼굴에, 손에 온통 묻어 있었던 이유가 그거라는 거요. 그의 셔츠 칼라에 뇌수가 묻어 있었던 거 아시오? 문자 그대로 뇌수 말이야. 그의 주머니 안에도 핏자국이 있었어. 하지만 시체를 옮기는 걸로는 충분하지 않았는지 집 안 곳곳을 돌아다니며 눈에 보이는 모든 걸 다 만졌소. 피 묻은 그의 지문이 사방에 남아 있었소. 여기서 살인무기. 우리가 거기 도착했을 때 망치에는 땀에 젖은 그의 손자국이 너무 많이 남아서 피가 곤죽으로 변하는 바람에 믿을 만한 지문을 전혀 검출할 수 없었어. 물론 그의 지문은 제외하고. 그는 911에 전화를 걸어 자기가 그 가족들을 죽인 망치를 들고 있다고 아주 커다랗고 분명하게 말했소. 피자 주문을 하듯 부엌에 서서. 지나치게 상태가 괜찮다고 생각되지 않나?"

"이유가 있었을 거예요."

"괜찮아 보이지 않아." 모버그는 위협적으로, 단호하게 몸을 들이밀었다. "들어보시오. 당신의 진심을 의심하는 건 아니야. 아마 듣고 싶지 않겠지만, 그 범죄현장 혈흔 지도를 그려보면 뭐가 나오는지 아시오? 오툴 가족 세 사람의 혈흔이 확연히 드러나. 카펫과 부엌 바닥, 싱크대 아래에서 당신 핏자국이 나오지. 그리고 또 다른 사람의 혈흔이 있는데……."

"우리 아버지요. 상처가 났으니까요."

"당신을 찾다가. 알고 있어. 들었으니까. 살해 직후 망치남은 캐럴의 시신을 그녀의 부모가 쓰러진 침실 문간 바로 안쪽까지 끌고 갔소. 아마 집 앞 유리창이나 문간에서 보이지 않게 하려고 했을 거요. 어쩌면 시간을 벌려고 했을지도 모르지. 아침에 당신 아버지가 나타나서 당신이 보이지 않자 집 안을 뒤지기 시작했고, 당신이 밑에 깔려 있나 싶어 시신을 옆으로 옮기기까지 했고, 혼이 나간 상태에서 손에 상처가 났지. 분명 깨진 유리에 찔려서."

"아버지가 다 말했잖아요."

"그랬소."

"그럼 뭐가 문제라는 거예요?"

"문제는 당신 아버지의 피는 시체에 묻어 있지 않았다는 거요. 단 한 구에만 묻어 있었소. 도티의 시신. 다른 사람의 시신에는 없었어."

"말이 안 돼요."

"말이 안 돼지, 젠장."

리디아는 가슴에서 분노가 치밀어 올랐다. 여기서 기대한 것이 무엇이었든, 이런 것은 아니었다.

"그러니까……." 리디아가 말문을 열었다. 그럼에도 다시 시작해야 했다. "아버지의 피가 도티의 시체에 묻어 있다는 것 말고, 다른 단서는요? 그러니까, 당신 말뜻은 지금……."

"그런 게 아니오. 그의 피는 도티의 목과 얼굴, 어깨, 손목, 손에 묻어 있었소. 잠옷에도. 만약 그것뿐이었다면, 혹은 당신 아버지 피가 그가 돌아다닌 흔적에만, 당신이 숨어 있던 장소에만, 망치에만 묻어 있었다면, 그게 유일하게 특이한 점이었다면 난 아마 이 모든 걸 우연이라고 생각했을 거요. 하지만 더 있어. 살해 직후 당신 아버지가 최대한 빨리 마을을 떠났다는 사실은 굳이 말하지 않아도 알 거요. 당신을 보호하고 싶었겠지. 그건 이해하겠어. 하지만 떠나기 전 당신 아버지가 침묵을 지켰다는 건 늘 마음에 걸려. 오툴의 집에서 그는 범죄현장 한복판으로 뛰어들었고, 세 피해자 모두와 아는 사이였는데도, 혹시라도 관계됐을지 모르는 다른 사람들에 대해서 아는 게 전혀 없었어. 수상하다는 거지. 당신 아버지에게서 정보를 얻어낼 유일한 방법은 그를 기소하는 것뿐이었는데, 그건 위에서 압력이 들어왔소. 어린 리디아는 이미 많은 고통을 겪었다. 『라이프』에 물어봐라."

"난 실제로 많은 고통을 겪었어요."

"알고 있소. 그 오랜 세월 동안, 그 모든 기자회견에서 경찰이 단 한 번도 당신 아버지에 대한 의혹을 공적으로 제기하지 않았던 건 그 때문이오. 어쩌면 당신이 겪은 고통이 당신 아버지에게 자유를 줬다고 말할 수도 있겠지. 그런 이력이 있으면 당신은 덴버 시장도 될 수 있었을 거요. 솔직히. 하지만 당신 아버지에 대해 내가 하려는 말이 뭔지 알잖소."

무엇보다 리디아는 아버지가 그녀를 고립시키기 위해, 안전하게 지키기 위해, 지울 수 없는 밤을 지워주기 위해 필사적으로 노력했음을 알고 있었다. 최소한 리오비스타에 정착하기 전, 다른 사람으로 변해버리기 전에는.

"어쩌면 당신이 너무 답답해서였는지도 몰라요. 용의자가 나타나지 않으니 뻔한 시나리오에 매달린 거 아닌가요? 부모가 범인이라는?"

"경찰서 동료들도 정확히 그렇게 말했소. 한동안 나도 그들을 믿었지. 이 정황증거라는 건 모두 내 머릿속에서 나온 거다. 한동안 잊어버렸소. 낚시, 기차, 자비로운 하느님에 집중하려고 애썼어. 하지만 사건 몇 달 뒤 우리는 오툴의 이웃에게서 전화를 받았소. 기억하시오? 애거사 캐슬턴. 평생 길 건너에 산 늙고 외로운 노인이었지. 그전에 두 번 탐문을 시도했지만, 덴버 시 전체가 그랬듯 그녀도 겁에 질려 있는 것 같았소. 망치남의 다음 목표가 자신이라는 듯. 난 무슨 일이든 생각나면 알려달라고 명함을 남겼소."

"그래서 들은 게 있나요?"

"살인사건 전날 점심 무렵 아가사가 창가에서 점심을 먹고 있었는데, 누가 보도를 걸어와서 오툴의 현관문을 두드렸는지 아시오? 당신 아버지와 인상착의가 비슷한 남자였소. 당신과 캐럴이 가까운 사이라는 걸 생각하면 이상할 일은 아니었지만, 둘은 하루 종일 학교에 있었소. 그 남자가 그 집에서 뭘 했을까? 생각해보시오. 살인사건은 금요일 밤늦게 일어났고, 당신 아버지는 목요일 정오에 현장에 갔어. 한데 내가 그 부분에 대해 물어보니, 당신 아버지는 캐럴이 도서관에 놓고 간 벙어리장갑을 갖다 주러 갔다고 했지. 현관 우편함에 밀어 넣고 떠났다고."

"캐럴은 늘 물건을 잃어버렸어요." 리디아는 보일락 말락 미소를 머금고 대꾸했다.

"망치남이 범행 당시 불을 껐다는 걸 기억해보시오. 손전등은 어둠 속에서 방향을 잡는 데 도움이 됐겠지만, 용의주도한 범행 솜씨를 볼 때 집 안 구조에 익숙한 사람이었다는 걸 알 수 있어. 한 가지 사소한 사항이지만, 중요해. 이걸 보시오."

모버그는 노트 뒤에서 오래된 부동산 카탈로그에서 찢어낸 흑백 인쇄물 한 장을 꺼냈다. 그것은 4분의 1 크기로 접혀 있었고, 접힌 모서리가 닳아 너덜너덜했다. 양면에는 10여 개의 부동산 광고가 찍혀 있었고, 집집마다 작은 설명과 사진이 곁들여져 있었다.

"뭐가 보이지?" 모버그가 물었다.

리디아는 광고를 보면서 당시 집값이 얼마나 쌌는지, 동네가 얼마나 많이 변했는지 막연히 생각했다. 그러다 그녀는 광고에 나온 모든 집이 산속에 있다는 걸 깨달았다. 어떤 것은 주말용 오두막, 어떤 것은 주거용 집, 어떤 것은 쓰러져가는 농장이었다.

"반대편을 보시오."

빛이 잘 들어오는 방향으로 고쳐 들어야 했지만, 뒤집어보니 분명 페이지 왼쪽 아래 구석에 있었다. 리오비스타의 아버지 집. 얼룩이 생긴 작은 사진에 간단한 설명도 있었다. 침실 두 개, A자 형태, 산악 조망, 8에이커, 작업실과 스쿨버스 통학로. 19,950달러.

"산속에 있던 당신 집이오."

"이건 어디서 구했나요?"

"지금 당신이 들고 있는 건 원본이 아니오. 원본은 덴버 어딘가 증거물 보관소에 피 묻은 망치와 나란히 들어 있어. 물에 잔뜩 젖어 거의 읽을 수 없는 상태로 욕실 쓰레기통 안에서 구겨진 채 발견됐지."

리디아는 심하게 기울어져 거의 넘어지기 직전의 흔들의자에 앉아 있는 기분이었다.

"이걸 오툴 씨 욕실에서 발견했다고요?"

"살인사건 다음날 아침에 발견했소. 쓰레기통 속의 다른 물건들 상태로 볼 때 하루 이틀 그 안에 있었던 것으로 보였어. 아마 목요일, 당신 아버지가 찾아간 뒤였겠지. 그 중요한 벙어리장갑을 갖다 주러 갔을 때."

"확실해요?"

"확실해."

"젠장."

모버그는 클클 웃었다. "맞소. 젠장."

리디아는 10대 시절 대부분, 인생의 가장 불행했던 시기를 보낸 오두막 사진을 다시 보았다. 이 불편한 기분이 모버그의 암시 때문인지, 그 구겨진 이미지가 불러일으키는 기억 때문인지 의아스러웠다. 어쩌면 둘 다일 수도.

"말이 안 돼요. 우리는 살인사건 때문에 오두막으로 이사 갔어요. 그런데 어째서 오툴 씨가 이 사진을 갖고 있었던 걸까요?"

"그게 문제요. 당신 아버지는 의심할 여지 없이 벙어리장갑보다 더 중요한 다른 용건 때문에 거기 갔던 거요. 물론 그는 당신과 캐럴과 관계된 일 말고는 아무 교류가 없었다고 주장했지. 그렇지 않다고 말할 수 있을 사람들은 다 죽었고. 그와 도티 오툴 사이에 뭔가 있지 않았을까 하는 게 처음 든 생각이었어. 행실이 점잖지 않은 여자였지만, 그래도 당신 아버지와? 평소에 머리나 감고 다녔을까? 신발끈 하나 맬 줄도 모르고. 누가 봐도 당신 아버지가 도티가 좋아할 만한 남자가 아니라는 건 분명했지. 그녀가 당시 브롱코스 선수 한 명과 바람을 피웠다는 거 알고 있소? 3부 리그 선수였지만, 어쨌든. 물론 뭐든 가능하지만 도티가 당신 아버지 같은 남자한테 갔을 것 같지는 않아. 내가 탐문했던 사람들도 모두 비슷한 생각이었소."

"계속해보세요." 리디아는 마지못해 말했다.

"그보다 더 그럴듯한 시나리오는." 모버그는 탁자 위에 팔꿈치를 괴며 말했다. "바트 오툴과 당신 아버지가 뭔가 꾸미고 있었다는 거요. 오툴이 남몰래 무슨 계획을 세우고 있었는데, 표면상 앞에 내세울 인물이 필요했던 거지. 바트 오툴의 문제는 그가 벌인 모든 일이 장부에 없어서 혹시 범죄조직을 위해 일했는지, 본인이 범죄조직이었는지, 그냥 세금 안 내고 더 잘살고 싶었던 평범한 개새끼였는지 알 수가 없다는 점이었소. 한밤중에 배관공사 전화가 많이 걸려온 기록이 있었지만, 그렇다고 그가 나쁜 짓에 연루되어 있었다고 단정 지을 수는 없는 노릇 아니오. 어쩌면 대출 서명이나 서류 세탁에 당신 아버지가 필요했을 수도 있고, 시에 뇌물을 바치거나 주 공사를 따내는 데 필요했을 수도 있겠지. 리오비스타의 그 오두막을 담보로 할 계획이었을 수도 있겠고, 배관사업 관련해서 세금을 떼먹으려는 계획이 있었는지도 모르지. 하지만 아무리 깊이 파 들어가도 두 사람 사이에 무슨 관계가 있었는지는 알아낼 수가 없었어. 몇 달 동안 공공기록과 세금기록, 도서관 예산기록을 뒤지면서 온갖 가능성을 다 검토해봤지만 아무것도 나오지 않았소. 그런데 당신들이 앞으로 살게 될 집 사진이 욕실 쓰레기통에서 나왔다? 그건 질문 던질 것도 없는 사실이었소."

"아버지를 체포한 적이 있나요?"

"용의자로? 전혀. 사건 이후 몇 주 동안 당신 아버지와 수없이 이야기를 나눴지만 그 이상 진척시킨 일은 없었소. 내가 마지막으로 당신 아버지를 본 건 당신들이 리오비스타로 이사 간 뒤 당신이 이 오두막에 용의자 사진 확인 차 들른 때였소. 어딘가 다른 환경에서 만나면 당신 아버지가 입을 열지 않을까 생각했는데, 나와 눈도 마주치지 않더군. 당신이 나보다 잘 알겠지만, 그는 산속에 들어가서 어딘가 무너지기 시작한 것 같았어. 어쩌면 고도 때문이었을까?"

"사람들은 언제나 고도 탓을 하죠."

"고도, 혹은 죄책감. 결국 내 윗사람들이 확실한 증거가 없으면 더 이상 그에게 접근하지 말라고 온갖 압력을 가하기 시작했어. 무시무시한 망치남이 아직도 거리를 활보하고 있다는 사실을 사람들에게 상기시키는 게 싫었던 거지."

"하지만 당신은 사건을 포기하지 않았군요."

"솔직히 말할까? 우리가 뭔가 놓친 게 아닐까 하는 생각이 들 때마다 난 잠이 안 왔소. 경찰 중 아무도 발견하지 못한 뭔가가 있지 않았을까 하고." 그는 그 가능성을 떨쳐버리고 싶기라도 한 듯 고개를 흔들었다. "우리가 수사를 망쳤을 가능성도 충분히 있어. 뭔가 놓쳤을 가능성. 왜냐하면, 그 집에 발을 들인 경찰들? 다 큰 어른들이 거기 들어가면 자기 아이라도 잃은 것처럼 서로 부둥켜안고 완전히 평정을 잃어버렸거든. 심지어 경찰 하나는 강력반을 그만두고 경제사범 담당으로 옮겨갔소. 그 어마어마한 사건의 무게를 감당할 수가 없어서. 그 집은 완전히 피바다였어. 거기 있는다는 것 자체가 힘들었소."

"알아요."

"당신이 안다는 거 알아."

모버그가 리디아를 뚫어지게 쳐다보았다. 이 노골적인 시선이 불편해져 리디아는 낮은 신음 소리를 냈다.

"내 책상에 올라온 단서의 숫자는 상상도 못 할 거요." 그는 예상했던 것보다 조용히, 생각에 잠긴 목소리로 말을 이었다. "내가 왜 독신인지 알겠나? 사람들이 동네에서 들은 온갖 소문, 교회에서 돌아다니는 온갖 추문을 보내왔는데, 모두들 망치남이 자기 고약한 이웃, 바람피운 남편, 재수 없는 직장 상사라고 확신하고 있었소. 지금까지도 아물지 않은 마을의 상처지. 그토록 오랜 세월이 흘렀지만 망치남은 아직 어딘가를 활보하고 있다. 평화로운 과거로 돌아가길 원하는 사람들의 마음을 탓할 수는 없겠지. 난 그저……."

모버그는 말끝을 흐리며 펜을 만지작거렸다.

"어쨌든." 그는 덧붙였다. "내가 가진 건 이게 다요."

리디아는 빈 커피잔을 들여다보았다.

"남자 이름을 드리면." 그녀는 침을 꿀꺽 삼켰다. "혹시 그에 대한 기록이 남아 있는지 알아봐주실 수 있나요? 이 사건과 관련된 인물은 아닌데, 그 이후에. 아주 오랜 뒤에."

"어떤 남자요?"

"이름은 조이. 어쩌면 조지프. 성은 몰라나. 20대 초반, 긴 검은 머리, 마르고 키가 큰 친구였어요. 고속도로에서 지나가는 자동차 위에 콘크리트 벽돌을 떨어뜨려서 실형을 살았죠. 그전에도 자잘한 전과가 있었고요."

"당신이 신문에 나게 된 그 자살사건이군." 질문이 아니라 단정이었다. "미치광이도 모자이크 처리를 해주는데. 안 했더군. 조 몰리나란 사람은 기억이 안 나."

"확실한가요?"

모버그는 자신이 누군가의 이름을 잊어버릴 수도 있다는 가능성을 제기한 데 짜증이 난 듯했다.

"내가 맡은 사건 중에 조지프 몰리나란 사람은 없었소. 원한다면 기록을 찾아봐드리지." 그는 노트 빈 페이지를 펴고 리디아 앞으로 돌려 내민 뒤 펜을 굴려주었다. "정식 이름을 다 적고 당신 전화번호도 남기시오. 뭔가 찾으면 전화드리지."

정보를 다 적은 뒤, 리디아는 일어서서 복도를 향했다.

"가봐야겠어요."

"그러시오."

그녀는 바닥에 앉아 주섬주섬 신발을 신었다. 눈 덮인 현관에 내려서는데, 대머리 모버그의 윤곽이 방충망 뒤편에 나타났다.

"저, 오늘 감사했……."

"감사하지 마시오. 당신의 한 해가 엉망이 될 텐데."

15장

　모버그를 외로운 집에 남기고 나선 뒤, 리디아는 불끈하고 혼란에 빠져 리오비스타의 아버지 집을 향해 전속력으로 달렸다. 주위를 스치는 나무와 바위산의 절경도 눈에 들어오지 않았다. 그녀는 라디오를 켜고 히터 온도를 올렸다. 모버그가 알려준 정보로 머릿속이 온통 산란해졌지만, 10년 이상 세월이 지난 지금 드디어 아버지와 대면해야겠다는 결심도 굳어졌다. 모버그의 추측이 맞다면―하느님, 그녀는 계속 중얼거리고 있었다, 하느님―아버지를 만나야 할 시기가 마침내 온 것이기 때문이었다.

　리디아는 도로변 주유소에 멈춰 플라스의 볼보에 펌프 노즐을 끼웠다. 뒷주머니에서 반으로 접은 모버그의 우편엽서를 꺼내 손으로 뒤집어보았다. 돌맹이처럼 굳은 얼음 위에 자동차 바퀴가 구르는 소리, 바람이 주유소 간판을 흔드는 소리를 듣고 결국 그녀는 자신이 무엇을 하고 있는지 깨닫기 시작했다. 그녀는 다른 곳 아닌 집으로 돌아가고 있었다. 덴버로, 데이비드에게로, 브라이트아이디어 서점으로.

바깥세상으로 나와 낡은 펌프의 계기반이 돌아가는 모습을 바라보고 있으니 집단 주거지를 뛰쳐나온 이단자가 된 기분이었다. 여기는 감자 칩과 기름 유출, 나무토막에 고정시킨 욕실 열쇠가 있는 세계다. 현실의 세계, 여기가 바로 거기다. 아까 그곳, 모버그의 오두막은 비눗방울 속 환상일 뿐이다.

아버지는 망치남이 아니다. 사회부적응자이자 실패자, 손쉬운 목표물일지는 몰라도—아버지의 온기가 가장 필요했을 때 얼음 껍데기를 키우고 있었을진 몰라도—그렇다고 살인자가 되지는 않는다. 아버지는 망치남이 아니다. 그녀는 플라스의 차에 올라 덴버를 향해 다시 출발하며 중얼거렸다. 그냥 아버지는 아니다.

리디아가 집에 도착했을 때 데이비드는 아직 일하고 있었다. 그렇기에 부엌에서 남자 목소리를 듣는 순간 리디아는 깜짝 놀랐다.

모버그 형사. 자동응답기였다.

네 시간 전에 모버그의 집을 나와서 서점에 플라스의 차를 갖다 놓고 콩조림 부리토를 사왔는데, 다시 그의 오염된 세상으로 돌아오다니. 리디아는 그가 전화를 끊기를 기다린 뒤 응답기의 재생 버튼을 눌렀다.

"……이거 리디아 전화요? 음, 좋아, 리디아. 조지프 몰리나라는 친구 때문에 연락했소. 전과는 이미 당신이 알고 있는 것 같고. 주로 잡범, 10대 시절 이런저런 소년원과 교정프로그램을 전전했다.

한데 흥미로울 만한 사실을 찾아냈소. 고속도로 사건으로 상해 및 손괴죄를 받았다는 건 알고 있겠지만, 혹시 그가 수감생활을 했던 주 교도소 위치를 알고 있소? ……그래, 콜로라도 주 리오비스타. 그곳 교도소에서 오래 생활한 사람 중에 당신도 아는 사람이 있지? 알 거요. 유감이지만 냄새가 안 좋아. 아무리 아버지라도, 조심하시오."

리디아는 거실 벽에 몸을 기대고 주저앉았다. 이제 모든 것이 완벽하게 이해되었다. 조이가 어떻게 그녀의 생일파티 사진을 손에 넣었는지. 조이는 재소자였고, 아버지는 교도관이었고, 둘 다 리오비스타 교도소에 있었다. 리디아는 이 관련성을 여태껏 놓친 것에 스스로가 한심했지만, 이 연결에 대해 아는 것과 이해하는 것이 결코 같지 않음을 날카롭게 인식했다.

가게에서 가져온 책을 담은 낡은 가죽 배낭이 부엌의 의자 등받이에 걸려 있었다. 리디아는 책을 꺼내 마작 패나 솔리테어 카드 놓듯 식탁에 하나씩 격자 모양으로 올려놓았다. 그리고 잘려나간 책이 든 조이의 우유 운반함을 끌어놓고 짝이 맞는 책을 찾아 해독하기 시작했다. 아버지가 여기에도 숨어 있지 않을까? 조이의 종이 창문에서 불쑥 나타나 어떻게든 그녀의 인생을 감시하고 있지 않을까?

"여기에 날 위한 책은 없어요." 라일은 교회당 개인석에 구부정하게 앉아, 리디아를 올려다보지도 않고 말했다. 그 교회당은 진짜 교회당이 아니라 서점 2층 뒤쪽에 벽감으로 분리된 '종교와 영성' 섹션이었다. 작은 악보와 주머니 크기 성경책이 바구니에 담겨 바닥에 널려 있었고, 켈트 문양이 새겨진 오래된 나무 신도석이 한가운데 놓여 있었다. "여기 서고는 빈 거나 마찬가지입니다." 그는 얼음통처럼 활기 없는 눈길로 책을 둘러보며 덧붙였다. "이중 어떤 것도 조이를 불러오진 않아요."

"알고 있어요, 라일."

다달이 숱이 적어지는 기름진 머리칼에, 무릎에서 줄인 학생복 바지를 입고서 그렇게 신도석에 앉아 있으니 라일은 새삼 더 외로워 보였다. 리디아가 그 옆에 나란히 앉자 라일은 무릎에 놓인 책을 큐 카드처럼 하나씩 들어 보였다. 『연꽃 안의 유대인』, 『힌두 금언집』, 『영혼 보살핌』, 『기독교 예술의 기호와 상징』, 『115번가의 마돈나』, 『신: 생애』. "이 모든 절대자 이야기는 너무 위압적이에요." 그는 말했다.

"어쩌면 이게 도움이 될 거예요." 리디아는 가방 끈을 풀고 오늘 아침 해독한 책 무더기를 꺼냈다. 그리고 조이의 구멍 뚫린 J. D. 샐린저와 뒤표지 라벨이 일치하는 『누가 개구리 병원을 운영할 것인가』라는 제목의 소설을 건넸다. 조이의 메시지에서 뭔가 명료한 정보를 얻어내는 데 도움을 줄 수 있는 사람이 있다면 그것은 라일이었다. 더욱이 무슨 일이든 그녀가 하는 일에 참여하는 것이 그에게도 나쁘지 않을 것이다.

라일은 심호흡을 하고 일어나 똑바로 앉았다. 그는 놀라울 정도로 능숙한 솜씨로 페이지를 겹쳐놓았다.

Tw

. I

ces

, he

sto

Le M

y hear

t. The

firs

Tim

eis

pen

t, my

lie

felo

"Ok

ing   for

it   when f

In a   al

fo

und its

. He, too,

kit

way a

again

224

and

with

it

, too m

yl

. If

fe

. . .

라일은 앞으로 되돌아가기를 수차례 반복하면서 조이의 메시지를 더듬더듬 소리 내어 읽었다. "그녀는 내 가슴을 두 번 훔쳤어(Twice she stole my heart)……. 처음 잃었을 때 나는 마음을 찾아 헤맸고(The first time I spent my life looking for it)……. 마침내 찾았지만 그녀는 다시 가져가버렸지(when I finally found it she took it away again)……. 그 마음과 함께 내 인생도(and with it took my life)……." 라일은 감격한 듯 손바닥을 가슴에 얹었다. "벌써 기분이 좋아지는군. 이건 생명의 묘약 같아."

정신을 집중할 뭔가가 생겨 치유 받는 느낌이라는 것인지, 책 안에서 조이의 음성을 다시 듣는 것이 좋다는 것인지 알 수 없었지만, 라일이 기운 내는 모습을 보니 리디아도 기뻤다.

"처음에는 조이가 '혹시 결혼을 했던가 했어요.'" 리디아는 주민기본인적사항기록부에 있던 결혼 및 이혼 증명서를 떠올렸다. "벽장 안의 새 정장도 그렇고, 메시지에서 이 여자를 강조한 것도 그렇고. 마치 유일한 '그녀' 때문에 구원된 듯한 그 내용 말이에요."

"낭만적인 조이." 라일은 허공으로 풍선 하나를 날려 보내듯 천장을 향해 고개를 들었다. "실연한 조이, 한 여자 때문에 자살했다. 그녀는 내 가슴을 두 번 죽였네. 그럴 수도 있겠지만, 사실 난 그럴 것 같지 않네요." 라일은 책장을 앞뒤로 넘겨가며 혹시 빠뜨린 것이 없나 메시지를 다시 읽었다. "그렇다고 이 메시지가 진심이 아니라는 뜻은 아닙니다. 그냥 내가 아는 조이답지 않다는 거지."

"그런데 이게 나왔어요." 리디아가 가방에서 구멍 뚫린 플래너리 오코너의 『현명한 피』와 최근 재발간된 핀천의 『제49호 품목의 경매』를 꺼냈다.

두 소설을 나란히 바라보며, 라일이 눈썹을 추켜올렸다.

"치명적인 한 쌍이군. 이제 뭔가 나오겠죠."

리디아가 구멍 뚫린 페이지를 펼쳐 간신히 책을 건네자, 라일은 소설 두 권을 포개어 읽기 시작했다.

Dr

op

Me

from the

Ask

y. Dr

op

," Me

on   th

, eh?"

igh

away

, so

1.

On

gas

I'l

and

inside

a.m.

. In

, I

Van

"그 이야기를 하는 건가?" 라일이 말했다. "날 하늘에서 떨어뜨려 (Drop me from the sky)……. 고속도로에 떨어뜨려(drop me on the highway)……. 내가 떨어지도록(so long as I land)……. 미니밴 안에 (inside a minivan)……. 닐 영이 화장실에 앉아서 흥얼거릴 시구 같군요. 조이와 미니밴이라니, 맙소사. 그가 아직 살아 있으면 미니밴 판매상이나 해보라고 격려했을 텐데." 라일은 한 손을 들고 눈을 감더니, 조이의 작은 사각형 창에 단어가 하나씩 나타나는 모습을 눈꺼풀 안에서 보기라도 하듯 부드럽게 흥얼거렸다. "자기 파괴적이야." 그는 잠시 후 말했다. "하지만 미니밴? 어쩌면 그냥 자기 가족을 원했을 수도 있어요."

"나도 그렇게 생각해요. 조이는 이 생각에 집착했던 것 같아요. 일부가 될 수 있다면 거미인가 유리라도 먹겠다고 했던가, 기억나세요? 어쩌면 가족의 일원이 되고 싶었을 수도 있어요."

"자기 가족을 꾸리거나. 여자가 있었다면."

"맞아요." 리디아는 수첩을 펼쳐 메모한 페이지를 찾아 라일에게 건넸다. "간밤에 내가 해독한 부분이에요. 소설 두 권. 『검은 책』과 『비밀의 역사』."

라일은 헛기침을 하고 소리 내어 읽었다. "**나는 피 속에 잠겨 다시 숨쉬지 못하리**(Drowning in blood I may never breathe again). 이건 약간 연극적인데요." 라일은 손끝을 구부리며 얼굴을 찌푸렸다. "'피 속에 잠겨'? <u>으스스하기도 하고.</u>"

"'피 속에 잠겨', 이것도 내게 가족을 가리켜 보이는 것 같아요. 혈통."

"당신에게?" 라일이 물었다.

"우리에게."

라일은 자신을 포함시킨 것에 흡족한 듯했다. 그가 리디아의 수첩을 넘기며 다른 메시지들을 훑는 동안, 리디아는 조이가 토요일 아침마다 안락의자에 앉아 아동서 섹션의 가족들을 바라봤다는 월마의 말을 떠올렸다. 리디아는 조이가 그 가족들의 삶에 소리 없이 자신을 편입시키는 광경을 상상해보았다. 아마도 조이는 그 가족들을 바깥에서 관찰하는 것, 유리창을 사이에 두고 손가락을 눌러보는 것이 자신이 할 수 있는 최선이라고 믿었을 것이다. 어쩌면 조이는 평생 자신에게 허락되지 않았던 장소를 헛되이 찾아 헤매다가 자살한 것이 아닐까?

"저기 저건 뭐죠?" 라일이 리디아의 가방에서 비죽 튀어나온 『새와 부리』를 가리켰다.

"라벨만 찾아낼 수 있다면 저 책이 결정적인 단서가 될 텐데요, 로제타스톤처럼." 리디아는 구멍이 너무 많이 뚫려 마치 권총 표적처럼 너덜너덜한 페이지를 펼쳐 보였다. "이 책도 조이 아파트에 있었어요. 워낙 구멍이 많아 손 안에서 그대로 부서지지 않은 게 이상할 정도예요."

"뒤표지에 라벨이 없군."

"짝 맞는 책이 없다는 뜻이죠." 그녀가 책을 그에게 넘겨주었다. "그러니 지금은 해독할 수가 없어요. 열쇠 없는 자물쇠죠."

"『피네건의 경야』나 『원음소나타』와 대조해보지 그래요."

"이 책은 현관문 앞 신문지 더미 위에 놓여 있었어요. 재활용쓰레기라고 생각했는데, 지금 생각하니 그걸 갖고 왔어야 했어요. 신문 안에 해답이 있었을지도 모르잖아요."

"신문은 도움이 안 됐을 겁니다." 라일이 말했다. "이건 조이가 연습하던 책이에요. 첫 페이지를 봐요. 온통 잘라낸 자국에다 손을 다쳐 핏자국까지 있고, 온통 엉망이잖아요. 이건 해독이 불가능해요. 그래도 책 마지막쯤에서는 창을 작게 잘라내는 솜씨가 좋아졌어요. 이건 연습장이에요."

리디아는 감탄하는 눈으로 라일을 돌아보았다. "당신이 있어서 정말 다행이에요."

"나도 당신이 있어 정말 다행이에요." 라일은 말했다. "이건 정말 조이답군요. 마치 그가 이 책들이 되려고 했던 것 같아요. 가장 심오한 자기 자신. 최후의 작품으로. 조이에게 책은 안식이었으니, 자기 자신을 개인적으로 책 안에 삽입하는 이 작업이야말로 자신의 무거운 짐을 세상에 증명하는 유일한 방법이었을지도 모르죠. 리디아 당신에게도. 조이는 자살했고, 이건 조이 나름대로—정당화라는 표현을 쓰고 싶진 않은데, 자신을 그렇게 막다른 상태로 몰아간 과정과 소통하려는 시도였던 것 같아요. 자신의 영혼에 창문을 낸다, 정말 조이다워. 정말로."

라일이 흥얼거리는 동안, 리디아는 조이의 가슴에 새겨져 있던 나무 문신에 대해 생각하고 있었다. 나무는 목재가 되고, 목재는 종이가 되고, 종이는 책장이……

"문제는." 라일이 신도석에서 몸을 내밀어 안경 너머로 내다보며 덧붙였다. "이걸 우리가 어떻게 이해해야 할까요?"

"조이가 실연했다?"

"아물 수 없는 상처를 입었다. 그리고 가족은?" 라일이 신도석에서 일어섰다. 그는 천사에 대한 책 한 권, 차크라에 대한 책 한 권을 꺼냈다. 그리고 죽 늘어선 책등에 대고 손바닥을 눌렀다.

"가족법." 리디아가 자기도 모르게 불쑥 내뱉었다.

라일이 돌아보지도 않고 고개를 들었다.

"가족법." 그는 동의했다.

라일은 리디아가 무엇을 말하는지 정확히 알고 있었다. 지난 1년 간 조이가 가족법에 관한 책에 몰두했던 시기가 있었다. 조이는 무언가에 집착하면 가끔 거의 무례할 정도여서, 리디아가 카운터에서 책을 스캐닝하고 있는데 뻔뻔하게 그녀에게 다가가기도 했고, 고객에게 책을 추천하기도 했으며, 관심을 가진 것이라면 어떤 주제건 무턱대고 리디아에게 말을 걸기도 했다.

—과테말라 직물공예.

—보드빌 바이올린 연주자.

—도미니카 플랜테이션.

—개털로 뜨개질하기.

그럴 때 리디아는 하던 일을 멈추고 그에게 어느 섹션으로 가라고 알려주거나(가령 "2층, 인류학") 할 일이 없을 경우에 그의 탐색에 동참했다.

—가족법.

"이건 어때요?" 라일이 신도석으로 돌아와 다리를 겹쳐 꼬고 예배당에서 신도를 맞이하듯 리디아의 눈을 바라보았다. 회색 머리카락이 그의 안경에 축 늘어졌고, 왼쪽 렌즈에는 지문이 묻어 있었다. "조이의 유일한 가족은 아기였을 때 조이를 주 보호소로 보냈어요. 그렇죠? 조이는 입양이 실패로 돌아간 아이의 법적 권리에 대해 알고 싶어서 가족법을 연구한 걸까요?"

"몰리나 가족을 찾고 싶어서요?" 리디아가 물었다.

"몰리나 가족." 라일이 말했다.

조이의 최초의—그리고 유일한—가족에 대해 라일이 해준 이야기가 떠올랐다. 조이는 아기였을 때 여러 형제들과 함께 몰리나 부부에게 입양되었고, 몰리나 씨가 갑작스럽게 사망하자—뇌종양이던가? 동맥류? 총상?—입양한 아이들을 혼자서 감당할 수 없었던 몰리나 부인이 아이들을 주 보호소로 보냈다. 위탁 시스템에서 버림받은 아이들. 실패한 입양가정의 피해자.

"조이가 몰리나 부인과 다시 만나고 싶었다면, 아니면 당시 형제자매와 만나고 싶었다면 당연히 자신의 권리를 알고자 했겠죠. 만일 그런 게 있다면요."

"주 보호소로 돌아갔을 때 조이는 워낙 어렸으니까 아마 그들의 이름이나 사는 곳을 전혀 기억하지 못했을 거야. 찾고 싶었다면 누군가의 도움이 필요했겠지."

"입양기록이 필요했을 거예요. 아마 위탁기록이나, 어쩌면 몰리나 씨의 사망증명서도."

깨달음이 갑자기 리디아를 강타하여 신도석의 차가운 의자에 주저앉게 만들었다. 그녀는 기록들의 미궁을 지닌 주민기본인적사항기록부가—불쾌하게 추근거리던 공무원도—떠올랐고, 이제 적어도 무엇을 요청해야 할지 깨달은 것이다.

서점을 나서려고 책을 챙기는데, 라일이 눈을 커다랗게 뜨며 '종교와 영성' 서가 쪽으로 다시 돌아섰다.

"결국 여기에 나를 위한 책도 뭔가 있을 것 같군요." 그가 말했다.

16장

리디아가 주민기본인적사항기록부로 출발할 준비를 하고 있는데, 라지가 오후 늦게 브라이트아이디어 서점에 나타났다. 그는 청바지와 두툼한 러스티오렌지색 오리털코트에, 검은 니트 모자를 쓰고 있었다.

"같이 걸을까?" 리디아가 말했다.

"어디든지."

"입 다물어." 그녀는 주먹으로 장난처럼 그의 배를 툭 건드렸다.

그들은 16번가 보도를 걸어 다운타운까지 셔틀버스를 탔다. 붐비는 버스 안에서 서로 재킷을 스치며 나란히 팔을 뻗어 손잡이를 잡고, 편안한 침묵 속에서 커다란 창문으로 기념품 가게와 패스트푸드점, 극장과 옷가게, 학생들과 괴짜들을 바라보았다. 황혼이 내리고 있었고, 도로변에는 다리가 세 개 달린 키 큰 가로등이 문고판 소설에 나오는 유에프오처럼 깜빡이기 시작했다.

리디아는, 몰리나 부인이 조이가 과거의 우물을 파헤치며 자신을 찾고 있다는 걸 알고 있었을까, 오래전 자신이 입양했던 소년이 목매 자살했다는 사실을 과연 알고 싶어할까를 떠올려보지 않을 수 없었다.

어떤 어머니가 알고 싶어할까, 그리고 어떤 어머니가 알고 싶어하지 않을까?

상념은 아버지에게로 흘러갔다. 교도소 교도관 말고, 도서관 사서였던 아버지.

그녀와 라지가 국회의사당 근처에서 버스를 내렸을 때, 날은 거의 저물었고 겨울 하늘은 푸르고 검었다. 흰 기둥이 늘어선 시 및 카운티 청사 건물과, 근처 벤치와 벽에 모여 담요를 덮은 노숙자들이 보였다. 걸음을 옮기며 리디아는 라지에게 조이의 메시지에 대해 간략하게 설명했다. 입양 취소 이야기를 듣자 라지는 머리를 긁적였다.

"취소? 입양한 부모가 아이를 주에 도로 갖다 줬단 말이야? 그렇게도 할 수 있나?"

"그렇대."

"그럼 영수증 같은 걸 보관해야 하나? 아이가 엉망진창이었던 것도 놀랄 일이 아니군."

놀랄 일은 아니지, 리디아도 생각했다.

지난번에 왔을 때 술 한잔 하자고 치근거렸던 콧수염 직원은 리디아가 주민기본인적사항기록부 사무실에 들어서자마자 그녀를 알아보았다. 모니터 위에 늘어선 장난감 컬렉션에는 고무 문어와 분홍색 파워레인저가 추가되어 있었다. 그것 말고는, 딱딱하게 굳어 키보드 옆에 소품처럼 놓인 맥앤치즈 쟁반까지 똑같았다. 그는 라지를 위아래로 훑어보았고, 라지는 다리를 꼬고 앉아 요리 잡지를 넘기기 시작했다.

"이번에는 내가 원하는 게 뭔지 알아요." 리디아가 다가가며 말했다.

"나도 내가 원하는 게 뭔지 압니다." 직원이 말했다.

"조지프 몰리나. 출생기록과 위탁기록 전부 다. 그 기록을 입수한 뒤에 양아버지의 사망증명서를 보고 싶어요. 가능하다면요. 가능한가요?"

"좋아요. 정리해봅시다." 그는 고개를 흔들었다. "위탁기록이라고 하셨는데, 입양증명서 말씀이겠죠?"

"둘 다요."

직원이 콧수염을 쓰다듬었다.

"위탁기록은 인력서비스에서 보관하고 있습니다. 위탁가정에서 정식으로 입양하지 않았다면, 우리가 기록을 갖고 있어야 합니다. 그래야 합니다. 그래야 하죠."

"그는 위탁부모의 성을 계속 썼어요. 몰리나요."

"그럼 한번 찾아보죠." 그는 리디아 앞의 카운터를 손가락으로 짚었다. "하지만 입양 관련 서류는 복잡하다는 것을 아셔야 합니다. 말씀하신 두 건 모두 신청서와 관련 서류가 있어야 하는데, 분명히 말씀드리지만 기록을 유출하지 않을 확률이 높습니다. 입양기록이 문제라면. 민감한 부분이니까요."

"그래도 시도는 해보고 싶어요."

직원은 옆 책상으로 몸을 숙여, 그녀가 신청을 개시하는 데 필요한 서류양식을 꺼내기 시작했다.

"데이트 한 번만 합시다." 그는 서류양식을 넘겨주며 말했다. "고등학교 동창회가 있는데 같이 갔으면 좋겠어요. 그냥 지금처럼 하고 계시면 됩니다. 그냥 얼굴만 보이고 내 옆에 서 있으면 돼요."

"뭐라고요? 가시방석 같은 데 가만히 서 있으면 된다고요? 영광이지만 사양할게요. 내 남자친구가 동행하지 않는 이상."

직원은 씩 웃고 말했다. "요청하신 건이 잘 풀리지 않아도 원망 마세요. 상호동의 관련 법규는 엄격하게 지켜야 합니다."

"뭐가, 뭐라고요?"

"아이고 참, 입양 담당관과 이야기할 수 있을지 알아보죠. 아이린이에요. 그녀가 전부 설명해줄 겁니다. 듣다가 졸지도 몰라요."

그리고 아이린의 설명이 이어졌다. 리디아는, 타일 복도를 지나 낡은 식수대 옆에 있는 그녀의 사무실에 앉아 아이린—헐렁한 꽃무늬 블라우스와 폴리에스테르 바지를 입은 덩치 크고 따뜻한 여자—이 주 입양 관련 법률, 요청 서류, 마지막 단계에 필수적인 법원 제출 서류 등에 대해 기진맥진해지도록 설명하는 것을 경청했다. 그리고 자기가 말할 차례가 되자 조이의 자살, 유품, 위탁가정을 찾는 이유, 자식이 자살했다는 사실을 몰리나 부인에게 알려주기 위해 기록 전반이 필요하다는 내용을 모조리 털어놓았다. 아이린은 고개를 끄덕였고, 리디아의 이야기에 어느 정도 놀랐음에도 대체로 감동한 것처럼 보였다.

"가능성은 별로 없어요. 법적으로 볼 때. 하지만 제가 신청서 작성을 도와드리고 여기서 할 수 있는 일이 더 있는지 알아보죠. 신청서가 승인되면, 다음 단계로 올라가야 합니다."

"다음 단계가 있다고요? 이게 끝이 아니라는 건가요?"

"당신이 법원에 신원보증서를 제출해야 하고, 판사가 조지프의 기록을 유출할 수 있는지 판단할 겁니다. 상호동의가 있어야 해요."

상호동의란 생모와 입양된 자식의 동의, 이 경우에는 망자의 대리인의 동의를 말한다고 아이린이 설명했다.

"입양된 아이가 생모를 찾기를 원할 때는 내게 기록 신청서를 접수합니다. 생모도 동의하면 우리가 기록을 열어 연락처 정보를 공유하는 겁니다. 그렇지 않으면 입양기록은 대부분 영원히 햇빛을 못 보고 극비로 보관되죠. 대체로 양쪽 중 한쪽만 정보를 원하는 경우가 많아요. 설명하지 않아도 아시겠지만 생모와 아이, 양쪽 다 공개를 원해야 합니다. 그렇지 않으면 상당한 혼란을 초래할 수 있으니까요."

리디아는 윗입술을 더듬대며 멍하니 아이린을 쳐다보았다.

"입양이 취소된 경우는 상황이 훨씬 더 복잡해요." 아이린이 덧붙였다. "하지만 그런 사실이 있었다면 그의 기록에는 남을 겁니다."

"제가 볼 수 없는 기록이라는 거죠."

"아무도 볼 수 없는 기록이지요."

"그래서 당신이 여기 계시나요?" 리디아가 물었다.

"그래서 제가 여기 있는 겁니다." 아이린은 정보공개 요청이 법률적 조건을 만족하는지 확인하고 양쪽에 연락해서 신속하게 처리하는 것이 자신의 임무라고 설명했다.

"양쪽 중 한쪽이 교도소에 있었다면 어떻게 되나요?" 리디아가 물었다.

"방법은 있습니다." 아이린이 말했다. "교도관이 성의를 보이고 수감태도가 양호했다면, 방법은 있습니다."

확신할 순 없었지만, 아이린이 마지막 질문에 놀라기는커녕 자신의 분홍색 손톱으로 마스카라를 태연히 긁는 것을 보고 리디아는 그녀의 말을 곱씹어보았다.

'방법은 있습니다.'

그녀는 즉각, 교도소의 최하위 계급 교도관이었던 아버지가 단추를 잘못 채운 교정국 제복을 입은 채 조이라는 이름의 젊은 재소자에게 철창 너머로 서류를 넘겨주는 모습을 상상해보았다. 머릿속에서 워낙 다른 위치를 차지하던 두 사람이기에, 리디아는 자신이 움찔하는 것을 느꼈다. 그들이 함께 있는 것은 말이 되지 않았지만, 그럼에도 그들은 함께 있었다. 실제로 함께 있었다면.

"조지프 몰리나가 이 의자에 앉았던 적이 있는지 혹시 알 수 있을까요?"

리디아는 아이린이 씰룩거리는 순간을 포착했다.

"그것은 말씀드릴 수 없습니다." 그녀는 정색을 하고 대답했다.

이것이 그녀가 진행 중인 게임이라면, 리디아는 그 섬세한 진행에 존경심이 일었다.

그제야 아이린의 책상 구석에 놓인 대형 화장지 박스가 눈에 띄었다. 이 사무실이 슬픔이든 기쁨이든 눈물로 가득한 방이라는 사실이 떠올랐다. 아이린이 클립보드와 8쪽짜리 신청양식을 건넸다. 리디아는 양식을 작성하면서, 공란으로 남겨둬야 하는 질문이 나올 때마다 고통스러웠다. 그녀는 몇 차례고 '기타'란을 체크하고

서, 법적 관련자가 아님에도 어째서 그녀 본인이 조이의 입양기록을 획득해야 하는가를 깨알 같은 글씨로 상세하게 적어내려야 했다. 자신의 직업 이력, 6년 전 덴버로 돌아오기 전에 숨어 살았던 모든 장소를 전부 다 적으려니 어쩐지 찜찜했고, 5년 이상 알고 지낸 추천인 이름과 주소를 적는 공간이 나타나자 더욱 찜찜해졌다. 아이린은 매니큐어를 칠한 기다란 손톱으로 키보드를 두드리고 있었다. 리디아는 펜으로 신청서를 두드렸다. 그리고 마침내 허리를 굽혀 복도를 내려다보았다. 라지가 다리를 내뻗고 소리가 들릴 정도로 하품하면서 대기실 의자에 앉아 책을 읽고 있었다. 리디아는 라지의 이름과 전화번호를 첫 번째 추천인으로 적고, 데이비드의 이름을 두 번째로 적었다.

"너무 기대는 하지 마세요." 아이린이 몇 분 뒤 양식을 살펴보며 말했다. "이렇게 말씀드리기 죄송하지만, 조지프가 죽었다는 게 이 경우 도움이 됩니다. 가능성이 몇 가지 생기니까요. 그렇지 않았다면 신청할 생각도 하지 마시라고 했을 거예요."

리디아는 뭔가 말하려다, 책상 한구석에서 닭 모양 미니도자기 컬렉션으로 둘러싸인 유리잔에 초콜릿이 가득 채워진 것을 발견하고 멈칫했다. 반짝이는 파란색 포장지에 싸인 작고 동그란 초콜릿.

"드세요." 아이린은 초콜릿을 향해 고갯짓하며 말했다.

리디아는 조용히 사양했다. 목매단 조이의 청바지 안에서 녹아 흐른 초콜릿 냄새를 맡은 뒤로 초콜릿은 한 입도 먹을 수 없다, 파란색 포장지가 이상하게도 친숙해 보인다는 이야기는 하지 않았다.

"온갖 이유로 사람들이 여기를 찾아오죠." 아이린이 말했다. "하지만 사람들이 정말 원하는 건 그냥 시간여행 차표예요. 보통은 할 만한 가치가 있는 여행이지만, 상상보다 더 힘든 여행이 되는 경우 도 있답니다. 거기, 지금 계시는 그 자리에 앉는다는 게 많은 사람 들의 인생에서 어마어마한 한 걸음이에요. 초콜릿이 도움이 되죠. 그뿐이에요."

아이린은 양식을 리디아에게 돌려주며 말했다.

"현재 이름을 사용하시되." 그리고 낮은 음성으로 덧붙였다. "예 전에 사용하던 이름도 같이 적으세요."

리디아는 얼굴이 뜨겁게 달아올랐다.

"미안해요." 아이린이 말을 이었다. "이 경우 두 가지 이름 모두 적으셔야 합니다. 전 그냥 도와드리려는 거예요."

"어떻게……?"

아이린은 반지 없는 자기 손을 리디아의 주먹 위에 얹었다. 마치 연체동물을 삼키려는 불가사리처럼.

"20년이 지났는데도 얼굴이 그대로군요. 당신이 겪은 일은 정말 유감이에요. 내가 할 수 있는 일은 다 할게요, 리디아."

리디아는 펜을 잡아채어 '변경 전 법적 성명' 아래에 '리디아 글 래드웰'이라고 적은 뒤 서식을 책상 너머로 돌려주었다.

"말씀드렸듯이." 아이린은 말했다. "너무 기대하지는 마세요. 하 지만 제가 할 수 있는 일은 다 해보겠습니다. 당신은 그럴 자격이 있어요. 정말 용감한 소녀였으니까요."

얼떨떨하고 불안해져 복도로 나선 리디아에게 라지가 다가왔다.

"무슨 일이 있었어? 리디아, 얼굴이 별로…… 좋아 보이지 않아. 누가 죽기라도 한 것처럼."

"조이가 여기 왔었던 것 같아. 저 사무실에. 자살할 때쯤 해서."

"저런. 직원이 그렇게 말했어?"

"초콜릿이 말해줬어."

라지는 근심 어린 눈으로 그녀를 쳐다보다가 팔을 붙잡았다. 두 사람이 카운터를 지나치자, 아까 그 남자 직원이 똑바로 앉아 리디아를 응시했다. 리디아가 마치 자기 정원에 세워둘 석상이라도 되는 듯이.

"아, 그리고." 리디아가 라지에게 말했다. "네가 이제 내 공식적인 첫 번째 추천인이야!"

"아, 그래." 그가 그녀의 어깨에 팔을 두르며 큰 소리로 말했다. "당연하지!"

두 사람이 나가자 남자 직원이 혼자 투덜거렸다.

세 시간 뒤 리디아와 라지는 돌아오는 길에 콜팩스의 한 술집에서 맥주와 국수로 배를 채우고 리디아의 아파트에 들어서고 있었다. 데이비드는 포트콜린스에서 학회 일이 늦게까지 있어 몇 시간 뒤에나 돌아올 예정이었다. 아니, 내일 온다고 했던가? 리디아는 기억이 나지 않았다. 그러나 데이비드와 라지가 아직 만난 적이 없다는 것은 기억하고 있었다.

라지가 커피 탁자 옆에 앉아 무릎을 카펫에 비벼대며 우노 게임을 여섯 판째 내리 지고 있는 중에, 전화벨이 울렸다. 벨소리를 듣는 순간, 리디아는 그 소리가 하루 종일 빈 아파트에서 메아리쳤음을 직감했다. 그녀는 부엌으로 가서 수화기를 들었다.

"너냐? 맙소사, 정말 찾아내기 힘들구나."

"누구시죠?" 리디아는 손바닥으로 입을 가렸다. "혹시…… 아버지예요?"

"목소리를 들으니 정말 반갑다, 아가."

'아가.' 리디아는 수화기를 거칠게 내려놓았다.

"데이비드야?" 라지가 올려다보았다. 그녀가 대답하지 않자 그는 다시 카드를 넘기기 시작했다.

리디아는 욕실로 달려가 찬물을 얼굴에 끼얹었다.

'아가, 아가, 아가.'

그녀는 물이 뚝뚝 흐르는 얼굴을 거울로 바라보며, 내일 아침 일찍 통신사에 연락해 전화번호를 바꿔야겠다고 결심했다. 아버지가 다시 번호를 알아낸다면 아예 새 아파트로 이사가버릴 생각이었다. 세면대 가장자리에 손바닥을 대고 있으니 두려움은 차차 분노로 변해갔다. 그녀는 얼굴의 물기를 채 닦지도 않고 이후에 벌어질 일도 생각하지 않은 채 무작정 욕실을 뛰쳐나가 10대 시절 자신의 번호로 전화를 걸었다. 라지는 탁자에서 고개를 들었지만 아무 말도 하지 않았다.

"고맙다, 얘야. 힘든 통화라는 거 알아."

아버지가 전화를 받는 방식은 늘 이랬다. 달콤한 인사말로 그녀의 본래 의도—다시 전화하지 마세요!—를 흐리고, 영원처럼 느껴지는 침묵이 흐르고 나면 어느새 그녀는 아버지와 사소한 잡담을 나누고 있었다. 리디아와 데이비드는 아직까지 집에 유선전화를 놓고 있었다. 그녀는 전화선을 욕실까지 끌어와 문을 닫고 변기 위에 앉았다. 아버지에게 생일 사진과 모브그의 의심에 관해 곧장 물어볼 작정이었지만, 아버지는 그녀에게 말할 기회를 주지 않았다.

"새 도서관이 생겼다고 들었다." 그는 손바닥에 화제 목록이라도 적어놓은 듯 급하게 말을 꺼냈다. "새 야구장도 짓는 중이야. 덴버 베어스 말고 진짜 홈 팀이 생긴다는구나."

"저한테 전화하신 이유를 얘기하세요." 리디아가 말했다.

아버지는 잠시 동안 대답이 없었다. 라지가 어디 멀리선가 어린 시절 즐기던 카드를 계속 뒤섞는 소리가 들려왔다.

"전화한 이유는 백 가지도 넘는다. 하지만 한 가지만 고르라면, 네가 자랑스러워서라고 해야겠지."

"자랑스러워요?"

"무엇보다 너한테 그 말을 하고 싶었어."

"아버지는 날 알지도 못하잖아요."

"충분히 알아."

"난 서점 직원이에요, 아버지."

"음, 내가 볼 때 교도관은 아니야."

눈이 감겼다. 지붕이 날아가는 것 같았다. 그녀는 욕실 바닥으로 미끄러졌다.

'교도관은 아니야.'

어린 시절 내내 도서관 사서는 리디아에게 있어 아버지의 고유한 특징이었고, 그렇기에 도서관을 그만두고 교도관이 되기로 한 결정은 10대 시절 수없이 싸우며 못 박은 대로 아버지의 영혼을 팔아치운 행위와 같았다. 아버지의 변화는 놀라웠다. 급격한 외모의 변신—콧수염과 선글라스, 제복—에서 시작하여, 시간이 흐르면서 교도소에서 일하는 남자와 집에 돌아온 남자 사이에 다른 점을 거의 발견할 수 없을 정도로 변화는 증폭되었다. 중학생 시절부터 리디아가 오두막 바닥을 청소할 때면, 아버지는 부엌 탁자에 앉아 커피를 마시며 마치 교도소에 있는 것처럼 빗질 하나하나를 검사했다. 아주 가끔 학교에서 말썽—통학버스를 놓친다든가, 수학 숙제를 잊는 등 언제나 사소한 것들—이 일어나면, 벌로 리디아의 침실 문짝을 경첩에서 떼어내기도 했고, 한 번은 교과서 외의 읽을거리를 모조리 빼앗기도 했다. 그 시기, 그는 리디아에 대한 애정 표현을 완전히 중단했다. 가끔 안아주는 것조차 아버지다운 포옹이라기보다 운동장에서 선수와 코치 사이에 오가는 등 두드려주기처럼 느껴졌다. 그러나 무엇보다 최악이었던 것은 마침내 집 안을 완전히 집어삼킨 위압적인 침묵이었다. 덴버를 떠난 뒤 아버지는 어떤 화제에 대해서도 거의 입을 열지 않았다.

어린 나이였음에도 리디아는 그 시기가 아버지에게 힘든 시기임을 이해했고, 인생이 아버지에게 던진 당혹스러운 질문에 자신도 해답을 줄 수 없다는 것을 알고 있었다. 그건 어렵도 없었다! 그러나 해답이 없다는 것이 언제나 요점이었다. 도서관에서 뒹굴며 형성된 어린 시절의 요점, 그녀가 어렸을 적 아버지 철학의 총체. 해답에 언제나 마음을 열어라, 아버지는 언제나 이렇게 가르쳤다. 책장을 계속 넘기고, 한 장 한 장 끝내다 보면 다음 책이 보인다. 계속 찾고, 찾고, 또 찾아라. 문제가 아무리 힘들어도 절대 타협하지 마라. 그러나 교도관이 되면서 아버지는 먼지처럼 타협했고, 머리카락처럼 내려앉았다. 시체의 뼈처럼 안식했다.

그래서 리디아는 언제나 이런 전화를 반쯤은 기대하면서도, 한편으로는 한 조각 환상에서조차 기대하지 않았다. 자신의 선택이

가족의 행로를 빗나가게 만들었다는 사실을 아버지가 간단히 인정할 것이라고는. 무슨 말을 해야 할지 알 수 없었다.

"한 가지만 말해줄래?" 아버지가 침묵을 깨뜨렸다. "예전에는 서로 얘기를 많이 했지. 왜 요즘은 못 할까? 내가 뭘 잘못했기에 그렇게 속이 상했니?"

오랜 세월 쌓인 원망이 혀끝까지 기어 올라와 튀어나올 준비를 하고 있었지만, 그녀에게 지금 당장 급한 용건은 단 하나였다.

"모버그 형사는 아버지가 살인사건에 관여했다고 생각해요."

아버지는 잠시 말이 없다가 입을 열었다. "그 사람을 만났니?"

"그 오두막에 찾아갔어요."

"그 사람을 믿어?"

"모르겠어요."

"그 사람이 그렇게 생각하는 건 놀랍지 않아. 늘 나를 의심했으니까. 아직도 그런가 보군."

리디아는 아버지가 말을 잇기를 기다렸지만, 그는 입을 다물었다. 그 침묵이 너무나 단호하고 수상해서 불쑥 전혀 다른 질문이 튀어나왔다. "조이는 얼마나 잘 알고 지냈어요?"

"그게 누구지?"

"조이 몰리나. 재소자 중 한 명이었어요."

아버지가 수화기 너머에서 긴 침묵을 지키는 동안 리디아의 의심은 부풀어갔다.

"아버지 재소자였다고요. 리오비스타에서."

"잠깐, 책벌레 조이 말하는 거니?"

"조이 몰리나요."

"맞는 것 같구나. 아이였지? 깡마르고, 검은 머리, 무슨 자동차 사고를 내서 들어온? 그래, 알아. 그런데 네가 그 친구를 어떻게 알지?"

"서점에서 만났어요."

"음, 그랬구나. 정말 대단한 독서가였으니까."

"그 아이 죽었어요."

침묵.

"목을 매서 자살했어요." 리디아가 덧붙였다.

"조이가?" 아버지의 목소리가 들릴락 말락 했다. "죽었다고?"

"시체 바지 주머니에 내 사진이 비죽 튀어나와 있었어요."

"네 사진이?"

"내 열 살 생일파티 사진."

"네 사진. 아니, 그럴 리가 없어. 그럴 리가 없는데……."

"정말이에요."

침묵.

"생일파티 사진. 네가 촛불을 불어 끄는 그 사진 말이냐?"

"내 사진을 왜 그에게 줬어요, 아버지?"

"아, 맙소사. 리디아? 그가 왜 그런 짓을 너한테 했을까? 그가 널 찾았니?"

"왜 그랬어요, 아버지?"

"어떻게 된 일인지 모르겠구나." 아버지가 마침내 말했다. "생각 좀 해보고. 생각을 해봐야겠다."

욕실 문 너머에서 라지가 카드 섞는 소리가 들려왔다.

"혹시 아버지가 조이를 시켜 내 뒤를 밟게 한 건 아니고요?" 리디아가 물었다.

"내가 얼마나 네 걱정을 하고 있는지 넌 상상도 못 할 거다." 아버지는 말했다. "하지만 그런 짓은 절대 하지 않았어. 절대로. 괜찮니? 그가 널 다치게 하진 않았지, 리디아? 제발, 그냥……."

"난 괜찮아요."

아버지의 목소리는 걱정으로 가득했고, 진솔하게 들려왔다. 리디아에게 그를 믿지 않기란 어려운 일이었다.

"애야? 난 정말 조이가 왜 널 찾아다녔는지 모르겠다. 내가 네 이야기를 많이 하긴 했는데, 아마 그 때문에 널 만나고 싶어했을지도 몰라."

"그럼 아버지가 그에게 내 사진을 줬군요?"

"교도소 내 책상에 있던 네 사진을 보여준 적은 있지만, 모르겠다. 그중에 한 장을 가져간 모양이지. 그 사진이 없어졌다는 건 알았던 것 같은데, 분명히 내가 알았겠지. 그런데 어떻게 된 건지 알아볼 생각은 안 해봤어."

리디아는 당분간은 그대로 두고 보기로 결심했다. 어쩌면 아버지도 여느 나이 든 남자들처럼 그저 딸에게 손을 내밀고 있는 것이다. 조이가 무슨 짓을 했든 누군가의 도움 없이 혼자 했을 것이다. 아마도.

"널 만나야겠다." 아버지가 말했다. "언제 만날 수 있니?"

"지금은 마음이 좀 복잡해요."

"너만 그런 게 아니야. 하지만 난 널 봐야겠다, 리디아. 제발."

"솔직히 말씀드릴까요? 얼마 전 모버그 형사를 만나고 와서 리오비스타로 달려가려다 차를 다시 돌렸어요. 난 준비가 안 된 것 같아요."

"알겠다."

"아직 준비가 안 됐어요."

리디아는 수화기에 대고 한숨을 쉬었다. 그녀가 전화를 끊으려는 순간, 아버지가 화제를 전혀 다른 방향으로 돌렸다.

"데이비드도 조이와 관련된 일을 다 알고 있니?"

"데이비드요?"

"그가 조심하는 게 좋겠어. 조이가 무슨 일을 꾸몄는지 어떻게 아니? 다른 사람이 관련돼 있을지도 모르고. 내가 데이비드와 통화해도 되겠니? 네 걱정을 하지 않아도 되면 기분이 좋아질 것 같구나."

리디아는 얼어붙었다. "데이비드와 통화하신 건 아니죠."

"좋은 남자야, 데이비드 말이다. 여기서 들어도 너한테 잘해주는 것 같더구나."

그녀는 욕실을 둘러보았다. 창틀에 놓인 데이비드의 면도기, 샤워기 선반의 검은 샴푸병, 세면대 안에 떨어진 머리카락 몇 가닥. 그들의 인생이 이렇게까지 깊이 얽혀들었다는 사실에 리디아는 별안간 불쾌해졌다.

"데이비드와 통화하지 않았다고 말해주세요."

"네가 걱정하는 건 알아. 하지만 그럴 것 없다. 말했지만 좋은 남자야."

그녀는 아버지가 자신과 다시 연락하려고 노력했다는 것은 알고 있었지만, 아버지 전화를 받을 때마다 데이비드가 아주 무뚝뚝하게 대했으리라고 짐작했었다. 그러나 그게 아닌 모양이었다.

"데이비드와 통화하지 마세요."

"그도 알고 있어, 리디아. 듣고 있니? 데이비드도 알고 있다. 그게 나을 거라고 생각했다."

"아버지가 말했어요?"

"물론 아니지. 우린 그 이야기도 했지만, 다른 이야기도 많이 했다."

"아버지가 얘기했어요? 언제요?"

아버지는 기다렸다.

"대답하세요." 리디아의 목소리가 저절로 더 날카로워졌다. "데이비드가 얼마나 알고 있어요?"

"전부 알아, 리디아. 데이비드는 우리가 통화하기 훨씬 전부터 다 알고 있더구나. 반듯한 녀석이야. 네가 그를 신뢰해야……."

"다시 전화하지 마세요."

딸깍.

거실에서 라지의 담배를 집어 든 리디아는 창을 열고는 현관 위로 경사진 지붕 한구석으로 올라갔다. 살을 에듯 추운 밤이었지만, 자신이 낡은 회색 티셔츠와 청바지, 구멍투성이 울 양말 차림이라는 것조차 의식하지 못했다. 가로등 아래 한 남자가 배불뚝이 돼지한 마리를 산책시키고 있었고, 돼지는 넘어진 쓰레기통 위로 온통오줌을 갈겼다.

한 시간 동안 리디아는 얼음장 같은 추위를 느끼지도 못한 채 혼자 지붕에서 담배를 피웠다. 라지가 창밖으로 몸을 내밀어 그녀를 부르자 손을 흔들어주었고 라지는 다시 안으로 사라졌다. 앙상한 나무 사이로 다운타운의 높다란 캐시 레지스터 빌딩이 만화처럼 눈에 들어왔고, 콜팩스애비뉴를 쏜살같이 지나가는 자동차 소리가 들려왔다. 체인 감긴 타이어들은 겨울의 마지막 해동을 기다리고 있었다.

데이비드와 보낸 세월을 돌이켜보았다. 열 살 때 싱크대 아래의 기억만 빼고 모든 것을 다 보여주었는데도 충분하지 않았단 말인가. 그녀가 혼자 간직하고자 했던—간직해야 했던—유일한 비밀까지 알아내야 했다니. 그가 자기 몰래 심지어 아버지와 그 문제로 상의했다는 사실에 더 배신감이 느껴졌다.

이윽고 회색 세단이 울퉁불퉁한 포장길을 덜컹거리며 다가와 주차장에 멈췄다. 데이비드가 차에서 내렸다.

심장이 덜컹 내려앉았다. 그녀는 창을 열고 집 안으로 들어갔다. 라지가 안에서 커피 탁자에 발을 뻗은 채 신문을 읽고 있었다.

"데이비드였어?" 그가 뺨을 문지르며 물었다. "아까 통화한 거?"

"데이비드 차가 방금 들어왔어, 라지. 미안한데, 가줘야겠어."

라지는 코트와 모자를 집어 들고 리디아를 포옹한 뒤 집을 나갔다. 아마 계단에서 데이비드를 마주쳤으리라. 문이 채 닫히기도 전에 데이비드가 다시 열고 들어왔다. 그는 가방을 소파에 내려놓고 리디아의 뺨에 키스하려 했다. 그러나 그녀는 그의 입술을 거부했다.

"음." 그가 입을 열었다. 클린민트 껌 냄새가 났다. "내가 뭐 잘못했어?"

리디아는 신음 소리를 냈다. 마음 한쪽에서는 아예 싸우고 싶은 마음조차 들지 않았다. 데이비드가 그녀의 이런 삶을 내다버려야 할 충분한 이유를 만든 것 같았다.

"저." 데이비드는 그녀와 시선을 맞추려고 몸을 기울이며 물었다. "무슨 일인지 말해주겠어?"

그녀는 스웨터를 입고 운동화를 신고 재킷을 집어 들고는 그를 지나쳐 문으로 향했다. 그가 그녀에게 손을 내밀며 뭔가 말하고 있었지만 귀에 들어오지도 않았다. 그를 뿌리치고 밖으로 나갔다.

"리디아? 얘기 좀 해."

아파트를 나서는 그녀의 목소리가 건물에 메아리쳤다. "우리 아버지하고 다시는 이야기하지 마!"

17장

리디아는 브라이트아이디어 서점에서 몇 블록 떨어진 나이트클럽 안으로 들어섰다. 야근 동료와 들르곤 하는 따뜻하고 안락한 술집이었다. 손발이 너무 차가워 아무것도 느낄 수 없었지만, 주크박스에서 조용한 음악이 흐르고, 버튼 달린 붉은 칸막이 자리에 미끄러져 들어가니 금방 따뜻해지는 듯했다. 오늘 밤에는 같이 마실 동료가 필요했고, 이곳엔 언제나 같이 마실 동지가 있었다. 얼마 후 그녀는 네 잔째 위스키를 마시고 있었다. 부도 수표와 학생 대출, 퇴거 통보, 가장 저렴한 여행 경험, 최악의 시골 그레이하운드 버스터미널, 불교 사원과 가톨릭 수녀원, 미군에서 보낸 전쟁체험담, 탑 라면을 조리할 때 끓는 국수 냄비에 금빛 조미료가 안 뭉치게 뿌리는 법에 대한 수다를 경청하면서. "주차장이 있는 곳에서는 쇼핑하는 게 아니야." 전적으로 동감이었다.

어째서 자신이 여기에서 뜨거운 위스키에 얼굴을 파묻고 있는지 거의 잊어버릴 정도로 기분 좋은 밤이 흘러가고 있었는데, 머리를 묶고 안경을 쓴 한 동료 때문에 리디아는 별안간 술에서 확 깼었다.

"이봐, 안 좋은 소식이야. 오늘 밤 안녕 가이를 서점에서 내보내야 했어."

"안녕 가이를?" 리디아가 물었다. "쫓아냈어?"

"기분 별로였어. 당신이 알고 싶어할 것 같았어."

"안녕 가이?" 리디아는 이마를 손바닥으로 치며 다시 말했다.

"알아."

안녕 가이는 책개구리 중에서도 가장 친절한 사람에 속했다. 깡마르고 키 큰 50대 남자였는데, 브라이트아이디어 서점 잡지 섹션의 낡은 오렌지색 의자에 앉아 대부분의 시간을 보내면서, 길게 뻗은 다리로부터 1.5미터 이내로 지나치는 모든 이들에게 유쾌하게 '안녕'을 외치곤 했다. 몇 번이고 '안녕, 안녕, 안녕' 할 뿐 다른 말은 거의 없었다. 무슨 이유에서인지—플라스는 페로몬 때문이라고 했다—안녕 가이가 없을 때 아무도 그 의자에 앉지 않았다. 그는 아름다운 치아와 반짝이는 피부를 갖고 있었고, 머리카락은 지저분했으며, 눈동자는 우윳빛이었다. 플라스는 언젠가 리디아에게 그가 책을 거꾸로 들고 읽는다고 말한 적이 있다. 위아래가 뒤집힌 눈동자를 타고났다는 것이다. 농담이 아니었다. 리디아는 확신할 수 없었다.

"정말 내보냈다고? 안녕 가이를?"

"5분의 1쯤 남은 진을 병째 신문지로 둘둘 감아서 거기 앉아 마시고 있었어. 그건, 알잖아, 뭐. 그런데 한 시간쯤 지났을까, 바지에 오줌을 지려서 바닥에 뚝뚝 떨어지기 시작하더군. 그러고서 멋진 커피를 마시고 있는 멋진 여자 손님하고 부딪혔어. 손님이 데었고. 뭐 심하게 데었다기보다 불쾌하게 만든 거지. 그런 사람한테는 화상 입는 것 못지않게 치명적인 일 아니겠어."

"그는 어디로 갔는데?"

"기차역 쪽으로 보냈는데, 거기까지 갔을까 싶어. 오늘 밤은 추운데." 그가 시무룩하게 덧붙였다.

그러자 리디아가 일어섰다. 왼쪽으로 몸이 기울어진 채.

"내가 얼른 가보고 올게." 그녀는 화장실이라도 갔다 오겠다는 듯 말하고는, 남은 술을 단숨에 비우고 로어 다운타운의 얼어붙은 보도를 혼자서 걷기 시작했다. "리디아 끝내줘." 그녀가 비틀거리며 술집을 나서는데 누군가 말했다.

리디아의 흐느적대는 긴 다리는 마치 그녀의 1미터 뒤에서 끌려오는 것 같았다. 정신이 조금 들 때쯤, 리디아는 유니언스테이션에 도착해 건물 안 의자들을 둘러보았다. 노숙자들의 담요와 신문지를 일일이 들어보고 코 고는 얼굴을 확인해봤지만—'죄송합니다', '이런', '미안해요'—안녕 가이는 없었다. 역 주위의 도로와 골목을 뒤지기 시작했다. 그리고 마침내 사무용 건물 앞마당을 둘러싼 나지막한 시멘트 벽 앞에 웅크리고 앉은 그를 찾아냈다.

"안녕 가이예요?"

"안녕."

그는 목구멍에서 낮은 목소리를 내뱉으며 찢어진 회색 담요 밑에서 몸을 굴렸다.

"괜찮아요?"

"안녕……." 그가 무언가 말하려 했지만, 구역질이 올라와 입을 다물었다. 리디아가 옆에 무릎을 꿇고 앉아 소매로 그의 뺨을 닦아 주었다. 그녀가 괜찮냐고 다시 묻자, 그는 한숨처럼 '안녕'이라고 중얼거리고는 부드럽게 눈을 감았다. 그녀는 그의 어깨에 손을 얹고 와이어에 매달려 흔들거리는 신호등을 바라보았다. 데이비드가 참견 많은 아버지와 공모했다는 이야기, 이 도시에서 보낸 어린 시절 이야기, 자신이 아는 그 누구보다, 어쩌면 역사상 그 누구보다 오래도록 싱크대 아래 숨어 있었던 이야기가 그녀의 입에서 흘러나오기 시작했고, 『등대로』와 『중력의 무지개』를 다시 읽어봐야겠다고 다짐하기도…….

"울지 마요." 안녕 가이가 말했다.

리디아는 말을 멈췄다. 그제야 자신의 뺨이 눈물로 젖어 얼어붙어 있음을 깨달았다. 어쩐지 안녕 가이는 안전하다는 느낌을 주었다. 리디아는 고개를 끄덕이며 조이에 대한 이야기를, 목을 맨 그를 찾아낸 이야기를, 그의 책과 메시지와 정장 이야기를 모두 털어놓았다.

"그 정장은 내가 가질래요."

리디아가 그를 바라보았다. "조이의 정장을 갖고 싶다고요?"

"그의 입양 정장."

"입양 정장?" 리디아가 그에게로 몸을 굽혔다. "무슨 뜻이에요?"

"조이가 그렇게 불렀어요. 엄마를 만나러 갈 때 입었거든."

그녀는 귀가 쫑긋하고 정신이 번쩍 들었다. 명상에 잠겨 매일같이 자리를 지키는 안녕 가이는 확실히, 서점 괴짜들에게 무슨 일이 일어났는지 누구보다 잘 알고 있을 것이다. 조이가 양어머니를 찾아다녔다는 사실을 알고 있었다 해도 이상한 일은 아니다.

"조이의 위탁모 말인가요? 몰리나 부인요?"

"위탁 정장이 아니라." 그는 눈을 뜨고 있으려고 사투 중이었다. 죽 뻗은 다리가 잠자는 잔가지 덤불을 바스락거렸다. "입양 정장."

"친어머니 말이에요?"

안녕 가이가 고개를 끄덕였다.

"둘이 만났나요?"

안녕 가이는 아니라는 뜻으로 고개를 저었다.

"그 아이 가슴을 아프게 했죠. 그 멋진 정장을 입고 브로드웨이에 서 있었는데. 졸업무도회 최고 남학생처럼. 하지만. 그 여자는. 안. 나타났어요."

안녕 가이는 눈을 감고 다시 말할 에너지가 모일 때까지 침묵을 지켰다. "그 애한테는 아무것도 없었어요." 그가 중얼거렸다. 눈이 다시 감겼고, 기침이 시작되어 아무 말도 할 수 없었다. 곧 코를 골기 시작했다. 쇼핑카트가 광장 벽에 기대 세워져 있었고, 안에는 오른손 장갑 두 짝과 모직 담요 몇 장, 침낭 하나가 들어 있었다. 리디아는 안녕 가이의 손에 벙어리장갑을 끼워주고, 몸을 담요로 세 겹 둘러준 뒤 더 따뜻해지도록 김이 오르는 보도 쇠창살 근방으로 살며시 몸을 굴려주었다.

취한 상태였고 추워서 안녕 가이를 끌어안고 같이 잠들까 생각도 해봤지만, 대신 리디아는 집 쪽으로 내처 걷기 시작했다. 얼마 후 그녀는 다운타운 북쪽의 버려진 동네 어딘가에 도달했다. 가로등은 대부분 고장 났고, 가게 정면에는 창살과 체인이 내려져 있었다. 너덜너덜한 차양이 바람에 날리는 책장처럼 머리 위에서 펄럭거렸다. 그녀는 어둠 속을 헤맸다. 한 블록 앞 보도 한복판에 어떤 남자가 서 있는 것을 보고, 그녀는 가까운 골목으로 접어들었다. 남자가 움직이지 않고 서서 그녀 쪽을 똑바로 바라보는 것 같긴 했지만, 등을 돌리고 있는 건지 이쪽을 보고 있는 건지, 정말 남자가 맞는지도 정확히 분간할 수 없었다.

리디아는 배낭을 더 꼭 끌어안았다. 발소리에 귀를 기울였지만, 아무것도 들리지 않았다. 골목 끝에서 오른쪽으로 꺾으니 거리가 더 캄캄하고 황폐했다. 더 빨리 걸음을 옮겼다. 어딘가에서 북 울리는 듯한 기차 소리가 들렸다. 퓨리나 공장에서 사료 냄새가 흘러왔다. 한두 블록 앞에 벤저민 무어 페인트의 거대하고 붉은 네온 간판이 보였다. 근처에 오래된 재즈 술집이 있는 것을 알아차리고, 간판을 향해 쫓기는 기분으로 달렸다. 벽돌에 회반죽을 바른 낮은 건물들 사이로 그녀의 발소리가 메아리쳤다. 술집을 발견하고 안에 들어갈 때까지 달리기를 멈추지 않았다. 바에 들어간 뒤에도, 술 마시며 부리토 야식을 먹는 이들을 급히 지나쳤다. 그리고 화장실 옆에 있는 공중전화 부스에서 데이비드에게 수신자부담 전화를 걸었다.

"내가 갈게." 그가 전화를 받자마자 말했지만, 재즈음악 소리로 목소리가 잘 들리지 않았다. 리디아는 수화기에 대고 필사적으로 주문을 외듯 술집 이름을 외쳤다. 엘 차풀테펙!

"알았어!" 그도 외쳤다. "그런데 무슨 일이야? 리디아, 뭐야?"

"당신이 알았잖아."

"내가 알았다고?"

리디아는 그래피티 스티커가 몇 겹으로 붙어 있는 공중전화 옆면에 이마를 기댔다.

"당신이 알았잖아, 데이비드. 나에 대해서."

"거기 그대로 있어. 내가 갈 테니까."

리디아는 맥주를 주문하고 문간에 앉아 술을 홀짝거리며 바깥 보도와, 작은 무대에서 베이스를 연주하며 담배연기를 향해 울부짖는 나이 든 여자를 번갈아 바라보았다.

데이비드의 세단이 현관 앞에 도착하자, 리디아는 병을 쥔 채 조수석에 들어가 앉았다. 한 모금 마시고는 병을 양 허벅지 사이에 끼웠다.

"괜찮아?"

"이러고 싶지 않아." 리디아는 고개를 저었다.

"뭘, 리디아?" 그는 두 사람 사이의 공기를 손으로 내저었다. "이러고 싶지 않다니?"

그녀는 시선을 피했다. 앙상한 겨울 가로수가 차창 밖으로 지나쳤다.

"통화할 때는 겁에 질린 것 같았어." 데이비드는 말했다. "무슨 일 있었어?"

"괜찮아. 그냥 추워."

그는 히터 구멍을 그녀 쪽으로 돌려주고 다운타운을 향해 차를 몰았다.

"들어봐." 그는 잠시 후 입을 열었다. "몇 가지 당신에게 할 말이 있어."

"오늘 밤에 해야 해, 데이비드?"

"당신은 아무 대답 안 해도 돼. 하지만 오늘 밤에 나는 말해야겠어. 우선 내가 당신에게 화난 건 아니라는 걸 분명히 해두고……."

"당신이 나한테 화난 건 아니라고?"

"당신 어린 시절을 내게 숨긴 것 말이야, 리디아."

"그래?"

"당신은 화가 났는지 모르겠는데, 난 아니야. 그냥 들어. 난 그냥 당신이 그 말을 하지 않은 이유가 있을 거라고 생각해."

"있어."

"하지만 솔직히 그 일을 나한테 털어놓지 않으려고 해서 약간 상처받은 건 사실이야. 날 신뢰하지 못하게 했거나 내가 당신을 밀어내고 있었나 싶어서 나쁜 남자친구가 된 기분이랄까. 난 그런 남자가 아니야, 리디아."

"그건 알아." 리디아는 가로등 불빛에 젖은 인적 없는 차가운 거리를 응시했다.

"게다가 당신 아버지에게서 내가 모르는 사실을 들은 적은 없어."

"정말 이미 알고 있었단 말이야?" 리디아는 전방의 어둠 속에 잉걸불처럼 빛나는 미등에서 눈을 떼지 못했다.

"어린 리디아에 대해서? 당연히 알고 있었지."

"불쾌해, 데이비드. 굴욕적이야."

"나도 여기서 태어났어. 망치남 사건은 내 어린 시절의 일부였고. 어릿광대 블링키나 존 얼웨이보다 더. 난 망치남을 두려워하면서 자랐어. 우리 모두 다."

"언제 알았어?"

"2년 전? 뉴스에서 〈오늘 이날 덴버에서 무슨 일이〉 프로그램을 보고 있었어. 『라이프』에 실린 그 유명한 사진을 보여주자마자 난 그 소녀가 당신이란 걸 알 수 있었어. 지금은 물론 전혀 달라 보이지만, 그래도 난 똑같은 표정을 알아볼 수 있었거든. 당신은 그때 서점에 있었는데, 내가 곧장 전화를 걸었지만 업무 중이었지. 다시 걸진 않았어."

리디아는 데이비드가 말을 계속하기를 기다렸지만, 그는 그대로 입을 다물었다.

"그래서 나한테 그렇게 잘해준 거야?" 그녀가 물었다.

"그게 아니길 바라."

그렇다면 데이비드는 더 좋은 사람이 되는 걸까, 더 나쁜 사람이 되는 걸까, 이것은 애인으로서 두 사람에게 어떤 의미가 있을까, 리디아는 알 수 없었다.

"출장 여행 때였어?" 리디아는 작정했던 것보다 더 순한 말투로 물었다. "우리 아버지를 만난 게?"

"그럴 계획은 없었어. 당신 아버지가 워낙 전화를 많이 걸었기 때문에 리오비스타 근처를 달리다가 충동적으로 전화번호부를 찾아봤지. 그래야 할 것 같았어. 중심가의 아이스크림 가게에서 만나자고 했지. 내가 커피를 사드렸어. 당신 아버지가 돈이 없어서. 돈은 무슨. 4센트 있었어."

"4센트."

"주머니를 탈탈 털어 보여주더군. 시내에 아이스크림 가게가 있다는 것도 모르던데. 식료품 가게 말고는 아예 공공장소에 나오지 않는 것 같은 인상을 받았어. 몇 년 동안. 한동안 일도 안 한 것 같왔고."

"무슨 이야기를 했어?"

"별로. 당신 아버지는 정말 외롭고 고독한 사람 같아. 누군가가 필요해."

"나 몰래 그러지 말았어야 했어."

"알아. 하지만 당신 가족이잖아. 만나보고 싶었어."

리디아는 차가운 유리창에 손을 댔다. 데이비드는 운전하면서 곁눈질로 그녀를 쳐다보았다.

"당신 아버지는 계속 전화하겠다고 했어." 그가 말을 이었다. "당신을 정말 만나고 싶어해. 같이 찾아가면 안 될까? 주말에 시간 내서……."

"알잖아. 난 준비가 안 됐어."

"내 생각엔 그냥……."

"난 정말 준비가 안 됐어, 데이비드."

"알겠어."

그들은 빨간 신호등 앞에 차를 세우고 신호가 바뀌기를 기다렸다. 맨홀에서 김이 오르고 있었다.

"전화 계속 걸어온 남자 얘기는 나한테 안 할 거야?" 데이비드가 말을 꺼냈다. "오늘 밤 당신이 나간 뒤에 안부가 궁금했는지 자동 응답기에 메시지를 잔뜩 남겼더군."

리디아는 앞만 응시했다.

"이름은 라지. 같이 자는 사이 아니야."

"라지, 그래."

"손만 잡았어. 친구야. 당신 침낭에서 하룻밤 재웠고. 바닥에서."

"우리 침실에서?"

"우린 친구야, 데이비드. 어렸을 때 매일 같이 지냈어."

"예전에?"

"예전에."

데이비드는 어깨를 곤추세우고 코로 숨을 쉬었다.

"조이가 우리 둘이 찍힌 사진을 갖고 있었어." 리디아는 과학적 사실을 적시하듯 말했다. "라지와 내가 찍힌 사진. 열 살 때."

데이비드는 대답하지 않았다.

"그가 죽었을 때 갖고 있었어." 그녀는 덧붙였다. "주머니 안에."

이제야 이해된 모양이었다. 데이비드는 유리창에서 시선을 떨어뜨렸다. 핸들 쥔 손이 축 늘어졌다.

"길 조심해. 조심하라고." 리디아가 말했다.

"그러니까 이게 맞아?" 그는 눈을 가늘게 뜨고 어둠 속을 쳐다보며 말했다. "이 조이라는 친구가 자살할 때 당신과 당신 친구 라지가 찍힌 사진을 갖고 있었다, 그리고 라지가 갑자기 당신 인생에 끼어 들어와서 온갖 일에 참견하기 시작했다, 그런데 당신은 수상하다는 생각조차 못 해봤다? 정말 그 친구를 믿어?"

"당연히 믿지." 정말로 한 번도 그런 의심은 해보지 않았다. "게다가 사진 안에는 우리 둘만 있었던 게 아니야. 캐럴 오툴도 있었어. 그때 죽은……."

"캐럴 오툴이 누군지는 알아. 다들 캐럴 오툴이 누군지 알잖아." 그는 리디아를 곁눈질로 보았다. "그가 어떻게 당신 사진을 구했지?"

"조이가 그걸 어떻게 구했냐고? 그는 리오비스타의 교도소에 있었어. 우리 아버지의 재소자 중 한 명이었어."

"그렇다면 당신 아버지가……."

"조이를 알았던 거지. 그래."

"그런데 왜?"

"몰라." 그녀가 답했다.

"정말로? 아니, 이 재소자가 당신 어린 시절 사진을 왜 갖고 있었겠어? 냄새가 나잖아. 내가 당신이라면 난……."

"그만해. 그만." 그녀는 더럭 공포가 치밀어 올랐다. 구역질이 날 것 같았다. "세워줘, 데이비드. 제발. 빨리. 빨리."

데이비드는 옆길로 꺾어 등불이 깜빡이는 작은 벽돌집 앞에 차를 세웠다.

"뭐야? 괜찮아?"

리디아는 호흡을 가다듬으려고 애썼다. 안전벨트를 풀고 차문 손잡이를 잡았다.

"리디아." 데이비드가 말했다. "리디아, 왜 그래?"

리디아는 창문을 내렸다. 심호흡을 반복했다. 데이비드는 그녀를 보호하려는 듯 두 팔로 감싸려 했고, 잠시 후 그녀도 그를 안으려 했지만 근육이 굳었는지 움직이지 않았다. 리디아는 자신이 아주 오랜 세월 동안 이토록 두려웠던 적이 없었다는 사실을 깨달았다. 조이가 죽었을 때조차…….

"리디아, 당신은 괜찮아. 우린 괜찮을 거야." 데이비드가 말했다.

그러나 리디아는 자신이 괜찮지 않다는 것을, 자신들이 괜찮지 않으리라는 것을 알고 있었다. 데이비드가 물병을 건네기도 전에, 그녀는 허벅지에 끼워둔 맥주병을 집어 들고 마셨다. 바깥에 밤이 깊어가면서 앞 유리창에 살짝 성에가 낀 것이 눈에 띄었다.

"미안해." 리디아는 얼굴을 닦고, 데이비드가 안전하게 집까지
차를 모는 동안 눈을 감았다.

18장

토마스가 조이와 처음 말을 주고받은 것은 한밤중에 교도소 복
도를 뚜벅거리며 순찰하던 중이었다. 조이는 성인으로 재판을 받
았지만 수감 당시 아직 미성년이었기에—형기를 시작할 때 열일
곱 살도 채 되지 않았다—다른 재소자들과 분리된 3층의 무인구
역에 수감되어 있었다. 완전 격리는 아니었지만, 가장 가까운 이웃
재소자가 여덟에서 열 블록 떨어져 있었다. 식사나 운동 때도 가능
한 한 성인 재소자와 분리되었다.

첫날 밤 손전등으로 조이의 독방을 비추었을 때, 토마스는 그가
침상 구석에서 베개를 깔고 앉아 회색 모직 담요를 둘러쓰고 있는
것을 보았다. 이마에 늘어진 검은 머리가 그 아래 여드름까지 감추
진 못했다.

—사서님이세요? 조이는 잘 들리지 않을 정도로 조용한 목소리

로 물었다.

10년 전쯤 동료 교도관 한 사람에게 한때 사서로 일했다고 털어놓는 실수를 저지르는 바람에, 많은 동료와 재소자들은 그를 '사서'라고 불렀다. 교도소 안에는 창고보다 더 작은 도서관이 있었지만, 교도소장 조카가 운영하고 있었고 토마스가 참여하는 업무는 극히 일부였다. 그는 뒷자리 구석에 책상을 받아 매주 몇 시간씩 한밤중에 혼자 앉아 교도소에 기증된 책의 색인을 만들곤 했다.

—예전에 사서였지.

—책에 대해 좀 여쭤봐도 될까요?

—그러렴.

조이는 얼마 전에 『제5도살장』을 읽었다, 혹시 등장인물 빌리 필그림처럼 시간을 떠돌아다닌다는 것이 어떤 것인지 아느냐고 물었다. 가끔 자신이 경험하는 것이 정확히 그런 게 아닐까 하는 생각이 든다고 말했다.

—과학적으로 말고요, 조이가 덧붙였다. 감정적으로요.

—그래. 그럴 수 있겠군. 그렇게 떠돌아다니는 느낌. 시간 속을.

그렇게 그들은 대화하기 시작했다. 토마스는 자신이 말수가 적은 성격임에도 이 젊은 재소자에게 그토록 할 말이 많다는 데 놀랐다. 특히 시간이 한 인간의 존재와 기억 사이에서 줄어들고 늘어나며 영혼에 끼치는 영향에 대해 많은 이야기를 했고, 조이는 그것을 열심히 듣는 것 같았다. 토마스가 보기에는 지나가는 차량에 콘크리트 블록을 떨어뜨릴 유형의 아이 같지 않았다.

토마스가 순찰을 돌 때마다 조이는 잠들지 못하고 침상에 앉아 그를 기다리고 있었다. 토마스는 조이에게 있어 유일하게 의미 있는 인간과의 접촉이었고, 어떤 면에서 조이 역시 토마스에게 그러했다. 이미 10년 동안 혼자 살아서인지 토마스는 리디아와 라지에 대해서, 도서관과 도넛 가게에 대해서 끊임없이 이야기했고, 어둠 속에서 창살에 기댄 채 자신의 예전 인생—'진짜 인생', 그는 언제나 지난날 덴버 시절을 이렇게 표현했다—에 대해 이야기했다. 그러고 있노라면 때때로 조이가 그를 돕고 있다는 기분까지 들었다.

물론 그는 오툴 가족이나 망치남 이야기는 하지 않았다.

조이가 열여덟 살 되던 날은 사건이 많았다. 우선 그날 아침 해 뜰 무렵 토마스가 퇴근 준비를 할 시간에, 조이는 자기 폴더와 노트를 정리해 무슨 청문회인지, 뭔가 법적으로 성년이 된 것과 관련된 일정 때문에 살리다의 법정으로 갈 준비를 하고 있었다. 그날 오후 교도소로 돌아온 뒤, 조이는 3층의 독방을 비우고 러벅 출신의 스킨헤드와 같은 방을 쓰게 되었다. 겨우 15분이 지난 뒤 스킨헤드는 성경책 외에 다른 책을 읽는다는 이유로 조이를 흠씬 두들겨 팼다. 갈비뼈와 코가 부러지고, 광대뼈에 멍이 들고, 입술과 눈썹이 터졌다. 토마스의 제안대로 조이를 옮길 다른 안전한 곳을 찾는 대신, 교도소 상담관과 교도소장은 그가 양호실에서 나오자마자 독방에 다시 넣기로 결정했다.

붕대를 감은 조이에게 이 소식을 전하면서, 토마스는 남은 형기 동안 계속 독방에 있고 싶다면 공간을 꾸며보는 것이 어떻겠느냐고 제안했다.

—좀 더 아늑하게 말이야, 토마스는 말했다. 네 방처럼 꾸며놓으면 높은 사람들도 다른 곳으로 옮기겠다는 생각은 안 할 것 같은데.

―내 방처럼요?

―보통 사람들은 사진 같은 걸 걸어놓지.

―난 사진이 없어요, 조이가 말했다.

―가족이나 친구 사진이 아니어도 돼.

―무슨 사진이건 하나도 없어요. 솔직히 이해를 못 하겠어요. 전 사진을 가져본 적이 없어요.

이 영리한 청년에게 왜 사람들이 자기 인생을 사진으로 찍어 남겨놓는지 설명해야 한다는 것이, 토마스로서는 교도소에서 일하는 동안 겪었던 어떤 일보다 힘들었다.

―행복한 순간이 가버리기 전에 포착해두려는 것 같구나, 토마스가 말했다. 다른 순간도 있겠지만, 보통 행복한 순간이지.

―행복한 순간은 항상 가버리나요?

―내 경우엔.

조이는 고개를 끄덕였지만, 그의 독방 벽은 여전히 휑한 채 남았다.

조이가 교도소에 들어온 지 2년째, 석방이 얼마 남지 않았을 때, 토마스는 크리스마스이브 야간 근무를 배당받았지만 상관없었다. 오래 일했기 때문에 이런 휴일 근무는 다르다는 것을 알고 있었고, 이런 날에는 교도소조차 수용시설이라기보다 공동체 같은 분위기가 있었다. 스피커에서는 크리스마스 캐럴이 흘렀고, 재소자들은 전화를 좀 더 오래 쓸 수 있었으며, 텔레비전에서는 찬송가와 휴일 특집 프로그램이 방송되었다. 조이는 이런 축제 분위기에 전혀 동참하지 않았다. 그러나 뭔가 흥겨운 분위기를 경험하게 해주고 싶었던 토마스는 밤에 순찰을 돌 때 쇠고랑을 채운 조이를 독방에서 데리고 나와 교도소 도서관 뒤쪽 책상으로 데려갔다. 그는 조이의 발목 쇠고랑을 의자에 채운 뒤 수갑을 약간 느슨하게 풀어주고 집에서 만든 큼직한 꿀 팝콘을 내놓았다. 조이가 왁스 포장지를 벗기고 끈적끈적한 팝콘을 베어 무는 동안, 토마스는 책상 맞은편 벽에 쌓인 종이상자를 가리켰다.

—저건 책이다, 그가 말했다. 몇 권 골라가도 돼. 원하는 책 뭐든지. 선물이다.

—도서관에는 필요 없나요?

기증된 책이라고 토마스는 설명했다. 중고가게에서 버린 책이거나 대량처분 세일에서 나온 책, 어차피 95퍼센트는 교도소 도서관의 좁은 서고에 꽂히지도 않는다.

—더 이상 공간이 없어. 그리고 솔직히 말해 관심 갖는 사람도 없고.

조이는 팝콘 볼을 먹으며 주위를 둘러보았다. 책상 뒤 코르크 게시판에 꽂힌 교도소 전화번호부 목록과 도서관 분류 시스템 출력물 옆에는, 토마스가 집에 보관한 철제 상자에서 가져와 핀으로 꽂아둔 사진이 있었다.

—이게 리디아인가요? 조이는 나뭇잎 더미 위에 앉아 있는 어린 소녀의 낡은 사진을 가리켰다.

—그래. 저 집에서는 콜팩스애비뉴를 지나가는 자동차 소리가 들렸지. 휘익. 휘익. 휘익. 곧 익숙해지지만.

토마스가 창살 너머에서 오래된 영화처럼 상영하는 기억에 귀를 기울이다 보니, 조이는 코르크 게시판에 붙어 있는 사진 속의 인물과 시간대를 이해하는 데 필요한 맥락을 모두 알고 있었다. 토마스는 다양한 할로윈 복장(낸시 드루, 클레오파트라, 피글위글 부인)을 입은 리디아, 도서관 계단에 앉아 있는 리디아, 열 살 생일 파티에 친구 라지와 빨강머리 소녀와 같이 앉아 초콜릿 케이크 위로 몸을 기울이는 리디아의 사진들을 차례로 가리켰다. 행복해 보였다.

—이건 도넛 가게 소년인가요? 조이가 물었다.

—맞아. 리디아의 가장 친한 친구지.

지지직거리는 스피커에서 캐럴 음악 소리가 차츰 잦아들었고, 토마스는 업무에 집중했다.

—문제가 생기기 전에 내가 책을 갖다 주마.

그가 무릎을 꿇고 상자 안의 책을 뒤지기 시작했다.

—이걸 좋아할 거라고 생각했는데. 그는 과학소설 문고판 무더기를 건네주었다. 브래드버리, 하인라인, 클라크. 조이는 끈적끈적한 팝콘이 책에 묻지 않도록 손가락을 빨았고, 그런 그를 바라보고 있으니 마치 방황하는 아들을 만나기라도 한 듯 애정이 샘솟았다.

그날 밤 새 책과 함께 다시 독방 안에 들어간 조이는 여느 때보다 더 연약하고 불안정해 보였다. 토마스는 이렇게 외로운 크리스마스이브에 그를 혼자 두고 떠나는 것이 아주 힘들었다.

19장

리디아는 세찬 샤워기 물줄기 밑에서 안구 뒤로 욱신거리는 지독한 숙취를 씻어내려고 노력했지만 잘되지 않았다. 욕실에서 나서자—어지럽고 배가 고파 아홉 시간 근무를 어떻게 버틸지 알 수 없었다—주민기본인적사항기록부의 상담사 아이린에게서 동정 어린 메시지가 와 있었다.

리디아는 조이의 입양기록 신청이 거부되었다는 소식을 들으며 마음을 다잡았다.

"미안해요." 아이린은 메시지에서 말했다. "난 정말 최선을 다했어요."

리디아는 그녀를 믿었지만, 그렇다고 조이에 관한 한 막다른 골목에 부딪혔다는 사실을 바꿀 수는 없었다.

심리학 섹션에서 혼자 탁자와 소파에 놓인 책을 정돈하고 바닥에 흘린 커피를 닦으며 일하고 있는데, 라지에게서 전화가 왔다.

"날 좀 만나줘야겠어." 그의 목소리는 다급했다. "지금 바로 나올 수 있어, 리디아?"

리디아는 심리학 책상 뒤에 숨었다. 전화 주위에는 골상학 도자기 뇌와 거대한 고무밴드 공, 턱수염을 기르고 벗은 가슴팍에 매직펜으로 평화의 사인을 새긴 지아이 조 액션 피겨가 놓여 있었다.

"라지, 어딘데?"

"의사당이야. 최대한 빨리 와줘. 차도 필요해."

"무슨 일이야, 라지?"

"일단 와."

"긴급 상황이야? 난 한창 근무 중이야."

"긴급 상황? 목숨이 왔다 갔다 하는 건 아니야. 그런 건 아니고, 그런데 네가 필요해, 리디아. 차를 빌려. 제발. 계단에서 기다리고 있을게. 날 믿어. 제발."

리디아는 거리 담벼락에 기대서 담배를 피우며 『나짐 히크메트 시집』을 읽고 있는 플라스를 발견했다. 꽁초 몇 개가 발치에 뒹굴고 있었다. 담배연기 냄새를 맡으니 조이의 쓰레기통 밑바닥에서 타다 남은 종이가 떠올랐다. 마치 수억 년 전의 일 같았다.

"왜 그렇게 피곤해 보여?" 플라스는 리디아의 부스스한 검은 머리카락을 쓰다듬었다. "그런데도 예뻐 보이는 비법은 뭐지?"

"여기 계셨군요."

"어디 보자. 내 차를 또 빌리고 싶은 거군."

"그럴 수 있을까요?"

"내 건 모두 당신 거야, 동생. 하지만 어디를 그렇게 돌아다니는 거야? 부업으로 마약밀매라도 하나?"

"친구를 도와야 해요."

"그 남자?"

"무슨 남자요?"

"멋진 머리카락과 미소를 지닌 미남."

"라지?"

"그럴 줄 알았어!" 플라스는 시집으로 허벅지를 두드렸다. "양다리를 걸치고 있군. 그래서? 누구지?"

리디아는 말을 더듬었다. 그러다 최대한 간결하게 라지에 대해, 어린 시절과 부모님의 도넛 가게에서 같이 보낸 오후에 대해 설명했다.

"도넛 가게 상속자? 침착하자, 가슴아. 어느 가게?"

"가스 앤 도넛이라고 들어보셨어요?"

"잠깐, 리디아. 가스 앤 도넛? 콜팩스애비뉴의 그 멋진 돔 건물?" 플라스는 고개를 젓고 담배에 다시 불을 붙였다. "끼어들고 싶지는 않지만 리디아, 데이비드는 상대가 안 되는군."

리디아는 웃었다. "양다리 같은 거 아니에요."

"그래도." 플라스는 담배를 들어 올렸다. "그리고 남자 이야기가 나왔으니 말인데 하나 더 있잖아. 간밤에 안녕 가이하고 뜨거운 데이트를 즐기셨다면서? 골치 아픈 일 같군. 괜찮아?"

"그냥 좀 정리할 일이 있어서요."

"그래서 차가 필요하다?" 플라스는 볼보 열쇠를 열쇠고리에서 끌러 리디아의 손바닥에 놓았다. "이 블록 끝에 세워놨어. 같이 가고 싶지만 당신이 뭐라고 대답할지 뻔하군. '내가 알아서 할게요', '잘할 수 있어요', '아니, 고맙지만 전 괜찮아요', 하지만 정말이야, 리디아. 괜찮아?"

"모르겠어요, 솔직히."

"나한테 이야기해봐." 플라스는 이맛살을 찌푸렸다. "응? 담배 다 피울 때까지라도. 5분이면 돼."

"좀 바빠서요."

"그럼 가봐. 어니스트가 그만둔 거 들었어? 조이의 유령이 세상에서 가장 좋은 직장을 망쳤다는군."

"못 들었어요." 리디아는 말했지만, 놀라운 소식은 아니었다. 동료 한 사람이 뒷방으로 사라지면, 소리 없이 아예 그만두는 건 시간문제였다. 대학원에 가거나, 일이 잘 풀리는 경우 출판사에 취직하거나, 안 풀린 경우 전봇대에 구인광고가 붙어 있는 영양 보충제 영업이나 집에서 장난감을 조립하는 일자리로 옮긴다. 사람을 지치게 하는 일이었다. 플라스 같은 사람들이 대단한 이유가 그 때문이었다. 그들은, 이 서점처럼, 살아남았다.

"난 절대 안 그만둬." 플라스는 말했다. "물론 서점이 날 자를 수는 있겠지."

"왜요? 10분 휴식시간에 담배 일곱 개비 피운다고?"

"윽."

리디아는 덴버 시계탑의 종루와 첨탑을 바라보았다.

"그건 그렇고 여기서 뭐 하고 계세요?"

"리디아." 플라스는 차갑게 침묵을 지키다 말했다. "그건 서점 직원에게 절대 묻지 말아야 할 질문이야. 브라이트아이디어는 빅토리아 시크릿이 아니야. 여기서 일하려면 스타일이 필요해. 회계사처럼 휴식시간에 일하느라 바쁘게 돌아다닐 수는 없다고. 길모퉁이에서 담배를 피우며 책을 읽어야지. 우린 무대장치 같은 존재야." 그녀는 발치에 수북이 쌓인 꽁초 위에 또 다른 꽁초를 자연스럽게 떨어뜨렸다. "그런데 당신이야말로 무슨 일이야? 정말로. 난 걱정 돼. 조이가 목을 매단 뒤로 통 서점에 붙어 있지 않잖아. 심리적으로 말이야. 나쁠 건 없지만 그래도 누군가와 이야기를 해봐. 어느 교회 지하실에 간이의자 갖다놓고 둥글게 모여 앉아 스티로폼 컵에 커피를 따라 마시는 모임 같은 거 말이야. 아니면 모임 같은 거 집어치우고 나한테 말하든가. 그냥 털어놔봐."

플라스가 옳았다. 최근 대부분의 근무시간 동안 손에 종이를 들고 서가 앞에 서 있는 고객을 볼 때마다, 리디아는 손님에게 다가가 도움이 필요한지 묻지 않은 채 그냥 지나가버리곤 했다. 어쩌면 마침내 뒷방으로 숨어들어야 할 때가 왔는지도 모른다.

"그냥 신경 쓸 일이 너무 많아졌어요. 요즘 마음이 한자리에 있질 못해요."

"마음이라고? 리디아, 당신은 마음이 너무 많아. 제발 자기 자신을 좀 생각해주고 마음을 쪼글쪼글해지게 놔두라고. 헨리 밀러를 읽으라고. 아인 랜드나. 디팩 초프라나. 읽다 보면 당신 인생관을 바로잡아줄 거야. 그리고 당신은 내가 아는 가장 타고난 서점 직원이야. 최고의 책장수라고. 책 판매원 그 자체야."

리디아는 한숨을 쉬었다. "난 요즘 근무 내내 손님들에게서 도망치고 있어요."

"요즘 대세는 초연함이야. 당신이 책더미를 기어 올라가는 모습을 보면 고객들도 임자 만났다는 걸 알걸. 최고의 서점 직원이라는 걸." 플라스는 담배 팩 안을 들여다보았지만, 마음을 고쳐먹었다. "자, 이 지구에 당신의 존재가 필요하다는 이야기는 다 한 것 같군. 알겠지?"

리디아는 플라스를 바라보았다. 이런 생각이 든 게 처음은 아니었지만, 가끔 그녀가 자신의 인생에 대해 정말 얼마나 알고 있는 걸까 싶을 때가 있었다.

"시간 다 됐어요." 리디아는 친구의 차를 찾기 위해 서둘러 길을 걷기 시작했다.

플라스의 볼보를 빌린 지 몇 분 만에, 리디아는 다운타운을 달려 브로드웨이에 차를 세웠다. 의사당 쪽으로 걷는데, 전에 내린 폭설이 보도와 나무 아래에 작은 더미를 이루고 쌓여 있었다. 그럼에도 또 많이 녹아, 잔디는 축축하고 시궁창은 질척했으며 발밑에는 여기저기 커다란 웅덩이가 질퍽거렸다. 의사당의 금빛 돔이 하늘을 배경으로 반짝였다.

라지는 약속대로 의사당 서쪽 계단에 서 있었다. 바지 주머니에 두 손을 푹 찌르고 있었다. 포옹하는 중에 가벼운 스웨이드 재킷에서 염소 냄새가 났다. 검은 구름이 황혼녘 해를 가려 컴컴했지만, 라지의 눈 밑이 울기라도 한 것처럼 푸석푸석 부풀어 있는 것은 알 수 있었다.

"괜찮아?"

"괜찮아. 와줘서 고마워."

그들은 '해발 1.5킬로미터'라고 새겨진 계단에 앉았고, 라지는 새겨진 단어를 손끝으로 더듬었다.

"우리 어렸을 때 여기 소풍 왔던 거 기억나?"

"기억날 것 같아." 리디아가 말했다. "무슨 일이야, 라지? 날 왜 여기로 나오라고 한 거야?"

라지는 심호흡을 하고 평소보다 훨씬 더 느리게 말했다. "오늘 아침 네 상담사 친구에게서 전화를 받았어. 기록보관소 사람."

"아이린? 왜 너한테 전화를 한 거야?"

"네가 날 추천인으로 적었잖아. 기억하지? 조이 입양증명서 신청하면서. 위탁가정 문제. 정확히 뭐였는지는 모르겠지만."

"그건 너도 알고 있었잖아."

"그래. 내가 네 첫 번째 추천인이었지, 맞지?" 그의 말투에는 장난기나 농담기가 전혀 없었다. "그리고 아이린은 네 신청이 거부됐다고 알려줬어."

"오늘 아침 내게도 같은 메시지를 남겼더라고." 리디아가 말했다. "하지만 너한테 알릴 이유가 없잖아. 아니, 신청이 거부당했는데 추천인은 왜 필요해?"

"그게 아니야. 그녀는 나더러 오늘 오후 자기 사무실로 오라고 했어. 네 서류 신청은 반려됐지만, 네가 날 추천인으로 쓴 것과는 관계가 없다고. 내 기록은 깨끗하다고. 직장을 구하는 데나 뭐 그비슷한 일을 할 때 걱정할 건 없다고. 내 기록은 티끌 한 점 없다고. 그녀가 했던 말이야."

"너한테 그런 말을 하려고 자기 사무실로 오라고 했다고? 말이 안 되잖아."

"안 되지." 라지는 말했다. "변명하려고 했던 것 같아. 혹시 내가 항의할까 봐."

"무슨 일로 항의를 해?"

라지는 자동차로 붐비는 다운타운 도로를 바라보았다.

"당연히 나는 혼란스러웠지. 그때 아이린이 나는 언제든지 조이의 입양관련 서류를 신청할 수 있다고 했어. 네가 거절당했다고 나까지 거절당하는 건 아니라고 했어. 물론 내가 원한다면. 그 말도 분명히 했지. 뭔가 하려는 말이 있는데 요점을 피하는 느낌이었어. 궁금증이 일었고, 혹시 내가 네게 도움이 될 수도 있을 것 같아서 사무실로 찾아갔어."

"네가 사무실로 찾아갔다고?"

"응, 찾아갔어." 라지가 말을 이었다. "아이린은 문을 닫더니 단도직입적으로 조이의 입양관련 서류를 신청하겠느냐고 물었어. 하지만 수수료까지 지불해가면서 직접 신청할 생각은 없었어. 난 그냥 그 사람이 도대체 무슨 생각을 하고 있는지 궁금했을 뿐이야. 아이린은 별로 어렵지 않다면서 나한테 서식을 건네고 아주 쉽다고 설명했지. 두 번째 페이지로 넘기니까, '입양인과의 관계'를 적는 체크박스가 여러 개 있었어. 박스 중 하나에 이미 표시가 돼 있더군. 아이린은 펜 끝으로 그 체크박스를 두드리면서 아무도 들어오지 않는지 문간을 다시 한 번 쳐다보더니 날 보고 다시 페이지를 두드렸어. 탁, 탁, 탁. 나 대신 벌써 그 체크박스에 표시를 해뒀더라고. 그때 알아차렸는데 아이린이 내게 하려던 말은……."

"그 사람이 무슨 체크박스에 표시를 해뒀는데?"

"아이린은 내게 직접 말하지 않고 알리고 싶었던 거야, 리디아."

"무슨 체크박스 말이야, 라지?"

"형제란." 그가 대답했다.

20장

　라지는 돌계단에서 몸을 앞으로 숙였다. 리디아는 그의 등을 쓰다듬었다.

　"아직 이게 뭘 의미하는지 우린 모르잖아, 안 그래, 라지? 이건 실수야. 아이린은 그저 날 도우려는 마음으로 방법을 알려주려던 걸 수도 있어."

　라지가 평정을 회복하려 애쓰며 심호흡을 하는 것이 느껴졌다.

　"조이가 내 형제였을까?" 그는 말했다. "넌 이 상황을 이해할 수 있어, 리디아?"

　"난 그렇게 생각하지 않아, 라지."

　두 사람은 한동안 침묵을 지키며 앉아 있었다. 행상인 두 사람이 공원 오벨리스크 근처에서 싸우는 소리, 스케이트보드가 시빅 센터 분수 난간을 미끄러지는 소리가 들렸다.

"아이린은 그를 조지프 파텔이라고 불렀어." 라지는 손가락으로 관자놀이를 눌렀다. "위탁부모가 그를 입양할 때 몰리나라는 성을 받았대."

"혹시 다른 사람한테 이 얘기를 해봤어, 라지?"

"뭐, 우리 부모님한테?"

"실수일 거야. 아직 부모님한테는 얘기하지 마. 다른 사람한테도. 생각해보자."

"아이린은 네 신청서를 검토할 때 추천인란에서 내 이름을 알아봤다고 했어."

"어쩌면 거기서 문제가 생겼을 거야. 라지 파텔, 인도에서는 아주 흔한 이름 아니야? 영어권의 존 스미스처럼."

"구자라트 지방. 내가 어렸을 때 엄마가 아홉 달 동안 머물렀던 곳이야. 아니, 정확히 아홉 달은 아니지만, 무슨 뜻인지 알잖아."

"아, 젠장." 리디아는 말했다.

"그래."

"실수일 거야, 라지. 그럴 거야."

"리디아." 라지는 믿기지 않는다는 듯 실소했다. "아이린은 내게 그 서류를 원하는지 생각할 시간을 줬지만, 정말 알고 싶다고 하니까 그 자리에서 승인해줬어. 증언서 작성도 그 자리에서 도와줬고, 다른 사무실로 데려가서 공증도 도와줬어."

"왜?"

"미공개 입양기록을 요청하기 위해서. '요청사유'란에는 입양자 사망, 형제의 요구라고 적으라고 하더군. 뭐 그 비슷한 내용. 그게 다였어. 그런 다음 무슨 등록부였나 일정표 같은 걸 참고하더니 내일 판사한테 데려가주겠다고 했어. 이런 일이 그 사람의 직업이야, 리디아."

"이런 일이 아니면 직장을 잃겠지."

라지가 킥킥댔다. "원본기록을 열람하려면 먼저 판사가 승인해야 하지만, 아이린은 내가 정말 그걸 원한다면 도와주겠다고 했어."

"넌 그러고 싶고, 라지?"

"그래, 정말로. 그러니까, 만약, 그래, 난 알고 싶어. 이 일은 그냥 정말로 이상해."

"난 아이린이 그런 식으로 네게 연락했다는 걸 믿을 수가 없어. 도대체 왜……?"

"우리가 연인인 줄 알고 있어." 라지가 얼른 대꾸했다. "너와 내가 같이……."

리디아는 라지를 쳐다보았지만, 라지는 미술관의 반짝이는 플라스틱 성채 쪽을 바라보고 있었다. 계단 아래 보도에서 참새 몇 마리가 핫도그 빵조각을 놓고 다투고 있었다.

"그는 어떤 사람이었어?" 라지가 조용히 물었다.

"조이?" 리디아는 잠시 생각에 잠겼다. "영리했어. 멋있고. 귀여웠어."

"하지만 문제가 많았지." 라지는 말했다. "분명히."

"그렇게 말할 수 있겠지."

라지가 옆에서 코를 훌쩍이더니 길게 한숨 내쉬는 소리가 들려왔다. 영혼에 쳐진 거미줄을 걷어내고, 박힌 못을 뽑아내고 싶어하는 숨소리였다. 리디아는 더 이상 아무 말도 하지 않았다.

"그가 우릴 만나게 해준 거잖아. 의도적인 건 아니었지만, 그가 서점에서 목을 맨 바람에 네 사진을 신문에서 보게 됐고."

"알아." 리디아가 말했다.

"내가 그를 도울 수도 있었는데."

리디아의 손이 무릎에서 뻗어나가 라지의 어깨를 잡았다. 그녀는 그의 몸을 부드럽게 흔들었다.

"이봐, 너무 나가지 말자. 어떻게 된 일인지 알아내자고, 알았지? 우선 아이린과 이야기한 다음……."

"난 벌써 아이린과 이야기했어." 라지가 말했다. "아이린은 자기가 할 수 있는 이야기를 다 해줬어."

"하지만 내가 다시 이야기해볼게, 라지. 그리고……."

"실제로 뭔가 알고 있을지 모르는 사람과 얘기해보는 게 좋을 거야, 리디아. 네 아버지한테 물어봐. 그 당시 네 아버지는 이 도시에 있었잖아. 관련된 모든 사람들을 알고 있는 유일한 사람이기도 하고. 조이까지."

리디아는 이 계단과 해수면 사이의 1.5킬로미터라는 고도가 무너져 내리는 기분이었다. 땅으로 곤두박질치는 것 같았다. 아래로 추락하는 것 같았다. 공기가…….

"그래서 여기로 차를 갖고 오라고 한 거야." 라지는 덧붙였다. "네가 여기서 곧장 아버지를 만나러 갈 수 있도록. 산으로 들어가서 아버지에게 어디까지 알고 있는지 물어볼 수 있게."

"난 못 해, 라지."

"할 수 있어."

저 멀리 도시의 건물 사이로, 라지가 그녀를 보내려 하는 어둑어둑한 산맥의 형태가 눈에 들어왔다. 이 지점에서 로키 산맥은 뾰족한 첨탑이 솟은 웅장하고 무시무시한 검은 벽, 고대의 유물처럼 보였다. 저 벽에 부딪혀 더 이상 전진할 수 없었던 초기 덴버 정착민들이 초원에 빌딩을 짓고 철로를 깔고, 도시가 성장하기 시작했던 것도 리디아는 이해할 수 있을 것 같았다. 정착하는 것이 훨씬 쉬웠다.

"난 사실 지금 당장 도넛 가게로 가서." 라지가 말했다. "부모님이 이 일에 대해 뭐라고 말하는지 듣고 싶어. 하지만 사실을 모두 확인할 때까지 기다리는 게 낫겠지, 그렇지? 게다가 지금 내가 거기 가면……."

"넌 지금 거기 가면 안 돼." 라지가 얼마나 단단히 주먹을 쥐고 있는지 주시하며 리디아는 말했다. "난 널 감옥에서 보석으로 꺼내주는 신세가 되고 싶지 않아."

"네 아버지를 만나봐, 리디아. 혼자 가고 싶지 않다면 내가 같이 갈 수도 있어."

"아니, 안 돼."

"아니면 내가 혼자 가서 네 아버지를 만나볼 수 있어." 라지가 말했다.

"잠깐만 여유를 가져봐, 라지. 이 일은 전부 착오일 거야. 내가 굳이……."

"착오라는 소리 그만해." 라지의 목소리에 날이 선 것에 리디아는 놀랐다. 그는 일어서서 하늘을 바라보며 의사당 돌계단을 한 단씩 내려가기 시작했다. "자꾸 잊는 것 같은데, 리디아. 조이의 사진에 있었던 건 너 혼자가 아니야. 나도 있었어, 나. 바로 네 옆에, 언제나처럼. 그건 착오가 아니야."

리디아는 라지가 황량한 나무 사이를 지나 다운타운을 향해 걷는 모습을 바라보았다. 그의 모습이 시야에서 사라지자, 그녀는 플라스의 차 쪽으로 걸음을 옮겼다. 반짝이는 자동차의 행렬이 브로드웨이를 따라 움직이고 있었고, 그녀는 그의 말이 옳다는 것을 알고 있었다. 죽은 조이가 갖고 있던 사진 한가운데서 생일 케이크 촛불을 불어 끈 것은 리디아였을지 몰라도, 열 살 난 라지도 언제나처럼 충실한 친구로 그녀 옆에 앉아 있었다. 리디아는 조이가 자신에게 책을 판 여자의 사진보다 자신의 형제 사진을 품고 죽었다는 것이 더 말이 된다는 사실을, 조금은 당황스럽게 깨달았다. 라지가 했던 다른 말도 옳았다. 그녀의 아버지—조이가 사진을 얻은 출처—는 그녀가 아는 사람 중에서 해답을 갖고 있을지 모를 유일한 사람이었다.

21장

    의사당을 떠난 뒤 리디아는 생일파티 사진을 가지러 잠깐 아파트에 들렀다가 크래커도 가방 안에 던져 넣었다. 집에 들어가자 데이비드가 샤워를 하고 있었다. 마음 한편으로는 그와 함께 그곳에서 사라져버리고 싶었다. 그러나 그랬다가는 이 여정이 편안한 정지 사인 앞에서 끽 소리를 내며 멈추게 되리라는 사실을 알고 있었다. 게다가 데이비드가 망치남에 대해 알고 있었음에도 그녀에게 아는 척하지 않았다는 데 상해버린 마음이 완전히 풀리지 않은 상태였다. 이런 반응이 온당치 않다는 것은 알고 있었지만—그가 그녀의 과거를 알고 있었다는 것은 데이비드의 잘못이 아니었고, 그녀 역시 비밀스러웠던 것은 마찬가지였다—그녀가 느끼는 배신감은 진실이었다.

    리디아는 샤워실에서 흘러나오는 콧노래 소리를 들으며 학자금 대출 봉투 뒷면에 메시지를 썼다.

아버지를 만나러 리오비스타에 가는 길이야(중간에 도망치지만 않는
다면). 빠르면 내일 돌아올게. 전화할게.
행운을 빌어줘.

L

쪽지를 다시 읽으니 '사랑해'라는 말이 빠진 것이 눈에 띄어 리
디아는 놀랐다. 왜 그 말을 빠뜨렸는지 너무 깊이 생각하고 싶지는
않았지만, 고치는 것은 쉬웠다.

행운을 빌어줘.

사랑해.

L

자, 됐다.

춥고 바람이 심한 밤이었다. 앞 유리 너머로 별이 총총했고, 얼
어붙은 도로는 기름 웅덩이처럼 빛났다. 여정은 길었고, 산은 황량
했다. 그리고 리오비스타가 나타났다.

리디아는 볼보 운전석에 낮게 웅크린 채 메인 스트리트로 접어
들었다. 열일곱 살에 마을을 떠난 뒤 많은 것이 변했고—'엘모 약
국'은 비스트로 펍으로 변했고, '핫도그 천국'은 마사지 전문가 사
무실이 되어 있었다—텅 빈 거리를 지나치는 동안 그녀는 어딘가

낯익다는 감상적인 기분 이상을 느낄 수가 없었다. 그녀는 마을 북쪽 아버지의 오두막으로 이어지는 눈 쌓인 기나긴 진입로에 도착했다. 타이어 자국이나 발자국이 눈에 띄지 않는 것으로 보아 아버지는 한동안 오두막을 나오지 않은 것 같았다. 리디아는 차를 세우고 소나무와 덤불 사이를 지나 바삭거리는 언덕을 걸어 올라가기 시작했다.

A자 오두막에서 20미터 정도 아래쪽으로 떨어져 있는 경사면 소나무 사이에서 작업실 불빛이 반짝이는 것이 보였다. 작업실은 쓰러진 헛간에서 건진 낡은 통나무로 지은 것이었고, 멀리서 보면 얼어붙은 경사면의 유일한 불빛이 어서 오라고 따뜻하게 손짓하는 듯했다. 이윽고 리디아는 눈더미 위에 서서 작업실 창문을 들여다보았다. 유리창은 먼지가 흘러내린 자국으로 마치 안쪽 벽에 줄무늬 나무판이라도 댄 것 같았다. 유리창의 얼음 덩어리를 약간 긁어내보니 작업실 벽은 사면이 온통 책이었다. 수천 권은 될 것 같았다.

리디아는 손을 벽에 갖다 댔다. 한 줄기 희망이 샘솟았다.

약간 열린 문 안으로 조용히 들어서니, 난로의 온기가 그녀를 거쳐 주위의 추위를 둘러쌌다. 아버지는 긴 작업대 앞에 서서 등을 보이고 있었다. 검은 후드티와 큼직한 플란넬 셔츠를 입고 있었고, 후드 뒤쪽으로 흰 작업용 마스크의 고무줄이 보였다. 그는 두 손에 보라색 라텍스 장갑을 낀 채 나무판자에 칠을 하고 있었다.

"언제 올지 궁금했다." 그는 붓질을 멈췄지만 돌아보지는 않았다. 마스크 때문인지 목소리가 통화했을 때보다 더 깊고 거칠었다. "언제 올지 궁금했다기보다 올지 안 올지 궁금했다고 해야겠지. 어쨌든 와줘서 반갑구나."

그녀는 말이 나오지 않았다.

"너를 언제까지고 기다리고 있었단다." 그는 덧붙였다.

그는 여전히 돌아서지 않았다. 표정을 읽을 수 없었기에, 리디아는 아버지 주위의 공간을 읽는 데 집중했다. 책장은 바닥에서 천장까지 6미터 높이로 이어져 있었고, 폭도 비슷했다. 창문과 문간을 제외한 온 벽면을 책장이 차지하고 있었다. 책이 건물을 완전히 대체한 듯한 모습이었다.

"책장을 더 만드세요?" 리디아는 마른 침을 삼키며 현기증을 떨치려 애썼다.

그는 여전히 등을 보인 채 붓을 검은 유약 병에 꽂고 장갑을 벗었다. 그녀는 아버지가 자신의 방문을 기뻐하리라 예상하고 왔지만 막상 그의 몸짓은 과묵함을 드러낼 따름이었다. 어쩌면 그녀를 마주할 용기가 없는 건지도 몰랐다.

"이제 정말 공간이 없어." 그는 붓질하던 나무판을 가리켰다. "어디 보자, 이건 오두막 욕실에 설치할 새 선반이다. 변기 위에. 너무 많다고 생각할지도 모르지만, 들어가보면 생각이 바뀔 거다."

"오두막에도 책이 있어요?"

"거긴 공간이 좀 비좁다고 해야겠지."

아버지가 이렇게 뭔가에 열중하고 있을 줄은, 이렇게 현실과 동떨어져 있을 줄은 몰랐다. 그가 기억을 더듬어 과거를 해독하는 데 도움을 줄 수 있으리라 기대했던 것이 갑자기 어리석게 느껴졌다. 리디아는 배낭을 고쳐 메고 코트와 카디건 단추를 끌렀다.

"안 돌아보실 거예요? 절 쳐다보지도 않으시네요."

순간 그가 망설임 없이 마스크를 벗더니 그녀를 마주보았다. 리디아의 머릿속에서 아버지는 10년 전 마지막으로 보았던 모습, 리디아가 지도와 배낭을 들고 오두막을 빠져나와 리드빌의 버스 정류장까지 히치하이킹 했던 고등학교 졸업 날 아침, 침대에서 코를 골던 모습이었다. 그 이후 아버지의 나이는 언제나 생일카드와 영양제 광고와 함께 연상되는 추상적인 그 무엇이었다. 그러나 지금 이 순간 리디아는 아버지의 나이를 구체적으로 실감할 수 있었다. 그는 이제 60대였지만 최소한 10년은 더 나이 들어 보였다. 얼굴에는 검버섯이 피었고 피부는 푸석했으며 흰 수염이 뺨과 목을 뒤덮고 있었다. 다시 검은 뿔테안경을 끼고 있었지만, 긁히고 지저분한 렌즈로 미루어볼 때 가끔씩만 서랍에서 꺼내 쓴다는 것을 알 수 있었다. 무엇보다 눈에 띄는 것은 쇠약해진 모습이었다. 청바지 허리는 끈으로 죄었고, 팔꿈치는 갈비뼈 옆에 맥없이 매달려 있었다. 그는 지저분하고 냄새를 풍겼으며 무엇보다 영양부족이었다. 이런 현실이 그녀에게 외치고 있었다. 아버지와 정말 절연할 거라면, 최소한 그가 건강한지는 확인해야 한다.

"뭘 좀 드세요?" 그녀가 말했다. 말이 목구멍에 걸려 잘 나오지 않았다.

"안 먹으면 죽는다."

"얼마나 자주 드세요?"

그가 몸을 앞으로 숙이고는 눈을 가늘게 떴다. "괜찮니? 피곤해 보이는구나." 그는 손을 내밀다가 중간에서 멈췄다.

"뭘 드세요?"

"저기." 그는 짜증스럽다는 듯 말하고 고개를 숙인 채, 작업실 반대쪽 벽 몇십 센티미터 앞에 섬처럼 놓인 커다란 상자로 걸음을 옮겼다. 리디아는 뒤따랐다. 상자 안에는 통조림 수프, 콩조림, 칠리, 배가 들어 있었다. 상자 옆 화덕 밑에는 매트리스와 애벌레 같은 회색 침낭이 깔려 있었다.

"가끔 난 여기서 지낸다." 그는 깡통따개를 장난처럼 돌리며 말했다. "특히 요즘은."

상자 안에 쌓인 통조림을 보니 더욱 서글퍼졌다. 리디아는 발 디딜 곳을 조심스럽게 찾으며 책장을 따라 걸음을 옮겼다. 아버지가 뒤따랐다.

"요즘 책도 많이 읽고 계시는군요."

"사실 그렇지는 않아. 솔직히 말해 에너지가 별로 없다. 새 안경도 구해야 하고."

"그럼 이 책은 뭐예요?" 그녀는 책상 선반을 손으로 쓸었다.

"네가 떠난 뒤 뭘 해야 할지 몰랐던 것 같아. 그러다 시작한 게 이거다."

"책은 다 어디서 났어요? 사지는 않으셨을 텐데."

"리오비스타 주립 교도소 덕분에. 기증품이지. 중고 가게나 개인 처분, 도서관에서 나온 책들이지. 아무도 원하지 않는 책들이 어쩌다 교도소로 흘러가고, 교도소에서 원치 않는 책은 여기로 오고. 이건 서점 앞 도로변에 카트를 내놓고 싸게 팔지도 못하는 잡동사니야. 많은 책들이 페이지나 표지가 누락됐거나 곰팡이가 폈거나 찢어진 거다. 상자로 실려 오기도 하지. 우리가 무슨 책이든 받는다는 소문이 난 것 같아."

"우리라고요? 교도소는 그만두신 줄 알았는데요."

"그만뒀어. 하지만 요즘도 한 달에 한 번씩 찾아가서 버리는 책을 다 받아온다. 거의 대부분을 버리지."

"교도소를 찾아가세요?"

"밤중에. 그 사람들은 날 미치광이라고 생각해. 하지만 귀찮게 책을 처리하지 않아도 되니까 좋아하지."

"어쨌든 대단한 도서관이네요." 리디아는 목소리를 밝게 하려고 애썼다.

"요즘은 도서관이라기보다 묘지라는 생각이 들어. 마지막이랄까. 이 달의 책 클럽이 수명을 다하는 곳."

이야기를 나누는 동안 리디아는 책장 앞을 걸으며 이런저런 책을 꺼내보았다. 너덜너덜하고 닳았지만 전체적으로 책은 깔끔해 보였다. 못에 나무 자 몇 개가 걸려 있는 것이 눈에 띄었고, 책은 선반 가장자리에서 정확히 1인치 안쪽에 나란히 꽂혀 있었다. 강박적으로 수직을 이룬 책등을 따라 서까래를 얹은 천장까지 시선을 옮기려니 목이 뻣뻣해졌다. 아버지에게 읽을 힘이 없는 것도 놀랄 일은 아니다.

"알고 싶은 게 있어요." 리디아는 돌아서서 그를 바라보았다. 단호한 목소리에 그녀 자신도 놀랐다.

"내가 생각하는 그 이야기냐? 어디 들어보자."

리디아는 한참 후에야 그가 무슨 말을 하고 있는지 이해하고, 어깨에 멘 배낭을 지키기라도 하려는 듯 약간 돌아섰다. "조이의 사진 말이에요?"

"그건 조이의 사진이 아니야. 내 사진이다. 내게서 가져간 것 같은데 어째서……."

"사진 이야기는 하고 싶지 않아요." 리디아는 눈을 감고 생각보다 더 격하게 손을 내저었다. "조이 이야기도. 지금은. 아버지가 오툴 씨의 집에서, 혹은 오툴 가족에게 무엇을 했는지 알고 싶어요."

"모버그가 내가 무슨 짓을 했다고 하더냐?"

"도티의 시체에 왜 아버지 피가 묻어 있었죠? 그것부터 시작하죠."

"난 손에 상처가 났으니까."

그는 돌아서서 보라색 라텍스 장갑을 다시 끼기 시작했다. 그 모습을 보니 리디아는 속이 메슥거렸다.

"아버지가 뭘 했는지 듣고 싶어요."

토마스는 반쯤 돌아서서 한참 동안 그녀를 응시했다. "진심으로 묻는 거냐? 난 오랫동안 이 대화를 기다려왔다. 아마 네가 기대했던 것보다 더 많은 이야기가 있을 게야. 교도소를 그만둔 뒤 죽 그러고 싶었다."

"난 알아야겠어요."

"좋아. 그럴 만하지." 그는 다시 장갑을 벗었다. "하지만 난 네게 분명히 경고했다."

22장

　몇 초 동안 토마스는 리디아를 가슴에 꼭 껴안고 오툴의 부엌에
선 채 시계 째깍거리는 소리와 집 안의 숨소리에 귀를 기울였다.
몇십 센티미터 떨어진 싱크대 아래 수납장 문은 마치 더 나은 세상
으로 이어지는 문처럼 아직도 열려 있었고—안쪽 벽지에는 딸의
피가 묻어 있었다—그는 그 안에 들어가게 된 충동을 이해할 수
있었다. 장판바닥에는 신발에 묻어 있던 눈과 피가 섞인 발자국이
어지러웠고, 그 한가운데 그가 몇 분 전 집 안으로 뛰어 들어와 리
디아를 찾을 때 들고 있던 망치가 놓여 있었다. 망치 나무 손잡이
는 그의 손에 끈적하게 달라붙던 피로 범벅이 되어 있었다.
　리디아는 그의 품에 안긴 채 흐느끼며 고개를 들었다. 그녀가 번
들거리는 눈으로 부엌을 둘러보는 것이 보였고, 토마스는 이 끔찍
한 집의 모습을 딸이 뇌리에 더 흡수하는 것을 원치 않았다. 그는

리디아의 얼굴을 자기 목에 대고 눌렀다.

　—보지 마라, 그는 말했다. 세상에, 보지 마라. 나가자꾸나.

　현관에 도착해서 문을 열었을 때, 그는 리디아가 품에서 무겁게 축 늘어지는 것을 느끼고 그제야 이 일이 아이에게 얼마나 처참한 충격이었는지를 깨달았다. 잠옷 바지는 젖어 있었고, 한쪽 발은 맨발이었으며 얼음장 같았다. 얼굴도 피로 뒤덮여 있었고, 이빨은 부러지겠다 싶을 정도로 심하게 맞부딪혔다.

　—아프니, 리디아?

　—추워요.

　현관문의 작은 창 밖은 눈발이 날리는 회색 아침이었고, 리디아는 문틈에서 들이치는 바람에도 몸을 잔뜩 웅크렸다. 몇 분 전 911에 전화했지만, 거리가 눈으로 덮여 있어 경찰이 빠른 시간 안에 도착할 것 같지는 않았다.

　—밖으로 나가야겠다. 이웃집에 가서 몸을 녹이자.

　—너무 추워요.

　그는 리디아를 꼭 껴안았다. 바람이 거리를 휘몰아치는 소리, 눈발이 유리창 두드리는 소리가 들려왔다.

　—그래. 그래.

　그는 리디아를 문간의 작은 나무 의자에 앉히고 현관 고리에 걸린 코트를 집어든 뒤—도티의 하늘색 나일론 코트였다—딸의 어깨에 망토처럼 둘러주었다.

　—이제 나가자꾸나.

　—밖에 나가기 싫어요.

　리디아는 두 손을 무릎 위에 얹은 채 의자에 웅크리고 있었다.

토마스는 지금 리디아가 지구상 어디보다 더 싱크대로 되돌아가고 싶어한다는 사실을 끔찍할 정도로 분명히 깨달았다. 그 어떤 현실보다도 서글픈 깨달음이었지만, 그 순간 또 다른 현실이 현기증이 나도록 가슴을 주먹질했다.

녹색 벙어리장갑 한 쌍이 거기 의자에, 딸 바로 옆에 놓여 있었던 것이다.

그는 한 팔로 현관 벽을 짚었다.

—왜 그래요?

—아무것도 아니다. 담요를 가져오마. 그런 뒤에 나가자.

거실 소파 뒤에 아이들이 성채처럼 뒤집어썼던 회색 담요가 있었지만, 토마스는 그대로 지나쳐 복도 입구에 서서 시체 더미를 바라보며 이를 악물었다.

이틀 전 목요일 점심 휴식시간에 토마스는 전날 캐럴이 도서관에 두고 간 녹색 벙어리장갑을 손에 쥐고 오툴 씨네 집의 서리 내린 정원을 가로질렀다. 바트의 노란 픽업트럭은 보이지 않았고, 그는 현관으로 다가가서 문을 노크했다. 갈색 바지에 갈색 퀼트 코트를 걸치고 있었다. 현관 앞에 그렇게 서서야 옷을 좀 더 신경 써서 입을 걸 그랬다는 생각이 들긴 했지만, 도티는 어차피 상관하지 않을 터였다. 옆집 굴뚝에서 연기가 흘러나왔지만, 사람은 보이지 않았다. 좋았다. 물론 카네이션 한 다발을 들고 왔다면 더 좋았겠지만, 지금 손에 든 벙어리장갑이 훨씬 더 좋았다. 정당한 방문 이유가 되었다.

그는 좀 더 세게 다시 노크했다.

도티가 왼쪽 젖가슴 위로 수놓은 용이 꿈틀거리는 빨강색 실크 목욕 가운 차림으로 문을 열었다. 그녀는 아무 말도 하지 않고 따분한 얼굴로 담배만 피웠다. 열린 문간에서 온기가 쏟아져 나왔다.

―혼자 계십니까?

―네.

―용건이 있어서 왔습니다.

―그런 것 같네요.

그는 도티에게 캐럴의 장갑을 건넨 뒤 재킷 주머니 지퍼를 열고 안을 뒤졌다. 도티는 거리를 둘러보았다.

―천천히 해요, 그녀는 말했다. 문 닫고 들어오세요. 정말 춥네요.

집 안에 들어와서 도티는 현관 의자에 장갑을 놓았다. 토마스도 뒤를 따라 거실로 들어왔지만 부엌을 지나면서 잠시 멈췄다. 거기 싱크대 옆 작업대에 쿠어스 맥주 한 병이 놓여 있었다. 뒷문 옆 바닥에는 공구함이 놓여 있었다.

―바트 집에 있습니까?

―네, 도티는 그의 얼굴을 향해 담배 연기를 뿜었다. 우리랑 목욕할 거예요.

토마스는 손으로 입을 가리고 기침했고, 도티는 복도를 지나 복숭아색과 파란색으로 꾸며진 욕실로 향했다. 욕조에는 은빛으로 흘러내리는 물 아래 비누거품이 가득 담겨 있었다.

―여기로 들어와요, 미스터 기글스.

도티는 목욕구슬 몇 개를 물 안에 집어넣었다. 토마스는 정중하게 두 손을 배 앞에 모으고 세면대 옆에 서 있었다. 변기 뒤쪽에는 커다랗고 둥근 스피커가 달린 대형 카세트가 있었고, 세면대 너머

전기 소켓까지 전기선이 길게 연결되어 있었다. 도티가 재생 버튼을 눌렀고, 팝 음악이 흘러나왔다. 작은 욕실 공간과 고장 난 트레블 조절기로 인해 음악이 시끌벅적하게 들렸다.

—애퀼링! 그녀가 외쳤다.

—네?

—신경 쓰지 마세요.

그녀는 볼륨을 조금 낮추고 가운을 벗어 바닥에 떨어뜨린 뒤 거품 이는 물속으로 들어갔다.

토마스는 욕실 러그를 바라보았다. 파란 치약이 세면대 위 벽에 묻어 있었다. 차가운 욕실 유리창에 김이 서렸다. 마침내 그는 도티에게 눈길을 주고 모든 것을 빨아들이듯 바라보았다. 젖은 피부, 부드러운 살결, 물 위로 튀어나온 통통한 젖꼭지, 허벅지 사이에서 살랑거리는 불그스름한 음모. 아직 담배가 타고 있었지만, 그녀는 나른하게 팔을 뻗어 변기에 꽁초를 떨어뜨렸다. 쉿 소리를 내며 담뱃불이 꺼지고 뜨거운 욕실에 재 냄새가 퍼졌다.

—들어올래요?

—들어오라고요?

—빨리 해야 돼요.

그녀의 손이 그의 무릎 아래를 부드럽게 잡았다. 바지가 축축해졌고, 재킷 주머니 안에서 그녀를 위해 가져온 붕대 꾸러미가 만져졌다.

—가져온 게 있어요.

—붕대? 그녀는 토마스가 붕대를 꺼내자 짐짓 무섭다는 듯 얼굴을 찡그리며 미소 지었다.

토마스는 로즈의 루비 반지를 꾸러미에서 떼어내, 자신이 제대로 하고 있는 것이기를 바라면서 작은 관 모양으로 생긴 푹신한 푸른 새틴 벨벳 상자를 꺼냈다.

—가져요.

도티가 반지를 불빛 쪽으로 들어보이자, 거품 가득한 물이 팔 아래로 흘러내렸다. 그녀가 반지를 손에 쥐고 있는 것을 바라보니 순간 얼마 전 리디아에게 했던 약속이 떠올랐고, 토마스는 잠시 죄책감을 느꼈다.

—정말 나한테 주는 거예요? 꽃이에요?

—장미입니다.

—오래된 것 같군요. 비싸 보여요.

도티는 반지를 새끼손가락에 밀어 넣어보다가 너무 커서 검지로 고쳐 끼웠다. 그 손가락에는 이미 다른 반지—터키석 은반지—가 있었고, 중지에는 금반지가 있었으며, 양쪽 약지에는 다른 보석반지도 있었다. 처음부터 그녀가 보석을 좋아한다는 것은 알고 있었지만, 그 순간 도티의 손가락에 워낙 반지가 많은 것을 보니 기가 죽었다.

—약간 헐렁하네요, 그녀는 욕조 거품 위로 손을 쫙 벌리며 말했다. 하지만 마음에 들어요.

—그게 다가 아닙니다. 그는 오늘 아침 도서관에서 잡지 『하이 카운티 부동산』에서 찢어낸 페이지를 꺼내며 미소를 억누를 수 없었다. 거기에는 리오비스타에서 북쪽으로 몇 킬로미터 떨어진 넓은 소나무 대지에 자리한 A자 오두막이 실려 있었다. 오두막은 시내에서 떨어져 있었지만, 강물 흐르는 소리가 들리고 지나가는 기

차 진동을 느낄 수 있을 만큼은 가까웠다. 그리고 저렴했다. 아주 저렴했다. 몇 주 전이었다면 이 광고를 지나쳤겠지만, 요즘은 미래에 대한 생각이 머릿속을 가득 채우고 있었고 그 미래의 한가운데에 도티가 있었다.

그녀의 손이 거품을 뚝뚝 흘리며 물에서 나와 나른하게 잡지면을 잡았다.

—맨 아래 왼쪽 집, 오두막. 그는 말했다. 리오비스타에 있습니다.

도티는 그를 보았다. 오두막을 보았다.

—평면 배치나 이런저런 고칠 거리가 있겠지만, 이 집이 적당할 것 같아요. 뜨거운 욕조를 놓을 수 있는 방도 있고, 산맥 조망도 좋습니다. 아이들은 한방을 써야겠지만, 상관하지 않을 겁니다. 2층 침대를 쓰기에는 너무 컸나요?

—아이들? 캐럴과 리디아 말인가요?

토마스는 도티의 표정을 보고 얼어붙었다. 그녀는 입술을 다물더니 눈가에 주름을 잡으며 미소 지었다. 손에 쥔 광고에서 물이 뚝뚝 떨어졌다. 처음에 그가 느낀 기쁨은 말로 형언할 수 없었다. 10년 만에 처음 느껴보는 기분이었다. 그녀는 그 못지않게 이 계획을 맘에 들어하는 것 같았다. 토마스는 오랫동안 자신의 인생에 없었던 이 조화에 기뻐 어쩔 줄 몰랐다.

별안간 그녀가 웃기 시작했다. 그녀는 팔을 뻗어 광고를 떨어뜨리고 웃었다.

—정말 답이 없는 사람인가요, 아니면 이것도 연기인가요? 마침내 그녀가 내뱉었다.

—뭐라고요?

―우린 바람피우는 거예요. 몰라요, 바람피우는 거? 내가 정말 당신과 같이 도망갈 거라고 생각했어요? 이건 정말 다정하군. 정말이에요, 토마스. 당신은 정말 다정해!

그는 말이 나오지 않았다. 얼굴 근육이 굳어지고 있었다.

―이봐요, 도티가 말했다. 기분 상하지 말아요. 내가 진짜 도망치지는 않는다는 걸 아셨어야지. 우린 10대가 아니잖아.

그는 비눗물에 젖은 오두막 광고가 장판바닥에 달라붙는 것을 바라보았다. 소름 같은 것이 천천히 등골을 타고 올라갔고, 마침내 폭발했다. 토마스의 손이 카세트를 세게 내리쳤고, 전기선이 세면대 위로 죽 늘어졌다. 카세트는 변기 뒤쪽으로 둥글게 원을 그리며 욕조의 도티를 향해 날아갔고, 록 음악이 쿵쿵 울렸다. 순간 도티가 얼굴을 가리려고 팔을 위로 올렸고, 카세트가 그녀의 팔꿈치를 세게 강타했다. 피부가 찢어지고, 카세트는 욕조 모서리를 찍고 철벅 소리를 내며 도티의 허벅지를 지나 욕조 물에 떨어졌다. 카세트가 물 아래로 잠기자 음악이 끊겼다. 곧장 전압 생각, 감전 생각이 토마스의 뇌리를 스쳤다. 도티가 놀라 욕조에서 일어서려 했지만 발이 미끄러져 욕조 모서리에 꼬리뼈를 세게 부딪힌 뒤 다시 물에 주저앉아버렸다. 욕조 물이 넘실거리다 바닥에 흘렀다. 도티의 팔꿈치에서 피가 뚝뚝 떨어졌다.

토마스는 검은 전선을 바라보았다. 한쪽 끝은 여전히 세면대 뒤 벽에 꽂혀 있었지만, 다른 쪽 끝은 카세트 뒤쪽 소켓에서 빠져나와 바닥에 떨어져 있었다.

―전선이 빠졌습니다, 그가 말했다. 당신에게 쇼크를 주지 말았어야 할 텐데.

302

─쇼크는 없었던 것 같아요.

─없었다니 다행입니다.

그는 자신이 미소 짓고 있다는 것을 깨달았다. 도티는 수건을 집어 들어 피가 흐르는 팔꿈치를 눌렀다. 얼굴에서 물이 뚝뚝 흘렀고, 그녀는 눈을 깜빡였다.

─내가 죽을 뻔한 건가?

─음, 그는 말했다. 일본에 사는 어느 엔지니어에게 감사해야 할 것 같군.

─뭐라고요?

─전선을 짧게 만들어준 덕에 별 탈 없었으니 말입니다.

─별 탈 없었다고요?

도티는 일어서서 선반에서 수건을 꺼내더니, 별안간 자신이 벌거벗고 있다는 사실에 화가 난 듯 몸을 단단히 감았다.

─사고였습니다.

─지긋지긋한 루저 같으니.

─도티?

─당신은 지긋지긋한 루저야. 내 집에서 당장 나가.

토마스는 한참 동안 꼼짝도 않고 서 있었다. 그러다 복도로 나가 욕실 문 맞은편 벽을 주먹으로 힘껏 쳤다. 주먹을 벽에서 떼니 석고 가루가 카펫에 후두둑 떨어졌다. 아무 감정도, 아무 고통도 느낄 수 없었다. 주먹을 휘둘렀다는 만족감만 있었다.

─내 집에서 나가! 도티가 외쳤다. 당장 나가라고!

토마스는 복도에서 돌아섰고, 스스로 의식하기도 전에 어느새 멍한 기분으로 길가에 나와 가루가 잔뜩 묻은 주먹을 추위 속에서 문지르며 도티의 집에서 멀어지고 있었다.

48시간이 채 지나지 않아 캐럴의 녹색 벙어리장갑은 거기 의자 위, 딸 바로 옆에 놓여 있었다.

그는 한 팔로 현관 벽을 짚었다.

─왜 그래요?

─아무것도 아니다. 담요를 가져오마. 그런 뒤에 나가자.

거실 소파 뒤에 아이들이 성채처럼 뒤집어썼던 회색 담요가 있었지만, 토마스는 그대로 지나쳐 복도 입구에 서서 시체 더미를 바라보며 이를 악물었다.

복도 카펫은 여기저기 축축했고, 벽에는 핏자국이 검게 드러나 있었다. 욕실 맞은편, 그가 주먹으로 쳐서 구멍 난 벽에 도티가 가족사진을 걸어놓았던 자리가 보였다. 사진은 앞면을 위로 하고 바로 아래 카펫에 떨어져 있었다. 몇 년 전에 찍은 사진인 모양이었다. 산산조각 난 유리 뒤에서 오툴 가족은 서로 비슷한 차림으로─흰 터틀넥과 갓 정돈한 헤어스타일─미소 짓고 있었다.

그러나 지금 그들은 그가 서 있는 지점에서 보일락 말락 하는 복도 문간에 함께 쓰러져 있었다. 토마스는 그들을 보지 않으려고 노력했지만, 회색 팔다리가 마치 얼룩처럼 그의 시야에 붙어 따라다녔다. 이 모든 일이 시작된 정확한 그 순간에 다시 손가락을 눌러 모든 것을 처음으로 되돌리고 싶었지만, 아무리 기억을 더듬어도 줄기차게 떠오르는 것이라고는 도티의 모습뿐이었다. 도서관 사무책상에 몸을 기대고, 단추를 잘못 끼운 그의 드레스 셔츠를 바라보며 웃던 도티의 얼굴. 새벽 세 시에 갤로 와인에 잔뜩 취해 그에게 전화를 걸던 도티의 목소리. 6번가 돌리 매디슨 가게에서 토마스의 딸기 선디 아이스크림에 손가락을 찔러 넣던 도티.

비누거품 속에서 죽은 아내의 반지를 손가락에 끼던 도티. 오래전 그가 '나의 로즈를 위한 장미'라는 글귀를 새겼던 반지. 그를 용의자로 지목하게 될 반지.

복도로 걸음을 옮기자, 유리조각이 발밑 카펫에서 바삭거렸다. 침실 문지방 바로 앞 시체 무더기에서 도티의 팔이 튀어나와 있었다. 머릿속은 흐릿했지만, 토마스는 반지를 찾아야 한다, 절대 그 반지를 이 집에 남겨서는 안 된다고 되뇌었다. 그는 시체 옆에 무릎을 꿇고 더 가까이 다가가기 위해 카펫에 두 손을 짚었다. 뭔가 퍽 하는 소리가 들렸다. 손에서 아픔이 저릿하게 올라왔다. 손바닥을 들어 올리니 붉은 핏방울이 손목을 타고 흘러내려 셔츠 소매를 적시고 있었다. 피를 닦아내자 엄지손가락 밑 살점에 박힌 작은 유리조각 끝이 따끔하게 느껴졌다. 헉 소리를 냈던 모양인지, 리디아가 옆방 의자 위에서 꼼지락거리는 소리가 들렸다.

—아빠?

—그대로 있어라. 곧 가마.

유리조각은 손가락으로 뽑아내자 곧장 빠져나왔고—이쑤시개 반 크기의 날카로운 조각이었다—이어 한 줄기 피가 흘러내렸다. 손을 허벅지에 누르자 상처가 욱신거리며 바지가 피로 물드는 것이 느껴졌지만, 그의 주의는 반지를 되찾는 데 집중되어 있었다. 혹시 다른 사람이 발견하기라도 하면…….

시체 쪽으로 다가가자 주위 공기가 무겁고 시큼하게 느껴졌다. 숨을 쉬는 것이 힘들었고, 갈비뼈 위에 묵직한 것이 내려앉아 뼈가 반으로 갈라질 것만 같았다. 그러나 마침내 그는 문지방 위에 활짝 펼쳐진 도티의 작은 손을, 반지가 잔뜩 끼워져 있는 그 어느 때보다도 검고 통통한 손을 찾아냈다.

그는 손끝에서 피를 뚝뚝 흘리며 그녀 쪽으로 손을 뻗었다.

23장

아버지가 풀어놓는 이야기의 무게에 어안이 벙벙해져, 리디아는 작업실 바닥에 책상다리를 하고 앉아 있었다. 엉덩이 밑의 콘크리트가 얼음장처럼 차가웠다. 등은 문고판이 꽂힌 낮은 책장에 기댔다. 일어서고 싶었지만—아버지의 인생에서 영원히 도망치고 싶었다—지금 일어서면 다리에 힘이 없어 도로 쓰러질 것 같았다.

토마스는 작업대 밑에서 의자를 빼내 권했음에도 리디아가 고개를 가로젓자, 자기가 앉아 초조한 모양으로 무릎을 두드렸다.

"도티를 사랑했어요?" 리디아가 물었다.

"난 그 여자에게 네 엄마 반지를 줬다. 그게 증거가 될지는 모르겠지만."

"두 분이 얼마나 오래……?"

"그런 건 전혀 아니었어. 도티는 불행한 결혼생활을 하는 불행한 사람이었다. 내가 그녀를 행복하게 해줄 수 있을 거라고 생각했어. 솔직히 말해 난 그녀가 그저 외로워서 좀 즐기고 싶었던 거라고 생각해. 고양이 앞에 실을 흔들어 보이듯이."

"그래서 그렇게 하셨군요."

"그래서 그녀를 사랑했다고?" 토마스는 말을 이으려 했지만, 목에 뭔가 걸렸는지 헛기침을 했다. 그의 내면 어디에선가 가시가 부러졌다.

"인정하긴 부끄럽지만, 그래, 사랑했다. 정말 사랑했다고 생각해. 서로 같은 감정은 아니었을지라도."

리디아는 책이 늘어선 작업실을 둘러보았고, 서서히 이해하기 시작했다.

"그래서 그렇게 하셨어요?"

토마스는 대답하지 않았다.

"그래서 날 현관에 혼자 내버려두셨어요? 도티의 손가락에서 반지를 빼오려고?"

"말이 되잖니."

"말이 된다고요? 농담하세요?"

"그때는." 그는 숨을 거칠게 몰아쉬었다. "이것 봐라. 넌 기억하지 못할지도 모르지만, 우리가 병원에 도착해서 네가 소아과에 들어간 뒤 고작 몇 분 사이에 모버그 형사가 나를 몇 층 위 조용한 구역 빈 방으로 데려갔다. 내 옷과 부츠를 모조리 벗기고 환자복 가운을 입으라고 하더구나. 난 네 엄마의 반지를 아직도 새끼손가락에 끼고 있었는데, 거기서 경찰이 내 손 사진을 찍으려는 걸 보고 욕실을 써야겠다고 하고는 반지를 이 사이에 물었다. 경찰은 내 지문을 채취하고 관절에 난 긁힌 자국과 손바닥 상처를 사진 찍었지. 내 피도 채취했다."

"그 피가 도티의 몸에 온통 묻어 있었고요."

"모버그 형사처럼 말하기 시작하는구나." 그가 경고한다는 듯 손가락 하나를 들어 보였다. "일이 다 끝나고 나는 욕실로 들어가서 반지를 휴지에 싼 뒤 열쇠와 지갑과 함께 숨겼고, 그 뒤로 다시 풀어본 적이 없다. 하지만 너도 내가 왜 그 반지를 챙겨야 했는지 이해해야 한다. 며칠 동안 나는 네 병실 침대 옆 의자에 앉아서 잠을 잤고, 잠에서 깨어나면 모버그가 다시 심문할 준비를 하고 옆에 와 있었어. 난 널 덴버에서 데리고 나가고 싶었고 새 인생을 시작하고 싶었지만, 그가 절대 허락하지 않으려고 했어."

"그는 아빠가 범인이라고 생각했어요."

"날 범인으로 만들려고 했다." 토마스는 말했다. "그는 날 살인자로 만들고 있었어, 리디아. 경찰은 용의자를 하나도 확보하지 못했고, 시간이 지나면서 내가 그 자리에 아주 잘 들어맞는다는 걸 깨달은 모양이더구나. 어디서 관료 할망구를 데려와 널 위탁가정에 보내라는 이야기까지 하더구나. 당신 딸의 안녕을 위해 최선일지도 모른다고. 아이들은 엄마가 키워야 하는 거 아니냐며, 정신병자 살인범일지도 모르는 독신 아버지보다 그게 낫다고. 증거물 봉투 안에 밀봉한 망치까지 병실에 가져와서 왜 내 지문이 온통 묻어 있는지 묻기도 했어. 그걸 들고 집 안을 돌아다녔기 때문에 그렇다고 이야기했는데……."

"날 찾으려고 그랬죠. 기억해요."

"그날 아침 제일 처음 눈에 띈 물건이 그 망치였기 때문에 집어

들었다. 모버그는 왜 부엌칼이나 밀방망이 같은 걸 집어 들지 않았느냐고 물었고, 난 빌어먹을 싱크대의 망치가 가장 적절해 보였기 때문에 집어 들었다고 했다. 그는 그 대답을 별로 달가워하지 않았지만, 어차피 모버그는 진실에 관심이 없었어. 그는 살인을 둘러싼 정교한 그물망을 만들어놓고 날 그 중간에 몰아넣었다. 그가 원하는 건 생각할 수도 없는 일에 대한 해답이었어. 내가 왜 그 반지를 갖고 와야 했는지 아직도 알고 싶니? 내가 도티에게 얼마나 깊이 빠져 있었는지 그가 알았다고 생각해봐라. 그녀가 그렇게 죽었을 때 내게 무슨 일이 생겼을지, 너한테 무슨 일이 생겼을지 생각해봐라."

리디아는 바닥을 박차고 일어나 눈 덮인 경사를 내려가 플라스의 차에 올라타고 싶은 충동을 억눌렀다. 그녀는 억지로 마음을 가다듬으며 자신이 여기 온 이유가 있었다는 사실을 기억하려고 애썼다.

"아빠는 경찰에게 거짓말을 했군요."

"그래서?"

"그러면 안 되잖아요." 그녀가 목소리를 높였다.

"들어봐라. 그 집에서 아주 잠깐, 나는 다른 사람들이 나를 바라보는 시선으로 나 자신을 바라볼 수 있어서 운이 좋았다. 모버그 형사나 내 또래 배심원 같은 사람들. 그들에게 나는 손에 피를 묻히고 셔츠에 뇌수를 묻힌 채 도티의 시체 옆에 서 있는 실연당한 연인이었겠지. 이틀 전 같이 도망가자고 제안해놓고 거절당하자 욕조에서 그녀를 감전시켜 죽이려고 한 파렴치범이었을 거야. 나는 그 집 벽을 주먹으로 쳐서 구멍을 냈다. 법정에서 삼각대에 내

주먹 사진을 커다랗게 올려놓고 구경했을 거야. 그리고 아름다운 도티는 네 어머니의 결혼반지를 끼고 머리가 박살난 채 복도에 쓰러져 있었다. 그러니 내가 올바르지 않은 일을 했다는 소리는 제발 하지 마라. 그게 유일한 길이었어. 그럴 생각이 났다는 게 운이 좋았을 따름이야."

작업장 안에 토마스의 목소리가 메아리쳤고 긴 정적이 흘렀다. 리디아의 어깨가 움츠러들었다.

"망치남은 도망갔어요."

"그랬지. 하지만 나하고는 전혀 관계없는 일이다. 반지 하나가 상황을 바꾸지는 못했을 거야."

"그랬을 수도 있어요."

"잘못된 방향으로 바꿀 수는 있었겠지."

"관계가 있어요. 모버그는 아빠에게 집중하느라 시간을 허비했어요. 망치남을 추적해야 했던 수십 년을. 그 모든 게 관계가 있다고요."

"그건 줄곧 모버그의 문제였어. 그는 그 오랜 세월 동안 이걸 찾아 헤맸다. 동기. 그 살인을 내게 뒤집어씌울 수 있는 이유. 그 반지를 찾았다면, 그는 이유를 확보했을 거야. 모르겠니?"

토마스는 안경을 벗고 셔츠 자락으로 이마와 눈을 닦았다. 얼굴이 심하게 일그러졌다. 리디아는 아버지가 그토록 오랜 세월, 인생의 그 시기에서 멀어지려고 노력했음에도 여전히 그 사건이 아버지를 망가뜨릴 힘을 갖고 있음을 깨달았다.

"모버그에게 무슨 일이 있었는지 말하고 싶다면 마음대로 하려무나." 그는 더 말하기 싫다는 듯 손을 허공으로 내저었다. "난 할 일이 있어."

토마스는 작업대 밑에 쌓인 나무판을 옮겨 다음 선반 작업을 위해 톱 근처에 쌓기 시작했다. 바지가 미끄러져 내려갔고, 그는 손으로 허리춤을 잡아당겼다. 턱수염에 톱밥이 묻어 있었다.

"그런데 여기는 왜 왔니?" 그는 별 목적도 없이 나무판자를 집어 들었다가 다시 내려놓았다. 그는 천천히 숨을 들이마셨다 내쉬었다. "널 만나서 반갑다만……."

"난 사실 라지 때문에 왔어요."

"라지?"

"라지 부모님 때문에요."

"걔 부모님이 왜?"

"정확히는 모르겠어요. 그 당시 우리가 모르던 일이 있어서요. 두 분 사이에."

토마스는 돌아서서 팔짱을 끼고 작업대에 기댔다.

"'우리'라면 너와 라지 말이냐? 둘이 연락하니?"

"네."

"라지. 음, 괜찮은 친구였지. 걔는 어떻게 지내니? 참 좋은 아이였는데."

"솔직히요? 별로 잘 지내지 못해요." 리디아는 말했다. "라지가 아버지에게 물어봐달라고 한 게 있어요. 아니, 우리 둘 다 궁금해요. 혹시 두 분 사이에 무슨 일이 있는지 눈치채신 게 있는지. 라지 부모님 사이에. 두 분 관계에. 그 당시 말이에요."

"그 당시라면……."

"우리가 리오비스타로 떠나기 전에요."

토마스는 사포 문지르는 소리를 내며 손을 비볐다. "불행한 커플이었지, 그건 분명해. 하지만 새로운 일은 아니다. 그 사람들은 언제나 라지 때문에 살았어. 대단한 비극도 아니고. 너도 보지 않았니?"

"두 분이 많이 싸우던 건 기억해요."

"네 기억이 정확해." 그의 시선이 바닥에서 리디아에게로 향했다가 다시 바닥으로 옮겨갔다. "하지만 파텔 씨가 싸우는 쪽이었고, 파텔 부인은 움츠러드는 쪽에 가까웠지. 부인은 사랑스럽고 친절한 사람이고, 남자는 고약한 돼지 같은 사람이었어. 그 표현이 정확할 거다. 부인이 청바지를 입었던가, 아니면 청바지가 너무 몸에 끼었던가 해서 싸웠던 기억도 어렴풋이 나는구나. 조다쉬 청바지였던 것 같은데. 어쨌든 부인은 남편을 떠났어야 했는데, 아마도 그럴 수 없었던 것 같다."

"가족 때문에요?"

"그랬겠지. 아니면 역학 관계 때문이었든가. 파텔 씨가 아내 외에 제 마음대로 할 수 있었던 건 완벽한 아들 하나뿐이었지. 너무 집착이 강해서 아내를 놓아줄 것 같지는 않았어."

"혹시 두 분 사이에 다른 아이가 있었다는 말은 못 들어보셨어요?"

아버지의 고개가 눈에 띄게 휙 움직였다.

"아이? 라지 말고? 전혀. 부인이 그런 결혼생활에 아이를 하나 더 가졌을 것 같진 않구나. 그럴 것 같지 않아. 아니, 그런 건 결정적인 문제야. 왜 이런 걸 묻니?"

"모르겠어요." 리디아는 라지를 보호하려는 듯 그의 비밀 앞에서 움츠러들었다.

"난 우리가 그 마을에서 무사히 빠져나온 게 기쁠 뿐이다." 그는 말했다.

리디아는 한숨을 쉬었다. 라지의 과거로 향하는 길을 발견하려고 여기 왔건만, 그 길은 망각 속에 깊이 잠긴 뒤였다. 현기증이 났고, 뼛속까지 피곤했다.

"집에 가야겠어요." 그녀는 바닥에서 일어서며 말했다.

"덴버로 차를 몰기에는 너무 늦은 시각이구나." 그는 오랫동안 대화 비슷한 것을 해본 적이 없어 야생적인 독백 능력만 남은 사람처럼 스노타이어와 고속도로 염화나트륨과 제설차량에 대해 두서없이 말하기 시작했다. 과거 이야기에서 화제가 멀어진 것이 반가운 듯했다.

그는 구석 바닥의 매트리스를 가리켰다. "저걸 깔고 난로 옆에서 자려무나. 지금 이 집에서 가장 따뜻한 곳이다."

"좋아요."

"침실을 내주고 싶지만 참고문헌으로 가득 찼어."

"여기도 괜찮아요."

"내가 가서 담요 한 장 더 가져오마. 네가 못 받은 엽서도 몇 장 있다."

"엽서요?"

"네 열여덟 살 생일하고 밸런타인데이 때 쓴 거다. 아마 그 뒤로 더 이상 쓰지 않았던 것 같구나. 생일카드 안에 아마 아직도 10달러가 들어 있을 거야."

"제가 같이 갈까요?"

그는 작업실 문을 나서다 멈췄다. "그래라. 원한다면." 그리고 캄캄한 바깥으로 사라졌다.

아버지의 망설임 때문에 리디아는 거리를 유지하며 그가 지나간 울퉁불퉁한 길을 따라 천천히 올라갔다. 산 위에 초승달이 떠 있었고, 희미한 달빛에 눈이 하얗게 반짝이며 굵은 소나무와 옹이진 덤불을 비추고 있었다. 밤공기가 얼어붙는 듯했지만, 움직이니 기분이 좋았다.

집 밖에도 안에도 불은 켜져 있지 않아 A자 오두막은 달빛 아래 수정처럼 투명해 보였다. 오두막의 작은 포치를 따라 방수포로 절반쯤 덮인 종이상자가 쌓여 있었다. 아마도 책장에 들어갈 준비를 하고 있는 책일 것이다.

"잠깐만 기다려라." 아버지는 현관문을 열고 말했다. "여기서 기다려. 다치면 곤란하니까."

아버지의 말이 무슨 뜻인지 이해할 수 없었지만, 집 안의 불이 켜지고 유리창 두 개가 양옆에 나 있는 열린 문간으로 안을 들여다보니 오두막은 완전히…… 리모델링되어 있었다. 언뜻 현관 일부를 막았거나 거실 한복판을 따라 좁은 복도를 만든 게 아닌가 하는 생각이 들었다. 그러다 그녀는 자신이 벽이나 복도가 아닌 통로를 보고 있다는 것을 깨달았다.

거긴 공간이 좀 비좁다고 해야겠지, 아버지는 아까 그렇게 말했는데 이제야 그 말뜻을 이해할 수 있었다. 거실에는 오두막 한쪽 끝에서 다른 쪽 끝까지 사방으로 책장이 놓여 있었다. 천장까지 닿을 정도로 높았고, 사람 하나 겨우 걸어 다닐 수 있을 정도로 좁았다. 통로에 고개를 들이밀어보니, 복도 벽과 그 너머 부엌도 작업실이 그랬던 것처럼 온통 책으로 덮여 있었다. 침실과 욕실이 어떤 모습일지 상상하는 것은 어렵지 않았다.

리디아가 집을 나간 뒤 아버지는 오두막을 아무도 책을 읽으러 오지 않고 대출하지도 않는 도서관으로 개조한 것이었다. 도서관이라기보다 무덤 같은 곳이었다.

아버지가 집 안 어디서 돌아다니고 있는지, 바닥이 책 무게로 삐걱거렸다.

문간에 다시 나타난 아버지는 리디아의 눈길을 회피했다. 집의 변화를 보여주는 것을 민망하게 여기는 듯했다. 리디아 자신이 이 변화된 모습을 본 첫 번째 사람일지 모른다는 생각도 들었다. 아버지는 개어진 울 담요와 갈색 휴지 뭉치를 건네주었다.

"이게 뭔지 알지?" 그는 휴지 뭉치를 가리켰다. "네 어머니 반지다."

"갖고 싶지 않아요."

"도티에게 주어서는 안 되는 거였어. 널 위해 보관하고 있었다."

"정말 갖고 싶지 않아요."

"내다버리거나 전당포에 팔아도 된다. 그냥 가져가라. 부탁이다."

그녀는 반지를 가방 안에 넣었다. 아버지는 주머니에 손을 찌르더니 별이 빛나는 하늘을 바라보았다. 그녀에게 한 가지 생각이 떠올랐다.

"혹시 도티가 정말 아버지를 사랑했을 수도 있을까요? 그녀는 반지를 받았잖아요? 죽었을 때도 끼고 있었어요. 어쩌면 그 이유가……."

"낭만적이군." 토마스는 말했다. "알아. 하지만 도티는 돈이 되기 때문에 갖고 있었던 거다. 화려한 손가락에 화려한 반지 하나 더. 사랑과는 관계없었어, 리디아. 내 말 믿어라." 어둠 속에서 아버지가 윙크를 한 것 같았다. "지금 와서 씁쓸하다거나 한 건 아니야."

그녀를 다시 작업실로 인도하기 전에, 그는 오두막으로 들어가 불을 껐다. 얼어붙은 유리창을 통해 아버지가 창조한 복잡한 서가를, 그를 자기 집에서 밀어낸 어마어마한 책 더미를 마지막으로 바라보고 있자니, 리디아는 아버지가 그 오랜 세월 동안 무엇을 하고 있었는지 비로소 이해할 수 있었다. 그것은 영원히 손에 닿지 않는 곳으로 사라져버린 인생의 한 순간을 되돌리려는 노력이었다.

조이와 별로 다르지 않아, 그녀는 생각했다.

아침에 리디아는 난로 옆 콘크리트 바닥에서 담요를 덮고 침낭 안에 웅크린 채 잠에서 깼다. 푸르스름한 불빛이 작업실 창문을 밝히고 있었다. 청량한 프린스턴 산이 창밖에 웅장하게 솟아 있었다. 간밤에 아버지는 밤샘파티를 준비해주는 부모처럼 작업실 공간을 정돈하고 지저분한 베개를 털어주었다. 그리고 리디아가 가물가물 잠에 빠질 때까지 어둑한 전구 하나만 켠 채 작업대에서 일을 놓지 않았다. 아버지가 언제 잠자리에 들었는지, 과연 자기는 했는지 알 수 없었다.

"일어났니?" 아버지는 차가운 공기 속에서 후드를 쓴 채 방 한가운데 의자에 앉아 있었다.

리디아는 손바닥으로 얼굴을 쓸면서 발을 죽 뻗었다. 아버지가 손에 뭔가 들고 있었다. 그녀가 덴버에서 올 때 가방 안에 챙겨넣었던 생일파티 사진이었다.

"그거……?" 리디아가 입을 열었다.

"내가 마음대로 꺼냈다. 뒤진 건 아니야."

"기다릴 수 없었어요?"

"고슴도치처럼 잔뜩 웅크리고 자고 있더구나. 깨우고 싶지 않았다."

리디아는 침낭에서 빠져나와 배낭을 보호하듯 자기 무릎 위에 얹었다. 아버지가 혹시 손댄 것이 있는지 내용물 목록을 만들어야겠다는 생각이 가장 먼저 들었다. 어쩌면 조이의 메시지가 들어 있는 해바라기 수첩을 본 게 아닐까 하고…….

"다른 건 보지 않았어. 그 걱정을 하는 거라면 말이다."

리디아는 배낭을 내려놓았다. 아버지는 창백한 얼굴로 사진을 들여다보았다.

"바로 이 사진이다. 세상에, 네가 생일 때 입을 옷을 고르고, 케이크를 장식하고 하던 게 다 기억나. 열 살. 이때만 해도 무슨 일이 벌어질지 꿈에도 몰랐지."

그의 눈가에 주름이 잡혔다. 그는 주먹으로 입을 막고 기침했다. 리디아는 침을 삼키려고 했지만, 잘되지 않았다.

"조이가 정말 죽었니?"

"네."

"죽을 때 정말 이 사진을 갖고 있었고?"

"그랬어요."

"몇 안 되는 사람 중 하나였다. 그 복도를 순찰하는 동안, 조이는 몇 안 되는 사람 중 하나였어." 그는 청소년 시절의 조이를 그 외딴

3층 외진 구역 독방에서 처음 어떻게 만났는지, 조이가 그 조용한 크리스마스이브 날 책상에서 그 사진을 어떻게 가져갔을지 설명하기 시작했다.

"정말 앞날이 창창했는데." 아버지는 말을 이었다. "형기를 마침내 마치고 새 출발을 하는 대신 곧장 널 찾아갔단 말이냐? 이해가 되지 않아. 말이 안 돼."

리디아는 조이가 어쩌면 사진 안에서 그녀를 동경하는 눈으로 바라보고 있는 라지와 형제 사이일지도 모른다는 말은 꺼내지 않았다. 아버지와는 아직 그 이야기를 풀어놓을 준비가 되지 않았다.

"내가 생각할 수 있는 유일한 설명은, 그렇게 밤마다 많은 이야기를 나누는 동안 어쩌면 조이가 너와 아는 사이라는 기분이 들었을지도 모르겠다는 거다. 너라면 자기한테 잘해주리라는 걸 알고 있었을 거야. 물론 그랬겠지."

"내 이야기를 많이 하셨어요?"

"그렇다고 말할 수 있지." 별것 아니었다는 말투였다. "출소하면 나를 찾아와라, 일어설 수 있을 때까지 지낼 곳을 마련해줄 수 있을지도 모른다는 이야기까지 했지만, 조이는 곧장 덴버로 돌아가겠다고 했다. 나가게 돼서 정말 행복해 보였고 그 어느 때보다 희망차 보여서 혼자 그렇게 세상에 내보내도 괜찮겠다고 느꼈던 것 같아." 그는 주먹 쥔 손마디로 사진을 두드렸다.

"내가 이 사진을 가져도 되겠니?"

"그럼요."

"내가 잘 보관하마." 그가 말했다. 그리고 일어서더니 작업대에서 테이프를 찾아 사진을 선반 모서리에 붙였다. "빌리 필그림은 어떻게 됐을까?" 그는 혼잣말을 하는 것이 익숙한 사람처럼 생각에 잠겨 나직하게 중얼거렸다. "빌리 필그림한테는 무슨 일이 생겼을까?"

리오비스타에 도착한 뒤 처음으로 리디아는 자신이 미소 짓고 있음을 깨달았다. 그는 거의 자기 아버지 같았다.

24장

거의 한 시간 동안 리디아는 플라스의 자동차 안에서 혼자 있을 수 있는 데 감사하며 리오비스타에서 멀어지고 있었다. 페어플레이 인근 고속도로는 산맥 사이 소나무가 울창한 눈 덮인 평지를 따라 이어졌다. 아버지를 만나느라 기력이 다한 나머지 중앙선을 넘어갈 뻔하다가 퍼뜩 정신을 차린 것이 몇 차례였다. 그녀와 아버지가 마침내 만들어낸 끈에 집중하고 싶었지만, 도티 오툴과 아버지가 그녀의 손가락에서 빼낸 반지가 자꾸 떠올랐다. 워낙 충동적이고 단 몇 초 사이에 벌어진 행동이었음에도, 수십 년 세월을 넘어 여전히 충격파를 전해왔다.

정오에 출근할 예정이었기 때문에, 리디아는 주유소를 보고서 브라이트아이디어 서점에 늦는다고 알리는 전화를 걸기 위해 차를 세웠다. 그 통화를 마치자마자 데이비드에게도 자기가 잘 있다는 것을 알려야겠다는 생각이 들었다.

집 전화는 아무도 받지 않았고, 데이비드의 회사 전화는 음성사서함으로 곧장 넘어갔다. 그녀는 메시지를 남기지 않고 전화를 끊었다. 물론 그녀는 그를 사랑했고 오랫동안 그가 그녀에게 가정을 만들어주기 위해 최선을 다했다는 사실을 알고 있었다. 그럼에도 아버지의 작업실 바닥에서 하룻밤을 보내고 여기 이 외딴 산골 마을 주유소에 혼자 있으니, 데이비드와 함께 나누었던 인생과 전혀 다른 분리된 곳에 있는 듯한 기분이 들었다. 리디아는 데이비드 대신 라지의 전화번호를 수첩에서 찾아 번호를 눌렀다.

"어떻게 됐어, 아버지를 만난 건?" 라지는 전화를 받자마자 물었다. "너랑은 괜찮아?"

"아직 모르겠어."

"무슨 뜻이야?"

"아버지는 오툴 부인과 뭔가 있었던 것 같아."

"모든 아버지들이 오툴 부인과 뭐가 있었어."

"이 모든 일이 벌어질 때 난 어디 있었을까?"

"열 살이었지." 라지는 심상하게 대꾸했다.

리디아는 주유소를 둘러보았다. 오리털 파카를 걸친 채 계산대 의자에 앉아 육포를 씹으며 로맨스 소설을 읽고 있는 여직원이 그제야 눈에 들어왔다.

"달리 알아낸 건 없어?" 라지가 물었다.

"네 부모님에 대해 들은 건 없었어, 라지. 사생아에 대한 소문 같은 것도. 미안해."

"그래도 시도해볼 가치는 있었지."

322

"그래." 라지의 희망이 쪼그라들면서 숨소리가 느려지는 것이 들렸다. 리디아의 주의는 계산대 여자에게 돌아갔다. 그녀는 알록 달록한 담배 진열대 앞에 앉아 있었고, 리디아는 순간 담뱃갑을 말 없이 치명적인 책이라고 상상했다. 시골 고속도로변에 일자리를 얻어 그 앞에 선 자기 자신도 상상해보았다. 이 모든 복잡한 개인 사를 뒤로하고 산속으로 사라지는 것도 괜찮은 거래가 아닐까. 아 버지가 교도소 복도를 돌아다니며 보낸 수많은 밤들과―텅 빈 밤 들, 어쩌면 조이와의 시간을 제외하고―탈출을 위해 지불했던 대 가를 생각하지 않을 수 없었다.

"너는, 라지? 그쪽은 뭔가 알아낸 게 있어?"

"많아, 사실. 아주 많아."

"그런데 나만 떠들고 있었군. 그래서 뭐야?"

라지는 다운타운의 수많은 주 정부 사무실을 돌아다니다 들어 온 참이라고 설명했다. "오늘 아침 법정에서 아이린을 만났어. 그 녀가 내게 대니시 페이스트리를 줬고, 우린 20분 뒤에 판사와 속 기사가 앉아 있는 회의실에 들어갔어. 아이린이 나한테 보낸 파일 을 읽으면서 판사한테 간단히 이야기하니, 판사가 내게 한 가지 질 문을 하더군. '왜 조지프 몰리나의 입양서류를 열람하고자 하십니 까?' 난 대답했지. '형제 사이입니다.' 이 한 마디. 내가 더 자세히 설명해야 할 줄 알았는데, 판사는 입양자 조지프 몰리나의 사망증 명서를 받았다, 주민기본인적사항기록부에서 두 사람의 가족관계 를 확인해주었다, 생존한 형제에게 기록을 공개하지 못할 이유가 없다고 했어. 그게 다야."

"고마워요, 아이린." 리디아가 말했다. "정말 넌 괜찮아, 라지?"

"괜찮아." 그는 선언이라도 하듯 말했다. "마음 한쪽에서는 아직 이게 다 착오일지 모른다고 생각하고 있지만, 점점 그렇게 믿는 게 힘들어지고 있어. 이해하겠어? 우리 부모님은 대체 무슨 생각이었던 건지. 아니, 이게 다 뭐냐고? 간밤에는 너무 열 받아 잠도 제대로 못 잤어. 이런 건 자식한테 숨겨서는 안 되는 거 아니냐고."

"하지만 아직⋯⋯."

"부모님한테는 아직 아무 말도 안 했어." 그는 안심하라는 듯 말했다. "말 안 하려고 부모님을 피해 다니고 있지만, 언젠가는 내 눈을 똑바로 보면서 설명하셔야 할 거야."

"피하는 건 좋은 전략이야. 일단은, 어쨌든."

"이따가 만날 수 있어?" 라지의 목소리가 피곤하게 들렸다. "아이린은 가능하면 파일을 오늘 오후에 내게 보내준다고 했어. 그래서 돈을 좀 빌려야 할지도 몰라. 미안한데, 너무 빨리 확인하고 싶었고 온통 수수료가 붙었는데 부모님한테는 부탁할 수가⋯⋯."

"돈 문제는 우리가 해결해보자." 리디아가 말했다. "너도 진짜 직장을 구해야 할지 몰라."

"모든 사람이 서점 직원이 될 수는 없어."

"지당하신 말씀."

라지가 웃었다. 리디아는 손이 차가웠고 입안에 쓴 맛이 감돌았지만, 그의 웃음소리를 들으니 기분이 나아졌다. 주유소 창밖으로 짐칸에 행복한 사냥개 한 마리를 태운 픽업트럭 한 대가 펌프 옆에 들어와 섰다. 전화를 끊고 고속도로로 나가야 한다는 것을 알고 있었지만, 온갖 생각을 가득 끌어안은 채 혼자 있고 싶지 않았다. 라지가 계속 떠드는 것이 반가웠다.

"리디아? 끊어야 한다는 거 알고 있지만, 혹시 그의 사진 안 갖고 있지? 조이를 찍은 사진."

"응, 없어, 라지. 서점에서 라일이나 플라스한테 물어볼 수는 있지만, 아무도 사진을 갖고 있을 것 같지 않아. 주목받기 좋아하는 타입은 아니었어. 왜?"

"난 아직 그가 어떻게 생겼는지조차 몰라. 나랑 닮았어?"

녹색 눈동자, 황갈색 피부, 검은 머리, 훤칠한 체구, 리디아는 별다른 의식 없이 언제나 조이가 라틴 사람이라고 생각해왔다. 몰리나라는 성에 대해 알게 된 것도 이런 선입견을 더 부추겼을 것이다. 그러나 되돌아보니 조이는 그 어떤 인종의 미국인이라 해도 쉽게 납득할 만했고, 인물사진이 —검은 옷을 입고 머리카락에 나뭇잎 조각을 매단 채 로키 산맥을 배경으로 덴버의 길거리에 서 있는 모습—『내셔널 지오그래픽』 커피 테이블 북이나 『서부에서의 하루』 혹은 『미국인』 같은 책에 실렸더라도 이상하지 않았을 것이다. 어디 출신, 어떤 혈통도 될 수 있었다.

"조이는 조이처럼 생겼어." 리디아가 말했다. "그를 생각할 때면 그래. 도움은 안 되겠지만."

"그냥 기분이 안 좋았어." 라지는 말했다. "그동안 조이가 줄곧 여기 카우타운에 살고 있었다면, 길을 가다 수십 번도 더 마주쳤을 거 아니야. 그런데도 점심 한번 사주겠다고 한 적 없고, 손바닥에 잔돈 몇 푼 쥐여준 적도 없었어. 내 형제였는데도."

"본 적도 없었을 거야, 라지. 그는 태어나자마자 사라졌으니까."

"바로 그게 문제야."

라지가 전화 저편에서 숨을 들이쉬는 소리가 들렸다. 리디아는 그가 겉으로 드러내는 것보다 훨씬 화난 상태임을 깨달았다.

"아이린이 혹시 경찰 기록에서 사진을 보고 싶냐고 물었어. 파일을 보낼 때 같이 보내주겠다고. 그런데 알잖아, 자살한 이후에야 그에 대해 알게 된 게 얼마나 끔찍한지, 내가 가진 조이의 유일한 사진은 용의자 사진이나 시체 포대 안에 들어 있는 모습일 거라는 생각밖에 안 들더라고. 이 아이에 대해 우리가 갖게 될 유일한 이미지가 그것뿐이라면 세상은 도대체 얼마나 잘못된 거냐고? 어린 시절 사진은? 난 그의 형이 될 수도 있었어, 리디아. 정말로. 이 현실 대신에."

리디아는 뭐라 말해야 할지 몰라 동의한다는 뜻으로 한숨을 쉬었다.

"그가 널 만나서 기쁠 따름이야." 라지는 말했다. "죽기 전에, 내가 널 알듯 그에게도 널 알게 될 기회가 있었다는 게. 그게 도움이 돼, 리디아. 네가 조이 곁에 있었다는 걸 아는 게. 그랬지?"

"그랬을 거야."

"그게 도움이 돼, 리디아. 아, 난 그냥……."

라지는 말끝을 흐렸다. 울고 있는 듯싶었다. 그의 곁에 있어주고 싶으면서도 다른 한편, 곁에 있지 않다는 사실에 마음이 놓였다.

"라지?"

"난 괜찮아." 그는 잠시 후 말했다. "돌아오면 나한테 와줘. 네가 여기 도착하기 전에는 아무것도 안 할 테니까. 빌어먹을 부모님."

"최대한 빨리 갈게."

리디아는 공중전화 수화기를 내려놓았다. 그녀는 잠시 그대로 서서 주유소의 캔디 과자와 육포, 벨트 버클, 나비 칼을 둘러보았다. 출발하기 전, 그녀는 아버지의 갈색 휴지뭉치를 배낭에서 꺼내 조용히 공중전화 위에 올려놓았다. 계산대의 여자는 고개를 들고 하품을 하더니 다시 로맨스 소설로 되돌아갔다.

25장

서점 근무가 끝난 뒤, 리디아는 라지에게 전화해서 북쪽으로 몇 블록 떨어진 허름한 술집 '터미널 바 앤 카페' 밖 보도에서 만나기로 했다. 라지는 바 위층 작은 아파트를 빌려 살고 있었다. 걸어가는 길에 굵고 차가운 빗방울이 떨어지기 시작했고, 곧 빗방울은 코블스톤과 콘크리트를 적셨다. 도착하고 나니 라지가 술집 앞이 아니라 골목에 내다버린 비닐 바 부스에 빗줄기도 아랑곳없이 앉아 있는 것이 보였다. 그는 인부 두 사람이 비에 젖은 채 그림을 새긴 거울을 바에서 내와 트럭 뒤 칸에 싣는 것을 지켜보고 있었다. 그 중 한 사람이 리디아가 다가가자 위아래로 훑어보았다. 그것 말고는 분위기가 마치 장례식장 같았다.

"하나 더 없어지네." 라지가 말했다. 그는 자기 집 아래 술집을 해체하는 인부들에게서 눈을 떼지 않았다.

리디아는 이해했다. '터미널'은 대단한 역사—캐시디, 케루악, 웨이츠—를 지닌 대단한 술집이었다. 동료들 사이의 소문에 따르면 곧 이 술집도 쿠어스 술통과 흔들거리는 당구대를 내다버리고 세련된 해산물 비스트로로 다시 태어날 예정이었다. 거대한 쓰레기통이 술집 앞 보도에 기대 세워져 있었고, 쓰레기통은 새 주인이 원치 않아 내다버리는 바 의자와 비닐 부스, 부엌 매트, 조미료 통으로 넘쳐났다.

"오래지 않아 우리도 모두 쫓겨나겠지." 라지가 말했다. "여긴 아무도 살려고 하지 않는 곳이었는데, 요즘은 다들 오고 싶어해. 컨디션은 어때?"

"피곤해. 아직 서류는 안 왔어?"

"늦는 것 같아." 라지는 말했다. 배달부가 아이린의 파일을 다섯 시까지 갖다 주기로 했는데, 전화도 없이 나타나지 않은 모양이었다. "여기서 같이 기다려줄 수 있어? 놓치고 싶지 않아."

리디아가 라지 옆에 주저앉자, 오렌지색 비닐이 바람 빠지는 소리를 내며 꺼져 들어갔다.

유니언스테이션 위에 희미한 귤색 석양이 내려앉았지만, 나머지 하늘은 캄캄하고 구름이 잔뜩 끼어 있었다. 곧 공기는 차가워지고 비도 젖은 눈으로 변하기 시작했다. 리디아는 부스를 골목 담벼락에 더 가깝게 옮겼다. 인부는 하늘을 흘끗 보고는 일을 마무리했다.

"어떻게 해야 할지 모르겠어." 라지가 말했다. "조이의 파일이 우리가 형제라는 걸 확인해준다면. 부모님을 어떻게 맞닥뜨려야 할지 모르겠어. 어떻게 내게 말을 안 할 수 있었을까?"

"일단 기다려보자, 라지."

라지는 눈을 감고 부스에 등을 기댔다. 그는 검은 진에 회색 코트를 걸치고 있었고, 눈이 오는 것도 느끼지 못하는 것 같았다.

간밤에 아버지의 작업실을 찾아간 뒤로 리디아는 자신이 좀 더 강해졌다고 느꼈지만—자신의 감정과 자신의 역사에 대한 통제력에 있어—지금은 예전과 다를 바가 없는 것 같았다. 아니, 오히려 더 나빴다. 두려움이 가슴을 죄었고, 양치질도 간절했다. 오툴 씨의 집에서 아버지가 범죄현장을 조작하고 수사를 방해했다는 사실은 달라질 것이 없었다. 혹시 아버지가 기소되거나 배심원 앞에 서거나 기자들을 만날지도 모른다는 것은 차마 상상할 수조차 없었다. 아버지가 아무리 나쁜 짓을 저질렀다 해도, 그런 상황은 감당할 수 없었다. 무엇보다 아버지가 다시 그녀의 인생에 들어오자마자 쫓아낼 수는 없었다. 정말 어떻게 해야 할지 알 수 없었다.

라지는 일어서서 발뒤꿈치를 딛고 몸을 흔들기 시작했다. 부츠가 도시의 불빛이 어른거리는 웅덩이에 철벅 빠졌다.

"혼자였다면 이 모든 걸 감당할 수 없었을 거야." 라지가 의외로 격식을 차린 투로 말했다.

"걱정하지 마, 라지. 앉아."

그는 선 채로 진눈깨비 너머 술집 위층에 있는 자기 집의 어두운 창문을 바라보았다. 창문 아래에는 빈 술통이 실탄 탄피처럼 건물 벽에 기대어 있었다.

"계속 생각했어. 내 동생과 네 아버지가 그 교도소에서 서로를 발견했다는 게 얼마나 멋진 일이었는지."

"무슨 말인지 알아."

"비슷한 방식으로 더듬어보면, 조이가 살아 있었다면 난 지금 여기 너와 같이 있지 않았을 거야. 그렇지 않아?"

"그래. 하지만 그렇게 생각해봤자 달라지는 건 없어, 라지."

"진심이야, 리디아. 난 그 무엇보다 조이가 지금 우리와 함께 여기 앉아서 이 진눈깨비를 즐기고 있다면 얼마나 좋을까 생각해, 당연히. 하지만 내가 널 다시 찾게 된 건 그의 죽음, 신문에 난 그의 시체 포대 때문이었어. 안 그래?"

"맞아."

"이런 이야기를 하는 건, 이 지구상에서 조이의 인생이 헛되지 않았기를 바라는 마음 때문이야. 의도했건 의도하지 않았건, 조이가 날 뭔가 특별한 곳으로 이끌어주었다는 느낌이 들어. 내 감정을 털어놓기 민망하다는 이유로 그 의미를 헛되게 할 수는 없어."

"라지, 아직 우린 생각할 게 많아. 아직 모르는 것도 많고……."

"좋아." 그는 그녀의 말을 끊었다. "이 말만 하고 싶어. 너와 나, 리디아. 우린 함께 있어야 해. 우리 앞에 무엇이 있는지 확인해야 해. 이건 우연이 아니야, 리디아. 우리의 인생 전체가 쌓여 이 지점으로 온 거라고. 너와 나. 지금 여기. 들어봐."

가슴속에서 무언가 싹트는 듯했고, 그녀는 귀를 기울였다. 멀리서 자동차가 웅덩이를 지나가는 소리, 선로를 가르는 기차 소리, 비상구로, 하수구로 떨어지는 물소리. 아주 잠시 동안 그녀는 라지의 말에 동조하는 것을 생각해봤지만 그것은 너무 복잡하고, 데이비드와의 꾸준한 관계를 고려하면 불필요할 정도로 잔인한 일이었다.

"지금은 그런 생각을 할 여력이 없어, 라지."

그는 고개를 돌려 길 건너 텅 빈 가게들을 바라보았다.

"데이비드 때문에?" 그가 물었다. "내가 뚱뚱하거나 지저분해서가 아니라 데이비드 때문이라고 말해줘."

"라지, 넌 정말 귀여운 남자야. 내 말 믿어."

"세상에서 제일 외로운 귀여운 남자군." 그의 말은 그다지 진지하게 들리진 않았다.

픽업트럭이 물을 튀기며 지나쳤고, 운전사가 창밖으로 담배꽁초를 내던졌다.

"우린 항상 가까웠어, 라지. 우리가 어울리지 않았을 때도. 우린 늘 가까이 지냈어. 그러니까 그저 각자 인생을 살면서 어떻게 되는지 두고 보기로 하자. 알겠지?"

"좋아." 그는 말했다. 그가 실망한 것은 사실이지만, 그녀는 자신이 옳다는 것도 알고 있었다. 지금은 때가 아니다.

리디아의 손은 젖어 있었고, 발밑에 눈 녹은 물이 고여 웅덩이가 생겼다.

"내 아파트에서 기다려도 돼." 라지가 말했다.

"난 여기가 좋아."

배달부가 자그마한 1980년대 식 메트로 혹은 유고를 끌고 '터미널' 앞에 도착하자, 라지는 보도로 달려가 그를 맞았다. 땋은 머리를 늘어뜨린 배달부가 차에서 내려 찢어진 줄무늬 스웨터 차림으로 태연하게 눈 한가운데로 나왔다.

"늦으셨네요." 라지가 말했다.

"교통 정체 때문에요. 스피어 대로요. 아니, 차를 왜들 끌고 나왔는지 모르겠어요. 나를 산으로 보내줘요. 말 한 마리랑."

배달부의 차는 비상등을 켠 채 이중으로 주차되어 있었다. 리디아는 라지가 파일 꾸러미를 받아들고 손 안에서 가볍게 흔드는 것을 보고 불안감을 꿀꺽 삼켰다. 파일은 방수 봉투에 넣어 노끈과 단추로 봉한 상태였다. 리디아는 조이가 목을 매던 날 이와 비슷한 꾸러미를 자기 방 쓰레기통 안에서 태우는 장면을 상상했다.

"서명이 필요해요." 배달부는 클립보드를 건네며 진눈깨비를 막기 위해 몸으로 가렸다.

라지는 보드를 건네받았다. "아, 네, 죄송합니다."

"난 익숙해요. 의료기록이나 이혼서류 같은 심각한 서류를 배달하거든요. 난 소식을 전하는 사람이에요." 그는 클립보드를 라지에게서 받아들고 작은 손전등으로 그의 이름을 비춰보았다. "기쁜 소식이었으면 좋겠습니다, 라지 파텔. 이 소식이 평화를 가져다주기를. 그럼 이만."

리디아와 라지는 배달부의 미등이 사라지는 모습을 바라보다가 골목 안쪽의 건물 옆문으로 향했다. 라지는 벽돌에 설치된 전등 밑에 서서 봉투를 뜯기 시작했다. 아이린의 메시지가 적힌 포스트잇 메모가 밖에 붙어 있었지만, 라지는 파일을 열기 전에 확인할 생각이 없었다.

"아무것도 안 보여." 그는 서류를 얼굴 가까이 가져다대며 눈을 깜박였다. "모든 게 물 밑에 있는 것 같아."

"여기." 리디아는 파일을 받아들고 글자가 보이도록 몸을 숙였다. "뭐라고 적혀 있어? 우리가 맞아?"

그녀는 바싹 마른 입으로 고개를 끄덕였다. 작고 규칙적인 소리가 들려왔다. 라지가 손톱들을 서로 맞부딪치는 소리였다.

"라지, 이거 보이니?"

"뭐?"

"이거." 그녀는 가장자리 선을 표시한 소용돌이 문양 안쪽 콜로라도 주 인장 맨 위에 '입양증명서'라고 찍힌 새 복사물을 들어 보였다. 가장 먼저 눈에 띈 것은 모든 정보가 마치 작은 창 같은 사각형 안에 배치되어 있고 사각형에는 각자 다른 데이터가 들어 있다는 점이었다. 조이의 메시지와 닮았다는 사실을 연상하지 않을 수 없었다. 이것은 아기 조이가 출생 직후 몰리나 가족에게 입양되었을 때 작성된 증명서 사본이었기 때문에, 예상했던 대로 몰리나 부부에 대한 정보도 많이 기록되어 있었지만 한편, 조이의 출생과 친부모에 대한 정보도 들어 있었다. 작은 사각형에는 기대했던 사항이 적혀 있었다. 아이 성명 · 성별 · 출생지 · 출생일 · 출생시 · 생모 성명 · 생모의 처녀 시절 성명. 이어 리디아는 조이의 생부에 대한 정보를 발견했다.

"이거 보여?" 리디아가 말했다. 젖은 손가락이 생부 이름을 적은 사각형을 두드렸다.

"이해가 안 돼." 라지가 말하면서 증명서를 리디아의 손에서 빼앗아 불빛 가까이 들어 올렸다.

'생부 성명: 바톨로뮤 에드워드 오툴.'

리디아는 어깨에 힘이 들어가는 것을 느꼈다. 종이에 진눈깨비 떨어지는 소리가 들렸다.

"오툴 씨라고 적혀 있어?" 라지가 말했다. "생부란에?"

"응."

"무슨 뜻이지?"

"모르겠어." 그녀가 말했다.

"이건 잘못됐어." 그는 숨을 몰아쉬었다. "아이린이 잘못된 파일을 보낸 거야."

"이게 맞아, 라지."

"그럴 리가 없어, 리디아. 그럴 리가. 만약……."

"그래."

"그렇다면 이게 뜻하는 건……."

"그런 것 같아." 그녀가 말했다.

리디아는 얼굴에서 눈송이가 녹는 것을 느꼈다. 라지의 손에 든 서류가 옆구리로 떨어지더니 그의 허벅지를 스쳤다.

"혹시 오툴 씨는 증인 같은 게 아니었을까?" 라지가 입을 열었다. "잘못된 사각형 안에 그의 이름을 적은 거야." 그는 하늘을 바라보았다. "그럴 일은 없겠지. 그렇지?"

"그럴 일은 없어." 리디아가 말했다. "여기 '생부'라고 적혀 있잖아, 라지. 그건……."

"조이는 우리 아버지의 아이가 아니라는 뜻이지. 우리 엄마가……. 우리 엄마와 오툴 씨가?"

"바로 그거야."

"우리 엄마가?"

"그래."

"그럼 엄마는 인도에 갔던 게 아니군?" 그는 다른 종이에 적힌 글자를 바라보며 믿기지 않는다는 듯 말했다. "엄마는 대신 콜로라도 스프링스의 '신성한 마음 모성 쉼터'라는 곳에 갔어. '문제 소녀를 위한 집'이 아닌 게 놀라울 지경이야. 엄마와 오툴 씨라니, 정말?"

리디아는 심장에서 흘러나가는 피가 진득하게 느껴졌다. 뭔가 어떤 생각이 형성되는 중이지만 의식 바로 아래 갇혀 표면을 뚫고 나오려고 노력하는 중이라 아직 모습을 완전히 드러내지 않고 있는 기분이었다. 얼마나 슬픈 일인가! ─아마도 그것이었다─ 조이의 아버지가 아이가 태어나기도 전에 죽었다니. 그가 조이에 대해 알고 있었을까? 조이도 그에 대해 알고 있었을까? 어느 쪽이든 정말로 슬픈 일이다.

라지는 콧물을 깊이 들이마시고 평정을 유지하려고 애쓰며 서류를 다시 들여다보았다. 그의 신경세포가 지금껏 자기 부모에 대해 알고 있던 모든 사실을 재조립하느라 바쁘게 활동하는 동안, 리디아는 라지를 언제나 점프수트 주머니에 사탕을 잔뜩 넣어 와서 나눠주던, 옆에서 끝없이 책을 읽던, 자기 집 현관 계단을 올라갈 때면 언제나 걱정스러운 표정이 되던 어린 시절의 친구로 새삼 바라보지 않을 수 없었다. 마음이 너무나 아팠다.

"괜찮을 거야, 라지."

"잠깐만 시간 좀 갖게 해줘." 그가 흐릿한 목소리로 말했다.

그에게 공간을 주기 위해 돌아서서 잠시 떨어지려는데, 한 발짝 내디딘 순간 리디아는 뭔가 잡아당기는 것을 느꼈다. 그리고 그들이 손을 잡고 있었다는 사실을 깨달았다. 얼마나 오래 이러고 있었는지 알지 못했고, 라지도 의식하지 못한 것 같았다. 라지의 손이 그녀의 손에 아주 자연스럽게 포개져 있어 손목을 살짝 흔들어 떼어야 했다. 손이 떨어지자마자 그녀는 후회했다. 손가락이 더 차갑고 척척하고 허전한 느낌이 바로 들었다. 몸의 나머지 부분에까지 한기가 돌았다.

"내일 아침 같이 먹자." 리디아가 말했다.

라지는 파일에서 고개를 들고 리디아가 축축하게 젖어 납작해진 머리로 아직까지 거기 서 있다는 데 놀란 표정이었다. 그의 턱에서 작은 목소리가 새어나왔다. "아침, 그래."

"하루 이틀 있다가 이야기해보는 게 좋겠어."

"부모님이랑?" 그는 눈썹을 추켜올렸다. "내 동생은 죽었어, 리디아. 우리 엄마는 오툴 씨와 바람을 피웠고. 두 분하고 다시 이야기를 할 수 있을지 모르겠어."

그는 전등 아래로 되돌아가 고개를 들지 않았다. 리디아는 가득 찬 쓰레기통 앞을 지나 골목을 빠져나온 뒤 콜팩스애비뉴 쪽으로 걷기 시작했다.

26장

리디아는 가스 앤 도넛 가게 길 건너 플렉시글라스 버스 정류장에 앉아 파텔 부부가 안에서 가게 문을 닫는 모습을 바라보았다. 파텔 씨는 계산대 영수증을 챙기고 있었고, 파텔 부인은 바닥을 자루걸레로 닦고 있었다. 척척한 눈이 몇 시간째 내리고 있었기에 시가 전체가 젖은 솜으로 한 겹 덮인 것 같았다. 자동차가 한 대 지나칠 때마다 리디아의 발목과 무릎, 때로 얼굴에까지 눈 녹은 물이 튀었다. 입 안에서 실제로 콜팩스의 맛을 본다는 것, 이 재회를 위해 적절한 것 같았다.

마침내 파텔 씨가 파란 자물쇠가 달린 은행 가방을 들고 가게 옆 문으로 나오는 모습이 반갑게 느껴졌다. 그는 코트를 걸치고 조심스럽게 보도 쪽을 바라보더니 다시 골목으로 들어가서 가게 옆에 세워놓은 흰색 몬테카를로를 향해 빠르게 걸음을 옮겼다. 그는 자

338

동차에 시동을 걸고 잠시 그대로 서 있다가 얼음제거용 솔을 꺼내더니 진눈깨비가 내려앉은 앞 유리창을 닦았다. 그가 나머지 창을 닦기 위해 솔로 허벅지를 두드리며 자동차 앞쪽을 돌아 헤드라이트 앞을 지나갔다. 리디아는 긴장으로 속이 울렁거리기 시작했다.

잠시 후 그는 떠났다. 파텔 부인이 마침내 혼자 남았다.

리디아는 빠르게 길을 건너 가스 앤 도넛 유리창을 두드렸다. 파텔 부인은 걸레질을 계속하며 고개를 세차게 저었다. '닫았어요! 닫았어요!' 외치는 소리가 유리 너머로 작게 들려왔다. 부인은 크림색 니트 스웨터와 갈색 사리 차림이었고, 왼손에는 지저분한 붕대를 감고 있었다. 엄마가 최근에 손을 심하게 데었지만 일을 하루도 쉬지 않는다고 불평하던 라지의 말이 떠올랐다.

리디아는 '주유하면 공짜 글레이즈드 도넛'이라고 적힌 간판 아래 서 있다가 다시 유리를 두드렸다. 파텔 부인은 창문으로 다가와 고개를 젓다가 리디아를 알아보고 별안간 얼굴을 누그러뜨렸다.

"리디아?"

파텔 부인은 열쇠를 찾느라 꾸러미를 짤랑거리며 뒤적였다.

"리디아구나?"

그녀는 문이 다 열리기도 전에 리디아를 포옹하고 가게 안으로 들였다. 여전히 아름다웠지만, 머리카락이 세었고 배에 살이 붙었다. 얼굴에 새겨진 얇은 주름살이 그녀의 표정에 결과 깊이를 더하고 있었다. 눈 아래에는 회색 그늘이 져 있었고, 뺨에도 회색 반점이 보였다. "라지한테서 돌아왔다는 소식을 들었어! 정말 기쁘다, 리디아. 이렇게 늦은 시간에 웬일이니?"

미소 짓지 않기란, 파텔 부인의 포옹에 답례하지 않기란 힘들었다. 하지만 리디아는 뻣뻣하게 자리를 지켰다.

"제가 왜 왔는지 알려드리면 별로 반갑지 않으실지도 몰라요." 리디아가 말했다.

파텔 부인은 등을 곧추세웠다. 미소가 곧 사라졌다. 그녀는 원치 않는 아이를 어둠 속에 묻어버려야 하는 세상에서 살아온 여자 같았다.

"라지가 조이에 대해 알고 있어요." 리디아가 말을 이었다. "우리 둘 다 조이에 대해 알아요."

파텔 부인은 얼굴이 창백해지더니 바퀴 달린 노란 양동이를 발로 밀며 타일 바닥을 걸레로 문지르기 시작했다. 그녀는 풍선껌 기계 아랫단을 절그럭거리며 닦았다. "나갈 때 문을 닫아주렴, 리디아."

"조이는 가족을 원했을 뿐이에요."

파텔 부인은 어두운 표정으로 고개를 끄덕였다. 걸레를 양동이에 담갔다. 회색 물이 출렁거렸다. 리디아는 앞으로 나서서 걸레 손잡이를 잡았다.

"앉아보세요." 리디아는 그녀와 라지가 어린 시절 수많은 시간을 함께 보냈던 옛 자리를 가리켰다. 점 찍힌 포마이카 테이블, 크리머 통, 설탕 통, 모두 똑같았다.

"로한이 금방 돌아올 거다." 파텔 부인이 말했다. "그가 돌아올 때 여기 있으면 안 돼."

"그럼 얘기해주세요. 아니면 아저씨를 기다렸다가 같이 이야기 하든가요. 라지한테 전화할 수도 있어요. 걔는 정말 충격받았어요."

"넌 모른다."

"아주머니, 제발."

방금 탁자를 닦았는지 아직 물기가 남아 있었고 소독약 냄새가 났다. 파텔 부인은 능숙하게 사각형 디스펜서에서 냅킨 몇 장을 찢더니 팔걸이 밑을 닦았다. 리디아 맞은편에 앉은 부인은 잠시 말없이 콜팩스애비뉴를 지나가는 자동차만 바라보았다. 그러다가 스스로에게 허락이라도 하듯 고개를 끄덕였다.

모든 것은 헤어스타일에서 시작되었다.

라지가 4학년에 막 올라갔을 무렵 어느 한가한 오후, 아이를 받쳐 안은 젊은 어머니가 가스 앤 도넛에 들어섰다. 도넛 상자를 채우던 마야 파텔은 그녀에게 묘하게 끌렸다. 여자는 날씬했고, 커피색 피부였으며, 금색 웨이트리스 복장을 가운처럼 걸치고 있었다. 거의 대머리처럼 바짝 민 머리였고, 귀에는 커다란 플라스틱 귀고리가 대롱거렸다. 마야는 여자가 아이를 어르는 동안 계산을 끝냈고, 나간 뒤에도 그녀의 모습이 콜팩스애비뉴 저쪽으로 작아져 사라질 때까지 하염없이 바라보았다.

마야에게 그녀는 너무 훤칠하고, 너무 당당해 보였다. 자기 자신이 어떤 사람인지 정확하게 알고 있는 것 같았다.

이후 며칠 동안 마야는 그녀의 존재를 머릿속에서 지울 수가 없었고, 곧 자기 자신을 위해 뭔가 해야겠다는 절박한 욕구가 생겼다. 그녀는 언제나 길고 풍성한 머리채를 유지했고, 매일 아침저녁 15분 동안 빗질을 했으며, 로한이 좋아할 향의 샴푸만 세심하게 골라 썼다. 로한은 그녀의 머리칼을 아주 좋아했지만 사랑을 나눌 때만 그런 감정을 드러냈다. 팔꿈치를 바닥에 대고 얼굴을 머리카락에 묻기도 하고, 때로 리본처럼 이빨 사이에 물고 사정하기도 했다.

로한은 콜팩스애비뉴의 여자들, 특히 햇빛 아래 노브라로 돌아다니거나 짧은 치마에 코르크 샌들을 신고 걷는 여자들을 쳐다보다가 마야에게 들키곤 했다. 때문에 마야는 자기도 외모를 그쪽으로 과감하게 바꾸면 남편이 기분 좋게 놀라리라 기대했다. 탱크톱을 입거나 지나치게 노출이 심한 옷은 곤란했기에, 사리 대신 또는 사리 밑에 입을 조다쉬 청바지를 샀다. 그리고 좀 떨어진 '글래머구루' 살롱의 스타일리스트를 찾아갔다. 스타일리스트는 그녀의 머리칼을 손가락으로 쓸면서 여러 각도에서 감상하더니 짧게 잘라보라고 권했다.

—아주 짧게요. 미시즈 브래디처럼 짧게. 도러시 해밀처럼 짧게.

마야는 약간 떨렸지만 결국 동의했다.

머리를 자르고 며칠간 로한은 도넛 가게 카운터를 지나칠 때마다 마야를 옆으로 밀어내면서 비켜서지도 않고 무작정 지나가거나, 그녀가 오염이라도 된 듯 자기 두 손바닥을 바깥쪽으로 번쩍 펼쳐 들기도 했다.

—난 남자하고 결혼한 게 아니야, 그는 말했다. 머리가 다시 길어지면 그때 한 침대를 쓰자고.

10여 년 결혼생활을 한 아내에게, 자기 자식의 어머니에게 그가 한 말이었다. 마야의 기대대로 남편을 더 흥분시키기는커녕 이 헤어스타일로 긴 냉전이 시작되었다. 수많은 밤을 그녀는 소파에서 혼자 잠을 청했다.

머리를 자르고 한 달쯤 지나 한창 냉전이 계속되던 어느 날, 도넛 가게 지하 파이프가 부식되어 터졌다. 초겨울 첫 얼음이 얼기 한참 전 가을이었다. 바트 오툴은 이틀 동안 바닥 밑에서 일하느라, 특유의 조용한 태도로 공구함과 구리 파이프를 들고 지하실 출입구가 있는 저장실을 들락거렸다. 일을 잘하는지 확인하느라 로한이 대체로 옆을 지켰지만, 그래도 바트는 늘 마야에게 시선을 주었다. 로한이 눈치챘는지 알 수 없었지만, 마야는 그 시선을 의식했다. 매번 돌아설 때마다 이 잘생기고 조용한 남자가 그녀를 바라보고 있었다. 그것은 응시라기보다 마치 그녀의 발치에 눈길을 가만히 굴려 보낸 뒤 집어 들겠냐고 묻는 일종의 제안처럼 느껴졌다. 워낙 오랫동안 남편과의 관계는 무관심과 혐오 사이를 오가는 중이었다. 그런데 이 파란 눈동자에 콧수염을 기른 날씬한 금발머리 남자—로한과 반대였다—가 자신의 욕망을 그녀에게 쏟아붓고 있었다. 마야는 자신이 텔레비전에 나오던 여자, 길거리에서 공중에 모자를 던지던 그 여자라도 된 것처럼 느껴졌다.

작업이 마침내 끝나자 로한은 체크를 하고 바트의 등을 두드려 주었다. 그것이 공식적인 끝이었다. 그러나 다음날 아침 일찍 가게 문을 열기 전 로한이 라지를 학교에 데려다주고 식기세척기용 새 스프레이를 사러 시내로 나간 동안, 바트 오툴이 유리문을 두드렸다. 3분 뒤 그는 망치와 손전등을 들고 지하실로 내려갔고, 공구함은 지하실 해치 바깥에 놓아두었다. 20분 뒤에 가게 문을 열어야 했기에 할 일이 많았지만, 마야는 그에게 뜨거운 모닝 커피를 따라주고 지하실 바닥에 나란히 쪼그리고 앉았다. 바트는 파이프 연결부 바로 아래 차가운 흙에 등을 댄 채 지난번에 왔을 때 오일을 흠뻑 적셔놓은 낡은 밸브를 뜯어내려고 애쓰고 있었다.

―급한 건 아닙니다, 그는 말했다. 그냥 만일의 경우에 대비하
는 겁니다.

마야가 쪼그리고 앉은 위치에서 그의 목 아래가 보였다. 그가 좁
은 공간 안으로 더 깊이 들어갈수록 셔츠 자락이 당겨져 배가 드
러났고, 코카콜라 벨트 버클 아래로 이어진 희미한 털이 눈에 들어
왔다. 마야는 고개를 돌리려다가 순간, 그러지 않아도 된다는 사실
에―지하공간의 각도 탓에 오툴이 그녀의 시선을 확인할 수 없었
던 것이다―쾌감을 느꼈다. 로한이 분명 출입하고 있을, 콜팩스애
비뉴의 성인용품점에 있다는 누드 부스가 이렇지 않을까 싶었다.
남자들이 동전을 넣고 유리를 들여다보면 거울 저편에서 남자를
볼 수 없는 벌거벗은 여자들이 낡은 담요와 붉은 베개 위에서 음악
에 맞춰 몸을 흔드는 모습을 볼 수 있다고 들었다. 파이프 짤랑거
리는 소리 위로 마야는 바트의 날렵한 몸을 아주 오랫동안 바라보
았다. 그리고 그가 예고 없이 다시 기어 나온 찰나, 두 시선이 마주
쳤다.

―커피 드세요, 그녀는 불쑥 말하고는 뚜껑 덮인 종이컵을 건
넸다.

그는 팔꿈치를 바닥에 대고 몸을 일으켰다.

―집에서도 이런 서비스는 못 받는데. 정말로요.

―집에서요? 휴, 누가 집에서 이러겠어요?

바트는 그녀에게서 커피를 받아 지하공간의 차가운 흙 위에 부
드럽게 내려놓았다. 그러나 마야의 작은 손은 여전히 길게 뻗은
채로 그 자리에 남았다. 그는 그녀의 손가락을 오랫동안 바라보다
가 손을 내밀어 만졌다. 몇 초 안에 그들은 타일이 깔린 부엌 바닥

에서 입술과 입술을 마주 댄 채 숨을 몰아쉬고 서로의 몸을 더듬었다.

가스 앤 도넛이 문을 열기 3분 전, 지하공간 해치가 다시 닫혔고 바트는 공구함을 들고 문을 나섰다.

죄책감이나 두려움에 사로잡히리라는 예상과 달리, 마야는 하루 종일 미소 짓고 다녔다. 눈을 감을 때마다 바트가 자기 몸속에 단단히 밀려들어오는 것을 아직도 느낄 수 있었다. 그의 손은 그녀의 뒤통수에서 머리카락이 가장 짧은 바로 그 부분을 움켜쥐고 있었다. 마야는 몇 번이고 부엌에 들어가 그 만남을 회상하듯 타일 바닥에 멍하니 서 있었다. 한번은 로한이 등 뒤에서 갑자기 나타났다.

—손님들 안 보여!

그가 그녀의 귀에 대고 소리를 질러 환상에서 번쩍 깨어나게 만들었다.

마야와 바트는 근본적으로 그것이 전부였다. 10월 초 어느 늦은 밤 로한이 밤에 은행에 들르는 시간을 틈타, 가게 뒤에 주차된 배관트럭 앞자리에서 딱 한 번, 멍청하게도 다시 만났다. 사리가 문고리에 걸려 약간 찢어졌고, 빨아도 잘 안 지워지는 기름때까지 묻었다. 바트는 맥주를 마신 뒤였고, 섹스는 감각적인 밀회라기보다 의사가 기구를 몸속에 들이밀며 진료하듯 어색하고 거칠었다. 고작 두 번의 만남을 불륜이라고 부를 수 있을지는 몰라도, 그것이 두 사람의 마지막 정사로 남았다.

몇 달이 흘렀다. 마야의 고통은 계속되었다. 임신 사실을 알고 충격에 휩싸인 그녀는 로한을 유혹하기 위해 가능한 모든 방법을 동원했다. 임신 날짜를 실제 부부간 섹스 날짜와 들어맞게 해보려고. 그러나 그녀의 머리카락은 너무도 천천히 자랐고, 그는 금욕에 관해 단호했다.

—더 이상 남자처럼 안 보일 때, 그는 그녀에게 환기시켰다.

마야는 의사에게 가지 않았고, 아무에게도 말하지 않았다.

가게 뒷골목에서 자동차가 물을 튀기는 소리가 들리자 파텔 부인은 눈을 커다랗게 떴다. 차가 멈추지 않고 지나가자 그제야 안도하는 것 같았다.

"로한이 곧 올 거다."

그녀는 자리를 빠져나와 스웨터 주머니의 열쇠를 움켜잡았다.

"조이에게 무슨 일이 있었는지 알고 싶어요." 리디아는 말했다.

"네가 조이를 안다면 나머지도 알 거다. 난 도망쳤어. 난 아기를 낳았고, 그 아이를 포기했다. 그리고 여기로 돌아왔어. 자, 제발. 난 가게 문을 닫아야 한다."

파텔 부인은 확실히 당황하고 있었다. 열쇠고리를 아무리 뒤적거려도 찾는 열쇠가 나타나지 않았다.

"뒷문으로 나가주겠니?" 그녀가 말했다. "로한이 차로 여기 도착해서 창문으로 널 보면 곤란하니까. 난 괴로움을 당하고 싶지 않아, 리디아. 갑자기 여기 나타나서 우리 인생을 파헤치다니. 제발, 그냥 가다오."

리디아는 과거와의 직면으로 앞을 볼 수 없는 안개에 휩싸였고, 파텔 부인의 고충으로 슬픔을 느꼈다. 그럼에도 뭔가 놓치고 있다는 기분을, 도저히 어디에 있는지 찾아낼 수 없는 작은 조각 하나가 남아 있다는 기분을 떨칠 수 없었다. 뭘 해야 할지 몰라 파텔 부인을 따라 빈 장식장과 커피포트 앞을 지나 흔들리는 부엌 문 안으로 들어섰다. 부엌 불은 절반만 켜져 있었다. 리디아는 그 시절, 스테인리스 스틸 작업대와 은제 식기가 쌓인 선반, 흰 타일 벽을 기억했다. 지금은 훨씬 거무죽죽해졌고 전부 기름때에 절어 있었다. 파텔 부인 뒤에서 엄숙하게 걸음을 내디디며, 리디아는 이 방문이 귀결되는 상황이 괴로웠다. 그리고 전화를 해야겠다는 생각이⋯⋯.

튀김기구 옆 작업대에 청소도구함이 놓여 있었다.

리디아는 걸음을 멈췄다. 파텔 부인도 멈췄다.

"리디아, 부탁이다. 남편이 올 거야."

걸레 더미 바로 옆에, 파텔 씨는 자신의 너덜거리는 머리망과 기름때 제거용 스프레이 병, 식초 병, 철제 수세미 솔, 튀김기구를 청소할 때 쓰는 라텍스 장갑을 넣어두었다.

리디아의 기억이 만화경 안의 유리조각처럼 완벽하게 들어맞았다.

다운타운의 사무실에서 보내온 서류의 작은 네모 칸 안에 타이프로 찍혀 있던 오툴의 이름이 떠올랐다. 바톨로뮤 에드워드 오툴. 조이의 아버지. 파텔 부인의 연인.

—그거야.

파텔 씨가 방금 바깥에 차를 세우고 유리창 얼음제거용 솔을 든 채 헤드라이트 앞으로 돌아 나오는 모습도 눈에 보이는 듯했다.

—그래.

전등 스위치를 팍 꺼버리던 망치남의 손이 보이는 듯했다.

—알겠어.

털이 숭숭 난 손목이 흰 라텍스 장갑 안으로 들어갔다.

—그거야.

흰 라텍스 장갑이 망치를 쥐었다.

"알겠어요." 그녀가 간신히 들리는 목소리를 내뱉었다.

"이럴 시간이 없어, 리디아. 이리 와라."

"난 아줌마 남편이 무슨 짓을 했는지 알아요."

"리디아."

생각이 급물살을 타고 강력하게 밀어닥쳐 목소리에 담아낼 수 없을 정도였다. 리디아는 간절히 애원하는 자기 목소리를 들었다. "얘기해주세요!" 파텔 부인이 하얗게 질려 붕대 감은 손으로 입을 가렸다. "지금 얘기해주세요. 아니면 라지를 데려올 테니 그에게 말씀하시든가요!"

석 달째가 되자 마야는 헐렁한 옷을 입기 시작했고 구역질을 숨길 방법을 찾았지만, 임신 사실은 여전히 아무에게도 말하지 않았다. 바트 오툴에게도, 물론 남편에게도. 그러나 1월의 어느 저녁 한 해의 최고 한파가 몰려올 즈음 모든 것이 바뀌었다. 대경기장에서 가축 축제가 열려 콜팩스애비뉴에 평소보다 많은 픽업트럭이 줄지어 섰고, 술 취한 카우보이들이 양가죽 재킷을 걸친 채 버스를 기다렸다. 해가 지고 캄캄한 시각, 파텔 가족은 가게 문을 닫고 몇 시간이 지날 때까지 가스 앤 도넛 안에 있었다. 거리 저편 '비비큐 데포'에 그날 아침 식당 검열관이 들이닥쳤던 것이다. 로한은 다음 표적이 자기 가게가 될까 봐 걱정하고 있었다.

마야가 모든 물건들을 박박 문지르고 식료품 저장고와 냉장고에 보관한 음식 유통기한을 확인하는 동안, 로한은 바트 오툴이 몇 달 전 교체한 파이프가 한파에도 문제가 없는지 확인하러 지하공간으로 들어갔다. 라지는 요즘 새 친구 캐럴에게 밀려나는 바람에 아주 우울하고 기분이 안 좋았다. 특히 오늘 밤은 리디아와 캐럴의 밤샘파티에 초대받지 못해 그야말로 최악이었다. 마야는 라지가 투덜대는 소리에 질려 밖에 나가 골목 쓰레기통 주변 쓰레기를 치우라고 했다. 라지가 뒷문으로 나가자 가로등 불빛 아래로 쏟아지는 눈이 마야의 시야에 들어왔다. 그리고 돌아선 순간, 로한이 물건 두 가지를 들고 지하 해치를 통해 밖으로 나오는 것이 보였다. 왼손에는 석 달 전 바트가 땅에 내려놓은 뒤로 아무도 손대지 않았던 차가운 커피잔이 들려 있었다. 오른손에는 바트가 흥분한 상태에서 서두르다 지하공간에 남겨두고 나온 망치가 쥐여 있었다.

로한이 몸을 펴고 얼음 같은 침묵 속에서 마야를 응시하는 동안, 그녀는 자기 안에서 자라고 있는 생명을 보호하려는 듯 배를 움켜잡았다. 로한은 자신이 없는 사이에 그 어둡고 조용한 공간에 바트가 들어갔으며, 마야도 바트와 함께 그곳으로 들어갔으리라고 의심하고 있었다. 아마도 그 때문인지, 미처 억누를 사이도 없이 말들이 그녀의 입에서 쏟아져 나왔다.

—나 임신했어.

로한은 잠시, 장부 수열을 들여다볼 때처럼 혼란스럽다는 표정이었다. 평소보다 덩치가 커 보였고, 어깨도 유난히 넓어 보였다. 그는 손에 든 망치로 그녀의 튀어나온 배를 가리켰다.

—확실해?

―아주 확실해.

로한은 망치 손잡이 밑바닥에 적힌 작은 이니셜을 들여다보았다. B E O.

―오툴?

―맞아. 석 달 전. 그쯤.

―바트 오툴이라고?

―당신에게 말하려고 했어. 한동안 라지를 다른 곳으로 데려가서…….

―라지를 데려가?

―그냥 한동안. 내 생각에는…….

―그리고 달아나려고? 안 돼.

그녀가 몇 달간 예상해온 대화였고 더 혼란스러운―더 위험한―상황이 되리라 짐작했지만, 로한은 에너지를 몸 안에 비축이라도 하듯 지나치게 침착하고 차가웠다. 이상하게도, 오히려 그가 더 화를 내는 게 낫겠다는 생각까지 들 정도였다.

―몇 번이나? 너와 그놈.

―딱 두 번.

로한은 팔을 뻗어 평평한 망치 대가리로 마야의 배를 건드리더니 누르기 시작했다. 처음에는 부드럽게, 그러다 모닥불을 쑤시듯 날카롭게 쿡 찔렀다.

―딱 두 번이라고?

―로한, 제발.

마야가 뒤로 물러서자, 그가 망치를 든 채 천천히 한 걸음씩 그녀의 배를 따라왔다. 차가운 금속이 배에 느껴졌고, 셔츠 위에서 날카로운 노루발이 그녀를 찔렀다. 망치를 든 손에 차츰 힘이 가해졌다. 구역질이 나고 두려웠다. 끔찍하게 두려웠다. 그런데 그 순간, 라지가 가게 뒷문을 열고 모직 장갑에 묻은 눈덩이를 입에 넣으며 부엌으로 터덜터덜 들어왔다. 마야와 로한은 그들의 아들이 가게를 지나 의자가 있는 매장으로 사라지는 모습을 지켜보았다.

라지가 그 순간에 들어오지 않았더라면 로한이 바로 그 자리에서 자신을 죽였으리라고 마야는 확신했다. 로한은 대신, 오래된 커피잔을 쓰레기통에 버리고 새 머리망과 손전등, 청소할 때 쓰는 라텍스 장갑을 찾아 창고로 들어갔다. 그리고 망치 손잡이를 코트 소매로 닦으며 다시 나왔다.

—어디 가는 거야? 그녀가 로한의 등에 대고 물었다.

그는 뒷문을 활짝 열었고, 하얗게 작열하듯 내리는 눈을 배경으로 검은 실루엣이 되었다.

—누구네 집 아빠가 자기 망치를 잊어버렸어. 그가 말했다.

27장

"캐럴이 거기 있을 줄은 몰랐어." 파텔 부인이 자신의 시계고무 줄 밑에서 화장지를 빼내 코에 대고 눌렀다. "난 그 집에서 무슨 일이 있었는지 모른다, 리디아. 난 알고 싶지 않아. 어쨌든 캐럴이 너희 집에 있을 줄 알았어. 자기 집이 아니라. 라지가 줄곧 너희 집 밤샘파티에 초대받지 못했다고 투덜거렸으니까."

리디아는 혀가 목구멍 안으로 말려들어간 기분으로 스테인리스 작업대에 기대섰다. 그녀의 맞은편, 도넛 가게 부엌에서 파텔 부인이 손에 감은 붕대에서 실오라기를 뜯어내어 타일 바닥에 떨어뜨리고 있었다. 그 모습을 보노라니 마치 리디아 자신이 한 가닥씩 해체되고 있는 듯 어지러웠다. 주위를 둘러보았지만, 아무것도 예전 같지 않았다. 웅웅대는 사업장용 냉장고, 싱크대 위에서 물을 뚝뚝 흘리는 스프레이, 푸른 조명이 깜빡이는 조리대. 이 모든 것이 그 자체로 선명치 않게 입자화된 버전이었다. 그 오랜 세월 리디아가 알고 있던 세상은 그녀를 둘러싼 세상이 아니었다.

"어디 앉아라." 파텔 부인이 거꾸로 세워진 양동이를 발치에 밀어주었지만, 리디아는 고개를 저었다. 파텔 부인은 뒷문을 열고 벽돌로 문을 괴었다. 바깥 골목은 축축하고 어두웠다. "그럼 공기라도 좀 쐬어야겠다."

옷은 여전히 축축했고, 신선한 한기가 피부에 스며들었다. 리디아는 생각했다. 얼마나 많은 사람이—특히 모버그 형사—그 오랜 세월 망치남 사건의 해답을 알아내려 했던가? 해답은 오랜 세월 서류 안에 밀봉되어 불빛을 기다리고 있을 따름이었다. 생부의 이름, 바톨로뮤 에드워드 오툴. 사건 해결의 열쇠인 이 정보는, 살인사건이 발생하고 6개월 뒤 조이가 콜로라도 스프링스에서 출생할 때까지 기록조차 되지 않았다. 모버그가 놓친 것도 놀랄 일은 아니다.

"아저씨가 무슨 짓을 했는지 알고 계셨군요."

"일이 벌어진 뒤에야." 부인은 속삭였다. "그가 무슨 짓을 할지 전혀 몰랐어. 그 자신도 아마 몰랐을 거다. 정확하게는."

다음날 파텔 부인은 지역 뉴스 채널 앞에 앉아 있다가 사건에 대해 알게 되었다. 로한을 경찰에 신고해야겠다는 생각이 먼저 들었다. 그러나 공포와 당황과 우울로 멍한 상태에서 그렇게 했다가는 라지만 다칠 뿐이라고 스스로를 타일렀다. 아버지의 애정 어린 눈길을 받으며 거짓 삶을 사는 것이, 아버지가 만들어낸, 또한 그녀 자신이 원인을 제공한 추악한 그림자 아래 살아가는 것보다 아들에게 더 좋을 거라고 자신을 설득했다.

"분명히 말하지만, 리디아." 파텔 부인은 말했다. "이 모든 것이 내 잘못이다. 그들의 피는 내 손에 묻어 있어. 오해하지 마라."

그녀는 당장이라도 울음을 터뜨릴 것처럼 보였다. 그럼에도 돌아서서 작업대에 묻은 밀가루를 닦아내기 시작했다.

"제발 덮어다오, 리디아."

"난 그럴 수 없어요."

"넌 살아 있잖니." 파텔 부인이 말했다. "널 죽이지 않음으로써 그 사람이 감수한 위험에 대해 생각해본 적 있니?"

'범인은 피투성이가 되어 부엌으로 들어왔다'고 모버그 형사가 그녀에게 말했었다. '그는 피가 뚝뚝 떨어지는 망치를 들고 들어와서 당신을 살려주었다.'

"물론 생각해봤어요." 리디아는 울렁거림을 참으며 말했다.

"라지는? 라지가 알면 어떻게 될지 모르겠니?"

"그가 어떻게 될지 알아요."

"안다고?" 그녀는 고개를 저었다. "아니, 넌 몰라. 넌 이 일이 그 애한테 얼마나 충격이 될지 모른다."

파텔 부인은 포기했다는 듯 앞으로 무너졌다. 물을 튀기며 콜팩스애비뉴를 지나가는 자동차 소리가 들려왔다.

"아주머니는 아들을 보호하고 있는 게 아니에요. 남편을 보호하고 있는 거예요. 망치남을요."

"난 내 가족을 보호하고 있어." 그녀는 대답했다. 마치 침묵이 어머니의 의무라도 된다는 듯.

파텔 부인은 골목을 내다보고 남편의 차가 없는지 확인했다. 그리고 벽돌을 치워 문을 닫은 뒤 식기세척기 옆의 뒤집힌 양동이 위에 앉았다.

리디아는 입이 바싹 마르고 귀가 먹먹했지만, 집중을 잃지 않기 위해 애썼다.

"언제 조이의 행방을 찾기로 결심했나요?" 그녀가 물었다.

파텔 부인은 이상하다는 듯 리디아를 쳐다보며 눈썹을 찡그렸다.

"언제 행방을 찾기로 결심했냐고? 넌 아이가 없지, 리디아. 아이가 있다면 그런 질문은 안 했을 게다. 그 애가 내 품을 떠나는 순간 그러기로 결심했어."

콜로라도 스프링스의 분만실에서 신생아를 품에 안는 순간, 마야의 마음속에서 뭔가 변화가 일어났다. 조이는 구릿빛 피부와 부드러운 검은 머리를 지닌 아기였고, 세상 그 어떤 꽃보다 귀엽게 미소 지었다. 그녀의 몸 바깥으로 나와 겨우 몇 분이 지났을 뿐인데도, 조이는 엄마의 존재에 대단히 민감하고 조화롭게 반응했다. 마야는 아이를 포기하는 것 외에 선택의 여지가 없다는 것을 알고 있었다. 몇 시간 뒤 여자 둘이 들어와 품에서 아기를 떼어내자, 그녀는 절망에 빠져 손을 뻗쳤고 빈 가슴은 싸늘하기만 했다. 팔다리를 하나씩 끊어낸 듯, 그 싸늘한 기분은 결코 사라지지 않았다.

아기가 잘 지내는지 알아야 했다. 그뿐이었다.

몇 해 뒤 조이의 열여덟 살 생일을 앞두고, 마야가 로한 몰래 주민기본인적사항기록부에 들러 혹시 그가 생모를 찾은 적이 있는지 확인한 것도 그 때문이었다.

—그런 일은 없을 겁니다, 아이린이 부정적 견해를 내놨다. 보통 그런 일은 없어요.

하지만 아이린의 회의주의가 틀렸다. 열여덟 살 생일이 지나고 며칠 뒤, 마야는 주민기본인적사항기록부 사무실에서 조지프 에드워드 몰리나가 생모의 정보를 요청했고 성공적으로 열람했다는 증명서를 받았다.

며칠 동안 마야는 제정신이 아니었다. 그녀는 늘 우편함을 확인했다. 기대감과 흥분 때문이라기보다, 로한이 조이의 편지를 가로챌지 모른다는 두려움 때문에, 과거에도 자신의 정보를 비밀리에 확인한 사람이 있었다는 사실을 알게 되었기 때문에. 그러던 어느 날 아침, 마야는 우편함에서 자신의 아기, 조지프 E. 몰리나가 보낸 봉투가 공과금 봉투와 전자제품 카탈로그 사이에 끼여 있는 것을 발견했다. 그녀는 편지를 읽기 위해 욕실로 달려갔다.

그녀가 조이에 대해 마지막으로 들은 소식은, 그가 젖먹이 때 마음씨 좋은 부부에게 입양되어 다른 입양아들이 넘치는 집 안에서 같이 자란다는 사실이었다. 빈약하나마 이 정보는 마야를 안심시켰었다. 때문에 조이의 편지에 명기된 반송주소는 그녀에게 커다란 슬픔과 충격을 안겨줄 수밖에 없었다. 산맥에 있는 주립교도소에서 발송된 편지였다. 아연한 나머지 편지를 열어보기를 망설이다, 마침내 편지를 뜯어본 뒤에 끔찍한 사실을 확인하게 되었다. 그녀의 아기는 교도소에 있었다.

두 사람은 편지를 교환하기 시작했다. 조이는 자신의 인생을 단계별로 시시콜콜 알리지 않고, 몰리나 가족에 입양되었다가 취소된 이야기부터 시작해서 위탁 시스템 안에서 보낸 경험을 대략적으로 광범위하게 풀어놓았다. 그러나 우울증으로 고생한다는 이야기, 다른 어느 누구와도 친밀감을 못 느낀다는 이야기는 하지 않왔다. 조이는 마야에게 많은 질문을 했지만 마야는 대부분, 특히 아버지에 대한 질문을 무시했다. '아버지는 네가 태어나기 전에 돌아가셨다'고 그녀는 썼다. 그것이 오툴에 대한 최초이자 유일한 언급이었다.

무엇보다 마야는 교도소에 있는 어린 아들을 만나보고 싶었다. 포옹하고, 뺨을 쓰다듬고, 그를 세상에 그렇게 던져버린 데 대한 긴 참회를 시작하고 싶었다. 그러나 단 한 번이라도 교도소에 찾아간다는 것이 자신에게 얼마나 비현실적인지도 잘 알고 있었다. 필요한 건 단 하루임에도, 온갖 거짓말을 만들어내고 교통편을 섭외하는 일이 지나치게 복잡했다. 하루 여행을 떠나기 위해 남편에게 어떤 핑계를 들이밀 수 있을까? 학회에 참석한다고? 무슨 학회? 도넛 제조 학회? 가스 펌프 학회? 온천에서 하루 요양한다고 할까? 로한을 떼어놓을 그럴듯한 이유는 단 한 가지도 찾을 수 없었다.

왜 그 아이가 나 같은 어머니를 원하는 걸까? 그녀는 자신에게 물었다.

그럼에도 불구하고 마야는 편지 교환을 즐겼다. 두 사람이 연락하고 지낸다는 사실이 도넛 가게의 삶을 뒤집어놓을지도 모른다는 걱정은 있었지만, 그녀는 아이가 교도소에 있다는 사실이 적어도 확실한 안전을 보장해준다는 사실을 상당한 죄책감과 함께 깨달았다. 조이는 그녀의 아들이면서도, 마음 한구석에 품되 저녁파티를 방해할 수 없도록 집 안 외딴 놀이터 안에 가두어놓은 아이 같았다. 덕분에 마야는 다른 상황이었다면 꿈도 꾸지 못했을 방식으로 관계를 지속할 수 있었다. 편지에서 그녀는 라지가 학교에서 거둔 이런저런 성취를 기록하고, 콜팩스애비뉴의 일상을 보다 가벼운 필치로 써나갔다. 교도소 3층 독방에 수감돼 있던 조이가 새로이 찾아낸 어머니에 대해 언급하지 않고 토마스에게 넌지시 묻던 것들이었다. 마야는 로한에 대해서는 거의 쓰지 않았다.

1년 반 뒤 조이의 석방 시기가 다가오자 마야는 걱정하기 시작했다. 교도소의 조이에게 보낸 마지막 편지에서 그녀는 두 사람의 관계를 비밀로 해야 한다, 앞으로 그를 인생에 어떻게 포함시킬지 생각할 여유를 달라고 강조했다. 그녀에게는 조이의 존재조차 모르는 나이 많은 아들이 있었고, 아기의 행방을 알아냈다는 사실을 모르는 남편이 있었다. 조이는 절대적으로 물러나 있어야 했다.

오랫동안 조이는 그렇게 했다. 마야는 때때로 잠깐씩 조이와 통화하면서, 문제를 일으키지 말라고, 재활 프로그램에 성실하게 참여하라고 격려했다. 언젠가 직접 만나고 싶다고도 말했다. 단지 지금은 아니었다. 절대로.

그러나 유예는 너무 오래 지속되었고, 두 사람 모두 그 사실을 알고 있었다. 조이는 마야가 직접 만나기를 피하는 것에 지쳐갔고, 마야도 조이의 존재를 숨기려고 노력하는 데 지쳐갔다. 그녀는 조이의 전화를 피하기 시작했고, 이전에는 기꺼이 무시했던 조이의 단점들을 발견하기 시작했다—음울하고 자학적인 소년이자, 그런 이유로 사람들이 피해 다니는 소년.

그 시점에 마야는 아이린에게서 혹시 모자의 만남을 주선하기 위해 자신이 도와줄 일이 없느냐는 전화를 받기 시작했다. 아마도 조이가 자주 보관소에 들러 아이린에게, 자기 권한으로 할 수 있는 이상의 일들을 주선해달라고 사정해온 모양이었다. 마야는 아이린에게 그럴 이유가 없다, 조이가 자신의 바람을 존중하지 않는 것이 못마땅하다고 말했다.

그녀는 로한이 무슨 짓을 할 수 있는지 알고 있었다. 조이에게 자신을 내줄 수 없는 상황이면서도 그렇게 해왔다는 것도 알고 있었다. 그녀의 감정은 진실이었지만, 그녀의 인생에는 조이를 둘 공간이 없었다.

바로 몇 주 전, 마야는 사우스 브로드웨이의 한 멕시코 식당에서 조이와 함께 이른 저녁식사를 함께하기로 마침내 약속했다. 오후 내내 그녀는 도넛 가게에서 짐짓 신음 소리를 내며 화장실을 들락거리다가, 로한에게 집에 일찍 들어가 쉬어야겠으니 장사를 알아서 마무리해달라고 부탁했다. 로한은 마지못해 그러겠다 했고, 그녀는 택시를 타고 곧장 식당으로 향했다.

택시 안에서 그녀는 어머니와 관계없는 자기만의 인생을 만들어내야 한다고 조이에게 분명히 말하기로 다짐했다. 그러나 식당에 도착해서 바깥 보도에 선 채 유리창으로 조이가 앉아 있는 고요한 탁자를 바라보자마자, 심장이 발치까지 내려앉는 것 같았다. 다 자란 아기를 처음으로 만나는 순간—숱 많은 검은 머리, 긴 팔, 날씬한 목—그녀는 조이가 자신의 아들이라는 사실이 너무도 확연하다는 것을 깨닫고 아연실색했다.

창문으로 마야는 조이가 손가락으로 이를 문지르고 토르티야 칩으로 소스를 휘젓는 것을 지켜보았다. 몇 초에 한 번씩 정장 코트 단추와 넥타이 매듭을 건드리는 모습이 성인 복장에 익숙하지 않다는 사실을 알려주었다. 그가 태어난 지 하루도 채 지나지 않았을 때, 분만실에서 본 것이 마지막이었다. 이후 그가 내맡겨진 세상이 그에게 그다지 자비롭지 않았음을 그녀는 짐작할 수 있었다.

그를 끌어안고 보호하고 싶었지만 그것은 불가능했다. 그녀는 보도에서 돌아서 흐느끼며 식당을 떠나, 로한이 가게 문을 잠그기 전에 집으로 돌아갔다.

다음날 오후 조이가 가스 앤 도넛에 나타나리라는 것을 예상했어야 했다. 조이는 검은 바지와 검은 후드티 차림으로 카운터 앞 의자에 앉았다. 잠시 가게에 들른 라지가 혼자 구석 자리에 앉아서 구인광고를 훑어보고 있었다. 로한은 뒤쪽 창고에서 20리터들이 통에 거대한 밀가루 포대를 비우고 있었다. 깡마른 몸매와 덜덜 떠는 행색 때문에 처음에는 마약중독자인 줄 알았지만 후드를 뒤로 젖히자마자 마야는 곧장 조이를 알아볼 수 있었다. 두려움보다 흥분이 솟구쳤다. 마야는 숨을 들이쉬었다. 라지가 신문에서 고개를 들었다. 마야는 카운터 안 커피포트 바로 옆에 서 있었기에, 어린 아들과 겨우 3미터 떨어져 있었다. 그녀가 그쪽으로 걸어가기 시작하자, 조이의 녹색 눈이 점점 밝게 빛났다. 그가 태어날 때 느꼈던 사랑으로 마야의 가슴이 가득 차올랐다.

그때 로한의 목소리가 부엌 문간에서 들렸다.

―마야!

라지가 자세를 고쳐 앉았다. 로한이 문을 활짝 열었다.

―마야, 여긴 내가 하지. 밀가루 좀 부어줄 수 있나?

마야는 얼어붙었다. 발밑에서 타일 바닥이 부엌의 흔들리는 문을 향해 기울어지는 듯했다. 조이의 시선이 어머니에게서 그 남자에게로, 어머니가 사랑했을 이 덩치 큰 낯선 남자에게로 쏠리는 순간, 모든 감정이 공포에 압도당했다.

건너편에서 라지가 신문을 내려놓았다. 라지는 자리에서, 카운터에 앉은 깡마른 청년의 등을 보았고, 아버지가 그 청년에게 다가가 고개를 들이미는 것을 보았다.

—여기서 나가.

마야는 문간에서 서성거렸다. 앞으로 나서서 뭐라 말할 수도 있었다. 내 어린 아들이라고 말할 수도 있었다. 대신 그녀는 부엌으로 사라졌다. 라지를 보호하기 위해 침묵을 지켰다고 자신을 설득했지만, 어린 동생보다 형을 선택했다는 사실에 더 비참해졌다. 그녀는 등 뒤에서 문이 닫히자, 자신의 인생이 문을 닫는 것만 같았다.

조이가 태어난 이래, 마야는 눈을 감고 집중하기만 하면 아직도 자기 품 안에서 어린 아기였던 조이의 냄새를 맡을 수 있었다. 부엌에 혼자 서서 그녀가 맡은 것이 바로 그 냄새였다. 거기 그렇게 선 채로 카운터 의자가 삐걱거리며 돌아가는 소리, 조이가 일어나서 출구를 향해 달려가는 소리를 들었다. 그의 등 뒤로 문이 닫히자, 유리에 종이 부딪혀 딸랑거렸다.

—도둑놈이야, 로한이 라지에게 말했다.

마야는 조이가 떠난 뒤 타일 벽에 한참 기대선 채 아들의 얼굴 생김새, 머리카락과 옷, 걸음걸이를 기억해내려고 애썼다. 잠시 후 라지가 자기 물건을 챙겨 가방 지퍼를 닫고 밖으로 나가는 소리가 들렸다.

—엄마한테 전화한다고 전해주세요, 라지가 말했다.

종이 유리에 부딪혀 다시 딸랑거렸고, 다른 아들이 떠났다. 로한은 '폐점' 간판을 달고 부엌으로 들어왔다. 그는 조이를 본 순간, 또는 마야가 조이를 바라보는 눈빛을 본 순간 그 청년이 누구인지 알아차린 것이 분명했다. 심지어 예상하고 있었던 것 같았다. 설마 조이의 편지나 전화를 가로챈 적이 있었을까? 감히 물어볼 엄두가 나지 않았다.

　—언제부터 연락하고 지냈어? 그가 물었다.

　로한이 너무 침착해 보여 세월이 그를 변화시킨 게 아닐까, 조이를 그들의 인생에 들여주지 않을까 하고 마야는 잠시 기대해보았다. 몇 년 동안 편지를 주고받았지만 직접 서로 만난 건 이번이 처음이라고 털어놓는 그녀의 목소리는 행복하게 들렸다.

　로한은 마야가 이야기를 끝낼 때까지 고개만 끄덕였다.

　—여기든 어디든, 그를 다시 만나는 일이 생기면 그놈을 죽일 거야. 당신도 죽이고.

　—로한, 그 애는 가족이 필요해. 그게 다야. 우리가 가족을 줄 수 있잖아.

　—내 말을 안 믿는군.

　그의 침착함은 확고해 보였고, 그래서 마야는 애원했다.

　—로한, 그 아인 내 아들이야.

　—그만.

　—내 아들이라고.

　—그만, 됐어.

　그는 이해한 듯 고개를 끄덕이더니 손바닥을 펼쳐 마야에게 내밀었다. 그녀는 긴장한 채 그 손을 잡고 설탕과 밀가루 통, 튀김기구, 냉각용 선반, 대형 믹서가 달린 스테인리스 스틸 도넛 기계 쪽으로 말없이 끌려갔다. 로한은 거기 서 있다가 마치 춤이라도 추듯

한 손으로 마야의 팔뚝을 잡고 다른 한 손으로 반대쪽 팔을 단단히 붙잡더니, 그녀의 손을 부글거리는 튀김기구 기름 속에 집어넣었다. 그녀의 눈이 커다랗게 열렸다. 정수리까지 눈꺼풀이 뒤집힐 것 같았다. 로한이 손을 끄집어내자 번들거리는 손가락은 기름을 뚝뚝 떨어뜨리며 힘없이 늘어졌다. 눈앞에서 별이 반짝였다. 펄럭거리는 장갑처럼 손에서 껍질이 벗겨졌다.

—이제 믿겠나?

그녀는 느낄 수 있었다. 손 전체가 측량할 수 없는 소음을 발산하는 것을. 대답은커녕 숨도 쉴 수 없었다.

그는 손을 놓아주고 20년 전 밤에 그랬듯 가게 뒷문으로 향했다.

—그 애한테 손대지 마!

—내일 아침 가게 문 열기 전에 손부터 어떻게 해.

파텔 부인은 리디아와 함께 가게에 앉아 회색 붕대 장갑을 만지작거리고 있었다.

"그를 다치게 하지 말아다오. 그게 내가 아들에게 해줄 수 있는 전부야. 어머니로서 해줄 수 있는 전부. 제발, 그를 다치게 하지 말아다오."

로한이 가게를 떠난 뒤 마야는 두 통의 전화를 걸었다. 한 통은 남편이 몬테카를로를 몰고 떠났기 때문에 응급실에 타고 갈 택시를 부르는 전화였다. 다른 한 통은 조이에게 걸었다. 그는 막 공동 주거 아파트에 도착해서 전화를 받았다. 파텔 부인이 마지막 인사를 건네는 동안 그는 입을 열지 않았다.

—널 다시는 보고 싶지 않다. 다시는 소식도 듣고 싶지 않아. 네 편지도 읽고 싶지 않다. 무슨 말인지 알겠니?

―엄마?

―날 그렇게 부르지 마라. 네 잘못은 아니지만, 그저 태어날 운명이 아니었던 사람들이 있어. 널 없었던 걸로 할 방법이 있다면 그렇게 하고 싶구나. 정말이야. 그렇게 하고 싶다.

수화기를 내려놓는 순간, 마야는 조이의 목소리를 들을 수 있었다. 엄마?

"그 목소리야말로 내 손보다 훨씬 더 고통스러웠어." 파텔 부인은 리디아에게 말했다. "하지만 그것 말고 조이를 보호할 방법을 알 수가 없었다. 로한은 그를 죽이고도 남아."

리디아는 조이가 전화기를 내려놓고 라일의 전화와 집 주인의 노크 소리를 무시한 채 텅 빈 아파트에 책무더기와 함께 앉아 있는 모습을 상상해보았다. 평생 책을 유일한 위안으로 삼고 의지해왔으니, 자신을 없었던 것으로 할 준비를 하는 것도 책에 의지했다는 사실 역시 이해할 수 있었다. 페이지 안에 빠져들자, 그 창문 속으로 사라지자, 삶에서 빠져나가는 길에 영혼을 내맡기자.

파텔 부인에게 더 자세한 정황을 물어볼 수도 있겠지만, 리디아는 이제 충분히 알 것 같았다. 마지막 전화를 끊은 뒤 조이는 이삼 일간 메시지를 만들었고, 한 페이지 잘라낼 때마다 한 걸음씩 죽음에 가까이 다가갔다.

io

We

364

U.M.

or

eth

ant   his,

L.

dia

but   I'd

On

tha

vet

hew

or

ds

. Any

mo

reth.

ey

have been

tak

in

. A long

with

my l

If,

뒤집힌 양동이에 걸터앉은 파텔 부인은 겁을 먹고 녹초가 된 듯했다. 그녀는 리디아에게 용서를, 아니, 최소한 이해를 구하는 것처럼 보였다. 그러나 그것은 리디아가 줄 수 있는 것이 아니었다.

"아주머니는 내가 왜 여기 왔는지도 모르세요." 리디아가 말했다.

"너와 라지가 조이에 대해 알아냈기 때문에 온 거 아니냐." 파텔 부인은 말하면서도, 목소리에 의혹을 실었다. "내가 보상하마, 리디아. 이미 라지가 알고 있다면, 어쩌면 방법이 있을 거야. 내가 조이에게 갚으마."

"그럴 수 없어요."

"할 수 있어, 리디아. 아직 방법을 모를 뿐이지."

파텔 부인의 비밀에 너무 몰입한 나머지 리디아는 자신이 지난주 기본인적사항기록부에 왜 발을 들였는지 거의 잊어버리고 있었다. 조이의 자살 소식을 알리기 위해, 그의 생모를 추적하기 위해서였다. 그때 리디아는 생각했었다. 생모도 알 자격이 있어. 생모도 조이의 기록을 추적한 적이 있지 않은가.

"조이에게 갚을 수는 없어요." 리디아가 말했다. "조이는 죽었으니까요. 내가 일하는 서점에서 목을 맸어요."

"그럴 리가 없어."

"신문을 찾아보세요. 조이가 목을 맸어요. 그래서 내가 여기 온 거예요. 아주머니 아들이 죽었다는 걸 알리려고요."

"그럴 리 없어, 리디아. 내가 조이를 본 게 언제더라? 3주 전? 3주도 채 안 됐어. 오늘이 며칠이지?"

파텔 부인은 부정하려고 애쓰고 있었지만 말투에는 확신이 없었다. 붕대를 감은 손이 가슴을 움켜쥐고 있었다.

"조이의 가슴은 이미 산산조각이 나 있었어요. 당신이 그 마음을 다시 부순 거예요. 이번에는 회복하지 못했어요."

"내가 갚을 수 있어."

"너무 늦었어요."

리디아는 골목으로 이어지는 문을 열었다. 밖에서 누군가의 목소리가 들려 혹시 파텔 씨와 마주치는 게 아닌가 하고 공포가 덜컥 일었지만, 눈구덩이 위로 쇼핑카트를 밀고 가는 노숙자 한 쌍이었다. 그들 뒤의 골목 맞은편에는 녹슬고 오래된 사다리가 모텔 벽에 고정되어 있었다. 버클 달린 점프수트 차림으로 사다리를 한 단 한 단 올라 꼭대기에서 크리머를 커튼처럼 쏟아붓던 라지, 그리고 그 아래에서 성냥을 긋던 어린 캐럴, 그들을 떠올리는 것은 여전히 리디아에게 깊은 상처가 되었다.

골목에서 목소리를 낸 것이 파텔 씨가 아니어서 다행이었다. 그는 오툴 부부를 죽였고, 그녀의 친구 캐럴을 죽였고, 망가진 조이를 죽였다—최소한 그 죽음의 원인을 제공했다. 더군다나 파텔 부인을 한번 보기만 해도 그가 아내에게 무슨 짓을 저질렀는지 알 수 있었다. 그를 마주할 용기가 나기 전에, 모버그 형사나 경찰에게 연락하기 전에, 리디아는 먼저 라지를 만나 이 모든 비밀을 털어놓겠다고 결심했다. 그리고 그녀의 아버지를 그 스스로 간직해온 비밀로부터 보호할 방법도 찾아보기로 했다.

"내가 갚아줄 거야." 파텔 부인이 말했다.

"조이는 당신보다 더 나은 엄마를 가질 자격이 있었어요." 리디아는 코트 단추를 잠그며 문간을 나섰다.

"내가 갚아줄 거야." 파텔 부인이 반복했다. 그러나 리디아는 이미 사다리를 올려다보고, 친구 캐럴이 허공에 만들어냈던 따뜻하고 생기 찬 불꽃을 떠올리며 눈길 위를 터벅터벅 걷고 있었다.

에필로그

추수감사절 전날 밤, 리디아의 유령이 텔레비전에 나타났다.

그때 그녀는 부엌에서 칠면조 속을 채울 재료와 고구마 깡통을 끌어내리고 싱크대에 넣어둔 오톨도톨한 냉동 칠면조를 규칙적으로 두들기고 있었다. 그녀가 선 자리에서 보이는 다른 방에서는, 회색 울 스웨터와 잘라낸 군복바지를 입은 라지가 텔레비전 리모컨을 만지작거리고 있었다.

"재미난 프로그램이 없어." 그녀가 말했다.

"항상 뭐라도 볼 만한 건 있어."

라지는 그녀의 집에서 저녁 준비를 돕겠다고 왔지만, 자신의 새 아파트에는 아직 케이블이 없었기에 오자마자 리모컨부터 찾았다. 리디아는 데이비드가 6개월 전에 집을 나갔을 때 돈을 조금이나마 아껴보려고 케이블부터 없애려 했지만, 라지가 자주 놀러왔기 때문에 해지를 미루고 있었다. 라지는 어떤 프로그램이든 가리지 않고 봤고 시시한 프로그램일수록 더 좋아했지만, 리디아는 상관하지 않았다. 혼자 사는 데는 장점이 많았으나 한 가지 안 좋은 점은 때로 밤이 너무 길고 아무도 붙잡을 사람이 없는 것처럼 느껴진다는 점이었다.

내일은 아버지도 휴가를 보내러 20년 만에 처음으로 덴버를 방문할 계획이었다. 지난겨울 리오비스타를 찾아간 뒤로 직접 만난 적은 없었지만, 아버지는 매주 일요일마다 시계바늘처럼 정확하게 전화를 걸었고 리디아도 보통 그의 음성을 듣는 것을 반가워했다. 대부분 두 사람의 대화는 심각한 화제를 기피했다. 그러다 딱한 번, 브라이트아이디어 서점 바비큐파티에서 맥주 몇 잔을 마신 여름 어느 날, 리디아는 대범하게도 오두막을 중고서점으로 개조해보는 게 어떻겠느냐고 아버지에게 제안했다. 이미 재고도 많고 리오비스타에는 그럴듯한 책방도 없으니 아마도…….

아버지는 리디아가 말을 마치기도 전에 전화를 끊었다. 통화는 계속되었지만, 둘 다 중고서점 이야기는 다시 입에 올리지 않았다. 사과의 뜻으로 그녀는 독서용 안경 몇 개를 소포로 보냈다.

리디아는 데이비드도 추수감사절 저녁에 초대하고 싶었지만, 그는 그녀가 메시지를 남겨도 전화조차 걸어오지 않았다. 그를 탓할 수는 없었다. 지난봄 원래 계획—리디아의 계획—은 한동안 서로 거리를 두는 것이 어떨지 시험 삼아 따로 살아보자는 것이었다. 데이비드가 오랫동안 어린 리디아에 대해 알고 있었으면서도 털어놓지 않았음을 깨달은 뒤로, 리디아는 데이비드의 단점만 눈에 들어왔고 관대하게 넘어가는 참을성을 잃어버렸다. 두 사람이 평생을 함께할 운명이라면 한 쌍의 학이나 독수리처럼 다시 이끌려 짝을 짓게 될 것이다, 이것이 리디아의 논리였다. 데이비드는 마지못해 동의했고, 리디아는 그가 사무실에서 조금 더 가까운 덴버 대학 근처에 스튜디오 아파트를 구해 이사하는 것을 도왔다.

따로 살게 된 처음 몇 주 동안은 새 공간에서 섹스도 하고 새 동네에서 커피도 마시면서, 두 사람 사이가 오히려 더 가까워지는 것 같았다. 그러나 첫 달이 지나면서 뭔가 다른 게 생겼다. 데이비드는 계속 같이 이런 식으로 지내는 것은 애초의 약속에 충실하지 못한 것 같다는 이유로 차츰 리디아를 스튜디오에 초대하지 않게 되었다. 다음 달에는 좋은 점만 독차지하려 한다는 이유로 리디아를 공격했다. 나는 줄 것이 많다, 데이비드가 말했다. 네가 나의 전부를 원하지 않는다면 아무것도 가질 수 없다. 그의 말이 너무도 옳아 리디아는 마음이 아팠다. 할로윈 즈음이 되자 데이비드는 완전히 차가워져 있었다.

데이비드는 이번 추수감사절을 리디아와 아버지와 함께 지내지 않겠지만, 라지가 함께 있다는 것이 그녀에게 위안이 되었다. 라지 역시 그녀에게서 위안을 얻었다. 평생 처음으로 그는 여기 말고 갈 곳이 없었다.

열 달 전 가스 앤 도넛에 파텔 부인을 내버려두고 떠난 뒤 아동 섹션에서 그림책 무더기를 정리하고 있는데, 샤워 커튼으로 만든 스커트를 입고 슬리퍼를 신은 플라스가 다가왔다. 그녀는 조간신문을 들어 보이며 입술을 깨물었다.

—이번에도 내 사진이 나왔다면, 리디아는 신문을 가리키며 말했다. 난 알고 싶지도 않아요.

—피곤해 보여, 플라스가 말했다. 나중에 다시 올까?

—뭐예요?

—고약해. 아주 안 좋아. 도넛 가게 살인사건.

리디아는 그날 아침 식사시간에 라지를 만나기로 했었지만, 그는 연락을 받지 않았다. 밤새도록 아이린의 파일을 들여다보다 늦잠이라도 자는 모양이라고 생각했다. 심장이 쿵쿵거리기 시작했다.

—무슨 일인데요? 살인이라뇨?

—어제 밤늦게 가스 앤 도넛에서. 당신 친구네 가게 아냐?

공황상태에서 번개처럼 라지가, 파텔 부인이 뇌리를 스쳤고, 더 이상 생각을 할 수가 없었다. 그녀는 플라스의 손에서 신문을 빼앗아 들었다.

—누가 죽었어요? 누가……?

—가게 주인 남자, 플라스가 말했다. 당신 친구 아버지. 죽었어.

그녀의 손이 너무 떨려 플라스가 페이지를 대신 펼쳐주어야 했다. 한밤중 가게 주인 강도 살인.

—괜찮아?

리디아는 황망하게 기사를 읽었다. 영업 종료 후 현금을 은행에 갖다놓은 뒤 파텔 씨는 가게 문을 닫고 아내를 데려가기 위해 가스 앤 도넛 가게에 되돌아왔다. 그가 몬테카를로에서 내리는 순간, 어둠 속에서 누군가 쓰레기통 뒤에 숨어 있다 나타나 총으로 등을 몇 번 쏘고 마지막으로 머리를 쏘았다. 경찰은 범인이 돈을 노렸지만 파텔 씨가 이미 은행에 다녀왔다는 사실을 알고 당황한 것으로 추정하고 있다. 지나가던 운전자가 골목을 걸어 나가는 사람을 목격

했지만, 더 이상 범인에 대한 정보는 없다.

─도넛 가게에 가보는 게 좋지 않을까, 플라스가 말했다. 애도를 표해야지.

─난 애도 같은 거 안 해요.

망치남이 죽었다. 리디아는 무엇보다 우선 라지가 혹시 알고 있는지, 뭘 아는지, 도움 될 일이 있는지 물어보기 위해 다시 전화를 걸었다. 오후 내내 신호음이 울렸지만 아무도 받지 않았고, 서점에서 집으로 돌아가는 길에 그의 아파트에 들렀지만 아무도 없었다. 가스 앤 도넛 가게나 파텔 씨 집에 전화해볼까 생각도 했지만 도저히 번호를 누를 용기가 나지 않았다.

다음날 아침 일찍 책개구리 몇 명이 하품을 하며 그날의 일용할 언어를 얻기 위해 브라이트아이디어 서점 앞에 줄을 서 있는 동안, 리디아는 뉴스 가판대 앞에 서서 새로운 소식이 없나 하고 신문을 뒤졌다. 메트로 섹션에 눈길을 주는 순간, 라지가 서점을 가로질러 달려와 그녀의 품에 안겼다.

─라지, 맙소사. 네 아버지.

─그래.

─네 어머니는……?

─그 사람들이 데려갔어.

─뭐?

─경찰, 경찰들이 데려갔어.

라지는 울음을 터뜨리며 그대로 옆으로 쓰러지지 않기 위해 잡지 선반에 손을 짚었다.

─경찰들이 데려갔어, 리디아. 우리 엄마를 데려갔다고.

라지는 쓰러지지 않았지만 한 팔을 리디아의 어깨에 둘렀고, 그들은 비틀거리며 커피숍을 찾아 탁자에 앉았다. 라지는 사건 이후 32시간 동안 어머니 곁을 지켰다. 그런데 두 사람이 조사를 받기 위해 시티 파크 근처 경찰서로 이송되었을 때, 귀가 커다란 젊은 형사가 주춤거리며 방에 들어와 파텔 부인에게 변호사를 선임하겠느냐고 물었다. 그는 파텔 씨가 가스 앤 도넛 카운터 밑에 오랫동안 보관해온 낡은 몽고메리 워드 22구경 라이플을 꺼냈다. 신참 형사는 라이플을 탁자 위에 올려놓기도 전에 대뜸, 혹시 이 총이 왜 가게 뒤 쓰레기통에서 발견되었는지 짚이는 데가 있느냐고 파텔 부인에게 물었다.

그렇다고 그녀가 형사에게 대답했다. 그리고 맞다, 지금 변호사를 선임하고 싶다고 말했다.

오래전 그녀에게 혹시 생명을 위협하는 상황이 생기거든 라이플 슬라이드를 뒤로 잡아당기고 잘 조준해서 약실이 빌 때까지 방아쇠를 당기라고 알려준 것은 다름 아닌 파텔 씨였다. 실탄을 뿌리고 기도한다, 그는 말하곤 했다. 그날 밤 리디아가 가게를 떠난 뒤 마야가 쓰레기통 뒤에서 했던 일도 바로 그것이었다. 남편이 차에서 내리기를 기다렸다가 발사한 것이다. 세 발은 등에, 두 발은 머리에, 다섯 발은 차에 맞았다. 정확히 그 순서는 아니었지만. 그런 다음 그녀는 총을 버리고 경찰에 전화했다.

—변호사를 기다리는 동안 내가 옆에 있어도 좋다고 했어, 라지가 말했다. 엄마가 내게 다 말해줬어.

—전부 다?

라지는 리디아의 눈을 바라보지 않았다.

─충분해. 어쨌든 곧 경찰한테도 다 털어놓으실 거니까. 잡히기를 바랐던 것 같아.

라지에게 '충분하다'는 말이 무슨 뜻인지 물어보고 싶었지만, 경황없는 지금은 물어볼 때가 아니었다. 리디아는 파텔 부인이 총을 쏘던 그 눈 내리던 밤, 그녀가 도넛 가게를 나설 때 했던 마지막 말을 곱씹어보았다. '내가 갚을 수 있어.' 조이에게. 잃어버린 아들에게. 그녀는 시도했다.

커피숍에서 리디아는 라지에게 페이스트리와 주스 한 잔을 샀다. 그들은 대체로 침묵을 지키며 한참 앉아 있었다. 그리고 오후에 가게를 나설 때 라지가 선글라스를 끼고 리디아의 뺨에 어색하게 입을 맞추었다. 그러고는 나가는 길에 책 무더기에 부딪혔다.

리디아에게 파텔 씨의 살인은 그녀가 평생 직면해온 뭔가를 확인시켜주는 사건이었다. 망치남은 언제나 그녀와 함께 있었다. 그녀 안에서 망치남은 바깥세상에 무슨 일이 일어나든─총기가 발사되든, 정신상담을 받든, 어린아이의 작은 손이 그녀의 손가락을 쥐든─결코 변함없이 어마어마한 공간을 차지했고, 묘하게도 이 사실이 언제나 그녀에게 정체성 비슷한 것을 부여해왔다. 파텔 씨는 영원히 사라졌지만 망치남은 언제나 저 바깥 어딘가에 있을 것이다. 리디아는 언제까지나 싱크대 아래의 소녀로 남을 것이다.

언제나 어린 리디아로.

추수감사절 전날 밤에 일어난 일이 의외였던 것은 바로 그 때문이었다. 라지가 가져온 와인을 한잔 마시며 부엌에 서서 칠면조 뱃속에 손을 넣어 얼어붙은 내장을 꺼내려 애쓰고 있는데, 라지가 갑자기 채널 돌리던 손을 멈췄다.

"이거 보여?" 그가 반갑고도 들뜬 목소리로 물었다. "리디아? 빨리. 여기 와봐!"

리디아는 팔꿈치까지 들어갈 만큼 칠면조 안에 손을 집어넣고 있었지만, 텔레비전으로 눈길을 돌리자 오툴 씨의 작고 익숙한 집을 볼 수 있었다. 그녀는 손을 씻지도 않고 소파로 향했다. 살갗이 긴장했고, 스크린의 모든 것이 흐릿해졌다. 묻혀 있던 그 문구가 텔레비전에서 흘러나왔다. '어린 리디아(Little Lydia)', 목소리가 그렇게 말하고 있었다. 특유의 리듬감 있는 억양으로 스페인어 중간에 튀어나온 말이었다. '리이틀 리이드야'.

"이건 뭐야?" 라지가 그녀를 돌아보았다. "끌까?"

"소리 올려봐."

"스페인어야." 그는 리모컨을 바라보았다. "무슨 귀신 추적 프로그램인가 봐. 이런 채널도 있었어?"

"몰랐어."

스크린을 채운 것은 캄캄할 때 으스스한 녹색 야시경 카메라로 촬영한 오툴의 집 안이었다. 녹색 화면 한복판에서 손전등 불빛이 카펫 위와 벽, 그림, 문을 차례로 비췄다. 촬영 기법은 한심할 정도로 조잡했지만, 오툴의 오렌지색 카펫이 갈색 베르베르 카펫으로 바뀌고 가구도 온통 바뀐 것을 알아볼 수 있었다. 그 외 내부 구조는 거의 동일했다.

라지는 손으로 입을 가렸다.

"맙소사, 이게 캐럴의 집 안이야?"

리디아는 고개만 겨우 끄덕일 수 있었다.

프로그램 진행자는 검은 가죽 재킷을 입고 검은 머리에 기름을 발라넘긴 배우 인상의 30대 남성이었다. 그는 집 안을 돌아다니는 가운데 카메라에 가끔 손가락을 올려대어 보이며 벽에서 벽으로, 바닥에서 천장으로 시선을 옮겨가면서 속삭였다. 벽장문도 열어보고, 샤워 커튼도 젖혀보았다. 가끔 스크린은 구식 라디오와 파스타 콜렌더 중간쯤 되어 보이는 우스꽝스러운 유령미터기를 클로즈업으로 커다랗게 비췄다. 유령미터기에 붙은 오래된 오실로스코프 스크린에서 '비활성'을 나타내는 평평한 일직선이 빛나고 있었다. 복도로 나와서 부부 침실 문간에 도착하자 기계는 미친 듯이 삑삑거렸고 스크린에서 녹색 파장이 바쁘게 흘러갔다. 사회자는 눈을 커다랗게 뜨고 카메라를 바라보았다.

"유령이 있다는 뜻인가 봐." 라지가 중얼거렸다.

리디아는 심장이 쿵쿵거렸다. 몇 초마다 뒷덜미에 누군가 부드럽게 숨을 불어넣는 기분이 들었다. 사회자가 복도를 따라 접근하자, 스크린에 해상도 낮은 오툴 가족의 사진이 한 장씩 나타났다. 처음에는 바트, 다음에는 도티, 마지막으로 캐럴. 이어 카메라는 분홍색 추리닝 차림으로 푹신한 의자에 앉아 쭈뼛거리는 열두어 살쯤 되어 보이는 검고 곧은 머리카락의 소녀에 초점을 맞췄다. 지금 캐럴의 옛 집에 사는 아이인 듯했고, 자기 집 복도에 사는 유령에 대해 인터뷰를 하고 있었다―이 프로그램이 지금 찾아내려고 하는 그 유령이었다.

소녀가 카메라를 향해 말하자, 통역사의 목소리가 그 목소리를 덮어버렸다. 그럼에도 희미하게 소녀의 영어 목소리가 들려왔다.

가끔씩 한밤중에 누군가 아주 빠르게 복도를 기어가는 소리가 들려요. 그런데 내가 나가보면 아무도 없어요.

처음에 리디아는 소녀가 걱정스러워 더럭 겁이 났다. 그러나 소녀의 얼굴에서 미소를 발견하고는—소녀는 웃지 않으려고 애쓰는 듯했고 이것을 용감하게 해내고 있는 듯 보였다—이것이 공포물이라기보다 오락물에 가까운 것임을 알았다.

어느 날 밤에는, 소녀가 말을 이었다. 물을 따르고 있는데, 누군가 싱크대 안에서 숨 쉬는 소리가 들렸어요.

스크린은 오툴의 부엌을 야간 투시경으로 비춘 화면으로 넘어갔다. 느리고 불안정한 카메라가 웅웅대는 냉장고와 바닥의 긁힌 자국, 그리고 싱크대 아래 수납장을 차례로 비췄다. 리디아는 영상 너머로 소녀의 목소리와 통역사의 목소리를 함께 들을 수 있었다.

학교에서 들은 소문으로는 한 소녀가 밤새도록 거기 숨어 있었대요. 꽁꽁 숨어 있어서 살해당하지 않았대요. 하지만 아침에는 아무도 그녀를 찾을 수가 없었어요. 마치 허공으로 그냥 사라진 것 같았대요.

'리이틀 리이드야'.

스크린에서 사회자의 손이 뻗어나가 싱크대 아래 수납장을 열었다.

경찰과 응급요원에게 둘러싸인 리디아가 아버지에게 안겨 이웃집 현관을 나서는 유명한 사진을 보여준다는 게 프로듀서로서는 곤란한 일이었을 것이다. 그랬다가는 지금 꾸며내는 초현실 현상 서사가 깨지고 만다. 대신 그들은 사회자의 손이 유령미터기를 싱크대 아래 캄캄한 공간으로 밀어 넣는 장면을 비춰주었다. 쓰레기 분쇄기 밑으로 지저분한 파이프와 껍질이 일어난 차단 밸브 한 쌍이 보였다. 공간은 세제와 쓰레기봉투로 가득 차 있었고, 그 안에 몸을 구겨 넣는 것을 생각하니 리디아는 속이 뒤집힐 것 같았다. 유령미터기 오실로스코프가 당연히 켜졌고, 유령이 그 밑에 있다는 것을 증명하듯 녹색 파장이 흘러가며 삑삑 소리가 요란하게 났다.

몸이 뻣뻣해졌다. 라지의 몸이 소파에서 흔들리는 것이 느껴졌다.

그 애는 그 안에 아주 오랫동안 있었어요. 소녀의 음성이 계속되었다. **그러다 그냥 사라졌어요.**

스크린 안에서 손이 수납장 문을 다시 닫았다. 달칵.

"난 못 보겠어." 라지가 얼굴을 찌푸리며 말했다. 그는 리모컨을 집어 들었다. "꺼도 되지?"

"그래."

순간 텔레비전 화면이 검게 변했다. 라지는 리모컨을 소파에 던지고는 눈을 감았다.

"라지, 괜찮니?"

"전혀 괜찮지 않아. 넌?"

"나도 마찬가지야." 리디아는 자기 팔꿈치를 잡고 말했다. "기분이 이상하네."

"정말 이상해. 다시는 텔레비전 따위 안 볼 거야."

리디아는 어이없다는 웃음소리를 냈고, 잠시 후 라지도 따라 웃었다. 그리고 그는 천천히 손을 뻗어 리디아의 손을 잡았다. 칠면조 내장으로 팔이 끈적끈적한 것도 개의치 않고, 그가 갑작스레 그녀를 포옹했다.

"넌 유령이 아니야."

"아닐까?"

리디아는 라지의 깨끗한 피부 냄새를 맡았고, 그의 몸에서 온기와 위안을 느꼈다. 눈을 감고 이 순간의 약속을 느끼고 싶었다. 단, 방금 라지가 스크린에서 지워버린 소녀를 마지막으로 한 번 더 보고 싶어 그의 어깨 너머를 바라보지 않을 수 없었다.

옮긴이 후기

    도시 한복판에서 시간을 보내야 할 때 우리는 종종 서점으로 걸음을 옮기게 된다. 학교를 마치고 집에 가기 전에 습관처럼 들르는 동네 책방, 길게 늘어선 서가와 푹신한 의자가 있는 대도시 한복판 대형문고, 기차를 기다리는 두어 시간을 때우기 위해 지친 발을 끌고 들어가는 기차역 앞 서점. 침묵을 지킬 줄 아는 사람에게 서점은 어느 도시든, 어느 나라든 문턱이 낮아서 걸려 넘어질 염려가 없는 편안한 쉼터다. 주머니가 비어 있어도, 아는 사람 하나 없어도 서점에 가면 폐점 시간까지 시간을 보낼 수 있다. 그렇게 발견한 책에는 때로 종이에 인쇄된 텍스트 바깥의 물리적인 기억이 얽힌다. 누군가와 이야기를 나누고 있던 책방 주인의 나지막한 목소리, 알 수 없는 이유로 세계문학 선집과 나란히 꽂혀 있던 서양미술 화집, 꼭대기에 꽂힌 책을 내리기 위해 직접 올라가다가 주인에게 핀잔을 들었던 특이한 모양의 사다리. 서점을 나서는 길에는 사려고 했던 책 한 권과 그날까지 아무 관심도 없던 책 두어 권이 손에 들려 있다.

어떤 사람들에게 한 도시의 서점지도는 그곳의 지하철노선도와 같은 비중으로 기억된다. 이 소설 『아무도 문밖에서 기다리지 않았다』의 저자 매슈 설리번은 그런 사람들을 '책개구리'라고 부른다.

대도시 개발지구의 브라이트아이디어 서점 점원으로 일하는 리디아는 책을 사러 오는 고객이라기보다 달리 머물 곳을 찾지 못해 편히 쉴 수 있는 서점에 의지하는 사연 많고 개성 뚜렷한 책개구리들에게 남다른 애착을 갖고 있다. 교도소에서 갓 출소한 위탁가정 출신 소년, 노년의 동성애자, 전직 학자, 지나치는 모든 사람들에게 인사하는 노숙자, 책꽂이에 꽂힌 책처럼 온갖 과거를 지닌 이들이 외로움을 달래고 하루를 채우기 위해 서점에 모인다. 그들은 서로의 '괴짜스러움'을 말없이 이해하고 넉넉히 품어주며 나름의 끈끈한 공동체를 이룬다.

어느 날 폐점 시간, 서점을 정리하던 리디아는 위층 외딴 서가 사이에서 목을 맨 고아 소년 조이의 시체를 발견한다. 하루 종일 매장에 틀어박혀서 온갖 두서없는 주제에 대한 책을 섭렵하던 책개구리 중의 책개구리 조이의 주머니 안에는 놀랍게도 리디아 자신조차 기억하지 못하던 그녀의 열 살 생일파티 사진이 들어 있다. 리디아와는 점원과 손님이라는 인연밖에 없던 조이가 왜 이 사진을 갖고 있을까? 그는 사진을 어디서 얻었을까? 조이는 분명 모종의 목적을 갖고 리디아에게 접근했던 것 같다. 좋아했을까? 혹시 배후에 누가 있을까? 정말 자살일까? 자살이라면 왜 굳이 자기 집처럼 드나들던 책방에서, 리디아의 사진을 주머니에 넣고 죽었을까?

뜻밖에 조이는 작은 아파트에 있던 책과 물건들을 리디아에게 유품으로 남긴다. 책에는 엉뚱한 라벨이 붙어 있고, 페이지마다 작은 사각형 구멍이 뚫려 있다. 언뜻 아무 질서도, 의미도 없어 보이는 구멍. 하지만 분명 여기에 뭔가 있다. 리디아는 조이가 남긴 퍼즐 풀기에 몰입한다. 책 취향처럼 남다른 조이의 유서가 서가에 꽂힌 책갈피 안에서 한 장 한 장 펼쳐지며, 막다른 골목에 부딪힌 소년의 마지막 언어와 함께 리디아의 어두운 어린 시절이 한 페이지씩 밝혀진다.

세상에 쏟아놓고 싶은 말이 많았지만 상대를 찾을 수 없었던 소년은 서점 창문을 두드리고 수신인도 정확히 지정하지 않은 편지 한 장을 가만히 내려놓고 길을 떠난다. 유서였을까, 그저 기발한 장난이었을까. 내 마지막 언어에 귀를 기울여줄 사람은 누구일까. 이 책 『아무도 문밖에서 기다리지 않았다』는 책을 이용한 기발한 장치를 도입한 추리소설인 동시에 오감을 환기하는 책의 물성에 대한 연애편지다. 이 어둡고 가슴 아픈 이야기를 읽다 보면 독자들은 정말 이상하고 어그러진 것은 리디아가 사랑하는 저 인생의 낙오자들이 아니라 평범한 일상의 가면을 쓴 바깥세상이라는 것을, 잉크 냄새, 서점의 먼지 냄새를 맡으며 하얀, 혹은 누군가 손으로

쓴 메모가 군데군데 남아 있는 페이지를 넘기고자 하는 우리의 욕
망이 어떤 것인가를 다시 확인하게 된다. 컴퓨터와 단말기, 이북의
세계가 우리의 이런 욕망을 채워줄 수 있는 시대가 올까.

2018년 3월
유소영

옮긴이 유소영

포항 출생으로 서울대 해양학과를 졸업했다. 제프리 디버의 링컨 라임 시리즈 전권을 번역했으며, 존 르 카레의『민감한 진실』『나이트 매니저』, 퍼트리샤 콘웰의 법의학자 케이 스카페타 시리즈『법의관』『하트잭』『시체농장』『데드맨 플라이』, 그 밖에『CSI 과학 수사대: 냉동화상』『이중인격』『운명의 서』『인어의 노래』『하버 스트리트』등을 옮겼다.

아무도 문밖에서 기다리지 않았다

초판 1쇄 발행 2018년 3월 12일
초판 3쇄 발행 2018년 5월 14일

지은이 매슈 설리번
옮긴이 유소영
펴낸이 이수철
본부장 신승철
주　간 하지순
교　정 박은경
디자인 이다은
마케팅 정범용 인혜수
관　리 전수연

펴낸곳 나무옆의자
출판등록 제396-2013-000037호
주소 서울시 마포구 성미산로1길 67 다산빌딩 301호
전화 02) 790-6630 팩스 02) 718-5752

페이스북 www.facebook.com/namubench9
인쇄 제본 현문자현 종이 월드페이퍼

ISBN 979-11-6157-026-6 03840